风竹
敲窗韵入书

七彩云

张景高 著

光明日报出版社

图书在版编目（CIP）数据

七彩云 / 张景高著. -- 北京：光明日报出版社，
2023.12

（风竹敲窗韵入书 / 林目清主编）

ISBN 978-7-5194-7645-8

Ⅰ.①七… Ⅱ.①张… Ⅲ.①诗集－中国－当代
Ⅳ.①I227

中国国家版本馆CIP数据核字(2023)第250084号

首长寄语诗集《七彩云》

林延河

　　诗集《七彩云》内容丰富，通俗易懂，健康向上，情真意切，是作者成长过程中的人生历练，是讴歌当今社会改革开放的精品力作。从字里行间透露诗意浓浓，情意绵绵，引吭高歌，启迪人生，体现了一位作家、诗人高风亮节的家国情怀。

　　希望作者在文学创作的道路上，笔耕不辍，再接再厉，写出更多、更精的作品，勇当中医文化、湖湘文化的传播者和践行者。

　　（林延河，男，1956 年 3 月生于山东龙口市，系南海舰队政治部原副主任，中国人民解放军海军少将。）

作家鼎力推荐《七彩云》语

谭晓春

近几年，张景高的诗歌在澧水流域引人关注，诗人在现实生活方面开辟了一条自己的路径。

他的诗歌作品注入了一名退役军人的血液，纯洁且刚毅。多年人生融入杏林之园，为中医发展吟诵赞歌，为生命健康之火助力，并达到了文字升华的反哺。这种与生俱来的脐带关系，让他的诗找到了自己的叙述和表达方式。他面对工作、生活环境，或感悟，或智性，都是不可替代的。

（谭晓春，中国散文诗学会会员、湖南省作家协会会员、澧县作家协会主席。）

序言

用真情书写人生

常德市诗歌协会副主席　胡平

　　景高君半年前就对我提起，他想再出一本集子，请我帮他写几句话，当时我没有应承他。前些天，我在中医医院邂逅他，他又提起这事，我知道自己再也推托不了，就答应下来。

　　拿到景高君诗词集的清样，我只随意看了几首，就被深深吸引住了。这种吸引，既有来自其诗词文学艺术的魅力，也有来自我和他之间的个人友谊，因为我们是澧县四中的校友，我高他一届。

　　在我的印象中，景高君是一个默默无闻的诗人和作家。他在澧州城里生活了30多年，一直以低调、沉稳和踏实著称。他写诗作文既不图名，也不图利，更不图出人头地。因此他甚至极少投稿，本县刊物《城头山文学》每次刊发

3

他的作品，都是编辑亲自向他约稿，经过再三催促，他才会慢吞吞地发几首近作过来。他的写作和他的为人一样，冷静，克制，隐忍，似一位修炼了经年的大德"高僧"。

我是一口气读完了景高君的这本诗词集，深深为他淡泊名利的写作立场所感动。景高君的写作，多为触景生情，有感而发，以此表达自己对现实生活的感悟、对美好爱情的向往。

他写的诗大都格调高昂，情致健康，充满了励志的正能量；语言朴实，诗意明朗，每首诗都能够让人轻易读懂。当今诗坛，不少作者都喜欢故弄玄虚，玩词语拼凑游戏，把中国语言折腾得扭曲变形，让人读了感觉云里雾里，不知所云。景高君的诗词与众不同，他的诗词我不仅可以轻易读懂，而且读完了之后，能带给我深深的思考。我觉得，好的诗词就应该这样，因为，你写出来的文字，是给广大读者品读的，不是自己躲在家里孤芳自赏的。

这本装帧精美的诗歌集子，让读者仿佛置身于蓝天和白云之下，感受着水兵的风采、天使的美好。字里行间呈现出来的无拘无束的生活景象，充满了诗情画意。景高君的诗集《七彩云》共55首，分4个章节，不但内容丰富，而且题材广泛。既有回忆学生时代的，也有追思恋爱时代的；既有描写军营生涯戍边守疆的，也有描写杏林奇葩白衣天使的；既有赞美亲情友情的，也有讴歌英雄及父老乡亲的。总体来说，他的诗歌，贴近现实生活，紧扣时代脉搏,处处洋溢着浓浓的情感。更难得的,诗集《七彩云》结构独具匠心,章节环环相扣,内容和形式相得益彰。

读景高君的每一首诗,都能看出他在生活中实实在在的影子。俗话说,文如其人。景高君的文字正如他的为人一样,坦诚,豁达,质朴,实在。他的每一首诗,或反映他亲身经历的现实生活,或投射出大时代的背景影像——比如"神七"发射的当晚,他即赋诗一首:神七探问苍宇间/太空行走虽小步/英雄凯旋扬国威/中国航天世人瞩。北京奥运会举办前夕,他以欢快自由的笔调写下了《喜迎奥运》的诗歌。2008 年汶川大地震发生后,满怀悲悯之心又挥泪写下了《大爱无言》。这些诗歌,无论是场景还是细节,既充满了真实性,又饱含着艺术性,都是紧扣时代脉搏的好诗。

景高君诗词的最大特点,就是真实。他的文字不矫揉,不造作,体现了一个可贵的"真"字。这本集子的第一辑《七彩云》中的诗歌《怀念父亲》,以及第二辑《伊甸园》,可以说是他真实情感的写照。如诗歌《一切为了你》:眷恋 你的情愫我的梦……美丽的倩影已随清风飘散/往日的恋情却变成了粉红色的回忆……让我珍藏那一份永恒的柔情/那一夜 我又梦见了你/化作一对蝴蝶在丛林中翩翩飞。又如诗歌《恋情》:追寻初恋的梦/是快速的心跳/从军的岁月/有你真诚相伴/千百年/山伯与英台/也只能破茧成蝶……时常孑然一身/独坐天涯一隅/细细咀嚼/那沁人心脾的蜜语／就像嗅着你特有的气息。当我读完第二辑《伊甸园》的时候，一个多情、重情、痴情的诗人形象便清晰地浮现在我的眼前。

景高君是 2001 年由部队转业，被分配到澧县中医医院工作的。他担任办公室主任 14 年之久，工作兢兢业业，任劳任怨，深受领导器重和同事们尊重。他在《赞白衣天使》里，这样赞美白衣天使："像青松，情怀高洁；像香莲，常惠笑颜；像雄鹰，为使命奋战不歇！"全国新农村建设日新月异，2019 年当他目睹单位参与全县精准脱贫、健康扶贫所取得的显著成绩时，又饱含深情地创作了《情暖万家岗（组诗）》。2023 年单位创建三级甲等中医医院成功后，他激动不已、感慨万千，连夜创作诗歌《迎着朝阳，"中医号"旗舰穿行大海》，鼓舞澧州中医人一路继续前行。其实，这何尝不是他个人及其工作的真实写照呢？

我个人以为，诗歌创作没有什么特别的诀窍，贵在一个"真"字。"真"是情感产生的原动力，只有真挚的感情才能引起读者的共鸣。如在第三辑《水兵蓝》的字里行间，他抒发对军旅生活的无比热爱和深情的眷念，无限真情跃然纸上，令人十分感动。

景高君还有一个特点，就是勤能补拙，平时常向前辈及同行请教，虚心学习，时常参加市县组织的文学笔会，努力提高自己的创作水平。在创作这一条艰辛的道路上，一旦"灵感"来了，无论是寒冬腊月还是半夜三更，景高君都会披衣下床，将奇妙的构思、优美的语句记录下来，生怕第二天遗忘。作品在"出炉"前，反复打磨、反复修改，一直到自己满意为止，这种"为诗消得人憔悴，衣带渐宽终不悔"的创作境界长期坚持下来，便成为景高君的一种习惯，实在难能可贵。

愿景高君在以后的日子里，不断超越自己、战胜自己，创作出更多、更好、更优美、更具影响力的作品来！

是为序。

2023 年元旦于澧县

[胡平，男，湖南澧县人，中国作家协会会员，常德市诗歌协会副主席，在国内外 300 多家报刊发表各类文艺作品一千多篇／首，多首诗歌被《青年文摘·快点》《青年文摘·彩版》《儿童文学选刊》《诗选刊》转载，出版诗集两部。两次获得中国诗歌学会全球华语诗歌大赛等级奖（金奖和铜奖）；两次获得"东丽杯"鲁藜诗歌奖一等奖；两次获得国际诗酒文化大会全球华语诗歌大赛征文奖（金麒麟奖和优秀奖）；两次获得常德市原创文艺奖（诗歌奖和短篇小说奖）；2023 年荣获第十届中国徐志摩微诗歌大赛银奖。]

目 录
CONTENTS

第一辑 七彩云

第二辑　伊甸园

第三辑　水兵蓝

第四辑 天使颂

第一辑 七彩云

对月倾诉

带着美好的憧憬，
跨进了知识的海洋。
起初，我把人生编成七色的彩虹，
抛洒在蓝天，
放射出异彩的光芒。

犹如彩虹有时被乌云遮，
生活时常考验着我。
三年的高中生活，
吃的是"笔筒"饭，
睡的是高低床，
日夜"泡"在题海中，
高考，
名落孙山。

我彷徨，我迷茫……
想把满腹的苦愁，
向冷月诉说，

结果杳无音信。

生活的一切袭击着我，

何寻人生之路？

（创作于 1988 年 7 月）

【心灵独白】

1988 年高中毕业，人生道路不知如何行走，心中的彷徨、迷茫……无人诉说！在"万般皆下品，唯有读书高"的思想作祟之下，许多学子选择了复读又复读，希望考上大学，光宗耀祖。

在"千军万马过独木桥"的年代，能够考上大学的只是凤毛麟角，绝大多数都是名落孙山，我就是其中之一。作为一名满腔热血的有志青年，想跳出"农门"，走出农村，当兵去，是人生另外的一条出路，于是就有了诗文《志向》。机会是留给有准备的人的，参军入伍改变了我的人生。

志向

吾人本是一书生，
自幼攻读十年经。
高考落第乱思情，
弃笔从戎赴海疆。
一心立功传家庭，
军事拉练格斗擒。
吼声惊震后炮坪，
戍边守疆报国门。

（创作于 1988 年 10 月）

扁平脚

扁平脚

为什么会引人瞩目

为什么要给人带来忧郁

真的不能长途跋涉

愤懑　彷徨

扁平脚

自从母亲的胎盘坠落

夏练三伏　冬练三九

终究要到大海那边去

渴望　追求

（创作于 1989 年 2 月）

喜迎奥运

雅典取圣火

祥云传五洲

涉水又越岭

最后攀珠峰

传递所到处

人欢天地颜

江南舟楫送

北疆策马迎

世人盼奥运

五环升北京

首都着盛装

安保演练忙

赛场准备齐

只等宾朋到

健儿同竞技

友谊万年长

奥运——成功

北京——顺利

（创作于 2008 年奥运会期间）

【心灵独白】

2008 年 8 月 8 日，举世瞩目的第二十九届奥林匹克运动会在北京鸟巢隆重举行，这是世界体育界之喜事、盛事，更是中国向世界人民展示"国之强盛、国之威武"的大好时机。

中国举办世界瞩目的体育赛事，全国人民欢呼雀跃。北京奥运会开幕式震撼全世界，尽现大国风范，堪称无与伦比，惊艳全世界。北京奥运会的成功举办，标志着具有两千多年历史的奥林匹克运动与五千多年传承的灿烂中华文化交相辉映，共同谱写人类文明气势恢宏的新篇章。

大爱无言

历史将永远牢记这一时刻——
2008 年 5 月 12 日 14 时 28 分
亦将永远铭记这一坐标——
北纬 31 度　东经 103.4 度
四川汶川在数秒内　山崩地裂
近八万人罹难
国旗半垂　山河同悲
彰显了对生命无比的眷恋

只要有一丝希望就要尽百倍的努力
铿锵有力的声音震撼了全国人民的心
一声声军令　似战鼓擂
十万雄兵肩负党中央的重托
拯救生命　救助灾区人民

为了灾区人民
子弟兵展开了一场殊死大援救
脚下是湍急的江水　身边是颤抖的大地

无尽的碎石 阻隔了送爱的路

即使爬也要爬到汶川

武警某师参谋长王毅率 200 人

第一个用海事卫星电话向党中央报告

成都军区 1000 名官兵奋战 47 个小时

打通了从漩口至映秀镇的陆路通道

武警水电部队官兵

打通了汶川县城 317 国道

208 支医疗队救助伤员数百万

成千上万名白衣天使撑起一片生命的蓝天

……

为了灾区人民

坚定绝不放弃的信念

从废墟中被挖出的三岁的郎铮

向叔叔阿姨行举手礼致谢

那一时刻

全世界人民为之动容

血浓于水 屡创生命的奇迹

六旬老妪在瓦砾里重获新生

女工崔昌会创下 216 个小时生还的奇迹

为了灾区人民

我们的英雄无言无悔

绵竹市东汽中学人民教师——谭千秋

在灾难面前

他挺起了钢铁般的脊梁

拯救了 4 条鲜活的生命

舍生取义　千秋伟业

灾区一线 28 岁的女民警——蒋敏

忍受着失去女儿的巨大悲痛

却把对亲人的爱无私地奉献给同胞

用那甘甜的乳汁

哺育了巴山蜀水的一方娃

钢铁战士武文斌

和战友一起进村入户

转移群众三千余人　搭建帐蓬千余间

却活活累死在都江堰市的玉堂镇

与未婚妻商定的婚礼变成了永远的梦

陆航英雄团一级英模"邱光华机组"

驾驭雄鹰飞行六十余次

运载救灾物资 50 吨

抢救灾区伤员 200 人

五位英烈长眠在阿坝藏族羌族自治州的丛林中

为了灾区人民

四海情涌漫大爱

义演赈灾　抗震救灾英模事迹传遍九州

捐款捐物似绵山

大灾牵动了友邦

异国情爱涌四川

实在太多太多……

它必将永远彪炳史册

让我们

众志成城　自强不息

援建灾区美好的新家园

（写于汶川地震三个月之际，2009 年 8 月收录于《道河乡吟》结集出版）

学友聚会感怀

新河楼上学友聚，心潮澎湃思万千。

昔日同窗习文史，四中毕业打江山。

创业艰难喜讯多，干红畅饮尽开颜。

镁光灯下留合影，友谊长存舞翩跹。

（发表于《澧浦诗词》2009 年 9 月第 9 期）

【心灵独白】

　二十余载再相聚，同学情谊万年青。1988 年高中一别，大家各奔东西，想不到我们还能够相聚在一起，悲喜交加，相拥而泣，流下激动的眼泪。相聚时，大家把酒言欢，有的话家常、有的回忆往事、有的共叙未来……白酒、啤酒、葡萄酒，杯杯不醉；笑声、歌声、欢乐声，声声入耳。不忘同学情，但愿长相聚。

致青春

梦想

你的存在让我癫狂

背离的生活充斥着混沌

纵有七彩的虹光

也穿不过弯曲的脊梁

梦想

我只能将你捆绑

闻着你逸散的清香

看你夭折，看你灭亡

在一夜，你离开我的时光

梦想

你有你的艰辛

我有我的倔强

早识得这如织的命网

为我指明了突破的方向

梦想

一如初见的模样

请让我在清晨的路上

匆匆行走

莫停这浅浅的歌唱

（与周小传合作，创作于 2009 年 9 月，发表于《城头山文学》2023 年 4 月第 2 期）

"神七"飞天吟

神七探问苍宇间，太空行走虽小步。
英雄凯旋扬国威，中国航天世人瞩。

（发表于《澧浦诗词》2009 年 10 月第 10 期）

【心灵独白】

2008 年 9 月 25 日至 28 日，我国在西安酒泉卫星发射中心成功发射了神舟七号载人航天飞船，标志着我国已经成为世界上第三个独立掌握空间出舱技术的国家。航天员飞行乘组为翟志刚、刘伯明、景海鹏。

我爱你，大澧州

千年古城，世界稻源

澧州大地弥漫着蕙兰的芬芳

浩瀚的澧水穿城流入江河

仙眠洲、蜚云塔、洗墨池

演绎千古风骚

中国最早的城——城头山

点燃六千五百年文明的薪火

津澧大道，车水马龙

澧水大堤，人流如织

澧县城镇化建设方兴未艾

津澧融城绘制出七彩蓝图

美哉，有梦想就会飞扬

壮哉，有激情就能超越

（创作于 2012 年 10 月）

追逐梦想

伫立在澧县一中 2014 金榜前

虽然　没有镌刻女儿的名字

潜意识地捕捉一些

明年帮助女儿填报高考志愿的信息

深夜　梦见

女儿金榜题名

了却多年的夙愿

昨天　刚跨进高一

今天　转眼就到了高三

和许多陪读的父母一样

风里来　雨里去

无怨无悔

女儿徜徉在知识的海洋

整理展翅高飞的羽翼

历练一生的品质

高三　只是一瞬间

却是人生路上的关键

这一年　也许充满了困惑和焦虑

这一年　要经历一次次思想和肉体的阵痛

藐昆仑　轻吕梁

笑看挫折　潜心向学

从容坚定　锲而不舍

经世致用　挑战极限

以苦为乐　劳逸结合

或许会错过一些优美的风景

但一定会矗立在风光无限的顶峰

有梦就有追求　机遇是留给有准备的人

心在哪里　风景就在哪里

放眼世界　追逐梦想

自信人生二百年

会当水击三千里

拼搏　奋斗

不管是山岭陡峭险峻　还是一马平川

父母始终为女儿加油　喝彩

（发表于《墨池文学》2014 年 8 月第 8 期）

致吾妹

像花一样的年龄

步入珠海裕元鞋厂

用青春丈量时光

产品走出国门

畅销世界各地

成家后

脚踏缝纫车

机轮飞速旋转

白线黑线

金丝银丝

行如流水

任尔东西南北风

布艺技术推陈出新

绘制时尚的衣裳

走进寻常百姓家

（创作于 2015 年）

向英雄肖俊致敬

屈原路口两死三伤，

肇事者逃之夭夭，

似乎黑了天。

社会的道德，

人们的良知，

正遭受世人前所未有的拷问。

同是澧县人，

当出现险情时，

冰火两重天。

司法干部肖俊，

赤身跳进刺骨的冰水救起落水的父女，

英雄壮举感动神州大地。

肖俊，你是罗盛教式的英雄，

重现破冰救人的壮举，温暖人们的心。

肖俊，你是中华儿女的骄傲，

敢于亮剑，无愧于"新时代为民好榜样"的殊荣。

（创作于 2018 年 10 月）

【心灵独白】

澧县救人英雄肖俊的先进事迹得到各级组织的高度肯定和社会的广泛赞誉，远播三湘四水甚至全国。他被提拔为澧县司法局城头山司法所所长，2019年，他先后获得省市"见义勇为先进个人"、省司法厅记二等功、"湖南好人"、司法部"新时代为民好榜样"等一系列荣誉。

白鹤山驾考

曾经年少的我
驾驭舰艇驰骋大海
浪花，潮水
见证了大海的宽广与湛蓝

而今，年过半百
突发驾车欲望与奢求
靓女、帅哥，还有一群老爷们
整天围绕着驾校转
夏练三伏，冬练三九

初考，像"刘姥姥"进大观园
胆战心惊
操作动作变形，自然挂科

补考，像个复读生
麻痹大意
竟然倒在最后一关

"直角转弯"

三进"宫"，再战白鹤山

镇定自若，忘记自我

"倒车入库"，稳中求

"侧方位停车"，看边线

"上坡定点"，三原则

"S 路线"，方向清

"直角转弯"，需谨慎

大吼一声，过"考关"

签名的那一刻，心跳在胸口

考场外等候的徐师傅

目睹徒弟一脸的笑容

此刻，"解冻"了半年的结冰期

立冬的那天，科目三开考

清晨，握别张师傅有力的手

牢记几多叮咛，几多祝福

满怀信心地驾驶 8 号车

一路小心，遨游考场的"迷宫"

考官一声"靠边停车"

监考银幕显示：90 分

回家的路上

一路高歌，一脸欢笑

好似考上"状元郎"

（创作于 2018 年 12 月）

【心灵独白】

学驾驶对别人来说轻而易举，但对 50 岁的我来说，不是那么容易。

首先，以前我没有开车的想法。主要是思想守旧，思维迟缓。手动挡的车不敢学，在师兄谢光述（本单位的一位副院长）的鼓励下学自动挡的车。其次，动手能力较差。上车前练习打方向盘时，云里雾里搞不清楚方向。科目二连考三次，终于合格。学驾驶的经历，让我感受深刻。最后，人生如驾车，心平气和，心静自然好；遵守交通规则，做到安全驾驶，文明行车。

怀念父亲

安静地走

正如安静地来

留给子女的

却是永恒的痛

七旬的父亲

走完人生最后的旅程

父亲的一生

平淡中不平凡

犁一丘田

似走泥丸

大小九归

珠算如流

父亲的一生

平凡中不平淡

为女儿学艺

传授发家致富之道

送子参军

赓续革命信仰与力量

这是父亲一生的荣光

父亲离世

带走一只看家的狗

和陪伴母亲的花猫

远方的老屋

只剩下

相濡以沫的老伴

守着孤独的坟头

（发表于《城头山文学》2021 年 10 月第 3 期）

【心灵独白】

2020 年父亲的过世，是我一生的痛。父亲是一位典型的中国式的农民，具有诚实、忠厚、耿直等品质，是一位为人正直、教子有方、勤劳致富的好父亲，特别是父亲病危之际非常坚强，哪怕生命到了尽头，从不向病魔低头，永远值得子女敬仰。

父亲的一生是平凡的一生，艰苦朴素的一生，是勤劳、勇敢、善良的一生，父亲陡然离开，对全家是一种打击，更是一种损失，儿女们要化悲痛为力量，努力工作，以此报答父亲的养育之恩。父亲离开两年多时间，像是与父亲分别了一个世纪。愿父亲在天堂没有病痛，儿女们永远怀念您。

父亲对我一生的影响很大，让我终身受益。第一，借钱读书。1985年我虽没有考上高中，但父亲心甘情愿"搭黑价"让我前往澧县四中读高中！开学前，父亲四处找人借书费时，当时农村有人戏谑"只有挑起扁担借谷，没有挑起扁担借钱"。父亲是一位农民，懂得知识的重要性，没有被困难吓倒。第二，送子参军。1988年我高中毕业后，为摆脱农村，父亲尊重我的选择，送我当兵保家卫国。在部队，我立三等功一次，转了志愿兵，一干就是十二年。2001年复员回地方，被分配在澧县中医医院工作至今。第三，帮助儿子成家。我到了该结婚的年龄，一时难以找到对象，父亲四处托人替我说媒。我二十九岁结婚的那天，不胜酒力的父亲喝得酩酊大醉，因为高兴。

视频探猪场有感

夕阳西下

工人挥洒着汗水

辛勤地劳作

装饰着一幢幢标准化的办公楼

三台挖土机

"咔咔""咔咔"的机械轰隆声

响彻石门燕子山之巅

存栏 1500 头的现代化养猪厂

初具雏形

过去，我们痛苦过、彷徨过

今天，我们看到了新的希望

"只要干不死，就往死里干"

在"狼王"的带领下

我们热血沸腾，壮志凌云

美好的明天，就在春暖花开之时

翻过这一道鸿沟

将迎来崭新的一天

（创作于 2021 年 12 月）

【心灵独白】

俗话说，三十年河东，三十年河西。人生不是一帆风顺的，潮起潮落才是自然规律。前几年，战友头脑一热，竟干起了养殖业，结果没有逃脱非洲猪瘟的魔力，碰得"头破血流"，亏了血本，但"赚"了教训和经验。

失败是成功之母。我相信：只要有信念与勇气，雨过天晴，艳阳高照，会有成功的一天。

女儿出嫁偶感

一

小女初长成，
青春发花枝。
大学结知音，
共渡桃源溪。

二

珊珊嫁周郎，
桥驿结连理。
长沙若比邻，
宾朋满湘澧。

（创作于 2022 年 6 月）

欢歌笑语话小康

八月，丹桂飘香

漫步在乡间田野上

新农村建设映入眼帘

一桥飞架南北

"安慈"横空出世

乡村小道披上沥青纱

排排现代化的楼房

鳞次栉比，琉璃闪光

千顷稻穗农田绿

万亩"百果"挂枝头

潺潺流水，鸟语花香

男女老少

瓜蒌地、葡萄架下

欢歌笑语话小康

（发表于《走向》2023年1月文艺微刊）

王者归来

有一位邯郸姑娘

在八角笼里

施展竞技格斗

拳打世界

脚踢苍穹

彰显中国力量

有一位 90 后女孩

九岁开始习武

从保镖、运动员

打进世界拳坛

登顶格斗巅峰

她的名字——张伟丽

让历史铭记：美国纽约

一位王者荣耀的日子

作为挑战者

以裸绞绝技

降服卡拉·埃斯帕扎

她像做梦一样

夺回属于自己的金腰带

过去，她是中国的伟丽

今天，她是世界的伟丽

实至名归

万众瞩目

致敬——张伟丽

UFC女子草量级世界冠军

她的传奇

向世人宣告

只要有梦想

大胆去追逐

（发表于《大澧州》2023年2月第1期）

【心灵独白】

我一生爱好运动，热爱体育，特别喜欢欣赏竞技比赛。张伟丽出身贫寒，非常能吃苦，从哪里跌倒就从哪里爬起来，被誉为中国女性的典范。

张伟丽文化程度不高，但刻苦学习，英文比较熟练，人也开朗，很阳光。2022年11月13日在纽约夺得草量级

世界金腰带之后，一路向前，永不止步，决心跨级别冲击蝇量级世界冠军。体育无国界，祝愿张伟丽再次捧冠，为郑州争光，为中国而战。

感悟，2022 卡塔尔世界杯

足球的魅力在于激情燃烧

32 支球队在多哈竞相绽放

一方欢喜带给另一方忧伤

绿茵球场上复杂的情感

在此时得到充分的体现和释放

球员们励志的传奇故事

承载着平凡生活中的英雄梦想

2022 卡塔尔世界杯

卢赛尔体育场，球星闪耀

一场惊心动魄的冠军之战

一场荡气回肠的封神之战

潘帕斯雄鹰问鼎大力神杯

36 年之后

"三金王"阿根廷载入世界足球史册

"金球王"——梅西圆梦绿茵场

高卢雄鸡虽败犹荣

最佳射手金靴奖得主——姆巴佩

后生可畏

来日方长

（发表于《走向》文艺微刊、《澧州文艺》2023 年 1 月
第 1 期）

【心灵独白】

2022 年卡塔尔世界杯是有史以来最好的世界杯之一，
亿万球迷们不会忘记这场巨星云集的足球比赛，梅西第七
次荣膺世界足球先生殊荣！摩洛哥创下非洲球队历史最佳
战绩。伴君千日终有一别，一代传奇莫德里奇、C 罗、内
马尔等巨星即将谢幕。

本次世界杯出现了许多中国元素，让人非常欣慰。韩
国、日本、澳大利亚等亚洲球队异军突起，衷心祝愿中国
队再次挺进 2026 年美加墨世界杯。

人生的另一种风景

在这个世界上

总有一些美好的事物

值得我们全力以赴

哪怕是功败垂成

没有人可以永远站在山顶

没有人会长久处于人生的低谷

生活的许多不如意

让我们看到了胜利的曙光

完全有理由相信

没有一个寒冷的冬天是不可逾越的

也没有一个温暖春天是不会来临的

艰难的生活虽不富裕

坚强地活着才是真谛

更是人生另一种风景

（发表于《走向》文艺微刊、《澧州文艺》2023 年 1 月第 1 期）

第二辑 伊甸园

寻觅

北风　雪花
飘洒在广袤的大地
茫茫苍苍　苍苍莽莽
世界何其纷繁

寒气　雪团
笼罩着孤独的我
寻寻觅觅　凄凄惨惨
更与何人说

（创作于 1988 年 12 月）

【心灵独白】

　　20 世纪 80 年代，"万般皆下品，唯有读书高"的封建思想仍然禁锢着人们的思想，金榜题名、光宗耀祖是父辈心中永恒的荣耀。

　　面对"千军万马，难上独木桥"之境况，莘莘学子感到迷惑、惶恐、孤独与不安。世界之大，个人的前程却不知在何方；世界之小，心中的情愫却不知与何人说！这首诗表达作者当时处于彷徨、焦郁、不安的心态，当然也存在情感问题，谁也说不清楚。

"正当高考无门，前程一片迷茫，一位心爱的姑娘不期而遇，既欣喜又胆怯。春春期暗恋意中人，但又不能表白，这是朦胧的、苦涩的、躁动的爱，更是不理智、不成熟的爱。前途的渺茫与'单相思'焦灼在一起，足以印证我当时陷入凄惨、彷徨、迷茫、无助的困境。"

请抬起高贵的头

当我们相遇时
请别低下你高贵的头
害羞吗？
羞红的脸更让人陶醉
害怕吗？
爱情属于我们年轻人

当我们相遇时
请别低下你高贵的头
昂起头更能体现巾帼气概
请别让修长的身姿
被绵绵的柔情淹没
你应该是钢与柔的结合体

当我们相遇时
请别低下你高贵的头
四目相对虽难为情

却可以传递感情

（创作于 1989 年 3 月）

【心灵独白】

曾几何时，夕阳西下，杨湾山岭洒下美丽的身影，泥泞小道走出深浅不一的足迹，入伍送别……当时我无法用言语来描述那一段恋情。唯愿经历千帆过，归来仍是少年。初恋是青涩的，也是甜美的，爱过，便不后悔。时过境迁，虽然不能拥有，学会放弃也是一种幸福。

一切为了你

一切为了你
紧握你的手　告别养育我的故土
登上渐渐远去的列车
融入虎门销烟的古战场

一切为了你
二十年前　带着憧憬穿上水兵服
巡逻在波涛汹涌的万里海疆
猎猎的军旗下书写你的芳名

一切为了你
眷念　你的情愫我的梦
重新寻觅
昔日难分难舍的杨湾岭
山依然是那样的山
树依然是那样的树
美丽的倩影已随清风飘散
往日的恋情却变成了粉红色的回忆

一切为了你

情愿　忍受着七千个日夜的煎熬

尽管失去了花前月下的浪漫

岁月冲淡了海枯石烂的誓言

但因纯洁与善良

让我珍藏那一份永恒的柔情

那一夜　我又梦见了你

化作一对蝴蝶在丛林中翩翩飞

（发表于《墨池文学》2006 年 12 月第 3—4 期）

那个女孩

在老婆的唠叨声中

想起远在海边上的女孩

打开封存三十年的那段记忆

慢慢浮现她的样子

分别时

送给我的日记本

干净得没有书写一个文字

那份纯洁

像海上一朵浪花

像天空七彩的云

让我

无法追寻

（创作于 2007 年 10 月）

无题

四中校园经满腹，

尔等聪慧余羡之。

蓝披肩下壮军魂，

三角邮戳情未了。

喜闻姊妹遇知音，

心花怒放湘鄂边。

暖风吹拂情人醉，

比翼双飞在人间。

（创作于 2007 年 9 月）

迟到的爱

一颗平静的心

昨天

泛起层层涟漪

夜来人静

疯狂地翻找

珍藏已久的那一张旧照片

只因一句"时常想起我"的问候

让相思拉得特别特别的长

在深秋的季节

倾诉着动人的故事

看见婆娑的眼泪

无法回到爱的起点

（创作于 2007 年 12 月）

送行

早晨

邂逅于一个不出名的小镇

长长的飘发

紫红色的格子衣

从网上购买的马靴

从你明亮的双眸里

读懂你的苦恼

品味一生的酸楚

还有晶莹剔透的泪花

公汽来了

你惊慌得不知所措

或许，带着思绪飘向远方

全然不在乎眼前的有情人

当你回过神来

公交车，仍停靠在你脚前

在一阵急促的喇叭声中

你挤进了人群

望着你离去的背影
我的脚步并不轻松
心中的思念
连着惆怅

（创作于 2008 年 3 月）

【心灵独白】

"多情自古伤离别，更那堪冷落清秋节。"鸿雁传书，漂洋过海，陪伴我度过两年难忘的军旅岁月，一副金边眼镜镶嵌在清秀的脸颊上，炯炯有神；温婉柔和的声音，犹如咀嚼清脆的红苹果，入沁心田。短暂相聚，执意北去，便纵有千种风情，更与何人说？

俗话说："男追女隔层山，女追男隔层纱。"不管是"山"还是"纱"，都已成为过去。"两岸猿声啼不住，轻舟已过万重山。"彼此祝福，这是最好的结局。

牵手

一副柔嫩的肩膀

心系着恢宏的生命

在风口浪尖

任凭沧桑岁月蹉跎

是何等的洒脱

生活中的酸楚

欲与何人说

形单影只的蝴蝶

在夜色里倏忽间

停栖在高高紫罗帐外

清晨小心翼翼地放飞

郁郁葱葱的丛林

什么时候摒弃世俗的阻隔

牵手走过绚丽多彩的季节

（创作于 2009 年 3 月）

彩铃声

夜来人静

神经绷得很紧

时刻期待那一曲悠远的《月亮之上》

因为手机在充电

一颗躁动的心

在分秒之间煎熬

是想聆听那久违的声音

或是等待那心灵的交融

只有天地知晓

时钟嘀嗒嘀嗒

孤独地走动

就像你不知疲倦忙碌的身影

你那枯瘦的骨骼

怎不让人揪心让人痛

侧耳倾听

窗外

机器的轰隆声

还有闷死的空气

等待

可能是过多的奢求

时针翻过新的一天

老天爷的怜悯

或许是心有灵犀

突然传来一阵清脆的彩铃声

顿时一片茫然

回信正在为你写诗

（创作于 2009 年 4 月）

情缘

多少次在睡梦中惊醒

多少回相思在风雨中

多少次细细咀嚼那个苦涩青果

多少回想封存占据躯壳的记忆

但始终无法割下心中的情愫

错过爱的季节

山河伤神

日月失色

而今对你的爱

难以承载

对你的情

无以回报

只因一次意外相处

仿佛回到爱的驿站

病床的陪伴

情感的传递

浓缩着一段真情

仰望大海

借酒问天

人生还有几回缘

（发表于《墨池文学》2009 年 5 月第 5 期）

【心灵独白】

一张发黄的旧照片连同娟秀的字迹，又让我回想起过往的那些事。情是何物？谁也说不清道不明。或许这都是生命中的过客，只有珍惜自己，爱惜身边的人，和睦相处，好好生活才是真谛。

蝴蝶恋

春暖花开的季节
走进了我的视线
犹如纷飞的彩蝶
停落长满青苔的窗口

夏雨多发的日子
找到自己的归宿
从此
多一份心灵的牵挂

秋风送爽的夜色
相约在无人的街
那一刻
急促的气息凝结成永恒

冬九腊月
烧酒连着相思

醉倒在你归来的路口

（发表于《墨池文学》2009年9月第9期）

【心灵独白】

一只蝴蝶无拘无束地飞舞；一棵小草甘愿衬映百花争艳，独自过着与世无争的生活，它犹如一道霞光温暖大自然的万物。在那绚丽多彩的季节，美丽的蝴蝶已经飞了，但我还是小心翼翼地收藏……

七夕恋

今夜，星汉灿烂

今夜，我们歌颂爱情

银河系里再孕育

一对情侣座

你恰似一抹晚霞

柔情缠绵

我憨厚忠实

仅次牛郎

相濡以沫的厮守

呵护一生幸福

（发表于《墨池文学》2010年8月第8期）

真爱是幸福的乐园

一只百灵鸟
像在笼罩中无奈地囚困
纵有美丽的翅膀
难展翱翔蓝天的身姿
时受路人的戏谑
岂不悲哉

夕阳西下
烈士公园，满头银发的老人
推着轮椅上中风的伴侣
艰难地前进
构成一幅抗争命运的风景
岂不壮哉

人世间，虽沧海一粟
真爱无处不在　无处不有
只要用心追寻
用爱去浇灌

那是幸福的乐园

岂不美哉

（2010年9月收录于《道河文韵》结集出版）

【心灵独白】

　　真爱或许有，或许无。这是一个真命题，只要爱人或恋人双方自认为是真爱即可，谁也给不了真正的答案。我由于长期处于多愁善感的状态，情感丰富，重情重义，有家庭担当和责任心，并非移情别恋的花花公子。

恋情

一

追寻初恋的梦
是快速的心跳
从军的岁月
有你真诚相伴
千百年
山伯与英台
也只能破茧成蝶
也许
有情人难成眷属
就是绝佳的印证

二

邂逅你
在那深秋的季节
一副金边眼镜

少女般的矜持

才华横溢

十余载的情愫

却永远定格在初春的早晨

王母娘娘金簪一挥

牛郎织女

也只能遥望银河

三

时常孑然一身

独坐天涯一隅

细细咀嚼

那沁人心脾的蜜语

就像嗅着你特有的气息

梦魂萦绕肝肠寸断

恋人啊！多渴求

牵手走过红地毯

乘神雕遨游世外桃源

哪怕演绎范喜良千古悲凉

（发表于《澧州文艺》2010 年 12 月第 2 期）

【心灵独白】

诗是心灵的碰撞，诗是最美丽的文章。它有少女般的矜持，更有烈性骏马般的桀骜。梁山伯与祝英台、牛郎与织女、范喜良和孟姜女这些历史爱情典故，已成了当代年轻人崇拜的偶像。在我的心中，她们都是我人生征途中的一朵鲜艳夺目的玫瑰花！有的是我人生奋进的"推进器"；有的是我寂寞时的"开心果"；有的是我人生回味的"口香糖"；有的是我梦寐萦绕的"橄榄绿"……无论是初恋还是热恋，我都会百般地珍藏于心底，待到"天荒地老"，待到"海枯石烂"时，我会掬在手中，细细地咀嚼，像陈年老酒一样香醇！

真爱都难

我出生在那《桃花盛开的地方》。

度过激情燃烧的岁月，

毅然放下手中的笔，

怀着一腔热血唱起《金色盾牌》奔赴南海之滨，

成为一名《光荣》的《水手》。

在那一片橄榄绿的军营里，

我的《命运》，

就像《雪飘》中的《小白杨》一样坚强茁壮成长。

《咱当兵的人》，

时常躺在海滩上看天空的《大雁归》；

一群黝黑的《黄种人》，

驾驭着战舰在宽阔的大海里《自由飞翔》；

来自五湖四海的《战友，亲如兄弟》，

品味《打靶归来》的喜悦。

因为，《我是一个兵》。

深夜，我徜徉在渔火交融的《军港之夜》，

享受着心旷神怡的《完美世界》。

我是一只来自《北方的狼》，

你是《八百里洞庭》那亭亭玉立的《小芳》。

《二〇〇二年的第一场雪》之后，

让我《遇见你是我的缘》。

从此，我们的《缘分》就像那《该死的温柔》，

在《心雨》中《放开》。

《想起你》，我孤枕难眠。

于是，我越过《五指山》，

来到《万泉河》，

《为你写诗》。

我遥《望星空》，

在《千里之外》的大海上放飞一群白鸽，

期盼《十五的月亮》，

因为，你是最美的太阳里的《雪绒花》。

其实《在两个人的夏天》，

你总是《心太软》，而且《飞得更高》。

正当《我想有个家》时，爱情却又与我擦肩而过。

也许《爱上你是一个错》。

我知道《香水有毒》，

《你要的不是我》。

因为《我不配》，

《你是美丽的坏女人》。

但《我们还是好朋友》，

《在水一方》，

《明月千里寄相思》。

如果你问我爱你有多深，《月亮代表我的心》。

我和你《吻别》在那条无人的街，

《你是我的玫瑰，你是我的花》。

回答是《穷开心》。

《给我一杯忘情水》，

请你《不要在我寂寞的时候说爱我》，

因为如今《想爱都难》。

为了《难忘今宵》，

我甘愿把《我的果汁分你一半》，

请你不要说是《玫瑰花的葬礼》，

那更堪称是永久的《朋友》。

多少次《相思风雨中》，多少回柔情在睡梦里；

对你的爱烙印在心中，让思念化成相思的雨，

失去了你，但《我不后悔》。

多少年以后，《我会好好》地活着。

只《祈祷》你带着儿女《常回家看看》，

在这条熟悉的《小路》上眺望你远离的背影，《守候在你来时的路口》《把根留住》。

我会在《月亮之上》的情感驿站里，等你《一万年》，共享爱的《神话》。

（创作于 2011 年 8 月）

致爱妻

在一个不经意的日子

寻觅到甜蜜的时光

闪电般地

孕育

爱的结晶

长相厮守

相濡以沫

与君

风雨兼程

一路欢笑

一路醉

与君

朝夕相处

沾满一身荣光

收获一生幸福

（2010 年 6 月收录于《道河文韵》结集出版）

【心灵独白】

邂逅爱妻，是在当兵的第五年。那一年探家，在父母的催促之下，邀请媒人去县城相亲。20世纪90年代的军人，择偶的条件不高，只要双方愿意，"入眼"就满足了。特别是男军人一方，因为休假的时间有限，只想找个媳妇早日回部队。

"一见钟情，半月内结婚，终生不后悔。"这是我对爱的誓言和对妻子的承诺。妻子文化程度不高，但很有涵养，非小女人。多年以来，妻子操持家务，相夫教子，夫妻相敬如宾。妻子就像一坛陈年的酒，越老越香，品味无穷，回味无穷，此生足矣。

爱的密码

秋风落花
情未了
广袤大地
长出相思树

今夜，皓月当空
繁星点点
卧室，昏暗的灯光
酸楚、孤独
还有闷死的空气
袭向天马行空者
多渴望
一只彩蝶
停留在孤独的心窗

忆
往日的岁月
更多的是心跳

与不安

一头挑着牵挂

一头系着思念

挥之不去的身影

魂牵梦萦到天边

春天

采撷一粒红豆

种植满庭院的香

夏天

精心浇灌

百般呵护

秋天

收获心灵的慰藉

冬天

围坐一堆篝火

掬一把相思泪

挖掘相思根

和着温酒

吞进肚肠

（2012年11月收录于《道河文韵》结集出版）

等你，站在家门口

孩提时代

懵懂的我

一颗躁动的心

站在你的家门口

心跳特别快

想见到美丽的倩影

人到中年

岁月蹉跎

时光老去

除了一份责任

又多了一份牵挂

时常，站在家门口

守候在你归来的路口

爱情

是欢笑与泪珠

飘落的过程

是相思与厮守的

一对孪生兄弟

暮年之秋

那一份未了情

犹如一壶醇香的烈酒

醉倒在

你家门口

（发表于《墨池文学》2016 年 10 月第 10 期）

秋思

金黄色的稻穗

压弯了腰

微风一吹

洒落满天星

一望无垠的山野

百果飘香

清澈的澧水

蜿蜒流淌

机灵鸬鹚觅饱了鱼儿

夕阳西下

佝偻的老农

静坐在葡萄架下

依稀远山

炊烟缭绕景阳庄

（发表于《城头山文学》2018 年 9 月第 9 期）

梦上桃花岛

孤单的游子

思念儿时的家

独寓山野

吸吮你的气息

远上天边

又似眼前

音绕耳畔

容颜长存心间

一腔情怀

空悠悠

三千日月

朝朝暮暮

仰天笑

看人生如戏

抿口烧酒

红遍晚霞

乘神雕

梦上桃花岛

（发表于《城头山文学》2018 年 9 月第 9 期）

【心灵独白】

桃花岛是我为恋爱双方设想的栖身之地，坠入爱河，好似人间仙境，不受凡人袭扰，享受爱情的幸福，这实际上是一种对美好爱情的向往，是一种缥缈虚幻的世界。古今中外的爱情故事，如梁山伯与祝英台、范喜良与孟姜女等，只能留下千古绝唱的悲怆，"有情人终成眷属"才是当今对天下情人最好的诠释。

第三辑　水兵蓝

送退伍战友唐华

昨天相识在港湾

今天分别在军营

在这短暂的军旅生涯中

谱写了一支和谐的歌

而今分别

并非战友之情的结束

而今离别

才是思念的开头

你把帆影

挂在我的桅顶

我把桨音

留在你的船头

为了明天的黎明

分别时道一声珍重

（发表于 1992 年 11 月《南工报》）

水兵锦言

（一）

深藏森林的鸟儿，不知外面天空的浩瀚；
锚泊港湾的水兵，难品搏击风浪的欢乐。

（二）

顽石投入大海，掀起美丽的浪花；
水兵跨进军营，练就强悍的水手。

（三）

海燕，总在乌云密布的天空飞得越高；
水兵，总在波涛澎湃的大海练得更精。

（四）

系柱可贵，在于不嫌位卑，
为舰艇泊岸甘当纤夫；
水兵可爱，在于不慕名利，
为海疆安宁乐于奉献。

（五）

燧石在敲打中发光，
钢铁在熔炉中冶炼，
水兵在深蓝中成长。

（部分作品发表于 1993 年 11 月《人民海军报》）

在没有你的日子

伫立在澧水河畔
将你所有的情书
折成一万只千纸鹤
连同所有思念
掷入滚滚长江流向大海
找到她应有的归属
学会放弃也是一种幸福

在没有你的日子
投弹、射击、军体拳
单双杠还有越野长跑
汗水湿透了海魂衫
黝黑的皮肤，矫健的身躯
在战友们的助威呐喊声中
百炼成钢

在没有你的日子
时常怀揣《毛泽东选集》

和一本发黄的《雷锋日记》

迎着晨曦，走进教训室

躲藏在军营的被窝里

品读雷锋的故事

聆听伟人的教诲

净化心灵，伴我成长

在没有你的日子

终究走出了困境

即便脱下军装

岁月渐渐老去

依然感谢上苍

让我曾经拥有

一段刻骨铭心的恋情

（创作于 1994 年 11 月，发表于 2023 年 1 月《走向》文艺微刊）

锚地之兵

海浪拍打着战舰

驶进各自的锚区

随着"嘀"的一声（五秒）——

空旷而静谧的长夜却被打破了

雷达兵

敏捷、机警地搜寻夜空的目标

报务兵

全神贯注接收"嘀嘀嗒嗒"的密码

枪帆兵

等待扣扳机的那一瞬间

操舵兵

掌握舰艇航行的方向

轮机兵

聆听车钟的拉响

威严的部署操演

循环延伸……

（创作于 1995 年 7 月，发表于 2023 年 1 月《走向》文
艺微刊）

【心灵独白】

退役多年后，忆想当水兵的日子，依然特别自豪和骄傲。入伍的初期，我阳刚、单纯、有上进心，什么事情都争着干、抢着干，一心想在部队干出成绩，保卫祖国的海疆。

每当夜幕降临之时，或周末、节假日之际，战友们都会三五成群追逐海滩，看潮起潮落。唯独我自己静坐海边一字一句咀嚼着亲人的来信，尤其是恋人的情书，那时多幸福啊。

清晨，巡逻在万里海疆

跨进绿色的

军营

带着崇高理想和憧憬

清晨

驾驶着战舰

军旗在飘扬

军徽在闪光

巡逻在万里海疆

肩负着共和国军人神圣的职责

献身海防

保卫祖国

是我一生的荣耀

（发表于《墨池文学》2008 年 7 月第 7 期）

国庆阅兵有感

真挚的问候

深情的祝福

蕴含着中华儿女的赤胆

普天同庆　六十华诞

铁甲生辉　扬我国威

创造世界的奇迹

实现国富兵强

伟大的祖国　英明的党

我为您骄傲　为您自豪

（创作于 2009 年 10 月）

致"水工"战友

虎门"沙大"结业

完成"由民变兵"的蜕变

缘分，五湖四海的战友

驻守湛江，保卫南疆

融入水上"工程尖兵"的序列

十二载的军涯生活

浓缩一生的"水工"情结

建西沙，巡南沙

挖泥沙，战台风

援助地方重点工程

屡立军功

情洒南疆

（发表于《墨池文学》2010 年 12 月第 12 期）

人民海军，生日快乐

1949 年 4 月 23 日，泰州白马庙
诞生了一支年轻的军队——人民海军
从《红鲨突击队》到《旗舰》的热播
见证了你的成长与强大
辽宁舰、山东舰相继下水
你向全世界宣告
中国海军进入了双航母的时代

中国人民解放军海军
你从无到有、从小到大、从弱到强
龙盘虎踞，所向披靡
你拥有兄弟——"五大"兵种
军魂利舰，逐浪深蓝
炮火震海天，剑指苍穹
七十周年之际
彩旗猎猎，战舰齐发
青岛海上大阅兵
震惊世界

今天是你的生日

我心潮澎湃，激动不已

清晨，我重拾军装

向你致上久违的军礼

祝福你，生日快乐

曾经的一名水兵

为了万里海疆的安宁

十八岁戍边卫国

尽一份坚守和奉献

身感无比的自豪与荣光

虽然，我已退役多年

但时常梦回军营

梦中，归来仍是少年

手握钢枪

驰骋大海

（创作于 2020 年 7 月，发表于 2023 年 1 月《走向》文艺微刊）

第四辑　天使颂

赞白衣天使

青松，经受酷暑严寒，高风亮节；

莲花，皎洁鲜艳，芳赐人间；

雄鹰，搏击长空，飞翔不息！

护士——白衣天使

像青松，情怀高洁；

像香莲，常惠笑颜；

像雄鹰，为使命奋战不歇！

（创作于 2005 年 5 月）

【心灵独白】

白衣天使的职业是崇高的、神圣的。天使是患者对你的赞美，天使是人民对你的褒奖。

俗话说："三分治疗，七分护理。"你是病人的一剂良药，你每天微笑面对患者，用爱心呵护病人，并鼓励病人战胜病魔；你是无私的，是奉献的一生，你是最美的天使，你是亘古不变的医魂。

假如

假如
您是一棵参天大树
汲取大地之精华
我愿是一片绿叶
镶嵌在您身旁

假如
您是中医瑰宝里的一条巨龙
让国粹发扬光大
我愿是长江里的一朵浪花
点缀着您的美丽

假如
您是一粒闪烁的钻石
续写中医人的辉煌
我愿是一颗螺丝钉
默默无闻地工作着

假如

您是一位苍生的守护神

受世人的敬仰

我愿是您忠实的信使

续写着您的辉煌

（创作于 2008 年 10 月，发表于 2023 年 1 月《走向》文艺微刊）

中医人的梦想

澧县中医人从繁花似锦的时代走来，带着我们浓浓的无限生机，在起伏的澧水之畔，春潮擂出一浪浪催人奋进的歌声。

68 年的光荣与梦想交织，20 世纪 70 年代，澧县中医人心忧天下，敢为人先。创立的小儿麻痹专科，享誉华夏大地，名扬东南亚国家。

20 世纪 90 年代末，世界医学科技发展风起云涌，50 年斑驳的澧县中医医院跳动着气象万千的脉搏，成功创建二级甲等中医医院。

这一朵杏林奇葩，伴随澧县经济跨越式的发展，随着时代的节拍，敢朝沧海呼大志，一往无前书写求实创新之歌。

海纳百川，有容乃大。进入新世纪，澧县中医人高举发展的大旗，借扶摇之风，再铸澧县中医医院的里程碑。

糖尿病科是中医医院的骄傲，中风病科、肛肠科、眼科、针灸理疗等特色科室，让中医之花在湖湘大地飘香。

他们肩负历史的使命，创建一流医院，造就一流人才，做出一流贡献。1998 年抗洪救灾有中医人奋勇向前的身影；

2003年非典，他们顽强坚守岗位；全县"手足口病"防治，"贫困白内障"手术复明工程，残疾人鉴证，他们光荣承担县委、县政府交付的神圣使命。

他们坚持核心价值观，先做人，后做事，他们以昂扬的精神风貌，把超一流的医德医风，汇入百姓的心中。

时刻牢记"诚信、敬业、仁爱、创新"的院训；"以人为本、中西合璧、突出特色、惠泽百姓"是他们的办院方向。

国粹精髓，妙手回春，抚平人间的创伤，爱的花朵，点燃希望的太阳。

牢记自己的使命：发展中医、关爱生命、呵护健康、臻于至善。

让传统中医展新姿；中西结合，医疗史册增辉煌。

为了中医梦，为了中国梦，他们愿做生命的捍卫者，他们甘为健康的守护神，用闪烁的火花将激情点燃。

为了中医梦，为了中国梦，他们迈着铿锵有力的步伐，用一颗纯净的心灵去谱写中医药新的华章，登上中医药更高的创新舞台，去见证澧县中医医院日益强盛的春天。

为了中医梦，为了中国梦，在这一个中医药文化闪耀的时代，他们用智慧换来荣光，用高超医疗水平迎来幸福，去实现创立三甲医院的梦想。

（散文诗《中医人的梦想》于2014年8月获澧县中国

梦主题文学作品优秀奖；同年 12 月收录于《澧州，一个筑梦的地方》结集出版。）

【心灵独白】

这首诗歌是在澧县文联副主席、澧县作家协会主席谭晓春先生的指导下创作出来的。同时，谭晓春先生是我步入文学道路的领路人。

澧县中医医院的建设与发展，谭晓春先生亲眼所见。

中医梦，实际上也是我文学创作的梦。

古老杏园吐芬芳

　　澧水之畔，城头山旁，悠久的澧县中医医院，古老杏园吐芬芳，中华瑰宝闪金光，小小银针，丸散膏汤，为健康谱写华丽的篇章，情如绿荫，爱似海洋，大医精诚抚创伤，真心一片暖胸膛，灿烂的中医医院啊、灿烂的中医医院，让澧州古城充满希望，充满希望。

　　澧阳平原，鱼米之乡，崭新的澧县中医医院，以人为本讲和谐，继往开来铸辉煌，中西结合，救死扶伤，为中华之舟保驾护航，厚德仁爱，患者至上，创新是发展的主题，敬业是奋进的翅膀，腾飞的中医医院啊、腾飞的中医医院，为澧州古城播洒阳光，播洒阳光。

　　　　（澧县中医医院院歌，2009 年 8 月与谭君谦先生合作）

　【心灵独白】

　　我与澧县一中资深的音乐老师谭君谦先生通力合作，撰写澧县中医医院的院歌，非常荣幸。院歌是凝聚人心，弘扬中医文化的内在要求。小小银针，丸散膏汤是澧县古老中医的特色；患者至上，中西医结合是医院发展的核心；

情如绿荫，爱似海洋体现中医人的仁爱之心；诚信、敬业、仁爱、创新是医院的院训，更是医院腾飞的动力。

这首高昂、豪迈、激情澎湃的歌曲将激励着一代又一代中医人踔厉奋发，行稳致远。

情暖万家岗（组诗）

一

三年前
相识因病返贫、缺乏劳动力致贫的村民
我们承诺，帮扶万家岗村 22 户 67 位贫困村民
初去点村满脸尘土一路颠簸
乍到点村
村民们像看热闹似的挤满了陈旧的村部
一群疾病缠身、孤寡、残疾的老人像渴望着亲人
似的
一双双求助的眼睛
几多朴素的言语
传递着不是亲人却胜似亲人的感情

二

春暖花开的三月
一群佩戴党徽的医务工作者

100

活跃在田间地头，走进了寻常百姓家

拉家常，嘘寒问暖

摸家底，如数家珍

进村入户，逐一"把脉"

四月的一天

一群白衣天使又走进万家岗村

糖尿病、高血压、疼痛病、风湿病等健康宣教普

及村民

五名建档立卡贫困户享受住院全免医药费

音乐骤响处

志愿者带动村民跳起养生保健操

五月的一天

5000 株茶树苗

2000 只孵化小鸡

150 亩中药苗圃基地

白及、玉竹等十多种名贵中药加工融入产业扶贫

项目

山村焕发勃勃生机

三

三年攻坚脱贫

一千多个日夜

精准扶贫永远在路上

我们的心与村民紧相连

院长滕自觉

时常牵挂山区深处的贫困村民

堰塘清淤，道路硬化

访贫问暖，尘肺病救治

产业结构调整，村部迁址建设

处处有身影，件件有回音

乡村振兴战略

建设美丽和谐的新农村

常去常新

情谊深厚

一片丹心为人民

（发表于《城头山文学》2019 年 1 月第 1—2 期合刊）

扬帆启航创辉煌

一

杏林中医历史悠，
七十余载伴澧州。
小儿麻痹专科院，
专治脊髓灰质炎。
贺老一代创家业，
励精图治勤耕耘。
金刚药丸有疗效，
名满全国东南亚。

二

医院第八届班子，
传承国粹谱新篇。
硬件建设重基础，
专业人才是关键。
医疗质量为核心，

服务技术显特色。
带领医院创"二甲"，
澧水流域第一家。

三

自觉院长勇当先，
班子团结大步走。
党建引领促发展，
各项工作上台阶。
纠正行业歪风向，
廉洁医风树形象。
运筹帷幄出奇谋，
"七大中心"展蓝图。

四

国家医改新政策，
落地生根惠民生。
县委政府真英明，
中医澧州一家亲。
如今新的中医院，
焕然一新大改观。

平稳度过磨合期，
共创佳绩齐努力。

五

医疗设备更新齐，
内镜彩超生化仪。
放射增加磁共振，
"三甲"配置高精尖。
筑巢引凤纳贤才，
凝心聚力谋发展。
医务人员加油干，
晋升三级添光彩。

六

全国人民奔小康，
身体健康率先行。
医共体内一家亲，
优质服务惠百姓。
资源共享强基层，
盘活乡镇卫生院。
扬帆破浪重启航，

杏林翘楚创辉煌。

（发表于 2020 年 6 月《澧州文韵》第 1 期）

【心灵独白】

澧县中医医院建立于 1946 年，经过 70 多年的奋力拼搏，现有在职职工 850 人，建筑面积达 50 余亩，目前医院的建设与发展可谓如日中天、蒸蒸日上。概括起来说，医院经历了"三个"辉煌时期。一是 1971 年首创小儿麻痹症专科医院，二是 1995 年成功创建二级甲等中医医院，三是与澧州医院合并，接管原县人民医院旧址，2019 年顺利通过三级中医医院变更设置现场评估。三年之后，即 2023 年申报三级甲等中医医院的验收工作。此诗以快板的形式进行创作，以飨读者。

迎着朝阳，"中医号"旗舰穿行大海

在这个春暖花开

绚丽多彩的季节

一群白衣天使

怀惴梦想

悬壶济世

小小银针

丸散膏汤

古老杏园吐芬芳

在这个阳春三月

风和日丽的日子

一群白衣天使

西装革履

容光焕发

黄沙百战穿金甲

不达"三甲"誓不休

日夜挑灯奋战

杏林"中医"号

犹如一艘现代化的新型旗舰

横空出世

迎着朝阳

满载千余名中医人

劈波斩浪

便从澧水驶向长江

穿行湛蓝色的大海

（原创于 2023 年 3 月，发表于 2023 年 12 月《大澧州》
第 4 期）

【心灵独白】

2023 年 3 月 13—15 日，春樱微绯，风光旖旎，是澧
县中医医院三级中医医院评审验收的大喜日子。多位领导
和专家莅临澧县中医医院视察指导工作。

评审反馈会上，深圳市中医院副院长李惠林等 14 名
资深评审专家严格按照"三甲"标准和细则，围绕医院
"管理、临床、重点、护理、药学、院感、影像、检验病
理"八项工作进行重点讲评。"三甲"创建成功，900 名中
医人报以最热烈的掌声！医院党委书记赵远怀做"三甲"
创建表态发言。

　　"一年春作首，万事行为先。"澧县中医医院从 1995 年"二甲"的批准直到 2023 年的"三甲"创建，澧州中医人树立"功成不必在我、成功必定有我"的信念，始终坚持以中医为主的办院方向，充分发挥全县中医"龙头"作用，筚路蓝缕，励精图治，经历了二十八年艰苦卓绝的奋斗，医院建设与发展取得骄人的成绩。在湘西北地区率先成功开展"三甲"创建，为澧州人民的健康带来更大福音，这一荣耀必将载入历史，彪炳史册！

诗跋

谈张景高诗歌的"三度"

陈军

　　军人扛枪，文人拿笔，天经地义；但是如果文武兼备如张景高者呢，他在部队服役期间端着钢枪保家卫国，转业到澧县中医医院后，就拿起笔，开启他人生文的一面，任思维驰骋，凭才华横溢，一发不可收。写新闻，呱呱叫，写通讯，叫呱呱，写那些行政公文、工作总结也很内行，甲乙丙丁子丑寅卯毫厘不爽，智商和情商反而一路走高，去年出版了一本纪实文学作品集《足迹》，反响很好，现在又要出版诗集了，摆在我案头的厚厚清样告诉我，诗集水平还真蛮高。窃以为，写诗，最要用情，张景高的诗歌情感真挚，不泛情，不滥情，收放有度，很好地体现了三度：长度、宽度和深度。

　　我所说的长度不是指某首诗歌文字量的多寡，而是指诗人情感所及的时空供读者能够联想到的情感视界。《对月倾诉》就将诗歌的长度处理得非常好，诗人站在大地之上，对月倾诉，空间的长度就是天上人间，人有情怀，月有回应，广袤的宇宙，此刻只有两个意象，月与诗人，他们隔着多远的距离对话，读者一目了然。那么，时间的长度呢？诗人说"三年的高中生活，吃的是'笔筒'饭，睡的是高低床，日夜'泡'在题海中"，很显然，诗人要倾诉的无非是高中阶段包含高三复读考大学之前那段时间的苦闷与伤感。空间长度和时间长度恰到好处，如果诗人向月亮倾诉，又向太阳倾诉，还向太空之外的暗物质倾诉，就过了，纯粹是语言的堆砌；如果倾诉的内容不是高中阶段，而是从襁褓中开始，一直倾诉到知天命之后，同样也过了。

接着说，张景高诗歌的宽度。所谓诗歌的宽度，就是意象构筑的那个横截面，横截面不可太大，也不可太小，太大是臃肿不堪，太小晦涩难懂，大小相宜，恰恰好。请看《怀念父亲》，全诗二十六行，主意象是父亲，副意象有田、泥丸、狗、猫、老屋、老伴，由此我们看出的横断面是一个优秀的父亲，这个父亲和他的家庭组成了亲情世界，如果意象再增加两倍或者更多倍，则父亲就逃逸到了社会人的世界，主旨也不好呈现；但是如果全诗只有一个意象"父亲"，则诗人要表达的或许不知所云。

然后说深度。一猜就中的诗歌，应该停留在白话新诗的初创阶段，诗歌深度应该是主旨一读再读可以慢慢悟出

的，悟不出的是太深，不必悟的是太浅，太深和太浅都不是好诗，太深晦涩，太浅不能给人以联想和想象的空间。张景高的诗作总是深浅适度。如《女儿出嫁偶感》，仅仅四十个字，却能让人看见诗人女儿的青春芳华、恋爱经过、真挚情感以及诗人和宾朋的祝福殷殷。如果此诗，我们不读就知道主旨，或者读了半天不知所云，那就不是好诗了。

现在，我们以《迎着朝阳，"中医号"旗舰穿行大海》为例，系统地赏析诗人的三度。时间是春季，而不是四季，令人产生美好的遐想；空间是大地和大海，上面站着和航行着的是一群中医人。——这正是长度恰恰好！意象有花、天使、小小银针、丸散膏汤、旗舰、朝阳、澧水、长江、大海，众多意象凸显出了一个神圣的职业、一份沉甸甸的责任、一种勇战万方的气魄，但整个意境又不失温馨、烂漫。——这正是宽度恰恰好！反复玩味，我们会发现这首诗歌也很有深度，如"便从澧水驶向长江／穿行湛蓝色的大海"，意在言外，不直说澧县中医医院声名将远播湖湘、远播中国、远播世界，而通过"澧水""长江""大海"三个意象暗示，这就耐人寻味了。

张景高诗歌的特质就在于有长度、有宽度、有深度，于是乎，您即将读到的诗集《七彩云》便有了它自身的高度。张景高虽谈不上有名的诗人，但在诗歌创作领域里一定属于勤奋努力的诗人。正如澧县作家协会主席谭晓春先生在鼎力推荐诗集《七彩云》时说："张景高的诗歌在澧水流域引人关注，诗人在现实生活方面开辟了一条自己的路径。他的诗歌作品注入了一名退役军人的血液，纯洁且刚毅。多年人生融入杏林之园，为中医发展吟诵赞歌，为生命健康之火助力，并达到了文字升华的反哺。"最后我要说，张景高正迎着朝阳，诗集《七彩云》犹如"中医号"旗舰穿行大海，行稳致远。

2023 年 3 月于澧县

（陈军，湖南省澧县第一中学特级教师，省作家协会会员，有数首诗作获奖。）

不一样的"彩云"

——品读战友张景高的诗集《七彩云》有感

赵海

2021 年"五一"前一天下午,手机铃声提醒我有一条微信,当时我在开车,瞟了一眼是景高战友发来的,便赶紧将车开到路边停稳。打开一看是诗集《七彩云》,不禁嘴角上翘:这小子,真棒!晚上泡了杯绿茶,调好播放克莱德曼演奏的《水边的阿狄丽娜》钢琴曲,翻开诗集《七彩云》,思绪也跟着慢慢伸展开来。

景高兄与我同年服役于海军南海舰队某部队,之前我在军乐队,他在船上工作,我们均调到机关从事新闻报道工作,1993 年我退伍回地方,他继续留守海疆,这一别就已近三十年未曾谋面,依赖如今发达的通信,几年前才得以重新联系。

　　花了两小时细细品读诗集《七彩云》，时而热血沸腾，时而心潮澎湃，时而点点伤感，时而平静如水。我听到了深蓝色大海的鲸鸣；我看到了懵懂少年离家戍边的满脸坚毅；我看到了中国军人如泰山般的伟岸……祖国的日新月异在这里沿着时间轴展开，身边的一草一木、所思所想在诗集《七彩云》里大放异彩，平凡中蕴含着伟大，伟大来自无数的平凡。中华民族质朴的思想潜移默化地推动我们前进，文化自信支撑着民族的思想脊梁，时代需要这种自信！

　　《一切为了你》《在没有你的日子》，你是故乡、是祖国、是恋人、更是中国梦！《锚地之兵》《致"水工"战友》作者以亲身的经历讲述当年海军的"战斗"训练生活，让人难以忘怀。诗集《七彩云》一下子让我回忆起在军营的美好时光，在军营中，首长组建了一个三人团部做新闻报道，为我们提供写作的平台，让我们的军涯生活更添活力。虽然四年之后我选择了退伍，景高和立东两位战友留下来转了志愿兵，但我们没有忘记首长的教诲，都在各自的工作岗位继续建功立业。《真爱都难》以读者熟知的歌名叙说自己的人生历程，又何尝不是你我曾经的"云彩"。

　　诗集《七彩云》没有多少华丽的词汇和可歌可泣的事物，只是一种自然流露的情感，身边的"小人物小事情"在这里就如一杯随手可得的绿茶，沁人心脾又清香长存。这就是中国文字与思想结合所创造出的巨大能量，再美丽

的文字如没有深邃的思想，就犹如一位帅哥美女没有脑子。人生旅途感恩有你，才能看见不一样的风景，你那一颗被海水洗涤过的心永远不会褪色。

感恩有你，感谢你那不一样的"彩云"。

2021 年五一劳动节

（赵海，广东嘉俊陶瓷有限责任公司行政经理，安徽宿松人，中共党员，大学文化，工程师。）

后记

难以忘却的诗篇

张景高

"不学诗，无以言。"中国自古重视诗教，重视诗"兴、观、群、怨"的功能，这样才能使诗词学习和创作绵延不断，成为民族凝聚力和开拓奋斗精神的号角。

拙作以抒情类的诗歌为主，但不乏一些激励人生、讴歌社会的得力之作，有的诗歌配有《心灵独白》作为诗文的补充，如《大爱无言》《喜迎奥运》《中医人的梦想》《赞白衣天使》《向英雄肖俊致敬》《欢歌笑语话小康》《情暖万家岗（组诗）》《扬帆启航创辉煌》等，始终遵循"我们得用意志力和感恩的心情来忍受孤独沉默，并教会别人这样做，这是一个诗人的职责"。这在当今物欲横流、金钱膨胀的时代，实在难能可贵。闲暇之时，玩味自己的涂鸦之作，品味自己的"心灵独白"，不管缪斯女神会不会垂青我，都

是一种美的享受，一段情的回味。因为，诗歌是振奋人心的铿锵之音；因为，"文章之精者尽在于诗"。

　　好诗人，写出来的诗通俗易懂、含蓄而不晦涩，富有哲理、感染力强，启迪人生，除具备深厚的文字功底之外，还必须具备浓浓的家国情怀。"家"属于"国"的元素之一，是最小"单元体"，本着以豪迈、多情且细腻的文笔书写出不平凡"家"的诗歌，与广大读者产生共鸣。例如，《恋情》《追逐梦想》《怀念父亲》《迎着朝阳，"中医号"旗舰穿行大海》等。

　　诗集《七彩云》是一部成长史，更是一部奋斗史。在创作、整理的过程中，得到了谭晓春、胡平、陈军、龚道权、黄道贵、王小铁、刘志炎、滕自觉、易宗明、万传文、柏依朴、杨传向、金艳丽、刘静、谢晓婷、卢卉、杨孚春、苏大平等老师们的精心指导；得到了原驻湛部队首长林延河及战友邓学龙、赵海、尹振亮、高立东、任泽渊、庹进泉、孙传仁、陈作邱的真诚鼓励；得到了蔡志军、陈玉芳、江华、谭晓林、孙宝林、胡铭、黄大武、胡绪明、李守华等一批同窗好友的热心帮助；得到了李胜枚、张景炎、张景富、张秀芝、戴清华、李然兵、王腊忠、陈铭等兄弟姐妹、同事的大力支持。同时，诗集《七彩云》在出版的过程中，得到湖南教育出版集团张洵、四川悟阅文化传播有限公司潘洁女士、澧县新悦设计师李悦女士、张文武先生的辛勤付出。

俗话说："荷花虽好，也要绿叶扶持。"你们像阳光、雨露一样，滋润心田，沁人心脾；你们是我生命中的伯乐，不仅扶上马，还送一程；你们是我的良师益友，在创作中给予鼓励与帮助。在此，一并表示衷心的感谢！

有些人戏谑说，《七彩云》讲述的是七个女人的故事，我获悉后只是宛然一笑。其实，他们哪里看懂了我的心思。既然广大读者想探个明白，我不妨直说，是有这七个人，但绝非七个女人。何谓七彩云？其实是巧妙地借用"红、橙、黄、绿、青、蓝、紫"七彩之光，共同衬托我生活的轨迹，象征人生奋斗的未来。红色喻义热烈、喜庆、斗志、革命，暗指我曾经在部队从事新闻写作道路上的"指明灯"——首长林延河；橙色喻义温暖、友好、兴奋、财富，暗指在澧县给予过我工作上帮助的老领导滕自觉；黄色喻义明朗、高贵、愉快、希望，暗指我在澧县四中求学时的恩师——为诗集《七彩云》题写书名的黄道贵；绿色喻义平静、和平、年轻、安逸，暗指为诗集《七彩云》作序者胡平；青色喻义信任、朝气、纯洁、真诚，暗指本书出版牵线人彭雪；蓝色喻义深远、永恒、冷峻、稳定，暗指为作品品头论足的战友赵海；紫色喻义优雅、高贵、神秘、傲骨，暗指我文学创作道路中的领路人谭晓春。他们这些人是《七彩云》中的引领者，他们深厚的情谊也像一束七色光，照亮我前行的路，使我砥砺奋进，永不懈怠。

此诗稿跨度达30余年。人过半百，想了却出诗集的夙

愿。于是，我利用休息时间收集整理，历时三年有余，经常熬夜至三更。作品喜忧参半，且部分诗作属于首次公开出版，难免有些粗糙，如有不当之处，敬请读者批评指正。

2023 年 3 月于澧县运达城

风竹
敲窗韵入书

恒

欧阳贤　著

光明日报出版社

图书在版编目（CIP）数据

归 / 欧阳贤著 . -- 北京 : 光明日报出版社，

2023.12

（风竹敲窗韵入书 / 林目清主编）

ISBN 978-7-5194-7645-8

Ⅰ . ①归… Ⅱ . ①欧… Ⅲ . ①诗集－中国－当代

Ⅳ . ① I227

中国国家版本馆 CIP 数据核字 (2023) 第 250097 号

欧阳贤《归》序

林目清

  欧阳贤老师已近耄耋之年，仍笔耕不辍，这本书已是他出版的第六本诗集了。他的第一本诗集是我写的序，后来每出一本诗集都要我介绍人写序，这一次又要我介绍人写序，我想了很久，我身边熟悉他、又能为他诗集写序的人实在是找不出来了，他说："那还是你写吧！"我不好推辞，只好尽心为之。

  欧阳贤老师，我称他为"老师"，有两个原因：一是他当了几十年教师，为党的教育事业奉献了一生；二是我也教过 13 年书，当了 13 年老师，老师之间相互称"老师"吧。其实我当老师期间我与他并不相识，后来我改行到了县文化馆任文学戏剧专干才与他有缘相识。

  相识时才知道，我和欧阳贤老师一样，都是邵阳师专理科毕业的，他学的是化学专业，我学的是数学专业，可鬼使神差地都爱上了文学，而且都是写诗，有所区别的是他写旧体诗，我写新诗。不管写什么诗体，都是诗人呗。诗人大都气味相投，大都爱喝酒，大都在酒后喜欢嗓亮的乱语狂言。我俩就是在一次文友相约的酒桌上认识的，记得当时喝到酒兴大发时，大家撸起袖子，一边呦嗬，一边换大杯干。欧阳老师当时与我一下干上了，他大发狂言，他说再来一瓶，可以把地球喝个倒转，我说再来两瓶可以把太阳醉倒在河里，顿时大家都笑破了肚皮。据说那次他真醉了，一路吟诗中被人送到了家里；我也真醉了，说我刚把诗吟出嘴边就呼呼大睡了，梦中的诗歌就这样被呼噜声淹没了，我在睡梦中被人送到了家里的床上。我和欧阳贤老师就这样常年在酒桌上酒语交流，渐渐成为挚友。

酒，是个好东西，它能去腐消毒、改变人的性情、净化人的思想、引人向善、向往美好。喝了酒就有胆量说出"世界是我的，地球是我家的菜园子"的大话来，并且心里很快会冒出"我要改变世界、改变地球"的大理想。酒，是理想者的宠物，更是文人墨客的"爱妃"。欧阳贤老师以酒为伴，对生活充满爱与理想，是一个愤世嫉俗、"诗出狂言"、一心想改变世界的人；是一个心忧天下、胸怀国家、为国担忧而充满爱心的人；是一个热爱生活、善于生活、乐于生活的人。

欧阳贤老师的许多诗都是酒后有感而发，写身边的人和事，就事论"诗"，就人而吟。敢于说真话，敢于揭露恶行，敢于为不平发出呐喊，敢于为弱小站台，勇于弘扬正气而向邪恶宣战！他总希望他的诗能感化这个世界不良的东西，能让这个世界变得更美好。细读他的诗歌，你就有大佛的胸怀，就有孙悟空的胆识，就有以天下为己任的豪迈。

欧阳贤老师的诗生活味很浓，充盈生活气息，着眼于生活细节来引发自己的思想情怀，让读者贴心，感同身受，令读者产生共鸣而让人感动于心。这方面的诗他写了不少，每一首诗都注满了爱心。他想通过对生活的剖析，在显微镜下让人看到生活的本质与不同的人生生活所产生的基因。

欧阳贤老师的诗大多是在游历中写的。欧阳贤老师退休后，经常带着自己的妻子游览祖国的山山水水，所到之处，豪情满怀，用诗讴歌祖国的大好山河，用诗寄情于山水，抒写人间真情、抒写自然的神奇与美好。从他的诗里我们可以看到自然与世界的融合，看到他人生与自然的契合点，有一种自然归于我心、我心归于自然的天人合一的感觉。

欧阳贤老师老否？非也！老骥伏枥志在千里。他以他的满腔热血灌注的不老青春仍在诗路上默默耕耘，他要把他的一生最后都写成诗歌、写成大爱的情怀，去与日月同辉！致敬欧阳贤老师，致敬诗歌！

GUI

归

欧阳贤

　　看惯了，花开花落，潮涨潮退。看淡了，黄金白银，兴衰成败。叹过了，人为财死，鸟为食亡。叹过了，恭亲王府，锡山私宅。

　　转不完的春夏秋冬，数不尽的阴晴圆缺。写不完的恩仇情恨，演不尽的才子佳人。经不起的悲欢离合，伤不起的生离死别……

　　千山霜秋，叶落归根。百川江河，终流到海。周而复始，万类霜天竞无奈。

　　雁过留声，花落留香，人死灯灭，无影无踪。他蒙了，他痴了，他傻了，他疯了。归无怨，去无恨，唯有泪自叹：吾不及雁，吾不如花，奈何？！

　　他研墨不息，长吟不绝。为声？为香？

2021年1月12日于双洲

目录

CONTENTS

6

16

江南春·家

林院静，
草亭凉。
残荷莲子苦，
秋菊叶花霜。
芭蕉篱竹浮云暗，
流水沙湾波月光。

2021年1月14日

冬阳

红旭迟迟瓦滴霜，日高三丈暖檐廊。
乱蓬梦猫寻鱼笑，木椅闲翁品酒香。
灶火熏窗烟柴院，余晖边角影虚墙。
飞鸡走犬相娱乐，独立青山远夕阳。

2021年1月15日

十六字令·霜

（一）

霜！夜半楼廊玉月光。蛩声碎，往事易相忘。

（二）

霜！野露黄花翠叶香。芳邻尽，独自任风狂。

2021年1月16日

晓舟

滩沙芦絮驭风为，深梦轻舟浪自移。
渔火残痕孤寂静，篷霜流雾两无知。

2021年1月17日

一剪梅·过往了

深梦余寒明月光。桂影婆娑，一地银霜。高枝宿鸟夜惊心，鹅语鸡声，吠犬檐廊。　　往事如烟痛未忘。风雨人生，多少饥荒。十年烽火杏坛虚。辍学双洲，几叹空望。

2021年1月18日

巫山一段云·年关近边乡

沙渚滩头浪，江楼瓦上霜。雾流群岭野茫茫，遥宇日微光。古镇人行早，平林鸡鸣长。篱笆烟处菊闻香，梅雪掩春藏。

2021年1月19日

腊八

年年今日扫尘庐，岁岁春时净院舒。
多少年年连岁岁，烟花爆竹似当初。

2021年1月20日

3

捣练子·独醉

霜草碎，柳条枯，落叶飘飘坠地虚。

遥鹭碧天归影独，玉杯重院醉魂孤。

2021年1月21日

运

路草辗重荒，穷庐瓦叠霜。

聪明权贵客，都是有钱郎。

2021年1月22日

苏幕遮·故土

雾寒林，霜冻渚。野陌黄花，遍地飞芦絮。山外蒙蒙遮绿树。细水无情，潏潏东流去。　　故乡魂，深几许？古道残痕，旧庙闻钟鼓。楠竹长堤樟隐坞。袅袅炊烟，笑尽儿时语。

2021年1月23日

甜酒

白蚁煮红汤，清醇满院廊。

悠然呷一口，回味荡魂香。

2021年1月24日

驼婶上街

推车碎步晓行先，半日唏嘘市井偏。

买点瓜糖烟酒肉，算来惊叹少银钱。

2021年1月25日

喝火令·忆母

古树依如旧，江桥郁草深。竹堤河谷鸟啼林。故土一帘幽梦，梦里可追寻？　老母朦胧影，虚无泪满襟。忆时伤痛苦难禁。苦也霜浓，苦也枕衣沉。苦也断肠魂绝，无语对天吟。

2021年1月26日

年关路

淫雨霏霏野陌狂，阴霾愁锁梦中乡。

已闻除夕烟花味，老酒昏灯带泪望。

2021年1月27日

望江东·会友

江雾茫茫隐烟渚，露宿草，霜寒路。遥闻老酒透青树，不胜喜，寻香去。　　相逢话语叨叨絮，浊米酒，情如故。别时拱手祝无句，一抹泪，徘徊顾。

2021年1月28日

乡年关

幽径酒香弯，溪桥走客还。

夕阳风净院，乡语话年关。

2021年1月29日

寒山松果

残雪疏林日影稀，寒枝落果宿霜衣。
荆丛乱草陈痕梦，化作无穷绿树归。

2021年1月30日

霜天晓角·老宅旧梦

黄花草渚，不见沙湾路。流水响滩无歇，荒荆露，江洲雾。　　夕阳霜故土，月云寒旧寓。长醉老庐童梦，竹马在，人无语。

2021年1月31日

寒雀

梅雪舞枝寒，枯塘睡草残。
角檐孤苦羽，何处觅饥餐。

2021年2月1日

光棍

归去篱墙只影孤，网尘烟火暗灯虚。

日出月落谁相问？唯有寒蛩入梦无。

2021年2月2日

南歌子·立春

复雪梅花影，

重霜野菊魂。

枫林红叶腐残痕，

茸草遥看似醒已闻春。

2021年2月3日

桃源楼

远岭夕阳家，流岚绕径斜。

晚楼风语寂，逸叟玉壶茶。

2021年2月4日

卜算子·归去

一勾月三更，竹尾摇帘静。长梦滩头细浪花，渔火孤舟影。　　宿鸟夜林深，游子无眠省。千里关山故土遥，车马归途冷。

2021年2月5日

夕霞睡鹅

艳阳江水夕霞波，绿树深潭倦睡鹅。
鱼鸟一声遥去远，浪花白羽悸天歌。

2021年2月6日

讨工钱

风雨年年又一年，年年风雨讨工钱。
十分无奈三分得，归去乡墟夜火天。

2021年2月7日

减字木兰花·醉友

无声夜雨，沥沥青山蒙绿树。望断斜窗，不见离舟浪碧江。

一壶浊酒，两个小杯酌老友。话满闲楼，忘了流年忘了愁。

2021年2月8日

拜年

炮火横塘数朵烟，篱笆笑语拜新年。

外甥小舅相逢乐，庭外秋千荡野田。

2021年2月15日

画堂春·春归

顽童爆竹院庭稀，野田暗影芳菲。岸堤老柳薄绒衣，小鸟轻啼。　　家席酒凉客散，空余月寂风微。茶花无语独斜枝，又是春归。

2021年2月16日

春信

梅雪影残枝，芦根正梦时。

东风遍地尽，春信草先知。

2021年2月17日

渔歌子·春来了

烟柳柔丝夕照凉，黄花残叶月荧霜。

茸草绿，碧波苍，余寒未尽已春芳。

2021年2月18日

南乡子·醉友

断谷危腰，

雾中吊索隐横桥。

邀客遥望偏岭右，

昔时友，

拱手深情频祝酒。

2021年2月19日

卖菜

枕梦醒鸡啼，推车掩院扉。
街灯犹未尽，菜市走人稀。

2021年2月20日

忧

芳草满园疯，蔬花暗自穷。
隔篱孤步影，扶病叹春风。

2021年2月24日

画堂春·尝春

睡芦幽梦枕寒江，桃蕾风舞帘窗。野原芳草碧穹长，似暖还凉。　　小鸟相娱庭竹，闲翁独醉春光。夕阳无限晚长廊，浊酒闻香。

2021年2月26日

野山桃

独倚青山涧水边，风寒孤影报春先。
无缘问世花天下，早落遗红入梦眠。

2021年2月27日

春雨

沥沥野茫茫，无声入院香。
桃花燃似火，茸草淡凉廊。

2021年2月28日

相见欢·布谷声声

桃花烟柳垂钩，太空幽。突兀惊声渔鸟掠江楼。　　沙渚寂，潭波碧，雾林稠。布谷不知何处叫春愁。

2021年3月1日

13

桃花谣

风雨薄年华，飞红带泪嗟。

匆匆春日短，几度夕阳斜。

2021年3月2日

忆余杭·烟雨平溪

烟雨平溪，雾笼云天横岭没，遥闻布谷两三声，不敢误春情。　　老牛初试荒田露，吆喝水花溅无数。野山深处渐农忙，夜火月荧光。

2021年3月3日

蜂儿

采尽群山野陌香，从无幽怨往来忙。

百花酿就稀奇蜜，不问为谁累作坊。

2021年3月4日

鹧鸪天·两无知

烟柳春江荡碧波，古潭青影戏欢鹅。桃花流水幽含怨，红掌怡情笑放歌。　　滩浪雪，嶂漩涡，阴晴圆缺自消磨。桃花红掌悲欢各，应是离愁别恨多。

2021年3月5日

牛

啃尽野原霜，春犁走陌荒。
卧栏无语老，谢世入餐香。

2021年3月6日

捣练子·夜

流水寂，夜蛩鸣，吠犬遥闻宿鹭惊。　　衣枕月云帘影冷，梦楼斜竹晓风轻。

2021年3月7日

春雨绵绵

沥沥细无声，烟纱隐寂庭。

藓苔遮角暗，花树映窗明。

2021年3月8日

菜园

满园疯草荫春蔬，难得晴霞照晚舒。

莫道苍翁疑日短，犹愁农事误时无。

2021年3月9日

夜游宫·乡情

暗渐青山雾起，默默雨，潇潇千里。布谷声声远天际。倚风楼，思离愁，闻叶坠。　　潗潗平溪水，浪不尽，故园天地。老酒红茶系游子。醉中乡，梦中乡，还竹市。

2021年3月10日

雨梨花

茹苦含辛泪未休，孤魂素影入溪流。
无情荒陌无情雨，枉有春风吹梦幽。

2021年3月11日

驼爷

独步春牛邀旭光，小锄园土落霞苍。
月凉芦渚流舟夜，渔火蛩声睡梦香。

2021年3月12日

昭君怨·雨平溪

小院桃花楼底，一地浮香积水。沥沥滴无声，落红轻。
半月阴霾愁雨，疯草泥泞乡路。千嶂莽苍苍，野茫茫。

2021年3月13日

椿树芽

秃树东风不着妆，满怀春色梦中藏。

待来桃李花飞绝，惊绽萌芽一院香。

2021年3月14日

踏青

十里青山绿水苍，黄花蜂蝶醉人香。

春风不度芦芽梦，独自枯残叹夕阳。

2021年3月15日

江城子·雨蒙蒙

一帘飞雾暗云重。
雨声浓，水流淙。
远山横岭，
尽在梦当中。
徒有声声遥布谷，
空寂寂，野蒙蒙。

2021年3月16日

乡路

荆草闭荒渠，溪桥故梦初。
儿时乡土路，点滴醉人舒。

2021年3月17日

踏莎行·归

醉了离愁，魂还故土，重关望断无寻处。徘徊归梦影斜阳，
晚风十里炊烟暮。　　溪水横桥，双洲绿树，江湾幽径遮朱户。
黄花秋菊桂香庭，不知多少童年趣。

2021年3月18日

驼婶种瓜

弓背池边独影斜，小锄荒草晚归家。
春时数粒希望籽，犹盼秋丰一地瓜。

2021年3月19日

读书

春晓流岚布谷初，幽庭桂院读诗书。
徘徊独步书深处，吠犬鸣蛩鸟语虚。

2021年3月20日

南乡子·湘黔古道

际宇遥遥，神溪江畔隐横桥。布谷依然鸣绿树，相顾，不见驼铃西去路。

2021年3月21日

井泉依旧

杂荆乱树满荒田，昔日山塘野草天。
地主不知何处去，井泉依旧细流偏。

2021年3月22日

晨耕

陌上早行人，扶犁吆喝春。
红霞迟日暖，寒水走牛辛。

2021年3月23日

浣溪沙·瑶家

雨霁艳阳弱柳斜，流岚悠鹭远天涯，青山仙境隐烟纱。　　浪水沙湾芦岸闭，晚风幽树影篱笆，鸡鸣犬吠半庭霞。

2021年3月24日

老牛知春

雨后落花稀，斜阳陌上犁。

老牛知日短，泥浪起疾蹄。

2021年3月25日

荷叶杯·扫墓

春到清明还冷，云影，笼山冈。

老坟荆草别愁乱，烟散，更寒凉。

2021年3月28日

雀

夜宿有蓬窝，无愁晓放歌。
戏娱枝上跃，懒问是非过。

2021年3月29日

如梦令·小院春深

小院春风柔柳，
香径低吟诗书。
布谷断声无，
一盏剩余残酒。
痴叟，痴叟，
往事不堪回首。

2021年3月30日

晚茶

归去春风送晚霞，洗尘醉后一壶茶。

清闲自得农桑乐，蛙鼓池塘静月斜。

2021年3月31日

家

明月清风桂影舒，蛩鸣幽竹偶闻无。

小酌故土人长醉，多少乡愁一梦虚。

2021年4月1日

南歌子·渔家曲

绿树长潭影，

滩头暗嶂花。

乌篷银网远天涯，

归去沙湾烟渚夕阳斜。

2021年4月2日

寒食节

今日应无烟，清明野祭前。

扶碑培墓土，千古子推燕。

2021年4月3日

画堂春·清明

荒丘细雨雾蒙蒙，野荆乱草寒风。远山布谷寂天穹，无奈愁疯。　　烟绕墓前青树，默哀老酒三盅。年年今日断魂中，拜别匆匆。

2021年4月4日

春晖园

嫩叶新枝绿滴油，红花院角半遮羞。

南楼半倚斜阳醉，入梦遥闻布谷休。

2021年4月5日

有客来

细雨透窗台，风庭散雾开。

厨烟香院彻，料得客人来。

2021年4月6日

生查子·寂楼

双洲沙渚风，楠竹江堤雨。飞燕掠云低，滩水闻私语。　　小溪官驿桥，寺庙黄昏鼓。雨霁月楼孤，灯寂凭栏女。

2021年4月7日

盼晴

未了雨清明，寒山迷雾横。

何时迟日暖？犹怕误春耕。

2021年4月8日

更漏子·儿时友

雨芭蕉，频滴泪，一院落花愁思。雀鸟静，犬声寒，倚楼雾绕栏。　　香米酒，儿时友，相见已成残叟。一盏盏，一杯杯，人生能几回？

2021年4月9日

小牛学背犁

鱼肚曦光远寨鸡，小牛初试背春犁。
昏然入世才知苦，立命为艰自奋蹄。

2021年4月10日

苏幕遮·美双洲

暗云空，蒙雾渚。碧水流波，沥沥香樟树。烟绕溪桥闻鸟语。池柳斜斜，玉燕双双舞。　　旧篱笆，乡土路。老酒红茶，小院农家户。秋月黄花情几许？岁岁年年，好梦留人处。

2021年4月11日

时

春到夏时浓，花开转瞬空。

寒霜秋尽草，飞雪老梅穷。

2021年4月12日

忆少年·茫

无边天际，无穷日月，无情风雨。遥遥去归路，却茫茫飞雾。 岸码长堤遮绿树，旧山河，庙深钟鼓。乡愁野如草，问人生几许?

2021年4月13日

镜影

别有乾坤幻影虚，遥观笑貌触时无。

举杯对饮双成醉，回首游魂各自孤。

2021年4月14日

朝香

深山钟鼓隐香歌，原本青灯幻境多。

入世只缘风雨错，纵知无果又如何？

定西番·江桥夜月

沙渚渔舟寒彻，滩浪寂，入潭悠，几时休？　　天际浮云残月，蛩鸣夜更幽。冷露横桥风咽，满江洲。

2021年4月16日

村棍

伏宿渔樵有土狼，束冠从未务农桑。

穷庐市井徘徊转，无事生非讨酒香。

2021年4月18日

归
GUI

路

徘徊如网尽天涯，几叹春秋日月差。

多少离愁多少泪，不知何处种桑麻。

2021年4月19日

如梦令·谷雨

春水茫茫流雾，秧老田边荒土。

谷雨送春归，应是满垄蛙鼓。

无语，无语，一院老人谁助？

2021年4月20日

鬼推磨

莫道鬼爱钱，无钱鬼也怜。

只缘钱世界，钱可鬼成仙。

2021年4月21日

润土

躬身黄土背朝天，早浇瓜园晚累田。

灯火夜光初月淡，孤翁还在水渠边。

2021年4月22日

捣练子·水乡傍晚

春树碧，浪花苍，白鹭悠然夕照茫。　　风柳燕归斜掠水，

野蚕蛙鼓梦边乡。

2021年4月23日

雾

近树蒙蒙远岭虚，疑闻流水入风无。

是非真假梨园戏，懒问人愁醉酒舒。

2021年4月24日

无常

浮云走影几人知，风雨离愁叹恨迟。

洪武明宫枉击鼓，朝晖更胜夕霞时。

2021年4月25日

渔家傲·春忙

谷雨江南桃果小，田垄翁媪春苗老。岸柳轻风枝窈窕。无愁鸟，问声农事几时了。　　流雾茶山鸡破晓，村姑背篓人行早。红日旭光云岭悄。闻语笑，归来歌满沿江道。

2021年4月26日

江南三月

淋漓滴沥月余风，多少农愁雨雾中。

泥泞穷荒幽草寂，疏林边院晚烟重。

2021年4月27日

小竹笋

一夜雨淋欢，无声破土看。

弄姿初露芽，伴作美中餐。

2021年4月28日

采桑子·残梦晓雀

枕边麻雀柔枝竹，扰梦声声。扰梦声声，迟日闲云，玉燕掠帘轻。　　老年残她床头倦，任尔平生。任尔平生，无欲无求，来去了无惊。

2021年4月29日

小庭月色

雨霁月庭明，风和玉竹清。

一盅人自醉，舒倚枕三更。

2021年4月30日

劳动节

老牛霜发赶耕田，风雨人愁苦种天。
商旅不知春已尽，桃源寻梦做游仙。

2021年5月1日

潇湘神·归晚

霞晚西，霞晚西，
夜来归去汗凉衣。
烟绕寂庭寻旧轭，
明朝须早赶春犁。

2021年5月2日

春归去

春尽落花疏，池荷绿水隅。
雨茶香院彻，半盏醉风徐。

2021年5月3日

更漏子·晓梦

炷香烟,禅院鼓,试问谁人做主?夜半月,枕边蛩,无由复梦重。　　平林鸟,曦光晓,浓睡不知云渺。几程雪,几程霜,几程风雨狂。

2021年5月4日

立夏

红旭青山绿水苍,清风燕语爽庭凉。

莫看今日绒装盛,却是春归别梦乡。

2021年5月5日

小鸟鸣梦

江水遥遥可入幽？似闻小鸟竹中啾。

旭光斜照帘纱静，玉燕低飞水渚悠。

畔上扶犁驼叟影，沙湾摇橹小篷舟。

鸡声鸭语风欢院，不扰闲翁一梦秋。

2021年5月6日

初夏晨光

朝雾薄如纱，天边抹淡霞。

野田飞燕早，小院袅烟斜。

2021年5月7日

相见欢·夏

春归绿了池荷，燕飞过，掠影呢喃风柳舞婆娑。　　朝草露，夕阳雨，几曾歌。流水落花多少苦漩涡。

2021年5月8日

静

云里日光微，沙湾绿树迷。
荷锄荒径独，空寞野声稀。

2021年5月9日

河渎神·醉了

芦草暗潭边，青树长藤岸前。夕阳一缕漏堤偏，浪花渔鸟霞天。　　独倚江楼风啸啸，飞叶沙沙声悄。别恨不知多少，醉人痴了空了。

2021年5月10日

窗外

分明天角旭光舒，转瞬云低艳日无。
轻掩紫帘深闭户，不闻雨燕叹声嘘。

2021年5月11日

一剪梅·夏雨茫茫

阴雨双洲初夏凉。山也蒙蒙，水也茫茫。不闻滩水响沙湾，燕子呢喃，烟柳池塘。　　醉酒临窗倚北望。车马空流，过客沧浪。奈何苔藓暗庭园，满院愁潮，一地残香。

2021年5月12日

梅子雨

梅子雨淋乡，芭蕉滴沥苍。

角沿苔绿暗，疯草院庭徨。

2021年5月13日

画堂春·万家灯火

夕阳柳影燕斜江，轻风摇竹扶窗。飞鸡走犬戏长廊，一院和祥。　　小径牛郎横笛，清溪靓女流香。晚烟缕缕隐山庄，点点灯光。

2021年5月14日

锄园

汗水透衣流，锄园不肯休。

几回晴日短，又恐雨淋愁。

2021年5月15日

鹧鸪天·大雨中

　　一瞬乌云默寂穹，电光千里雨横疯。低飞紫燕斜穿柳，急走犁牛泥浪风。　　山渺渺，水蒙蒙，此情此景几人同。金杯玉盏红楼醉，边陌桑麻在梦中。

2021年5月16日

洪

雨骤风狂一夜天，山洪污浊浪桑田。

愁愁无奈愁愁泪，多少春望泽国烟。

2021年5月17日

定风波·咏燕

紫燕时时掠影东，往来烟雨雾云中。贴水穿林斜戏柳，朋友，为谁何苦太匆匆。　　青树竹篱遮半月，蚩咽，人生如梦已成空。嗟叹尽头人未醒，心冷，朝出寒露晚归风。

2021年5月18日

鸟语

老院芭蕉绿树多，梦深未醒鸟先歌。
推窗欲窥娇娥媚，只见清风抚叶过。

2021年5月19日

万家烟火

轻纱遥岭碧穹天，林隐鸡鸣万缕烟。
渺渺茫茫望不断，山山水水润桑田。

2021年5月20日

醉花间·沙渚谣

春沙渚，夏沙渚，流雾遮烟树。江水浪青芦，小竹荆藤路。　　渔舟孤独雨，老庙残香暮。黄花一岁霜，芳草三秋苦。

2021年5月21日

水流几时休

拜别青山日夜流，落花浮怨几曾休？
春洪浪浊秋波瘦，何处安身可寄愁。

2021年5月22日

晨

空山朦影梦闻鸡，半掩柴扉细语低。
畔上田头清寂寂，妇除荆草叟扶犁。

2021年5月23日

风入松·捡破烂

串门走户市墟边，捡点剩余钱。老穷无靠孤愁惯，夕阳影，长醉廊前。品尽春花秋月，悉知风雨霞烟。　　人生苦短古稀颠，无欲也忧天。日出日落三餐饭，饥多少，过往谁怜。但祝晴廊图醉，醉中一梦安眠。

2021年5月24日

菜地

久雨斜阳染地香，扶锄含笑菜蔬芳。
老天不负桑麻苦，捎带春晖五谷祥。

2021年5月25日

南歌子·夏

竹笋齐楼笑，瓜藤满架爬。淡岚天际染红霞，归燕双双掠影夕阳斜。　　倚月三盅酒，临风一盏茶。静闻蛙鼓叫呱呱，渐入梦中仙境在天涯。

2021年5月26日

雨愁

春雨无休小满连，泥泞杂草暗桑田。
荷锄阡陌徘徊叹，又是浮云雾闭天。

2021年5月27日

江南春·梅子天

风细细，雨匆匆。
荷池鱼跃水，
江上燕斜空。
孤村烟树遮沙渚，
深院芭蕉花草蒙。

2021年5月28日

雨黄昏

带泪芭蕉半掩门，风流云暗晚烟浑。

呢喃燕语鸡归早，夜火窗灯雨寂村。

2021年5月29日

晓

鸟鸣幽梦细闻无，深院熹微竹枕虚。

昨夜落花香满地，一庭青影驭风扶。

2021年5月30日

荷叶杯·雨后月

夜半云开风咽，残月，淡帘前。　野蚤滩水梦多少，知了，尽天边。

2021年5月31日

如梦令·会友

鸟语燕声风柳，

扶枬倚门望久。

相忆别儿时，

相见笑痴霜首。

朋友，朋友，

更尽一杯红酒。

2021年6月1日

晓凉

风竹鸣蛩院树香，月沉犹觉五更凉。

酒深不怕鸡啼梦，菊老才知雪后霜。

2021年6月2日

江城子·雷雨

乌云突起野山东。

暗庭空，一楼风。

老牛闲卧，

紫燕掠长穹。

电闪雷鸣斜雨悸，

深闭院，落帘匆。

2021年6月3日

苦丫头

夫盲多少泪陪眠，夫死无依数葬钱。

人子不知怜苦母，图存捡漏市墟边。

2021年6月4日

波

无穷无尽几曾歌，千载悠悠去日多。
春伴落花秋伴月，谁知捎带叹流过。

2021年6月5日

捣练子·醉蛮

孤对酒，独吟诗，夜半风凉有月知。　　山外野蛮遥似泣，
几曾随梦梦相疑。

2021年6月6日

高考

贡院数重天，龙蛇一字迁。
孙山名外客，长恨对愁眠。

2021年6月9日

画堂春·无语斜阳

圆荷垂柳绿盈池，游鱼幽影轻移。夕阳斜照晚烟篱，燕子飞归。　　小径徘徊独步，凉风无限愁思。几曾寂寞对残晖，只有天知。

2021年6月10日

粽香

端阳未到闻粽香，嫁女匆匆走亲忙。
独院须翁扶拐笑，午烟早起倚门望。

2021年6月11日

小酌

小酒醉庭空，婆娑绿树葱。
老来多旧梦，竹马扫尘蒙。

2021年6月12日

归自谣·静

幽竹路，荫草荆藤芦岸露，矮墙深院烟萦树。
渔舟银网隔沙渚。回湾处，古潭野鸭无私语。

2021年6月13日

今日端阳

车马热边乡，家家客满堂。
龙舟天际外，屈子醉中藏。

2021年6月14日

捣练子·午梦

荷影静，柳蝉鸣，
倦倚凉床竹枕横。
一梦九州三万里，
独行车马驾风轻。

2021年6月15日

安

穷有饱三餐，冬无薄袄寒。

五湖纵浪浊，四海自平安。

2021年6月16日

虞美人·蝉

　　无聊无歇鸣知了，到底知多少？碧荷几朵艳花红，几番蝶狂蜂恶玉容终。　　黄昏泣泣情何忍，已是残阳尽。夜来云月捎风凉，叠影重峰流水梦中茫。

2021年6月17日

消暑

　　焰影炎炎似火烧，午蝉鸣柳静枝寥。

瓜田须臾衣冠汗，树下无风待暑消。

2021年6月18日

乘凉

黄土陌头荒，沙洲渚草黄。

农人无歇日，夏暑待秋凉。

2021年6月19日

减字木兰花·醉

一壶浊酒，空老多愁穷少友。冷暖人情，无客堂前草自生。

春花秋月，转瞬青丝苍白雪。风雨长廊，幸有时时醉梦香。

2021年6月20日

夏雨

紫燕掠低空，乌云闭日重。

叶飞尘满院，原是一庭风。

2021年6月22日

荷叶杯·晚钓

碧水古潭清冷，<u>鱼影</u>，泛波光。　钓翁渔鸟两无语，知否，夕阳苍。

2021年6月23日

乐贫安

桃花春短别愁多，野菊秋长病老蹉。
无奈春秋无奈叹，粗茶淡饭有余歌。

2021年6月24日

蝶恋花·农家五月

炎热午蝉鸣不住。流水潺潺，深岭悠归鹭。老院炊烟萦绿树，荷塘燕影徘徊处。　柔竹凉风情几许？浊酒长廊，闲话桑麻絮。五月农人知是苦，日出月落田边露。

2021年6月25日

树下小歇

午日炎炎汗透冠，半依浓柳歇风欢。

有谁知晓农耕苦，唯有幽蝉侧目看。

2021年6月26日

苦知了

午热方知荫树凉，久饥始觉饭茶香。

春时花色秋时果，皆是辛劳汗水装。

2021年6月27日

霜天晓角·涧水幽草

涧边幽草，夏至芳容老。何奈焰炎如火，枉临水，空过了。　相望无限好，相求遥梦渺。长叹古潭波碧，默回首，痴痴笑。

2021年6月28日

及时雨

枯草田头裂土干，竹篱瓜果半成残。
忽来天道酬甘露，汗水农人抹泪欢。

2021年6月29日

定风波·老家

夜半风声吠犬声，天涯归客月边行。野露外衣冠巾尽，何忍，只缘万里故乡情。　　每醉羊城愁绪乱，肠断，年年岁岁苦平生。故土乡音童梦趣，无语，老庐荒院野蛰鸣。

2021年6月30日

喜盛世

风雨任纵横，中华已觉醒。
唐人重问世，宇内独龙声。

2021年7月1日

浪淘沙·无欲自多安

滩水响潺潺，风起波漫。野蛩夜半露帘寒。酒醉不闻方外事，只问三餐。　　无欲自多安，绿水青山。栽花种草竹篱间。晓月夕霞长乐也，地久天宽。

2021年7月2日

夜雨

消暑流潺一夜情，小庭人静细蛩鸣。
山风惠我桃源梦，玉宇瑶池醉五更。

2021年7月3日

流水落滩

一去别茫茫，回头已断望。
浮生嗟叹梦，何处寄愁肠。

2021年7月4日

点绛唇·醉故乡

　　绿掩双洲，小桥流水沙湾渚。竹篁幽路，九曲徘徊去。　　烟袅庭楼，老酒飘香户。闻醉语，举杯无数，人到情深处。

2021年7月5日

日子

　　俗人谁不苦愁多，柴米油盐叹奈何。

　　春种安知秋果几？日无止水总流过。

2021年7月6日

小暑

　　烈日累蝉鸣，微风掠燕声。

　　桑麻阡陌地，汗水影锄耕。

2021年7月7日

南歌子·李子园

　　每忆遥思渺，常回旧梦欢。书声歌舞墨香翰，正是少年立志肃衣冠。　　十载烽烟错，三年补读寒。莫言秋菊已霜残，只道老牛力尽晚求安。

2021年7月8日

观日落

　　日落夕霞烟，青峰焰火天。
　　白云遮嶂静，流水浪滩溅。

2021年7月9日

老啰

　　闲步亭廊旧梦多，坐闻竹鸟尽儿歌。
　　昔时朋友残霞影，酒醉茶凉莫奈何。

2021年7月10日

十六字令·天

（一）

天！烈火炎炎落岭边。风无影，万里淡霞烟。

（二）

天！朝起红云晚焰颠。蝉声累，深树对愁眠。

2021年7月11日

家

老院篱笆静月斜，池荷风影叶扶花。

凉床竹枕桃源梦，酒醉玻杯有绿茶。

2021年7月12日

行香子·古楼茶庄

云雾山庄，十里茶廊。绿杉林，绿荫幽塘。湘黔古道，落日霞光。有荷花红，草花白，稻花香。　　雪峰无数，碧水流长。往来客，尽醉茶乡。紫砂玉露，物我轻忘。乐鸡儿啼，猫儿睡，狗儿忙。

2021年7月13日

蜂儿

往返累春香，徘徊郁桂霜。
毕生勤酿蜜，从不恨空忙。

2021年7月14日

寒蝉

知了不知秋，无由泣泣求。
归途人是客，何苦别时休。

2021年7月15日

如梦令·昨夜酒醉

昨夜小楼红酒，
醉了旧时朋友。
席散已茶凉，
更寂月亭孤叟。
知否？知否？
往事不堪回首。

2021年7月16日

孙归来

鸟雀跃窗台，叨唠有客来。
孙儿归信喜，扶醉把门开。

2021年7月17日

长相思·无为

水边村，山边村。霜雨黄花篱竹门，无为酒一樽。　　鸡相闻，犬相闻。道浅涂鸦墨砚浑，笑痴忘了魂。

2021年7月18日

浇菜

千里烟霞裂土干，苍翁挑水叹声寒。
农桑无奈天公恶，方寸园中独步难。

2021年7月19日

夏旱

无意树边凉，忧愁旱土荒。
溪潭车水晚，归去月荧光。

2021年7月20日

醉花间·旋

无愁老，有愁老，芳尽三秋草。风雨送霜频，雪更寒魂杳。　春光无限好，野陌桃花早。红颜苦短殇，飞落随风悄。

2021年7月21日

牧晚

碧水云霞野草滩，老牛幽处恋丰餐。
顽童花蝶黄昏里，不觉风凉夜色间。

2021年7月22日

相见欢·匆匆

残阳一缕西楼，鸟鸣幽。傍晚渐凉飞叶又临秋。　旧梦渺，人空老，水空流。唯有香醇长伴散余愁。

2021年7月23日

游长塘

万山滴翠雨峰茫，碧水潋潋暗嶂苍。

余暑清风瑶寨爽，霁云一院夕霞光。

忆秦娥·醉晚

江楼屋，潺潺流水风摇竹。风摇竹，芭蕉荫角，黄花秋菊。　　夕阳柳影蝉声独，晚烟老酒闻香谷。闻香谷，闲庭小醉，月孤云复。

莲塘霞晚

瘦水残阳绿树偏，横塘风起玉波莲。

层层叠叠花重影，窈窕天涯万缕烟。

如梦令·忆师专学友

昨夜梦会窗友，
惜别一杯残酒。
执手问斯人，
学府几成依旧？
离久，离久，
青少应成痴叟。

2021年7月28日

乡愁

又是火朝阳，流霞煮陌荒。
草残池水尽，何处问秋粮。

2021年7月29日

西江月·瑶寨归晚

　　荷叶风微花影，柳条深掩鸣蝉。平林漠漠夕霞烟，古寨欢声连片。　　吊索摇桥归叟，老牛走犬悠然。已闻米酒透香川，醉了清风拂面。

2021年7月30日

人安

　　窗外疑闻恶疫顽，车鸣蝉泣锁重关。
清风明月丛林叟，自是无惊绿树间。

2021年7月31日

灾

　　长街萧萧鞍马稀，风云湘水古城危。
杏林自有雄兵在，再现悬壶百万奇。

2021年8月1日

南歌子·牛

莫道青山寂，犹为稻米香。无言汗水透秋妆，却是破棚枯草雨捎凉。　　难得清贫乐，无须论短长。不闻走犬吠天狂，独倦半坡霞岭睡斜阳。

2021年8月2日

井蛙

四壁空空碧水虚，苟安残洞独声孤。
待来飞雪风霜聚，犹恋温窝一点舒。

2021年8月3日

青玉案·李子园怀旧

三年学府泥巴路，苦其志，芳华去。十载黉门烽火怒。几曾幽怨，几曾无语，重读情深许。　　青丝一别银霜暮，怀旧依稀索无句。欲问同窗天际处。一江秋水，满穹流雾，几点寒凉雨。

2021年8月4日

旱

枯草半残洲，芦荆断水流。

寒蝉孤泣晚，不肯对愁休。

2021年8月5日

渔歌子·秋

余暑炎炎已近休，西风无影叶飘洲。　　黄草老，绿荷幽，

徘徊紫燕早知秋。

2021年8月6日

今日立秋

夏暑余残不肯休，焰炎依旧煮江流。

山风黄叶无形影，已是凉寒入梦秋。

2021年8月7日

虞美人·李子园的梦

三年岁月随风了，遗梦知多少？黄花野菊又逢秋，四十年过霜发染成愁。　　欲寻学友天涯客，相见风云易。芬芳难得几回春，转瞬芦花寒渚荡秋魂。

2021年8月8日

教书生涯

方寸平台汗透衣，一头霜发满尘灰。
无求无怨无声老，归去田翁有酒陪。

2021年8月9日

如梦令·聚会

别梦依稀遥久,
邵水三春情厚。
砚墨倚园香,
信步夕霞堤柳。
朋友,朋友,
何日聚会狂酒。

2021年8月10日

梦笑

庭桂郁金香,黄花院角霜。
煮茶红沸水,邀友梦成望。

2021年8月11日

喝火令·忆邵阳师专

久别情如故，天涯寄语疏。梦时常见醒时虚。长醉酒盅残月，怎不忆当初。　白发灯前影，低吟夜半书。黯然怀旧寂声孤。梦也遥遥，梦也扰人舒。梦也不堪回顾，梦醒已空无。

2021年8月12日

平静的夜

秋雨秋风霁月凉，细蜇滩水枕边藏。
急声号笛山弯尽，老院荒村吠犬狂。

2021年8月13日

风入松·田园乐

归来绿树荫清泉，竹影半窗莲。芭蕉秋雨凉亭静，鸟鸣处，老酒逸仙。莫道桑麻农苦，金风醉了丰田。　雪峰横岭艳阳天，江水岸芦偏。荷锄落日捎霞影，燕归早，缕缕炊烟。野陌黄花霜月，流香岁岁年年。

2021年8月14日

燕思归

夜雨秋凉燕语疑，江南咋又叶黄时。
山风云月蛩音寂，辗转无眠入梦迟。

2021年8月15日

登金寨

拔地千寻绝壁巅，凌空飞寺任风旋。
雪峰沉雾云遮岭，平水流波芦隐川。
绿树平林归鹭白，暗潭鱼花落霞鲜。
黄昏犹恋余晖晚，更喜群山万点烟。

2021年8月16日

午梦

闻水枕轻波，风虚有鸟歌。
梦中长笑醒，邀友醉时多。

2021年8月17日

捣练子·秋夜惊梦

初月静，野蛩鸣，宿鸟孤窗夜半惊。　　疑是海天霜雁别，晓鸡啼破梦三更。

2021年8月18日

古潭夕阳

夕照柳飞丝，浮舟寄水移。
鸟鸣鱼跃水，钓叟两无知。

2021年8月19日

杏坛芙蓉

砚池一朵玉芙蓉，寒水秋霜独自丰。
莲子花衣双影艳，膏泥胖藕更香浓。

2021年8月20日

谒金门·儿时友

儿时忆，长别恨无消息。竹马犹存情已陌，几曾风雨历。 相见浑然不识，上下搜无君迹。冷月黄花孤寂寂，独陪秋水碧。

2021年8月21日

窗外

霞淡叶飘秋，寒蝉不肯休。
忽来云闭日，多少雨捎愁。

2021年8月23日

窗内

不觉雨凉秋，深眠意未休。
落帘隔世绝，酒醉少知愁。

2021年8月24日

画堂春·无语

荷花莲子老田池，西风落叶斜飞。河湾宅院晚烟稀，几缕余晖。　　天外雁声遥渺，凭栏无限愁思。搜肠无语有谁知，一纸残词。

2021年8月25日

就也好

独种深山鸟语迟，孤舟幽水晓云低。
三餐有酒三餐醉，岁岁年年月月时。

2021年8月26日

苏幕遮·秋思

晓秋风，消夏暑。落叶飘飘，窈窕沙沙语。江上流舟隔绿树。渔鸟幽潭，点点清凉雨。　　竹篱笆，乡故土。石径弯弯，郁桂闻香处。明月黄花情几许。小酒杯杯，遥庙三更鼓。

2021年8月27日

调笑令·朋友

朋友，朋友，
醉了红楼老酒。
愁人切莫相思，
相逢一笑别离。
离别，离别，
纵是途同路绝。

2021年8月28日

如梦令·夜

明月秋风桥下，
柔竹影摇茅舍。
车马往来频，
只见电光横射。
荒野，荒野，
又是梦多长夜。

2021年8月29日

长相思·迟觉

日月移，天地移。沧海桑田几历疑，可怜人不知。　梦醒时，酒醒时。白发残阳恨醒迟，挽歌寄别离。

2021年8月30日

乡愁

风起月流云，天涯影雁痕。

关山遥似梦，无处不乡魂。

2021年8月31日

渔家傲·故乡好

两水绿洲遮古道，石桥江岸香樟老。禅寺竹中风窈窕。幽湾悄，夕霞归燕轻烟袅。　破晓帘窗闻雀鸟，桑麻地里人勤早。牧笛溪边嬉语笑。知多少，有谁不说家乡好。

2021年9月1日

午休

酒醉一窗秋，清风入梦幽。

笑痴人醒后，还在梦中游。

2021年9月2日

伤春怨·无奈

一夜秋凉雨，落叶沙沙无数。小径草枯魂，老桂幽香如故。　　雪峰遮岚雾，叠嶂隔青树。碧水浪江滩，叹别了，潺潺去。

2021年9月3日

悟

饥饿才知粒米恩，穷途始觉友情真。

茶余酒后人前默，风雨檐边寂寞春。

2021年9月4日

阮郎归·今夜秋月

桂香秋月竹窗虚，黄花篱角初。酒凉茶剩子身孤，夜深风更疏。　　人语寂，默诗书，半眠入梦舒。一年一度一空无，薄情恨不如。

2021年9月5日

小歇

汗水累秋锄，溪边小歇舒。
寒蝉鸣梦寂，残暑入风无。

2021年9月6日

一剪梅·白露

白露时分好个秋。翠竹垂潭，半掩渔舟。夕阳碧水玉波红，鱼跃黄昏，燕掠江幽。　　落日余晖风满楼。飞叶斜斜，江水悠悠。黄花深处透清香，香也临霜，香也含愁。

2021年9月7日

如梦令·读书

流水江边花屋，
楼后影摇虚竹。
莫道艳黄花，
却是苦霜山菊。
孤独，孤独，
幸有圣贤书读。

2021年9月8日

长相思·空了

桂花秋，黄花秋。风雪相加秋更幽，清香傲菊头。　　渠水流，溪水流。大旱来时流作愁，江源不肯休。

2021年9月9日

蝉

秋声应觉夏衣单，何必高枝唱晚欢。
纵有辉煌迟落寞，无常风雨没花冠。

2021年9月10日

蛩

自知贫贱远边隅，月静庭廊细细嘘。
诉与谁人遥寄梦，朦胧似有似空无。

2021年9月11日

忆少年·近中秋

无情流水，无由落叶，无穷霜月。云痕雁去远，却归途尘绝。　　几度韶华曾笑别，怨风凉，又中秋节。年年亦如旧，总茶浓酒烈。

2021年9月12日

采桑子·秋晚谣

夕阳霞影边天际，云卷云舒。云卷云舒，去雁声声，暮色夜灯初。　　闲庭秋月凉如许，一梦遥无。一梦遥无，浊酒杯杯，过往总成虚。

2021年9月13日

望

尘土满菱花，霜窗夜寂茶。
青丝风动乱，疑梦在天涯。

2021年9月14日

定风波·风雨笑年华

旭日朦胧暗雾纱，江堤疏柳叶飞斜。枯草溪边霜欲尽，何忍，乱蓬几朵野黄花。　　小院数声鸣雀鸟，知晓，窗前一抹淡红霞。耕种桑麻长醉酒，知否，几曾风雨笑年华。

2021年9月15日

江城子·收谷

乌云突笼野山东。
一穹风，叶飞疯。
荒山边寨，
翁媪走匆匆。
雨打谷坪人奋起，
衣透彻，影身躬。

2021年9月16日

朝中措·醉秋

雪峰默默落霞红，阡陌晚烟重。小歇堂前香桂，闲庭明月秋风。　　半壶浊酒，一怀离绪，醉了孤翁。借问苍山碧水，几时又共春同。

2021年9月17日

农家秋色

朝雾重重日影茫，流泉潺潺瘦芦苍。

池荷莲子茹藤老，苞谷高粱浊酒香。

鸡鸭牛羊丰粟笑，桑麻瓜果正秋妆。

夕阳烟袅黄花院，翁媪廊前醉语长。

2021年9月18日

菩萨蛮·中秋月

流岚翠岭隔烟树，九湾滩浪徘徊路。香桂又中秋，徒添多少愁。　　倚窗千里月，万里风声咽。游子可归程？衣寒云暗亭。

2021年9月19日

赏月

金风郁桂爽秋凉，糖果花生鲜早香。
童子小姑闻院笑，撒欢一地月明光。

2021年9月20日

鹧鸪天·中秋夜

嶂岸黄花流水匆，高枝寒蝉柳林空。古桥幽院中秋月，郁桂闲庭玉竹风。　　茶语寂，醉愁疯，离人千里几回逢。今宵更苦离愁别，横枕闻蛩入梦中。

2021年9月21日

老码头

古柳悬藤岸码坡，残痕石径几曾磨。
风霜多少童颜老，流水依然浪叠波。

2021年9月22日

虞美人·知了

穷歌高树何时了，到底知多少？不知飘叶已秋风，知了怎堪千古笑谈中。　　野穹自有寒声在，幽怨逢时改。无须君子泣离愁，望断江波弯绝尽东流。

2021年9月23日

芭蕉

阔叶篱墙荫草稀，不知秋月冷春衣。
三更霜露凝成泪，暗自伤流暗泣低。

2021年9月24日

相见欢·牛

一生碌碌忙忙，老边荒。台上人前何敢品辉煌。　　浊米酒，幸常有，醉留香。自是相安无怨也无望。

2021年9月25日

杏坛谣

虚名万世梦流过，徒有贤关学子多。

潦倒平生薪金几，不及商女一支歌。

2021年9月26日

忆秦娥·老旧院

归途客，关山望断江桥陌。江桥陌，乌篷流水，雁声无迹。 雪峰横岭沉岚白，竹篱郁桂花墙宅。花墙宅，秋风依旧，月移人易。

2021年9月27日

七古·天涯归舟

重塑汉唐续春秋，一剑荡平百年羞。

大风歌起云水怒，天涯万里归晚舟。

2021年9月28日

浪淘沙·醉翁

寨下月亭朦，一院凉风。黄花金桂玉楼东。瓜果芭蕉篱竹角，蛩寂芳丛。　　老酒倚壶空，醉了田翁。陈年旧事别匆匆。只祝来年人更好，再醉三盅。

2021年9月29日

老菜园

岁岁有春芳，瓜藤满架香。

竹篱依旧在，几易少年郎。

2021年9月30日

谒金门·晚钓

山风起，飞叶尽浮潭水。渔鸟一声江渚里，浪花鱼潜底。　　钓竿沙湾独倚，落日霞光天际。忽见游标沉欲坠，夜归闻笑至。

2021年10月1日

山旮旯

曲径流岚鸟语稀，天光霞影玉峰低。
柴方水便旮旯寨，晚闻吠犬早闻鸡。

2021年10月2日

柳梢青·独酌秋凉

千里烟霞，漫江碧透，叶落风斜。寒露秋深，枯蓬阡陌，寂寞黄花。　几声离雁天涯，影没处，浮云尽遮。又近重阳，孤杯勾月，剩酒凉茶。

2021年10月3日

古楼

碧水源头绿荫遮，游人已醉古楼茶。
青峰云雾香蹊里，痴语金风笑晚霞。

2021年10月4日

西江月·登雪峰山

古道残痕烟迹，西风骤马空遥。流岚半掩索危桥，车马云中未觉。　　又是芦花飞絮，不堪斜谷愁飘。此情此景最难消，叹罢韶华过了。

2021年10月5日

拾荒者

乱发汗沾冠，沿檐捡剩残。
众前羞提子，独后泪流干。

2021年10月6日

酒泉子·野菊花

阡陌暗香，知是贱名无主。倚残荆，孤寂语，独熬霜。　　夕阳纵有已秋凉，珠露一身寒彻。夜漫漫，风咽咽，意惶惶。

2021年10月7日

秋凉雨

秋雨夜无声，茅檐漏滴轻。

隙风凉枕侧，飞叶坠窗惊。

2021年10月9日

小重山·古楼茶庄

十里茶园绕雾轻。曦光云跃日，隐楼明。红裳竹篓半山亭。
静悄悄，闻笑采茶情。　　车马满沙坪。游人仙境里，醉乡行。
青山绿水胜花城。瑶池客，香径晚归程。

2021年10月10日

登苏宝顶

旋弯三百玉峰低，天际流云鹭影稀。

万里暖阳风啸寂，纵无青荫也凉衣。

2021年10月11日

霜天晓角·秋吟

薄纱浓露，滴沥寒山树。江渚老芦香菊，各自叹，情何许。　　艳阳迟未予，叶飘清寂路。流水落花如梦，咽声绝，天涯去。

2021年10月12日

天仙子·扶贫路

远上长塘苍岭莽，
雾重深锁穷庐寓。
春风盛世荫瑶乡，
旋转路，客无数，
百里游车轻胜步。

2021年10月13日

雨秋时

池柳沥枝空，荷塘叶草穷。

闲庭鸡歇早，夜火酒香蒙。

2021年10月14日

青玉案·老宅思亲

乡音故土儿时路，几曾忆，徘徊顾。酒醉消愁愁更苦，香樟柔竹，矮墙如故，却是伤心处。　　黄花郁桂重阳雨，小院书楼续残句。梦里萱椿回旧府。春风明月，满庭笑语，一夜情如许。

2021年10月15日

贺神舟十三号发射成功

广宇无涯任我游，大风歌起洗前羞。

挥毫恭祝中兴梦，应是狂欢共九州。

2021年10月16日

忆秦娥·冷重阳

风声咽，霏霏阴雨凉寒切。凉寒切，蒙蒙流雾，冷窗如铁。　　竹掩独院重阳节，昏灯残酒同谁说。同谁说，韶关万里，几曾伤别。

2021年10月17日

芭蕉

西风啸啸夜寒霜，半破绒衣已旧装。
更苦雨凉愁滴沥，几时院角再春光。

2021年10月19日

桂枝香·雪峰深秋

　　临峰一目，阅尽雪峰秋，千里空阔。横岭青杉翠影，雁声风咽。古楼江口长塘水，历穷山，合流泓澈。夕阳枫叶，飘浮潇洒，瞬间愁别。　　去往矣，烽烟肃杀。叹国弱民穷，倭祸惨绝。天怒黎民起舞，雪峰山裂。春秋岁岁流溪寂，每看青峰忆英烈。了然回首，长桥隧道，断崖高铁。

2021年10月20日

秋闲

秋雨无声小院闲，落桐流雾影青山。

平溪江畔炊烟晚，蓑笠渔舟水渚间。

2021年10月21日

最高楼·夕阳梦

双洲院，年少别情微，七十老来归。黄花郁桂秋霜夜，西风云月满帘时。叹平生，长醉酒，草狂诗。　　切莫问，竹林掏雀累，切莫问，艳阳桃李美。空了了，梦中知。渔樵边陌流溪寂，躬耕荒土野荆稀。笑残年，勤起早，慢归迟。

2021年10月22日

言秋

风雾飘纱影岭无，烛光烟雨院庭虚。
谁知霜月凉帘薄，尽道秋风雁语孤。

2021年10月23日

如梦令·醉霜

昨夜西风残柳，
老桂金花香秀。
云月影帘迟，
杯盏倚炉相守。
知否，知否，
白发不堪凉酒。

2021年10月24日

桂香迟

莫道桂香迟，临冬苦自知。
无由梅恋雪，应恨不逢时。

2021年10月26日

画堂春·小楼秋深

枯蓬黄草藕残池，野原朝雨依稀。水边霜菊默堤低，无语话秋归。　　小院书楼浊酒，孤杯独醉伤词。金花郁桂对寒晖，落暮有谁知？

2021年10月27日

明天

一生风雨伴流年，朝雾曦光晚暮烟。
多少希望多少泪，总将欢乐寄明天。

2021年10月28日

点绛唇·那梦处

桂荫花香，鸟鸣丛竹临江户。古桥幽路，好个桃源住。　　绿柳荷塘，春雨芭蕉露。秋芦渚，一天飞絮，映掩渔舟趣。

2021年10月29日

昨夜灯火

昨夜流云伴月轻，万家灯火共风鸣。
闻鸡已是徘徊梦，梦醒重重昨夜声。

2021年10月30日

小重山·雾雨

山影蒙蒙院树虚。一窗浓雨暗，共愁余。炉傍淡酒已倾壶。
人自醉，半卧枕衣舒。　　每忆少年初。春风空入梦，总成无。
欲将白发付诗书。人老了，磨砚也情孤。

2021年10月31日

儿时梦

梦里笑儿歌，无愁趣事多。
飞尘蒙竹马，击水戏流波。

2021年11月1日

长相思·雪峰平溪

雪峰遥，平溪遥。天际流岚玉岭腰，夕霞倚日消。　　枫叶飘，芦絮飘。幽谷危危有索桥，晚烟闭嶂迢。

2021年11月2日

无眠的夜

夜半月晖微，寒蛩院角唏。
路灯墟市影，菜叟五更鸡。

2021年11月3日

南歌子·霜秋

野露寒窗彻，黄花小院香。闲楼砚墨点秋妆，狂酒醉毫独舞对斜阳。　　翠竹梢头月，西风瓦上霜。紧衣犹觉梦生凉，知否霜庭依旧月明光。

2021年11月4日

樵

风闻刀斧谷天遥，落木霜林白发樵。

汗水瘦身衣带透，柴车慢步走驼腰。

2021年11月5日

巫山一段云·双洲谣

古道寒山尽，平溪天际流。青樟依旧荫沙洲，岸码歇渔舟。　　燕语逢春笑，蝉声临夜收。花开花落几多秋，问剩几多愁。

2021年11月6日

闲步

疏柳长堤玉竹苍，响滩银浪夕霞凉。

临风遥见芦花絮，倚岸初闻野菊香。

边陌丛林归鸟静，河湾老院晚烟茫。

余欢欲尽儿时梦，人去徘徊草径霜。

2021年11月7日

又见艳阳

朝雾轻纱草露霜，红霞初染冷楼廊。

得闲翁媪相扶笑，莫负深情暖艳阳。

2021年11月8日

相见欢·寻友

夕阳西下斜篱，晚烟迟。又是飞尘风起落霜时。　　浊米酒，梦中友，醉边知。觅觅寻寻唯见月悄移。

2021年11月9日

晨读

曦光寒色艳阳迟，须发闲楼读旧诗。

久寄僻乡谙寂寞，似闻鸟语说相知。

2021年11月10日

谒金门·"文革"友

如过客，回首几曾相忆。搜尽天涯无信息，叹声随梦易。　　别久故人成陌，扶拐相看难识。牵手问安乡语激，不堪风雨历。

2021年11月11日

夜渔

新月影桥低，霜风瘦草稀。

轻舟渔火夜，独宿五更鸡。

2021年11月12日

唐多令·游茶园

云岭雾茫茫，古楼绿树苍。美茶园、十里芬芳。白露嫩芽游醉客，瑶池里，是仙乡。　　泉井细流长，清风小院廊。紫砂壶、玉盏玻光。小坐不知归去晚，意未尽，几回望。

2021年11月13日

小竹窗

瘦身绿叶玉玻光，风起柔枝窈窕苍。

熬尽秋愁熬尽雪，犹为家主着春妆。

2021年11月14日

生查子·无绪

夜半月藏云，拂晓窗含雨。落叶别离情，寒雀伤愁绪。　　酒醉易无眠，研墨难成句。霜雪怨时多，生死随风去。

2021年11月15日

赶墟

夜灯虚影晓闻鸡，菜叟田边露湿衣。

轻车霜蔬图早市，独惊宿鸟掠江飞。

2021年11月16日

苏幕遮·双洲情缘

　　瘦黄花，霜草渚。流水清波，沙岸香樟树。白鹭悠云天际处。野鸭潭湾，酣睡悄无语。　　竹篱笆，泥泞路。乡土情深，多少儿时趣。几度春花秋月去。还梦双洲，无限风和雨。

2021年11月17日

病树

　　瘦骨叶疏黄，衣单更苦霜。
　　无须风啸狠，子影已无望。

2021年11月18日

潇湘神·山菊花

　　山菊花，山菊花，
　　夜霜阡陌雾重遮。
　　望断艳阳原是梦，
　　西风层岭晚寒霞。

2021年11月19日

金陵梦

明镜高悬鲜语陈，金钱暗码妄言新。

笑痴洪武人皮鼓，难醒红楼睡梦人。

2021年11月20日

昭君怨·风雨过年华

流水无声悄走，不见浪花回首。落日暮山边，已成烟。　　醉卧炉旁窗底，浓睡不知梦里。一盏苦凉茶，老年华。

2021年11月21日

雨舟

雾江烟雨影舟蒙，短橹乌篷竹笠翁。

滩水浪花潭水寂，几度渔愁几度空。

2021年11月22日

码头

石板残痕日月梭，不知多少梦流过。
夕阳依旧平溪岸，已惯层层叠叠波。

2021年11月23日

捣练子·留守翁

天际月，渚芦霜，
院角黄花独自凉。
夜火欲眠孤叟寂，
半壶残酒梦边香。

2021年11月24日

懒猫

饱食肥鱼倦落霞，灯红酒绿舞胡笳。
任凭硕鼠横行绝，天怨无闻赏月斜。

2021年11月25日

虞美人·野山菊

西风霜月黄花梦，无语言伤痛。任凭生死守枝头，不愿染尘随俗入污流。　　夕阳荒陌寒烟渚，不尽孤凉暮。留香独对寂穹空，多少别情离绪月明中。

2021年11月26日

寒庐有墨客

久窦院扉开，花庭有客来。
村头会友笑，痴语醉茅台。

2021年11月27日

卜算子·傍晚

浓荫竹篁深，荆草香樟路。钓叟沙湾独坐幽，天际飞归鹭。　　西岭落霞烟，寒雀鸣苍树。已是黄昏小院空，鸡犬徘徊顾。

2021年11月28日

西北王府

乱世枭雄一瞬中，故楼玉宅落尘重。

官途原是黄粱梦，总是黄昏晚叹空。

2021年11月29日

离亭燕·农家也乐

霞岭夕阳遥射，流水浪涡滩下。白鹭碧天悠影小，暮色渐浓如画。老酒醉人舒，犹乐竹篱茅舍。　　明月云边高挂，歌舞院中潇洒。酒后一杯龙井绝，不尽桑麻闲话。好梦入乡甜，不问几更长夜。

2021年11月30日

午舟幽潭

独钓平潭古树幽，轻风摇橹浪移舟。

艳阳正照青山岸，渔鸟斜掠绿水洲。

白絮老芦沙渚静，黄花霜菊竹堤休。

平生难得清闲趣，且作行云野鹤悠。

2021年12月1日

青玉案·瑶寨谣

长塘九转徘徊路，潏潏水，潺潺去。吊索摇桥河谷雾，半山瑶寨，层楼花圃，疑是神仙住。　　夕阳远岭群林暮，小院斜晖袅烟树。夜火窗灯闻笑处。一杯闲酒，满堂欢语，足也情如许。

2021年12月2日

捡柴

初冬风晓淡岚光，樵影寒山白发苍。

驼背躬身嘘叹寂，柴车孤陌走冰霜。

2021年12月3日

踏莎行·冬韵

野陌黄花，长堤绿树，沙湾翠竹风鸣渚。艳阳冬月鲤鱼肥，

钓翁犹恋贪欢暮。　　冷露流溪，寒霜归路，遥闻老酒飘香处。

夜来图个醉人舒，无求自有情如许。

2021年12月4日

霜月江楼

江风啸啸月荧霜，摇竹楼窗夜火苍。

老酒怎堪消寂寞，遥闻黄犬吠穷荒。

2021年12月5日

玉蝴蝶·枫

枫林红叶飞离，风雨荡魂时。莫道艳阳迟，秋霜已早衰。　　春晖无限好，如梦总相疑。浓荫有凉怡，更装无客知。

2021年12月6日

竹枝麻雀

小雀跃轻枝，微风窈窕时。
空窗闻鸟语，虚竹影帘奇。

2021年12月7日

忆秦娥·盼儿归

西风烈，玻窗夜半寒如铁。寒如铁，一庭落叶，满穿霜月。　　深冬大雪芦花灭，离人不见伤心绝。伤心绝，韶关千里，只闻风咽。

2021年12月8日

老山井

独落残岩独自幽，洪荒寂寞几千秋。

渔樵多少童成叟，日月依然照旧流。

2021年12月9日

蝶恋花·江渚夜火

冬月黄花寒几许？流泪芭蕉，落叶枯枝树。满目青山风啸雾，薄纱轻锁归途路。　　碧水渔舟江渚暮。烟袅沙湾，夜火荧灯处。边角小楼无笑语，独留孤叟陪空寓。

2021年12月10日

蜗牛

俯首年年寂寞爬，泪痕汗迹透衣纱。

无须怨语言辛苦，只道平安背上家。

2021年12月11日

摊破浣溪沙·边村

　　日暮霜风舞叶漫，黄花孤寂夕阳寒。归鸟疏林寨烟晚，渐相安。　　老酒一杯乡梦旧，春耕秋种问三餐。多少苦愁多少泪，在田间。

2021年12月12日

如梦令·梦

每忆书窗年少，
总是遥遥缥缈。
野菜塞饥肠，
辞学不知春老。
过了，过了，
霞岭夕阳云捎。

2021年12月14日

年关边墟

又是年关醉僻乡，边墟车马路桥霜。
肉鱼鸡鸭青蔬尽，笑语归途夜色苍。

2021年12月15日

定风波·随风

朝雾玻窗小竹横，蒙眬枕梦鸟轻鸣。驿路依稀隔绿树，相顾，流车无影只闻声。　炉火酒香人未醒，风冷，几曾霜雪闭深庭。玉盏倾壶余酒尽，何忍，任凭风雨伴平生。

2021年12月16日

深山寻友

流水断崖横，青藤野草荆。
深山樵斧寂，寻迹笑闻声。

2021年12月17日

长相思·平溪江

岁岁流，年年流。流到何时是个头，淘空多少愁。　春不休，秋不休。浊浪清波千古悠，几曾沙易洲。

2021年12月19日

老院子

夕阳潭水影霞天，绿树篱笆月照泉。

风雨不知人易老，依然岁岁袅炊烟。

2021年12月20日

虞美人·冬楼月寒

夕阳无限青山老，又是风霜早。江帆远影际天遥，车马雪峰长笛入云霄。　小楼贪醉隔帘月，闻断寒蛩绝。夜灯无数犬声稀，独饮炎凉横枕五更鸡。

2021年12月21日

冬韵

老芦飞絮满川穹，黄岭茶花透雾红。

呵手村姑霜码冷，浣衣窈窕水流匆。

2021年12月22日

南乡子·霜舟唱晚

啸啸霜风，晚烟寂寞夕阳中。两岸苍山归鸟静，流影，夜火乌篷摇橹冷。

2021年12月23日

年关边乡

野烟漠漠索桥霜，细水潺潺绿树庄。

鸡鸭满庭羊满圈，遥闻老酒肉熏香。

2021年12月24日

雪

昨夜风狂竹扫栏，围炉煮酒倚窗寒。

三更不觉飞沙寂，破晓惊知舞絮欢。

野岭皑皑天地闭，硖江瀹瀹浪波残。

归人车马遥乡渺，望断霜冰锁玉关。

2021年12月26日

戏雪

村外茫茫吆喝朦，禾坪白雪戏顽童。

摇头绕步徘徊笑，扬手飞花窈窕疯。

寻趣但求时去慢，贪玩不怕晚归匆。

篱墙老媪连声唤，寒径雏儿奔影弓。

2021年12月27日

醉太平·风雪长河

　　长波短波，霜风浪过。弯弯曲曲清河，几曾伤别歌。　　黄花野坡，枯枝鸟窝。满穹飞雪残疴，叹为之奈何。

2021年12月28日

雪韵

　　窗外雪冰闲，炉傍灶火欢。
　　无忧柴米足，有酒暖冬寒。

2021年12月29日

少年游·余寒

　　夕阳霞岭雪痕残，荫角不堪寒。芭蕉秃柳，黄花枯草，切莫倚愁看。　　霜风流水滩头寂，尽入渚芦湾。岸上人家，深庭早闭，围火暖衣冠。

2021年12月30日

官俸

老宅花庭草径宽，夏凉秋爽暖冬安。
春晖官俸三千石，惠我余生有酒欢。

2021年12月31日

元旦

鸡鸣晓月醒新年，风雪梅香昨夜烟。
曾是希望曾是梦，几成陈旧几成鲜。

2022年1月1日

河传·归乡遥

冬暮，疏雾。暗堤樟树，柔竹婆娑。草荆幽路，渔鸟掠水长河，悸留无数波。　　黄花默首梅枝雪，长叹绝，又是年关节。故乡遥渺，车马往返魂牵，苦无钱。

2022年1月2日

孤

二两肉丰餐，三盅酒醉安。
细蛩空寞寞，灶火影墙单。

2022年1月3日

调笑令·残雪

残雪，残雪，
雪尽风霜更绝。
乡愁一梦关山，
无情夜半雨寒。
寒雨，寒雨，
千里蒙蒙障雾。

2022年1月4日

破庐风霜

老瓦残檐宿院霜，纸窗漏月枕寒光。

可怜破絮多年被，更著江风带露狂。

2022年1月5日

忆余杭·忆放排

望断长塘，硖谷沉岚千嶂雾，声声吆喝悸山栏，行客几曾寒。　　一竿横竹危江里，绝壁浪排白花起。激流偏岭万峰过，汗水透披蓑。

2022年1月6日

晨读

石径鸟鸣迟，花庭独步时。

竹篱隔世远，清寂有唐诗。

2022年1月7日

河渎神·自安

沙渚草芦残，滩水潺潺浪欢。雾舟小橹隐江湾，一声飞鸟余寒。　　古庙沉钟闻绿树，香客低吟幽路。独倚院楼深处，懒知窗外晴雨。

2022年1月8日

蒙

多少徘徊醉梦休，几曾烟雨别双洲。

寒蛩无忌鸣幽院，孤叟柴门独语愁。

2022年1月9日

蕃女怨·安

杂荆荒草寒霜柳，啸啸风纠。

矮墙前，驼竹后，小楼孤叟。

一盅残酒醉余欢，倚炉安。

2022年1月10日

家

篱竹锁深门，厨烟煮酒醺。

一朝离别久，夜夜梦牵魂。

2022年1月11日

青玉案·独孤

飞红落尽枫林路，北风烈，霏霏雨。叟影山边樵病斧。一身凉汗，几声叹絮，小步驼柴去。　　晚烟缠袅孤庭暮，寒月虚穹独窗露。岁岁年关谁与度？鸡鸣犬吠，黄花绿树，应是情如故。

2022年1月12日

醉花间·寒谷

千峰雪，万峰雪，深谷寒风烈。冰挂断泉流，吊索悬桥咽。　　炊烟萦庐折，煮酒厨屋热。三盅暖院窝，欢语桑麻悦。

2022年1月13日

晓归

小径沙沙碎草霜，北风啸啸晓寒狂。

归人渐去河湾坞，应是乡音醉故乡。

2022年1月14日

溪

不敢倚山悠，何言入谷休。

落潭花四溅，顷刻又东流。

2022年1月15日

采桑子·大寒醉杯

大寒霏雨斜檐漏，滴滴清凉。滴滴清凉，翠竹黄花，各自守穷荒。　　小酌淡酒蒙眬醉，半盏余香。半盏余香，多少离愁，尽付梦中藏。

2022年1月16日

冬

宿鸟无声碧水安，芦花轻散野田闲。

晓霜阡陌空穹寂，归客长廊笑语欢。

2022年1月17日

菩萨蛮·老院黄昏

雪峰横岭浮岚白，平溪九曲流波碧。寒色故楼虚，不知花有无？　茶红香旧寓，院角黄花露。老酒醉黄昏，残阳篱竹门。

2022年1月18日

艳阳天

久雨艳阳舒，幽园鸟语初。

长廊斜照梦，边角细蛩虚。

2022年1月19日

定风波·散步

　　日暮流滩浪洗沙，古潭碧水染红霞。白鹭悠归寒绿树，无语，落霜轻起苦黄花。　　渔鸟一声波影乱，魂断，晚烟袅袅驭风斜。岁月无情人易老，知晓，相望扶杖竹边家。

2022年1月20日

空屋

　　尘封锈锁旧联黄，野草荆藤半满廊。

　　家主不知何处去？窗花蛛网掩荒凉。

2022年1月21日

定风波·归期如梦

　　又是飞霏捎带寒，黄花垂首透衣冠。瘦水岸边芦絮尽，何忍，独临孤寂饮风餐。　　恶疫无期归日空，如梦，望穿云海倚门看。只见车流交错乱，肠断，年关长使夜难安。

2022年1月22日

归客

山弯深处笛鸣频，童叟闻声笑步奔。

喧语乡音游子客，相望都是梦中人。

2022年1月23日

鹧鸪天·冷寂

吠犬依稀入梦闻，玻窗斜雨泪留痕。茶花带露余香怨，柳叶离愁剩恨魂。　　瓷盏尽，酒壶贫，满穹烟雨暗江村。往来乡径无车马，夜火寒庐早闭门。

2022年1月24日

茶花

自知难得与春同，长夜含愁宿露风。

嗟叹韶华多少痛，近春一梦落残红。

2022年1月25日

夜游宫·思儿

　　绿树长堤碧水，古驿道，遥遥千里。云海青峰夕阳坠。远山苍，野烟浓，风骤起。　　竹掩闲楼底，夜火寂，魂牵天际。望断关山盼游子。此离情，有谁知，霜草地。

2022年1月26日

阿Q年事

　　五斤猪肉两斤鱼，浊酒瓜糖有鲜蔬。
　　莫道年年辞旧岁，烟花角落醉魂舒。

2022年1月27日

江南春·寒雨送岁

　　风萧萧，
　　雨霏霏。
　　青山蒙影暗，
　　穹宇日光微。

年关归路重重雾，

寒透望楼慈母衣。

2022年1月28日

送年

风雪交加送旧年，乾坤一统暗穹偏。

蒙蒙山影潺潺水，皑皑边村漠漠烟。

2022年1月29日

过年

大醉酒乡鼾，儿孙戏雪欢。

人生图个啥？岁岁有平安。

2022年1月31日

画堂春·拜年

寂林爆竹响连天，江村同祝新年。笛鸣远客小池边，迎犬人先。　　小院画楼笑语，瑶池半醉逸仙。已闻春信草茸田，痕潜霜川。

2022年2月3日

立春

残冬剩雪玉穹虚，扶醉遥看草影苏。
冰挂断崖寒未尽，春风谙抚柳条舒。

2022年2月4日

离亭燕·春别

峰雪艳阳如画，悠鹭白云孤寡。碧水谷岚遮绿树，几缕霞光斜射。驿路九弯幽，无数往来车马。　　喜庆灯笼高挂，又是别愁私话。离客整装轻抹泪，步步回头难舍。白发倚楼空，望断余晖寒野。

2022年2月5日

望江流

无穷无歇浪花涡，知否漩潭昨日波？

长是鲜流吟旧月，浣衣少女累成婆。

2022年2月6日

乡味

甜酒煮春香，围炉夜话长。

暖壶留梦醉，新月枕蛩廊。

2022年2月7日

巫山一段云·春寒

冰雪青峰厉，风霜江渚寒。断芦枯草满沙滩，舟橹锁潭湾。　　小院三更雨，茶花一地残。陈帘旧枕冷衣冠，不敢倚窗看。

2022年2月8日

年淡春浓

爆竹烟花夜火稀，雪原荒迹绿痕衣。

闲楼杯盏余香尽，春晓遥闻寂寞鸡。

2022年2月9日

采桑子·乡友

故园乡友杯杯酒，笑语闲庭。笑语闲庭，同老桑麻，执手话深情。　　人生各自离愁异，难诉言明。难诉言明，只祝平安，伤痛有谁听？

2022年2月10日

热闹后的寂村

烟雨蒙蒙日暮村，灯笼依旧笑寒门。

茶凉席散空庭寂，夜火孤翁又断魂。

2022年2月11日

132

生日

流水年年祝日重，人生八十不多逢。

遥看圆月千回足，转瞬寒秋萧萧风。

2022年2月12日（正月十二）

临江仙·夜寂复重楼

席散余香犹未尽，灯光摇影庭空。笑声欢语已无踪。角蛩云月，夜寂小楼风。　　短聚更知长别恨，醉人不觉春浓。数声犬吠野山朦。离愁多少，都在梦魂中。

2022年2月13日

雾江舟影

飞影重重岸码朦，静闻篙响隐乌篷。

双洲渔火春江露，竹笠寒蓑滴沥翁。

2022年2月14日

清平乐·娱晚

江堤竹树，落叶幽弯路。钓叟夕霞闻鸟语，静影余情几许？　　本来名利无凭，无缘切莫求成。留得残年欢醉，笑看俗世人生。

2022年2月15日

春归无声

深眠柳眼窥江风，久寞荒郊暗绿浓。

阴雨晴霜遮不住，旧妆一夜换芳绒。

2022年2月16日

归自谣·雨

愁不语，沥沥芭蕉含泪度，周边落叶无穷数。　　潮潮墙草频滴露。伤心句，断魂莫向黄花诉。

2022年2月17日

阿Q革命

一声炮响梦三更，我自操刀向不平。

烽火残痕烟未尽，归来更是雨寒庭。

2022年2月18日

定风波·寻梦

茸草池塘暗柳斜，平溪春水浪流沙。冰冻黄花香欲绝，寒切，挺枝不肯负年华。　　研砚待书离绪乱，愁满，扶窗无语落帘纱。把酒消愁愁未尽，何忍，醉魂寻梦在天涯。

2022年2月19日

春寒

雪雀懒蓬窝，潭湾倦白鹅。

炊烟迟寞寞，冰冻捎风歌。

2022年2月20日

雪

春雨捎冬花，乾坤一夜斜。
茫茫穹宇小，咫尺已天涯。

2022年2月21日

如梦令·雪寒

衾枕冷帘冰折，
扶杖晓凉如铁。
一目野茫茫，
山隐水蒙风烈。
寒绝，寒绝，
车马笛声遥咽。

2022年2月22日

长相思·风雪江村

风迷村，雪迷村。烟袅冰檐天地浑，家家深闭门。　　风寒魂，雪寒魂。青树茶花隐泪痕，倚愁对酒樽。

2022年2月23日

归自谣·余寒

风啸烈，阴角暗廊余剩雪，紫帘衣枕凉如铁。
炉傍灶火红酒热。伤离别，半杯未尽人愁绝。

2022年2月24日

雪霁

幽谷初闻雀鸟鸣，一窗迟日破云生。
春晖柳影婆娑媚，风暖桃魂窈窕情。

2022年2月25日

相见欢·乡友

晚烟雪岭霞红，满苍穹，碧水流舟归去总匆匆。　　浊米酒，儿时友，几时逢？长夜闻蛩残月影帘朦。

2022年2月26日

幽水清流

荫柳寂溪流，鱼花落日幽。
玉波潭月静，风雨几春秋？

2022年2月27日

调笑令·春酒

春酒，春酒，
醉了乡愁亲友。
离人不忍回看，
空留夜寂月寒。

寒月，寒月，
孤独风声水咽。

2022年2月28日

回龙洲

绿树青藤夕照洲，落霞古塔影斜楼。
滩声滃滃香樟岸，鸟语声声荫竹丘。
花径小亭风动柳，长堤横坝水流舟。
林间闻笑渔樵醉，云月江桥庙鼓幽。

2022年3月1日

鹧鸪天·春愁

阴雨墙沿暗绿痕，初晴鸟语几回闻。曦光疏雾迟迟日，霞晚轻烟寞寞村。　　花草院，竹篱门，独留孤叟叹黄昏。寒蛩冷月三更寂，欲语无言寄梦魂。

2022年3月2日

烟柳河边

烟柳长堤草色新，山桃一笑野田春。

遥看云水扶犁影，却是苍苍白发人。

2022年3月3日

潇湘神·黄昏

风雨村，风雨村，竹遮树掩小庭门。　　阔院鸟声鸡犬寂，厨烟窗影独黄昏。

2022年3月4日

闰土

夜火影墙归，曦光吆喝犁。

长年无歇日，累月有谁知。

2022年3月5日

好事近·春依旧

田野草初茸，烟柳满堤春色。江雾一枝桃媚，醉了流波碧。　　堂前燕子舞徘徊，应识故人宅。篱竹暗窗檐下，已是闻声陌。

2022年3月6日

古渡头

乱荆杂草夕晖曛，几历风霜岸码墩。
商客不知何处去，古槐依旧笑新春。

2022年3月7日

忆余杭·踏春

扶杖沙洲，绿水青山闻布谷，双双对对燕徘徊，无处不春晖。　　艳阳花蝶风拂柳，小径喜逢旧时友。别来多少梦相期，此景有春知。

2022年3月8日

小院落霞

远岭浮云落日斜，深山流水小桥家。
荷锄归叟芦滩走，嘻语顽童乱草爬。
灶火厨烟香月院，窗灯廊影暗帘纱。
爷孙相视相依笑，老想儿来幼想爹。

2022年3月9日

点绛唇·桃源春深

碧水桃红，芭蕉柔竹山弯处。寂林幽路，烟袅荷池寓。　　莫道春深，莫道春光煦。情几许，梦如朝露，只慕桃源住。

2022年3月10日

老牛

布谷荆丛断续啼，自知效命背春犁。
风霜岁月韶华老，步履维艰暗叹稀。

2022年3月11日

蝶恋花·油菜花韵

遍野黄花香醉步。步步留香，蜂蝶无穷数。风动花波霞晚暮，痴人还在花深处。　　名利浊尘谁做主。一梦虚无，生死随风去。应尽余欢山水趣，不为俗世离愁苦。

2022年3月12日

村媪种瓜

白发影篱笆，唏嘘夕照斜。
春图锄下籽，夏望一藤瓜。

2022年3月13日

南歌子·春耕

柳色池荷翠，桃花院草香。远山布谷唱芬芳，正是春耕吆喝赶时忙。　　早起曦云暗，迟归夜月光。苍翁犹怕野田荒，无奈扶犁且作壮年装。

2022年3月14日

午梦

小桥流水雾疏花，烟袅泥窗绿荫家。

酒盏茅廊人易醉，春风一院夕阳斜。

2022年3月15日

苏幕遮·春游

柳含烟，花滴露。春色波光，翠绿香樟树。水上篷舟横浪渡。紫燕双双，掠影过江去。　　酒三盅，情几许？携友同游，半醉桃源路。小坐幽亭闻鸟语。扶杖徘徊，梦入云深处。

2022年3月16日

老院春新

桃枝窈窕笑茶梅，风柳婆娑紫燕回。

老桂嫩蕉香满院，邀春陪我醉三杯。

2022年3月17日

眼儿媚·布谷催春

长谷轻岚半山浮，苍浪万山幽。桃花似火，李花如雪，尽染清流。　　双双对对檐前燕，细语絮闲楼。遥遥烟柳，声声布谷，犹怕春休。

2022年3月18日

蜂

一梦醉春芳，风霜到桂香。
往来花酿蜜，苦累替谁忙？

2022年3月19日

江城子·燕

春江细雨柳柔风。
掠云蒙，影斜东。
野田檐下，
往返总匆匆。

秋去春来图个啥？
来日苦，去时空。

2022年3月20日

小歇

倚树横锄小养神，半贪迟日梦逸魂。
青山布谷声声绝，犹恐桑麻误种春。

2022年3月21日

点绛唇·春雨朝夕

绿竹芭蕉，晓曦几滴寒凉雨。一穹疏雾，望断天涯路。　　荫柳江堤，岸码泊舟处。离客去，只闻风絮，寂寂黄昏树。

2022年3月22日

野山桃

寂寂无闻野陌边，荒丛荆草度穷年。
霜痕秋雨孤愁暮，花色春晖独艳先。
无意红尘添锦绣，有心黄土隐山川。
自生自灭朝朝露，如梦如风夕夕烟。

2022年3月23日

江南春·夜酌

荧月院，影柴门。
流云遮树暗，
炉火透香熏。
孤盅人醉鸣蛩寂，
遥犬残声寒断魂。

2022年3月24日

春光长廊

杨柳长廊燕语初，桃花小院聚樵渔。

妄评三国闲言乱，酒醉留欢入梦无。

2022年3月25日

江城子·扫墓

枯芦杂草暗云空。

墓碑重，野山风。

坟前祭酒，

多少泪陪同。

愁卷焚烟尘纸坠，

飞影杳，别情浓。

2022年3月27日

静静河湾

桃花潭水系舟安，林鸟飞声掠岸寒。
少小不知苍发累，悠然独坐甩渔竿。

2022年3月28日

醉花间·归舟

荆丛鸟，竹间鸟，欢语知多少？江水响潺潺，快橹归舟
悄。　　春寒花易夭，去日人空老。家山旧梦多，相忆随风了。

2022年3月29日

清明雨愁

沥沥廊檐滴不休，藓痕幻影暗墙浮。
昏灯寂语迟烟暮，污渍残花满水沟。

2022年3月30日

行香子·半院月朦

波渺烟重，阴角鸣蛩。竹柔枝，窈窕身躬。斜窗静月，半院朦胧。似雪花虚，镜花影，昙花匆。　　流星天际，夜寂愁浓。苦人生，谁与陪同。恍惚一梦，余悸无穷。总一程霜，一程雨，一程风。

2022年3月31日

山雾

苍浪群峰暗嶂漫，遥看穹宇海天宽。
御风一扫浮烟散，横岭三千尽玉冠。

2022年4月1日

十六字令·春

（一）

春！残雪余寒草色新。池塘柳，蒙眼窥风尘。

150

（二）

春！阡陌桃花寂寞魂。东风薄，多少雨黄昏。

（三）

春！布谷声声不忍闻。扶犁急，愁煞种田人。

2022年4月2日

檐雀

风雨自平安，厨窗有剩餐。

篱墙隔世浊，茅舍唱余欢。

2022年4月3日

临江仙·清明

烟锁野山荒冢寂，无言愁对苍穹。亲情杳杳别时匆。年年今日，魂梦已随风。　　岁月无情伤别绝，桃枝依旧花红。堂前往事醉杯中。天伦长乐，只剩泪蒙眬。

2022年4月4日

品茶

春晚闲庭煮紫砂，清香浮绿雨前芽。
小呷一口逸仙醉，梦语桃源柳影斜。

2022年4月5日

醉太平·妻

依依发妻，苍苍古稀。风霜岁月偷移，儿曾人不知。　　荷
锄晓鸡，厨餐夜迟。年年月月时时，叹怜还有谁？

2022年4月7日

春月夜

勾月浮云暗院扉，熏风窗竹影帘稀。
长廊小坐闻蛩寂，野露无痕润夜衣。

2022年4月8日

菩萨蛮·夕阳江楼

夕阳烟柳霞光渺，山花飞蝶知多少。暮色入江流，酒香人醉楼。　　倚门扶杖久，低目徘徊走。明月照庭空，离愁孤院风。

2022年4月9日

田边小歇

绿树溪边待汗消，倚风草枕寄天遥。
依稀鸟语闻人笑，老酒幽香入梦邀。

2022年4月10日

南歌子·方外

酒醉临窗梦，茶余倚杖舒。春晖莫道晚风徐，一抹斜阳玉竹影廊无？　　夜犬边村寂，朝鸡古庙虚。深山方外有诗书，小径徘徊独步唱吟孤。

2022年4月11日

下棋

林亭闲叟弈棋安，心静无闻鸟语欢。

入梦不知风捎晚，飞花柳絮满衣冠。

2022年4月12日

蝶恋花·洞口塘

无限夕阳霞落处。云卷云舒，恶嶂层层雾。危谷断崖知几许？抬头不见川黔路。　　碧水摇桥斜径古。几历春秋，风雨无穷数。商贾不知何处去，残碑依旧依如故。

2022年4月13日

晚风

斜柳坠残阳，炊烟绕树藏。

无心花落别，只想捎春香。

2022年4月14日

渔家傲·故乡好

窗外芭蕉遮墙草，艳阳疏雾隔江渺。杨柳千条风窈窕。人悄悄，无求无欲千般好。　　酒醉竹边闻雀鸟，茶余霞晚归鸡早。落尽红香青果小。知多少，累枝丰硕逢秋笑。

2022年4月15日

雨凉

曦光红旭野田芳，云水黄昏俏夕阳。
沥沥无情风雨院，暖春一夜转寒凉。

2022年4月16日

少年游·雨中犁吟

蒙蒙霏雨悄无声，杨柳举风轻。残篱带泪，漏窗滴沥，唯见燕斜横。　　雾重山影云光暗，蓑笠吆春耕。白发扶犁，老牛奋起，泥水溅花情。

2022年4月17日

闲

空院鸟鸣无，黄昏落日虚。

诗书陪酒醉，不觉梦魂孤。

2022年4月18日

生查子·忆长塘放排

鸟语悸林空，江水危滩绝。峡谷浪花濛，十里流排雪。　　飞雾透风衣，落日依山别。冷露润须寒，泊岸蜇鸣月。

2022年4月19日

虞美人·悼林青同学

花开花落谁知晓？多少愁缥缈。昔闻窗友笑春风，往事不堪如梦月云中。　　人生不尽风霜露，此去情何许？瑶池煮酒祝君欢，位列仙班金玉肃衣冠。

2022年4月19日

归自谣·乡土情缘

香桂路，浓绿婆娑遮旧寓，晚烟霞影隔芦渚。　　清风明月扶杖步。徘徊顾，几回乡土余情趣。

2022年4月20日

蛙鼓噪春

缺月照窗偏，和衣对酒眠。
野塘蛙鼓噪，随梦入桑田。

2022年4月21日

踏莎行·春归去

燕掠低檐，雨斜高树。迷蒙舟影江沙渚。不堪谷雨剩余寒，蓑翁快橹黄昏暮。　　夜火边村，窗灯朱户。酒香苍发人愁苦。无愁布谷叫春归，荒田多少空无主。

2022年4月22日

古楼茶月

雨前云雾岭中芽，南国天香煮紫砂。

明月闻馋羞作态，捎来云影暗茗花。

2022年4月23日

菩萨蛮·归晚

青山黛影长潭碧，夕阳傍晚烟如织。滩上浪花歌，无穷无尽波。 落霞悠白鹭，渔鸟掠江渚。田叟戴星归，风凉蛙鼓稀。

2022年4月24日

日子

晨昏孤寞种农蔬，午梦凉窗研墨娱。

人老病多知友少，夜来独醉月天舒。

2022年4月25日

河传·春汛

　　流雾，浓雨。双洲小路，古桥烟渚。竹虚樟掩院庭遮。落花，御风飞影斜。　　雪峰夜涨平溪水。泻千里，浊浪横空起。太疯狂！嶂岸茫，断肠，几曾忧故乡。

2022年4月26日

江城子·大雨

墨云突起暗明空。

燕归匆，满庭风。

飞花落叶，无主坠江中。

大雨倾盆流浪浊，

江岸影，雪峰蒙。

2022年4月27日

困

归晚醉廊迟，深眠梦不知。

月遥花影近，风静露沾衣。

2022年4月28日

忆王孙·孔乙己

纵狂一纸醉斯文，常卧青山穷酒樽。文也疏贫欲断魂。笑荒村，风雨黄昏早闭门。

2022年4月30日

喜迁莺·落花枝空

落月淡，晓风寒，闻水响潺潺。夜灯斜影半窗栏，惊犬扰人安。　　花飞杳，知多少，窈窕媚枝空了。渔樵江渚共乡愁，风雨几曾休？

2022年5月1日

酒友

举杯豪语自难忘，义薄云天起舞狂。

但愿热盅长醉客，莫待席散独苍凉。

2022年5月2日

朝中措·蔬园

朝闻鸟语晚看霞，初月雾轻纱。莫道一身汗水，闲余犹醉桑麻。　　春藤瓜果，秋蔬鲜叶，喜乐人家。小院篱墙郁桂，园中秋月春花。

2022年5月3日

春去也

垂柳荷塘媚影匆，野桃青果累枝穷。

奈何春去无留意，总把韶华寄梦空。

2022年5月4日

采桑子·此间乐

后窗玉竹扶风笑，鸟语声声。鸟语声声，彩蝶双双，燕子掠云轻。　　前庭金桂遮墙荫，酒醉余情。酒醉余情，独舞闲廊，何必苦虚名。

2022年5月5日

入夏

午热荫边凉，横锄养目苍。
蔬园春草老，垄上秧苗黄。

2022年5月6日

望江东·那年代

楠竹长堤闭江渚，小桥破，双洲路。少年往事任风去，只怕是，伤心处。　　寒冬酷暑无穷数，岁岁饿，愁愁度。草根糠菜半相顾，苦父母，情何许。

2022年5月7日

插秧

风紧云沉电闪匆，市墟半闭路人空。

只言故土千般好，多少乡愁大雨中。

2022年5月8日

蝶恋花·浊浪桑田

老酒杯杯风寂语。玉燕双飞，花蝶无穷数。庭外小桥流水处，古樟虚掩双洲路。　　立夏雨狂涡浪渚。江岸桑田，只见浮渣聚。春鸟不知农叟苦，隔江布谷依如故。

2022年5月9日

涝

雨霁青山别样鲜，但悲涝岸尽残田。

无知渔鸟寻餐去，不问愁翁绕路偏。

2022年5月10日

长相思·双洲

大洲头，小洲头。历历双洲风雨稠，几曾霜菊秋。　平溪流，神河流。千载悠悠流不休，流过多少愁。

2022年5月11日

大雨吟

大雨青山黛岭濛，飞花落叶各西东。

长廊鸡犬归窝燕，垅上憨牛奔影匆。

2022年5月12日

江城子·泉水清流

悬泉断壁落潭涡。半滩坡，半滩波。

重山叠嶂，寂寞捎风歌。

历历江川流不尽，离恨少，别愁多。

2022年5月14日

胡豆

胡豆釜中煮水香，几曾荒月充饥肠。
老来重品难回梦，缘尽三餐有细粮。

2022年5月15日

渔歌子·夏寒

夏雨无常小院寒，晓风流雾菜蔬残。
溪水渚，岸芦滩，芭蕉沥沥几时欢。

2022年5月16日

钱

莫道不言多，贫无叹奈何。
怜鱼为饵死，却是旧时歌。

2022年5月18日

眼儿媚·小满农迟

难得晴空雾疏楼，天际日光浮。雨云初霁，移苗耕种，小满迟愁。　　菜园疯草无暇顾，吆喝累春牛。柴门虚掩，院庭空寞，人在田头。

2022年5月19日

家

棕树荆枝竹篱笆，草坪鸡犬夕烟斜。
清明闲种苗藤瘦，白露香闻宅院瓜。

2022年5月20日

相见欢·夜酌

小楼独坐星稀，月出迟。孤盏半壶幽梦有谁知？　　读书泪，断肠醉，是愁时。冷露渐浓无影润寒衣。

2022年5月21日

累

图饱三餐苦奔波，朝出归晚语无多。

茶余小坐斜廊梦，闻断呻吟撑背驼。

2022年5月22日

采桑子·家乡

　夕阳斜照孤庭暮，蛙鼓荷塘。夜火灯光，独立南窗亦觉凉。　　算来无几儿时伴，徒叹沧桑。梦里寻芳，依旧春风桃李香。

2022年5月23日

古桥

独立寒江独自愁，几曾风雨几春秋。

柳蝉飞燕唏嘘梦，冷雾重霜叹怨幽。

商贾驼铃无迹影，渔樵蓑笠有篷舟。

黄花芦岸穷途绝，孤寂残余伴水流。

2022年5月24日

昭君怨·天怨

小满余寒未尽，又是乌云雨信。沥沥几时休？使人愁。　　帘掩藓苔墙底，目断雾江烟水。默默夜临庭，太无情。

2022年5月26日

雨院廊

儿郎酒乐醉言多，碎步长廊好汉歌。

雨歇不知农事晚，野田云水叹迟禾。

2022年5月27日

更漏子·忙种

雨纷纷，风啸啸，玉燕应知夏晓。荷柳乱，落花残，夜来小院寒。　　泞泥路，芭蕉露，秧老愁翁正苦。荒阡陌，水溪前，披蓑耕作田。

2022年5月28日

静静的神河

水草流梳碧玉波，夕阳归燕柳蝉歌。

潺潺潏潏匆匆梦，长笑童顽戏浪涡。

2022年5月29日

调笑令·晴望

流雾，流雾，又是霏霏细雨。青山绿水苍苍，田头秧老草荒。荒草，荒草，望断天涯未了。

2022年5月30日

端阳

屈子魂归故国殇，离骚声断恨茫茫。

汨罗江畔闻天哭，荆楚山川戴孝装。

山鬼也哀低泣泪，游鱼不忍护遗芳。

斯人已去千秋祭，金鼓龙舟竞水乡。

2022年5月31日

西江月·雪峰桃源

　　古寨晓星云月，悬桥流雾山巅。雪峰深处觅逸仙，老酒熏风拂面。　　斜径竹篱泉水，鸡鸣犬吠炊烟。遥看半岭有禾田，郁郁葱葱一片。

2022年6月1日

山竹

　　独寄穷山独自为，瘦身孤苦夕阳知。
　　虚怀若谷原无欲，不想风癫节外枝。

2022年6月2日

荷叶杯·晓曦端阳

　　一院朦胧疏雾，檐露，滴长廊。　　晓鸡残月紫帘影，还冷，枕衣凉。

2022年6月3日

山洪

一夜浪浮渣，横流滞树丫。

扶锄空挂泪，无语叹桑麻。

2022年6月4日

忆少年·流水年华

儿时无忌，儿时有梦，儿时留迹。花边蝶重影，柳堤鱼波碧。　　对酒消愁愁落夕，燕归来，几回春色。风霜菊香尽，不知人是客。

2022年6月5日

儿时梦

谷坪依旧月华微，童语遥无草影低。

楼角存疑藏竹马，墙沿未见笑丫归。

2022年6月6日

醉太平·梅子雨梦

庭虚院虚，淫霏暗庐。浊流江畔残蔬，雾穹依旧如。　　红楼舞舒，柴窗月无。倾杯烂醉愁孤，任风依梦苏。

2022年6月7日

倦

午热倚亭舒，蝉鸣入梦无。
梦深图一醉，醉了有风扶。

2022年6月8日

江城子·忘亦难

三年邵水续诗书。别茅庐，挂闲锄。窗灯夜半，家小可安舒。霜菊黄花秋寂寂，归雁远，暮云虚。　　平溪浪起院成湖。破家无，叹天吁。两间牛舍，柴草寄劫余。风雨杏坛唯觉累，欢对月，酒倾壶。

2022年6月9日

酒情无类

小院清风夜火台，细蝥蛙鼓梦中杯。
更深莫道孤庭寂，玉液魂痴有月陪。

2022年6月10日

诉衷情·乡友

朋友，回首，离别久，几春秋？
扶杖手，知否，已悠悠。
煮酒话沉浮，无休。
长吁空白头，是乡愁。

2022年6月11日

踏莎行·古渡头

雾失青峰，雨茫江渚，湘黔古道遮烟树。笛声车马远瑶山，平溪渔火孤村暮。　　涡浪潭沙，风鸣津渡，乌篷流影知何处。老槐杨柳亦婆娑，空余岸码荒芜路。

2022年6月13日

少壮光棍

不下韶关不下田，无愁独坐钓渔船。
贱烟淡酒闲游市，穷向家翁要点钱。

2022年6月14日

玉蝴蝶·傍晚谣

残阳霞影风微，归叟汗凉衣。寨外野烟低，篱庭夜火
迟。　堂前鸡叫粟，栏里豕嚎饥。待到酒香时，寂蛩闻梦稀。

2022年6月15日

梅子天

烟雨浮云暗寂庭，芭蕉滴沥悄无声。
孤杯独对闲愁醉，梦笑斜窗透月明。

2022年6月16日

如梦令·霁月

昨夜云疏风咽，
竹影半窗残缺。
蛙鼓柳池稀，
散落一庭明月。
凉彻，凉彻，
言尽语休还说。

2022年6月17日

夜庙

雨霁青峰落日横，禅歌悬谷暮山宁。
炧香残淡闻蛩绝，木鼓虚遥入夜轻。

2022年6月18日

忆王孙·渔晚

微风古柳荫潭虚，
蓑笠空山清寂渔。
悠鹭浮岚入梦无。
鸟鸣疏，
碧水霞晖落日孤。

2022年6月19日

凉廊醉梦

月斜花影暗庭扉，人醉炎凉两不知。
生死沉浮空幻梦，阴晴圆缺总相宜。

2022年6月20日

十六字令·茶庄

（一）

茶！谷雨春香白露芽。茶山女，风雨老年华。

（二）

茶！浮绿清泉煮紫砂。留人醉，归去恋余霞。

2022年6月21日

雨怨

绿树荫江村，芭蕉掩院门。

愁楼闻滴沥，又是雨黄昏。

2022年6月22日

菩萨蛮·更梦

荷塘蛙鼓流云月，凉廊桂影风声咽。酒醉倚空楼，梦深忘别愁。　　夜灯虚院树，犬吠寒朱户。冷雾寄风轻，晓鸡啼五更。

2022年6月23日

鸡笼寨古寺

独立云巅寂寞风，曦光礁浪复重钟。
禅歌天外瑶池梦，木鼓身边草径穷。
香客有求油资厚，菩萨无欲默言空。
一朝钟鼓春秋庙，几渡尼僧岁月匆。

2022年6月24日

少年游·山湾幽河

江湾芦渚草沙滩，鱼跃浪花漫。荫潭野鸭，高枝渔鸟，曲颈理衣冠。　　柳蝉不觉时光老，日暮独穷欢。收网流舟，荷锄归叟，边坞晚烟安。

2022年6月25日

午热

闲鸟树婆娑，游鱼叶荫荷。
田翁衣透汗，云影捎风过。

2022年6月26日

相见欢·乡愁

余情不尽乡愁，几时休？望断白云苍狗雁声秋。　　图一醉，梦中泪，野蛩啾。长是虚窗帘影月如钩。

2022年6月27日

深山酒香

碧水潺潺绿隐村，荷花杨柳半遮门。
酒旗高挂凉亭座，莫道山庄不醉魂。

2022年6月28日

蝶恋花·穷途浪排

曾历青山弯几许？叠嶂重峦，激浪烟花处。峡谷流岚遮绿树，回头不见来时路。　　落日孤排风啸暮。野露衣单，蓑笠寒凉雨。无计江滩难寄住，穷途奋水涡漩去。

2022年6月29日

悠

碧水粼粼月照庄，山风细细竹扶窗。
蛩鸣幽院篱庭静，酒醉闲楼睡梦香。

2022年6月30日

江南春·江桥霞晚

蝉泣泣，水迢迢。风轻斜柳岸，日落影平桥。幽潭晴晚烟霞寂，孤鹭流岚天际遥。

2022年7月1日

蝶变

刀耕火种烬残烟，星海神舟别有天。
睡梦山中方一日，唏嘘世上已千年。

2022年7月2日

青玉案·杏坛情

杏坛历历徘徊路，乍回首，韶华去。砚墨诗书寒旧寓。小桥流水，花蹊荆树，多少风霜雨。　　年年桃李依春顾，夜夜窗灯寄心语。白发余情情几许？无声无怨，默言愁苦，伏案寻新句。

2022年7月3日

凉亭闲话

荫树凉亭笑语舒，鸣蝉花蝶乐闲余。

春风秋月知多少，总把乡愁入酒壶。

2022年7月4日

荷叶杯·老友重逢

曾记得茫茫夜，灯下，执手别离时。熏风杨柳暗云移，晴雨两无知。　　江水古桥残月，寒彻，回首满头霜。重逢疑是梦中乡，杯酒话沧桑。

2022年7月5日

旧梦

魂梦茅庭小竹稀，篱笆晓月五更鸡。

云深不见高堂在，抹泪偏闻燕语低。

2022年7月6日

苏幕遮·夏暑残阳

　　柳斜丝，蝉泣暑。蝴蝶荷花，往返情何许。玉燕双双闻悄语。掠水波光，飞影遥沙渚。　　竹遮窗，帘影寓。浊酒杯杯，人醉依风絮。不问炎凉谁做主，半落残阳，随他何时去。

2022年7月7日

水乐童年

　　午梦顽童戏碧波，呓声嘻语满神河。
　　鱼花水草还如故，知了依然柳上歌。

2022年7月8日

定风波·小庭晚凉

　　翠竹时闻鸟语低，小庭花草郁香微。日暮霞光归燕悄，知晓，炊烟萦袅散云稀。　　夜静野蛩鸣寂月，风咽，闲楼独倚露寒衣。犬吠数声人半醒，浮影，落花坠叶有谁知。

2022年7月9日

热

焰火煮霞穹，寻无半点风。

竹床依荫树，疑在烤炉中。

2022年7月10日

采桑子·望

窗前柔竹摇青影，风满闲楼。风满闲楼，落叶飞花，点点别离愁。　　孤蛊独对斜阳醉，碧水空流。碧水空流，望断重山，不见有归舟。

2022年7月11日

午休

午热透桑田，凉溪倚荫眠。

遮阳知日毒，干渴饮泉鲜。

2022年7月12日

临江仙·夜长长

一夕分离归去，不知何日相逢。黄花秋月几回重，但看飞雁寂，又是别愁浓。　　酒醉游魂天际，浮云沉雾朦胧。酒醒总在叹声中。落帘轻动影，蛩泣五更风。

2022年7月13日

长乐

淡酒醉风凉，粗茶入梦香。
人生知足乐，无处不春光。

2022年7月14日

潇湘神·纳凉

云月空，云月空，竹梢浮影满庭风。　　消暑纳凉遥入梦，更深灯寂野蛩浓。

2022年7月15日

溪桥小坐

潏潏依然叠叠波，不知还是旧时歌？
桃花流水天涯梦，多少曾经没浪涡。

2022年7月16日

渔家傲·双洲好

　　翠竹长堤啼雀鸟，古樟浓荫鸣知了。临水画廊风窈窕。荆藤绕，芭蕉半掩斜阳悄。　　酒醉闲楼幽梦渺，滩花流浪知多少。岁月匆匆人已老，千般好，黄花霜菊三秋早。

2022年7月17日

醉梦

伏案已深眠，微风入梦牵。
酒香闻笑醒，倾盏卧壶偏。

2022年7月18日

画堂春·早工

晓风篱院月明光，杂荆青影溪廊。蛰声滩响野山茫，冷静觉清凉。　　沙渚孤锄语寂，竹林宿鸟深藏。闻鸡啼梦醒边乡，汗水透衣裳。

2022年7月19日

午院静静

烈日芭蕉影角廊，微风黄犬倦庭凉。
瓜藤荫架池中鸭，缩颈藏头正梦香。

2022年7月20日

鹧鸪天·边村三伏天

午热蝉声不忍闻，井泉荫树欲凉身。长堤绿竹江风影，沙渚青芦流水痕。　　痴米酒，笑香樽，依亭酣醉已黄昏。晚烟轻散归林静，余焰炎炎夜火村。

2022年7月21日

小溪哗哗

酷暑不知愁，依然入梦流。

微波梳水草，怕是又临秋。

2022年7月22日

巫山一段云·小溪夏晚

炎焰依山尽，微风入院休。晚烟灶火满双洲，余热锁庄楼。　　发叟寻凉倚，童顽戏水游。小溪月色浅沙幽，岸码碧波流。

2022年7月23日

飞瀑捎凉

鸟懒无声绿树闲，苍穹如洗闭重山。

谷深风静炊烟直，飞瀑凉怡碧水湾。

2022年7月24日

摊破浣溪沙·水乡夏晚

　　酷暑荷塘翠叶残，游鱼沉影荫凉间。垂柳鸣蝉共霞晚，倚栏看。　　渔火孤舟风萧萧，三更江月露篷寒。多少苦愁多少梦，自难安。

2022年7月25日

滩头歌

　　湍谷浪滩涡，新波叠旧波。
　　不堪回首叹，无奈且为歌。

2022年7月26日

定风波·别友

　　明月蛩声夜火村，篱笆玉竹掩柴门。且罢忧愁须尽酒，朋友，乡音故土总牵魂。　　不觉山风凉旧府，如许，浮云乱渡月晖浑。执手庭前言道别，无说，半遮暗泪脸边痕。

2022年7月27日

梦幻人生

春时花影瞬时无，梦幻蜃楼水月虚。

过客如流谁与共，风霜飞叶坠魂孤。

2022年7月28日

谒金门·雪峰访友

萦回路，遥去叠峰无数。恶嶂重峦遮绿树，不知深几许。　　云谷流岚悠鹭，瀑布漩潭沙渚。暮色泉声灯火处，酒香闻笑语。

2022年7月29日

老媪收苞谷

汗水透衣纱，风微晚夕霞。

唏嘘驼背篓，一步一颠斜。

2022年7月30日

忆少年·拾遗

儿时童趣，儿时梦幻，儿时留迹。寻无旧竹马，况陈痕阡陌。　古道遗碑流水僻，忆当初，月移云易。乡愁几曾醉，却人如过客。

2022年7月31日

樵

幽谷依稀响斧遥，寻声松涧影孤樵。

吆声回壁空山寂，归去残霞照索桥。

2022年8月1日

踏莎行·夜宿瑶寨

涡浪沙湾，浮岚谷絮，遥望半岭炊烟处。鸡鸣犬吠吊楼闲，风流云驰残霞暮。　山里人家，桃源仙住，窗灯夜火无重数。酒香醉语话桑麻，梦乡难得瑶池顾。

2022年8月3日

望韶峰

谁敢挽强弓，横刀独啸风。

闻鸡群起舞，击鼓思韶峰。

2022年8月4日

相见欢·临秋

雨休钩月斜楼，复蛩幽。落叶飞花无数又临秋。　　漏声断，梦还乱，是余愁。天际孤舟沧浪任风流。

2022年8月5日

乘凉

碧水长堤荫树浓，花蹊凉椅靠亭重。

三三两两休闲客，难得黄昏醉晚风。

2022年8月6日

清平乐·立秋

院庭风满，落叶斜斜乱。转瞬中元七月半，今日立秋云漫。　焰炎依旧闲楼，枯芦断水滩流。泣泣蝉声无歇，昏然忘了秋愁。

2022年8月7日

寒蝉

谁说寒蝉不怨秋，只缘孤苦少言休。
哀鸣到死余音绝，魂没衣冠寄世留。

2022年8月9日

醉花间·初秋

堤边树，水边树，浓荫秋光路。潭水影横桥，落日霞晖暮。　黄花妆旧寓，缺月荧庭露。沙沙落叶声，风捎知何处。

2022年8月10日

秋老虎

残暑不知休，炎炎煮水稠。

野烟天际火，禾草夜烧秋。

2022年8月11日

摊破浣溪沙·又是秋月

午热蝉声绿树间，无闻秋叶坠魂寒。还与余霞共娱晚，两相安。　　江月流波凉院静，小楼灯火影帘单。多少别愁多少恨，怎堪看。

2022年8月12日

午休

黄犬倦长廊，雏鸡荫树凉。

酒壶倾椅尽，醉梦在仙乡。

2022年8月13日

捣练子·消夜

霞院静，小楼凉，缕缕炊烟透酒香。消暑不知壶盏尽，醉看明月一庭霜。

2022年8月15日

末伏

莲子苦枯塘，黄花野陌苍。
云稀悬月静，风不捎秋凉。

2022年8月16日

如梦令·夜热如煮

日落残霞烟树，万里焰炎尘路。江月不知秋，余热夜穹如煮。无语，无语，待到几时凉许。

2022年8月17日

凉舟

荫树溪廊鸟语重，焰炎不透暗秋风。

任凭蒸煮云霞绝，碧水凉舟入梦蒙。

2022年8月18日

昭君怨·旱

蛙鼓荷池叶底，鱼影静安潜水。蝉泣有无期？自天知。　　秋雨遥遥无信，裂土重荒草尽。何处觅芳华，苦黄花。

2022年8月19日

月

流水浪花漫，银光满落滩。

波平收碎玉，沉影倚潭安。

2022年8月20日

浣溪沙·醉一杯

又是酒盅对月台，有无忧怨莫空杯，人生难得醉相陪。　　转瞬青丝霜白发，韶华一去不归来，暮愁只见燕徘徊。

2022年8月21日

秋燕

归去野山苍，无声捎夕阳。

沙沙风寂寞，墙柳已秋妆。

2022年8月22日

虞美人·抗旱

无由残暑何时了，雨影天涯杳。黄蓬枯草断溪干，秋粟桑麻瓜果不堪看。　　红霞焰火烧憔树，落叶随风去。谁知农叟有多愁，担水浇园嗟叹几时休。

2022年8月28日

临中秋

千里尘烟日暮浮，洗穹朗月又中秋。

旱风落叶沙沙寂，瘦水流滩潇潇愁。

2022年9月4日

南歌子·秋思

落日残荷寂，余晖碧水流。溪边野菊淡香幽，裂土荒蓬枯草满山丘。　　夜月斜窗静，西风入梦休。江南只道好中秋，不想久干无雨更添愁。

2022年9月5日

秋月依旧

晚风秋月竹摇凉，院角芭蕉带梦藏。

残暑恶为幽草尽，桂枝不肯放花香。

2022年9月6日

伤春怨·望雨

冷月窗前树，落叶沙沙无数。竹枕五更凉，一夜西风愁语。　　月余望无雨，裂土荒蓬渚。把酒问苍天，有雨否、何时许。

2022年9月7日

黄花秋月

河湾冷月瘦黄花，夜火微灯寂寞家。
深梦一声鸡破晓，荷锄轻掩院门斜。

2022年9月8日

潇湘神·流水落叶

流水遥，流水遥，几曾落叶对愁飘。多少浪涡多少恨，天涯何处有栖礁。

2022年9月9日

今日中秋

岁岁年年日月稠，多多少少又中秋。
纵言佳节千般好，不了思乡万缕愁。

2022年9月10日

江南春·秋旱

山默默，水潺潺。烟重芳草尽，云薄月晖寒。凉穹无雨愁肠断，衾枕三更人未安。

2022年9月11日

农家夜话

秋月照廊斜，悠闲一盏茶。
畅言多少事，还是话桑麻。

2022年9月12日

眼儿媚·夜江渚

溪水潺潺不知休，细语入清幽。烟穿霞火，月寒芦渚，蛩泣沙洲。　　旱风黄叶萧萧落，片片绕愁楼。遥无雨影，更无云迹，无奈今秋。

2022年9月13日

秋潭

落叶入幽河，浮渣夕夕多。
滞流无浪迹，风起有微波。

2022年9月14日

虞美人·浇园

窗边落叶知多少，月淡遥蛩渺。雄鸡啼破五更愁，又是朝霞如火煮残秋。　　草溪枯水黄芦绝，滩响寒声切。浇园挑水几来回，清寂风轻闻断叹声哀。

2022年9月15日

幽潭秋月

寂静长潭玉影酥，微风揉碎碧波虚。

孤舟渔火三更夜，响浪寒蛩入梦无。

2022年9月16日

一剪梅·愁

勾月清晖夜半幽。摇影凉庭，满院风流。野蛩天际枕边虚，望雨无痕，一梦重楼。　　孤寂黄花独怨秋。莫道秋寒，也道秋愁。小溪断水草芦枯，应是天怜，更是人忧。

2022年9月17日

鸭语神河

水草浮萍欲断波，雪峰霞晚染残河。

遥看飞鸭江湾落，互语滩边有小螺。

2022年9月18日

202

少年游·湘黔古道

悬藤古树荫江桥，碧水落滩礁。遗碑犹在，几曾风雨，追忆尽前朝。　　少年一瞬韶华老，往事入童谣。商贾驼铃，标旗骠马，已是梦迢迢。

2022年9月19日

秋慈

残暑渐无为，沧桑日月移。
三秋纵绝雨，夜露润蔬滋。

2022年9月20日

江南春·雨魂

风萧萧，
叶飘飘。
秋深无雨迹，
楼寂有愁遥。

重阳临梦黄花瘦，

边陌荒村寒月寥。

秋蔬

谁怜旱土种秋锄，雨影云痕半点无。

汗渍晚凉衣襟透，一瓢溪水一莞蔬。

2022年9月23日

巫山一段云·秋满闲楼

伴水依山住，隔窗临雾流。山光水色鸟鸣幽，飞叶满斜楼。　　翠竹墙边寞，黄花院角秋。寒蛩不肯梦中休，自是别多愁。

2022年9月24日

秋燕

春回故地柳如烟，夏雨茫茫水乐天。
春夏易移秋漠漠，又待万里带愁迁。

2022年9月25日

归自谣·钓秋

常绿树，密密麻麻幽寂路，古潭晓月轻纱雾。　　闲翁独钓秋水趣。风无语，飞花落叶知何处。

2022年9月26日

残荷

秋雨无望阔叶残，藕根裂土寄身难。
谁知莲子心中苦，垂首西风叹夜寒。

2022年9月27日

好事近·晓风残月

夜露晓添寒，摇影紫帘风咽。竹枕梦浮天际，几回临残月。　　三更渔火五更鸡，孤愁与谁说。朝夕是非成败，有无知圆缺？

2022年9月28日

坐晚

坐看霞岭峪岚飞，风柳斜斜玉影移。
碧水黄花孤漠漠，人痴不觉晚烟稀。

2022年9月29日

天仙子·芦渚晓风

芦渚晓曦秋水碧，竹湾深处流波急。　　滩头白浪跃花鱼，幽寂寂，野蛩默，古柳长堤风历历。

2022年9月30日

千秋岁·盼雨

夕阳山外，残暑炎炎在。霞似火，迟迟退。黄花疏荫草，
溪水浮蓬塞。愁不见，碧穹勾月蛩声碎。
断水微波败，堤柳绒衣改。金桂郁，花空对。
院边莲藕尽，竹下枯荆矮。何日雨，洗尘万里桑麻快。

2022年10月3日

今日重阳

也无云迹也无凉，唯有炎炎草木荒。
白发暮愁长叹绝，何时小雨润家乡。

2022年10月4日

忆王孙·疑

紫帘竹影夜寒风，薄被三更冷倦翁。院树沙沙落叶匆。月
朦胧，莫不无秋夏入冬。

2022年10月5日

静静夜

百日雨无踪，秋深野露穷。
月寒霜落叶，蛩寂院楼风。

2022年10月8日

南歌子·雨影

久旱临寒露，三更有雨恩，霏霏细似雾流云，叶上泪珠难滴润枯根。　　剩水滩头泣，黄花野陌痕。残荷蓬草晓烟村，依旧溪边挑水慰蔬魂。

2022年10月9日

雁去无梦

云海天涯玉影消，留声闻断楚山娆。
西风黄叶秋光淡，碧水霞晖一梦遥。

2022年10月10日

如梦令·酣酒

鸟雀黄昏低语，
庭院炊烟轻雾。
窗外月荧光，
楼内醉魂风絮。
如故，如故，
每醉更添愁许。

2022年10月11日

老倔头

晓风落日小溪边，往返来回碎步颠。
千里荒山枯草没，老园依旧菜蔬鲜。

2022年10月12日

忆余杭·秋黄昏

寒露秋风，望断枫林红叶坠，飘飘洒洒尽离愁，入水独流幽。　　渔鸟斜掠长潭里，静影浪花鱼惊起。夕阳青树鸟归林，野露渐寒深。

2022年10月13日

庙鼓

木鼓声声寂寞魂，灺香烟绕独黄昏。
禅歌低颂遥如梦，醒世安知可渡人？

2022年10月14日

玉蝴蝶·醉廊香

枫林红透秋光，霞岭坠残阳。绿树影庭长，西风入院凉。　　孤村烟幕寂，江雾月潭茫。三盏酒楼廊，一帘幽梦香。

2022年10月15日

厨烟

窈窕如纱渐散安，菜香欲醉迷楼栏。

随风不觉厨娘累，依旧悠然入夜漫。

2022年10月17日

离亭燕·农家夜话

西岭夕阳如画，霞影古潭风雅。白鹭碧天何处宿？暮色渐浓穹野。绿树暗沙湾，灯火万家斜射。　　煮酒长廊檐下，闲语絮叨长夜。俗世往来多少事，尽是桑麻重话。已觉露寒衣，勾月无言高挂。

2022年10月18日

财奴

烂苔剩菜饱饥肠，破袄陈衣露趾凉。

独倚窗边孤寂寞，月华且作夜灯光。

2022年10月19日

忆江南·秋老黄昏

秋已老，黄柳叶飞斜。云海雁声天际杳，碧波鱼影浪中花，千里共残霞。　　人已老，风雨叹韶华。昨日不堪成旧梦，今时还醉醒新茶，霜月暗农家。

2022年10月20日

路边草

从无幽怨也无惊，历尽消磨苦苦撑。
雨雪风霜魂梦碎，闻春一瞬笑先醒。

2022年10月21日

归自谣·雪峰秋

空谷静，默默无声飞瀑影，遥观犹觉三分冷。　　流霞千里风啸岭。黄昏更，枫林一地残秋景。

2022年10月22日

老牛

晓露寒沙草尽殇，黄花溪水角边藏。
苍凉寂寞庐穹阔，暗默无声独啃霜。

2022年10月23日

阮郎归·昨日霜降

晚秋将尽似秋初，炎炎依旧如。久干无雨草芦枯，柳黄叶更疏。　　霜月寂，冷庭孤，长廊醉酒舒。农愁且罢梦愁余，三更竹枕虚。

2022年10月24日

静静的夜

飞叶沙沙落地移，野蛩泣泣寂闻稀。
昏灯残酒消长夜，疏雾风窗醒梦时。

2022年10月25日

浪淘沙·菜农

一院夕霞烟，暗淡檐边。半窗残柳舞风颠。角落黄花孤寂寂，无语霜天。　沽酒了愁牵，笑我成仙。只缘求赐菜蔬鲜。挑断流溪人未歇，苦也桑田。

2022年10月26日

大旱

百日雨无踪，烟霞万里重。
浮尘遮院暗，霜叶落枝空。

2022年10月27日

玉蝴蝶·秋叶

无声悠鹭双飞，遥影入云低。碧水浪花微，余晖伴晚迟。　黄花香未尽，霜树叶先衰。望月别伤离，倚风随露栖。

2022年10月28日

苕汤

地瓜蒜叶煮清汤，知味频闻宅院香。

莫道深山穷快活，年丰五谷有余粮。

2022年10月29日

忆少年·乡愁

无穷流水，无为落叶，无情霜月。三更院庭寂，况秋深蛩绝。　　独饮闲楼风语咽，渐寒凉，冷栏如铁。乡愁欲言尽，却离情难说。

2022年10月30日

疫灾

乡径虚虚犬吠稀，竹篱寞寞早归鸡。

晚烟轻袅窗灯影，孤酒阳台醉月移。

2022年11月1日

更漏子·儿时友

碧波微，黄草绝，落叶沙沙愁别。归雁没，晚霞残，西风霜月寒。　　儿时友，秋时柳，风雨不堪回首。山渺渺，雾茫茫，几回醉酒香。

2022年11月2日

昭君怨·抗旱

夏旱无期秋尽，望雨到冬无信。多少苦桑田，对愁眠。　　芦渚古潭谷底，月落浇园挑水。迟恐晓鸡啼，有谁知。

2022年11月4日

夜

永夜月为邻，孤蛊寂寞魂。
昏灯遮影近，私语不相闻。

2022年11月5日

莫不旱入冬

夏干一气苦匆匆，黄草秋霜萧萧风。

万里残霞余焰迹，不知可有雨淋冬？

2022年11月7日

菩萨蛮·抗争

小春十月寒霜月，塘干水尽人愁绝。落叶捎风凉，黄花幽寂乡。　农桑情几许，晓种荒原露。日暮浇园时，汗衣归晚迟。

2022年11月8日

锁重关

车马空途商旅无，野村语寂闭门虚。

相邻犹似天涯客，各自愁楼各自孤。

2022年11月9日

伤春怨·愁愁结

夜半孤庭月，响水蛩声风咽。落叶影帘纱，冷露玻窗如铁。　　夜霜黄花绝，独寂同谁说。煮酒醉杯空，默默语，愁愁结。

2022年11月10日

清平乐·小春夜

晚烟轻散，日落青峰岸。霞影余晖飞叶乱，转瞬一庭愁满。　　长穿雨信无凭，旱情好梦难成。彻夜西风霜月，和衣酒醉三更。

2022年11月12日

蝶恋花·晓步江沙

萧索初冬江上雾。落叶沙沙，飞影无重数。碧水长堤驼翠竹，朦胧不见来时路。　　鱼跃古潭花浪趣。宿鸟荆丛，深梦叽叽语。扶栝滩沙霜草渚，芦花轻散随风去。

2022年11月14日

久旱夜闻雨

夜半风声捎雨凉，淅淅沥沥润幽乡。

荒园旱土无言表，应是秋蔬带泪香。

2022年11月16日

清平乐·霜冬风晓

江堤风啸，叶落知多少。叠影竹梢穷窈窕，独舞霜天破晓。　　遥闻远寨啼鸡，西窗残月云低。醉梦不堪早醒，离愁更著寒衣。

2022年11月17日

冬雨冷血

檐角茅庐滴沥安，风悠潇洒尽余欢。

梧桐瘦柳黄昏暮，已是空枝透骨寒。

2022年11月18日

浪淘沙·醉冬

窗外雨蒙蒙，疏雾寒风。雪峰浮影暗长穹。归鹭不知何处宿，遥去匆匆。　　倚梦酒香浓，一醉壶空。人生难得几回疯。懒问江河天际尽，浪叠波重。

2022年11月19日

荒中有清香

霜草枯芦秃柳殇，残荷落叶野荆僵。

正疑荒陌无芳迹，犹见黄花捎暗香。

2022年11月20日

好事近·夜渔

蓑笠独渔潭，风满岸芦霜树。慢橹不惊鱼跃，有一江茫雾。　　流波无影晓寒浓，乌篷滴珠露。归去笑声盈院，况酒盅如许。

2022年11月22日

公鸡司晨

引颈三声际宇红，冲冠自傲居天功。

不知原是多余客，时到无君日自雄。

2022年11月23日

捣练子·夜归人

风习习，雨蒙蒙，雾锁横峰嶂影重。车马笛声幽谷寂，他乡千里夜归匆。

2022年11月24日

苏幕遮·语斜阳

晚严霜，朝迷雾。青树芭蕉，沥沥流痕露。瘦水芦花漫白絮。无主随风，散落知何处。　　叹人生，嘘世故。几历沧桑，不尽徘徊路。欲醉黄昏酌旧寓。独语斜阳，愁向谁人诉。

2022年11月25日

傍晚平溪

坝水响漩涡，鱼花点碧波。
江桥平落日，夜色满江河。

2022年11月26日

摊破浣溪沙·瑶乡醉

吊索悬桥寂谷寒，青杉峰影白云间。瑶寨依稀隐天际，万重山。　九曲盘旋花草径，几回涡转碧波滩。烟绕画廊闻酒醉，不思还。

2022年11月27日

爬楼

扶栏拾级玉楼巅，梦幻瑶池散晚烟。
天际夕阳无限好，不知愁起暮寒川。

2022年11月28日

菩萨蛮·如梦

风霜野陌枯根草，无声无怨无情老。冰雪梦中藏，知时春又芳。　　流年流似水，多少韶华泪。白发叹秋迟，菊殇枝上悲。

2022年11月29日

昨夜风雨

小雨霏飞滴沥寒，北风啸捎落红残。
无情一夜秋韵绝，转瞬冰檐梦幻间。

2022年12月1日

御街行·又是岁末

冰霜野草芳魂涕，寂寂夜，风声碎。星河流矢月穹空，云淡清晖如水。昏灯子影，孤盅残酒，愁字谁知味。　　天涯故土三千里，入梦渺，相思累。闲楼望绝总黄昏，归鹭遥遥天际。芦花白絮，梅香飞雪，长使人难寐。

2022年12月2日

冻雨寒叟

四下蒙蒙冻雨浓，玻窗雾起滴痕重。

床头衣枕寒如铁，更著帘纱漏厉风。

2022年12月3日

虞美人·三更寒

枫林落叶知多少？只道风中了。江滩潃潃洗流沙，笑浪不知何处是天涯。　　黄花秋草残芦绝，夜半寒穿月。路灯暗影犬声稀，浓醉怎堪霜冻浸绒衣。

2022年12月4日

冬闲

霜冻暗厨窗，萝卜煮肉香。

热壶酌浊酒，莫道苦农桑。

2022年12月5日

南歌子·大雪寒庐

灶火胸前暖，霜风背后寒。芭蕉阔叶缩衣冠，细雨厨烟淡酒尽余欢。　　户外流云寂，庭中落叶残。沙湾碧水浪花滩，无语消愁已去万重山。

2022年12月6日

大雪

啸啸寒风暗默云，潺潺流水独黄昏。
飞花落叶重重影，夜火窗灯漠漠村。

2022年12月7日

如梦令·晓寒

破晓沉沉疏雾，
檐角芭蕉霜露。
残月不知寒，
萧萧老芦飞絮。

如许，如许，

落木怎堪愁苦。

2022年12月8日

醉花间·深冬残梦

西风烈，北风烈，窗外蛩声咽。无寐夜长长，漠漠流云月。　　依偎炉火热，倚枕寒床彻。沙沙落叶频，幽语三更绝。

2022年12月9日

穷快活

图个红茹粗粟丰，每餐小酒醉三盅。

柴扉虚掩仓门破，欲顾蟊贼怕走空。

2022年12月10日

南乡子·晓霜舟影

野雾茫茫，黄花瘦骨岸边香。慢橹轻舟蓑笠影，风冷，萧萧无情流水哽。

2022年12月11日

长塘萧家大院

寒谷幽岚玉岭巅，明时砖瓦画廊偏。
熹微院树云浮日，霞落黔山月照川。
石径磨痕残迹古，角沿菊影郁香鲜。
斯人已去遥遥梦，风雨无凭几百年。

2022年12月13日

画堂春·卖菜翁

鸡鸣江坞晓风寒，掩门束紧衣冠。小挑碎步草霜残，冷雾流漫。　　卖个小钱不易，早墟不尽艰难。落霞远影去归安，图饱三餐。

2022年12月14日

小重山·野桃树

阡陌霜滩荒渚边。细枝摇瘦骨，苦熬煎。更愁飞雪裹冬眠。风萧萧，多少断肠牵。　　苦也不言怜。无声孤寂寞，在心田。只缘寒绝又春天。情何许？独领万花先。

2022年12月15日

风

春时柔弱夏时凉，几捎轻歌几捎狂。

秋伴老芦飘絮乱，冬陪大雪啸梅香。

2022年12月16日

眼儿媚·年关私语

西岭云霞半穿烟，悠鹭雪峰巅。流舟碧水，笛声车马，风满江川。　　疫情无度乡途寂，归梦对愁眠。黄花残菊，梅香飞雪，又说明年。

2022年12月17日

霜

风啸黄昏玉宇虚，冰晶淡月冷穹孤。

素妆银裹琉璃瓦，枯草黄花闭旧隅。

2022年12月18日

蝶恋花·望子归

萧索夕阳寒几许。落叶沙沙，飞影无穷数。车马浮尘天际处，层层雾锁韶关路。　　霞晚野烟遮绿树。乡水人家，倚岸临沙渚。孤叟小桥回首顾，几多嗟叹离愁绪。

2022年12月19日

雾

流驰蒙蒙旭日昏，行人未见语相闻。

俄顷天地茫茫梦，莫道无常悸悸魂。

2022年12月20日

相见欢·寒霜夜

落霞云岭风微，晚岚稀。又是重霜冰晶冷柴扉。　　孤穹月，苦寒绝，影帘凄。小院三更无寐偶闻鸡。

2022年12月21日

露

熹微阡陌玉荧珠，光照三分应尽无。

莫笑荣华时日短，几人拥有镜花虚。

2022年12月22日

雪

悍然无忌借风狂，一瞬山河任尔妆。

云霁犹疑新世界，日出还是旧时光。

2022年12月24日

电

霹雳天涯裂墨穹，俄顷大雨洗尘空。

浮渣沉腐难逃劫，云霁惊魂散去匆。

2022年12月26日

钗头凤·故土缘

双洲坞，香樟树，满堤楠竹荆藤路。流滩娇，江桥小，古潭舟影，碧波清晓。俏！俏！俏！　　疏林雾，黄花露，一怀幽梦牵魂故。春时少，秋时老，落花残草，断肠愁渺。了！了！了！

2022年12月27日

窗外

窗外蒙蒙雨雪浓，远山近树影无踪。

茅檐篱竹琉璃泪，独饮寒天啸北风。

2022年12月28日

忆秦娥·雪庐

漫天雪，玻窗靠椅寒如铁。寒如铁，老厨灶火，一屋烟绝。　　斜篱茅舍风声咽，琉璃冰挂枯枝折。枯枝折，落花残叶，满庭伤别。

2022年12月29日

扫院

陈尘落叶满庭隅，苔藓墙沿暗草枯。

驼影晓风横竹帚，开怀一笑旧痕无。

2022年12月30日

长相思·元旦

风也癫，雨也癫。风雨无常送旧年，疫愁入梦天。　　乡径边，小溪边。日暮青山浮野烟，几时春满田。

2023年1月1日

江南春·迷茫

疑似鬼，信如神。
江湖无信士，
禅庙有疑人。
悬壶膏药郎中语，
知否尘埃谁是真？

2023年1月3日

年酒

篱竹袅烟苍，厨屋透酒香。
长年难得醉，几度共春芳。

2023年1月4日

忆少年·年

年时乡梦，年时恶疫，年时归客。千山万重雾，恨天涯人
隔。　　白雪余寒溪水碧，鸟鸣稀，草枯残迹。归途月如旧，

更霜风夜色。

阿全

孑影孤庐晚暮烟，几曾寒暑又过年。

三斤猪肉三斤酒，半醉幽翁半醉仙。

篱竹晓霜愁语寂，红楼炮火戏娱鲜。

桃花山菊春秋别，虽是同乡不共天。

2023年1月6日

拾螺

枯水半滩河，依稀背篓驼。

疑寻遗落梦，闻笑有肥螺。

2023年1月7日

江城子·相逢

夕阳桂影小楼东，晚烟重，满庭风。年关归客，闻语已门中。童叟相扶同笑起，离别久，泪流濛。

2023年1月8日

扣肉

乡菜几成休，香酥醉梦留。

相逢呷一口，余味入肠流。

2023年1月9日

点绛唇·桃源住

绿水清波，古桥岸码香樟树。竹篁幽路，荫掩红墙寓。　小鸟轻歌，晓渚浮疏雾。风无语，老芦飞絮，尽落天边去。

2023年1月10日

年事

烟满野田苍，家家熏肉香。
边墟归叟晚，煮酒累厨娘。

2023年1月13日

更漏子·伤逝

月云收，风啸咽，遥捎夜声寒绝。衾枕寂，路灯虚，年欢半点无。　　江芦渚，三更露，正是离愁别苦。黄老叶，病枯枝，怎堪霜复时。

2023年1月14日

镜花水月

镜花蜂蝶欲闻香，水月猢狲戏语狂。
假作真时真亦假，浮云无假不春光。

2023年1月15日

阮郎归·雪

戏娱飞雪少年初，残年恨不如。暗窗冰挂矮檐厨，寒烟几缕疏。　　衾枕冷，紫帘孤，余欢酒一壶。真情待世总成虚，相寻入梦无。

2023年1月16日

儿孙满堂

图个儿孙笑满堂，花生瓜果酒闻香。
乐余饭后闲庭静，谁与驼翁扫寂廊。

2023年1月17日

一剪梅·醉年

爆竹烟花春溢楼。童稚声声，祝语悠悠。满堂瓜果酒香廊，醉了斜阳，忘了乡愁。　　几度新年几度秋。岁岁风霜，日日江流。几曾南下带欢归？老了韶华，白了眉头。

2023年1月24日

春酒

贺岁渐闻稀，闲庭聚酒时。

乐和三百盏，大醉不知归。

2023年1月25日

江南春·春别

庭院静，酒香浓。烟花年味淡，春意渐田朦。边村归客天涯影，车马青山云复重。

2023年1月26日

调笑令·醉夜

春酒，春酒，醉了乡邻亲友。荒村灶火情浓，杯杯盏盏话重。重话，重话，云月风流半夜。

2023年1月27日

霜艳阳

枯草复重霜，浮霞孕艳阳。

薄冰寒寓彻，春暖日迟廊。

2023年1月28日

卜算子·沉默

莫道苦人生，名利原无主。飞籽年年散落林，遗梦知何处。　　资浅雀鸣檐，贫贱人穷句。沉默躬耕寂寞过，风雨徘徊路。

2023年1月29日

坑

镜花水月大风歌，坑井无痕鬼魅多。

常使悸魂孤漠漠，长愁总带泪婆娑。

2023年1月30日

眼儿媚·残寒

今日霏霏雨寒魂，明日已临春。池荷叶碎，渚芦枝断，霜雪残痕。　　茶凉席散空庭静，烟淡近黄昏。偎炉半倚，孤窗独梦，漠漠荒村。

2023年2月3日

春来了

无影润蔬田，芳痕暗野川。
江堤烟雨柳，揉目醒冬眠。

2023年2月4日

长相思·元宵

喜元宵，乐元宵。爆竹烟花灯火遥，余情对酒烧。　　风飘飘，雨飘飘。风雨绵绵江水潮，只缘春有邀。

2023年2月5日

雨

一夜雨淋春，芳茸影陌魂。

院边桃蕊小，江岸柳烟痕。

2023年2月6日

阮郎归·残寒

残寒霜雪捎春初，枯芦更不如。竹边山菊梦成无，守枝花语虚。　壶盏尽，小庭孤，风声闻断疏。醉魂深处梦魂舒，月华满院隅。

2023年2月7日

新渡桥

风雨消磨四百年，不堪殇逝已成烟。

残痕断迹流波寂，空对长穹漠漠天。

注：洞口县竹篙塘下阳村新渡桥始建于明正德九年，历四百余年，于2022年倒塌，余以诗记之。

2023年2月8日

伤春怨·寒楼春寂

漠漠黄昏夜，不道风凉寒舍。郁桂怨春迟，落叶沙沙频下。　　路灯幽车马，汽笛鸣山野。煮酒醉楼深，雨霁月、盈帘泻。

2023年2月9日

梦游

云海玉穹虚，礁潮浪迹无。

流舟天际影，快橹悸魂孤。

2023年2月10日

鹧鸪天·春晖无限

烟柳丝丝窈窕风，野桃点点染枝红。古亭荆草知春晚，沙渚滩花流水匆。　　闲院静，酒香浓。幽廊长醉与谁同？倚栏望断关山月，无限清晖入梦中。

2023年2月11日

牛

弥留还恋别春犁，生死犹怜两不知。

汗水夕阳饥夜草，风霜雨雪卧栏凄。

2023年2月12日

忆王孙·春雨蒙蒙

俄顷又是雨云浓，沥沥篱墙荒草穷，残漏枯蕉冷旧绒。晚来风，愁起寒庭半醉翁。

2023年2月13日

风竹
敲窗韵入书

事件

王月　著

光明日报出版社

图书在版编目（CIP）数据

事件 / 王月著. -- 北京：光明日报出版社，
2023.12

（风竹敲窗韵人书 / 林目清主编）

ISBN 978-7-5194-7645-8

Ⅰ.①事… Ⅱ.①王… Ⅲ.①诗集－中国－当代

Ⅳ.①I227

中国国家版本馆CIP数据核字(2023)第250088号

事件

SHIJIAN

著　者：王　月

责任编辑：王　娟　　　　　　责任校对：许　怡　杨　雪

封面设计：悟阅文化　　　　　　责任印制：曹　净

出版发行：光明日报出版社

地　址：北京市西城区永安路106号，100050

电　话：010-63169890（咨询），63131930（邮购）

传　真：010-63131930

网　址：http://book.gmw.cn

E - mail：gmrbcbs@gmw.cn

法律顾问：北京市兰台律师事务所龚柳方律师

印　刷：三河市华东印刷有限公司

装　订：三河市华东印刷有限公司

本书如有破损、缺页、装订错误，请与本社联系调换，电话：010-63131930

开　本：145mm×210mm

字　数：1100千字　　　　　　印　张：41.25

版　次：2024年6月第1版　　　印　次：2024年6月第1次印刷

书　号：ISBN 978-7-5194-7645-8

定　价：298.00元（全5册）

追寻生命里的诗意（代序）

人生之路，充满了不确定性。于浩瀚的宇宙里寻得一份安宁和欣喜，我想这就是文学赋予我的宝贵财富了。从儿时的作家、文学家梦到现在的现实，真的浸润在文学世界里。阅读、思考、研究和写作也成了生命的日常。一切都自然而然，又不那么尽然，正所谓"得失寸心知"，而诗歌的存在似乎正记录了这一路以来的行走。

写诗于我本身就是个事件，偶然里蕴含着必然，蕴含着无限的可能。我知道是文学选择了我，诗歌选择了我，写作也成为生活里最独特的存在。回看这些诗文，有稚嫩，有青春的迷茫和美好，有求学路上的点滴心路，有北漂生活里的苦涩和欢喜，有季节冷暖里的身心感知。不敢想象时光的飞速，从第一首诗的创作到现在已20年，现在的我看着曾经写下的诗文，与过去相遇，是遇见老友，更是遇见陌生人。回看那些诗文，就像整理过往的生活，总想让它条理化，清晰化，因此也就有了现在的六辑，分别是"生命"，"梦幻"，"行路"，"情感"，"季节"和"状物"。而这些类别远远不能概括诗歌本身的意涵，也无法统摄那些逝去的日子。文字存在的意义或许只是生命意志使然，诗歌的出现是完结，更是开始。对于时间的流逝，对于未来的畅想，诗歌是纽带，更是无限的敞开。

北方的寒冷让身体真切地感受到疼痛和煎熬，也锤炼了自己的坚强和耐力。大山的宁静和丰富的动植物滋养了我的好奇心和不断探索的精神。河水的灵动，给生命添了一份源源不竭的活力。追梦之路从寒冷的北方到京城，到英伦，再到今天的江南，我依然在探索，在发现，在体验。文学也终于成了自己的事业，更是生活。我庆幸，这一路走来，我没有丢掉梦想，那个从小就怀着文学家、作家梦的小女孩如今真的走在这条路上，将生活与梦，与艺术融合，走在她曾憧憬的和继续探索的路上。

王月于金华，浙师日新斋

2024年3月

目录

辑二
梦幻

辑三

行路

辑四
情感

辑 一

SHENG
MING

生命

熵变

不规则的向外溢出的人生
方盒子里的心看穹庐四野

人群，机车，一闪而过的广告牌
耳边呼啸的风夹着情侣的私语
我如波德莱尔笔下的浪荡子
尽情体验人群中的喧哗，清醒和孤独

静水流深的世界里期待波涛汹涌的澎湃
娇艳欲滴的花丛里我看见落英缤纷

飞鸟昆虫蝴蝶蜜蜂的语言紧锣密鼓
我随地下铁穿越都城的热闹繁华

冬天来了，春天还会远吗？
风云变幻的世界里
不怀想，不期待，不向往
来！冥想，品茶，聆听，做梦……

降落

身体慢慢落下
掌舵的是心
没有疼痛
只有飘浮
吃力地接近
那座房子
身体可以随时逃离
这陌生的空间
就像灵魂离开身体
轻盈，敏捷

看不见的影
成了这里的主人
你是匆匆的旅者
停留，观望
陌生的人和物
悬空等于旋转
影离开，心也不在

薄纱

薄薄的一层纱

遮住了碎片和裂口

无视，换来

颠倒的时空

瘫软的身体

无力的喘息

机器介入肉体

你的主体在哪里

思想吗？意识吗？

伴着疼痛

它们早已无力飞翔

苍白的是语言

沉默或许更有活力

还可以对抗

那层纱下的破败

对抗机器的侵袭

人，肉身的人

享受着，忍受着

它对世界的回应
揭开薄纱
伴着撕裂的痛
新生的美出现
它，光彩夺目

战栗

束不住的精灵

火样地奔突

墨点渐渐扩大

寸心走向无边

沉睡的它，归去

无眠的她，流浪

震颤的空间

战栗地活

三千年

- - - - - - - - - - - - - -

等待过滤出时间的慢
细数的日子刻在心里
蹒跚的脚步贴紧大地
泥泞里不断地纠葛

魔鬼的眼睛虎视眈眈
吞噬着你的安宁
尘土飞扬里
走过无人的村庄
夜，漫长；日，燥热
踏上疾行的地下铁
为生寻一个微笑

冰与火相逢在六月
各自为营，不对抗
三千年里的无眠
驱走了长夜的梦
无声地眺望家的方向

我是一只鱼

一片破败

慢慢尘封

故地，修复旧伤

冒着伤口随时

撕裂的危险

我用纸笔为自己

勾勒梦的海洋

然后化作鱼儿

从此目不转睛

浪漫的国度里

忘我地悠游

也许，死亡

也无法将鱼儿唤醒

它醉得心甘情愿

醉入人间天堂

快·慢

- - - - - - - - - - - - - -

忽明忽暗里

闪过白日的疾驰

我站在山巅呼喊

振聋发聩

哑口无声

转瞬即逝

细数的日子

属于暗夜

献祭

风的凉意

清醒了头脑

伤口的血还没有凝

那印痕还在

鲜活的身体上

脱落的疤记录了

你的狼狈

诱惑着你

噬掉你的灵

虚空的深渊里

渐渐下落

亲吻大地的刹那

生死相融

你看到了老人的皱纹

和孩子的笑脸

瘾

......

一根烟

一杯酒

一双鞋

一件衣服

一个女人

一个男人

一本书

一部剧

一场对话

可以酣畅淋漓

过瘾的时候

忘乎所以

以为这就是生活

而真相永远深埋

你的触角伸向何处

你的根扎在哪里

尘土飞扬

丛林猛兽

地平线的尽头

海市蜃楼

真真假假

迷醉的世界里

没有界线

渐进

波涛翻滚的大海

淹没了我的笑语

车水马龙的街道

风尘了我的脸

万里之外

你像婴儿

望着天空，落叶

觅食的猫和狐狸

尘埃散去

我和你终于相遇

在梦里，抑或

非梦里

天地间

繁星点点
尘土飞扬
驻足沉思
荒凉一片

迷醉的梦
酒精进入身体
看不清的你
天边外

如果我的眼闭了
你还会在吗？
还会看到那个
满脸尘埃的孩子吗？

离·归

号叫，撕裂

如同尘埃

扭曲的时空里

一条条缝隙

停留的脚步

成了张望的眼

自然

一碗清汤小面

解救了睡意迷离

虚弱不堪的自己

通风口的小动物上蹿下跳

成了寻常的例行

恐怖的想象被掠夺

伴着慵懒而摇摆的蓝调

黑夜成了黎明

我从那无数幻梦里醒来

看着满地的凌乱

狼狈地挣扎

无力，疼痛任性胡来

睡去是僵持也是服从

清汤小面的淡淡回味

一点点将身体的能量恢复

噤声是等待，是续航

简单，生机，光亮的美

恬淡里，不用力，自然而然

忘言

··········

浑浊的手

靠近脸颊，突然握住你

干净和谐被打乱破坏

一地狼藉和满脸慌乱

我看着这个世界

此处山中一隅寂静无声

那一边是陈迹是喧嚣与苦涩后的苍凉

漂泊的城市

无根地生存

这自成一体的世界运行着

故事的结局会是什么

我走在中点，向前向后观看

不惑的日子迟迟没有到来

青山绿水隔绝了钢筋水泥的坚硬

高耸入云的大楼远远地立在天边

我们遥望彼此

看世间烦扰

一世繁华或是落寞

不必去想，不必去看

此处，就是你心之所在

冻结的思

牙齿的松动

芳香剂的火热

黏着衣服的焦味

远方寄来的礼物

安慰你的绝望

友人含泪凝视着你

布满灰尘的拖鞋

来不及擦拭

破门而入的稀客

你招呼着

她们，要用片刻

获悉你，多年的故事

魔法

魔法，可瞬间圆梦

比奇迹更奢侈

此刻，你渴望魔法

放脆弱溜进心田

你希望

坐上魔毯

去哪儿不再重要

重要的是

飞，代替了爬

假面舞会

- - - - - - - - - - - - -

我的误读引我走进深渊

那不够彻底的心念

将身体抛在路口

灵魂飘荡在半空

来去都那么轻

轻得仿佛掩盖了

彻夜的疼痛

我用手抚慰心口

假装昨夜不存在

假装岁月送我到二十年前

还可以拽着妈妈的衣角

诉说心里的不快

白昼和黑夜对于不曾闭眼的人

没有界限

有的只是不变的热闹

终于明了

意义于我，于他人

始终是虚无

爬出洞穴
还可以歌舞升平
还可以走进车水马龙
驻足间，才找回真实的自己

分裂

火热的心看那白雪皑皑

就像炎热夏日

身子蜷缩在厚棉被里

缺少温度的身体

燥热的思绪

对抗寒冷和那杜鹃啼血的蹒跚

眼见着大厦崛起

眼见着地基坍塌

身心像南辕北辙的两头牛

执着地撞向各自的墙

一团火的蔓延将身体赶进胡同

狭窄，慢吞吞地移动

天色变暗，白雪的冷侵入心里

那团火继续倔强着闪耀

各自为营的身心

极度分裂的自我

眩晕疲惫的声音对抗

咖啡刺激的亢奋

你我就这样分庭抗礼

在黑夜白雪降落的时刻

在泥泞和冰冷刺痛的时刻

火还在，雪还在

你我继续僵持

直到太阳出来

直到玉兰花开

躺坪

热，从地底慢慢升腾

风从高空搅动发丝

天空与大地之间有多远

我躺在草地

就像渺小的斑点散落在圆形操场

如果寸步难行

肉体还在

精神已然被判社死

我仰望天空

看它的宽广

哪怕此刻的自己依然躺在大地

夏季还没有鼎盛

秋的凉已将落叶带来

大地还存续着夏日的余热

我静静地躺下，呼吸

大口呼吸

将天空呼进胸膛

重造一片天地

降临

真理静静地躲藏

你一步一步探寻

它们慢慢靠近

乔装来到你身旁

悄然渗入心灵

仿佛，它们在等待

在迎接你的到来

瞬间，你看到了光

看到文字的跳跃

它们拥抱着你

像老友会面

相见甚欢

真假世界

也许我爱的终究是语言所建构的世界

那个语境下展现出来的光芒

成了我永恒的追求

当有一天，那个场域消失了

代替它的是破碎的荒凉

神坛只是你的想象

视觉和听觉

哪个更真实

风风火火的热闹

抵不上无声的孤寂

光怪陆离的世界里

我如何触碰你的真实

圆形的人生路

奔跑万年

终究是循环

看到的是万劫不复的深渊

我，醉在其中

仿佛，那个切点瞬间可以出现

望着它，一笑千年

此心安处

那些碎片是记忆里的拼贴画
它们真实，虚幻，魂牵梦绕
曾经的人，事，未来的时空
破旧的岩壁却成了最欢乐的
我在逃避逃避你的注视
我在追逐追逐那一声肯定
岔路口在世俗和心灵之旅
我坚持随心，自由自在

魔和佛

人活在其中
引诱和试探
定性你的位置
有所敬畏
才会战兢
成魔，成佛
一念之间
世间的你，我
是魔，亦是佛

空想

就这样静静坐着

耳边传来舒缓音乐

浓郁的咖啡香气

弥漫在室内

异域元素的物件

沙漠玫瑰

性感的演员画报

绿植恣意生长

窗外的绿景映在窗框

更显美妙，如同画廊

暗暗的深棕色

灯光的昏黄

温暖了整个空间

置身在此

仿佛穿越于另一个世界

生椰配上咖啡的苦

回转流长

像极了生命的轨迹

之间

生和死的距离

圆满和破碎的循环

闪念之间

玉树临风

泥潭深陷

远和近的界限模糊

就像梦和醒

爆炸式的疼痛

白雪般的安宁

从来都不是终结

真与幻

没有实体的存在

我，在这里

你，在哪里

慢·漫

- - - - - - - - - - - - - - -

雨滴轻落

风儿微拂

慢成了漫

循环的旋律

身动，心动

一群人

一个人

热闹的欢场

通幽的曲径

闭目的时候

倾听和思考

更明澈，清晰

暗涌

隐没的心
沉默的声音
隔离了热和闹
漫游是路
也是终点
突然的黑
诱出了兴奋
恐惧和警觉

注视

··········

雷鸣轰响

闪电掠过

冬日里，感受

大雨的袭来

窗台，门外

呼啸的风雨

陌生的场景

熟悉的地方

故事断断续续

主角，观众

皆是你

醒来

温和的阳光
洒向门窗
树影斑驳
轻轻浮动

从此
斗室与外界
有了联系

朝圣

你怀着憧憬

走向麦加

你全身匍匐

依旧忐忑

这份虔诚不够

这条路的坎坷不够

于是，你继续低头

满脸尘埃

只愿，有一天

你可以到达

那最神圣的地方

将心中久久的

臣服和礼敬

全部留在那里

陷落

被放逐的躯体
森林或是沙漠
宽广的大地
无处聚焦

仿佛一点光，一点绿
都是生命的希望
回忆成沙
随风飞逝
那点滴过往
成了眼里的最后成像

启明

那扇窗透出的光

指引着你前进

读书的平静

天堂般的幸福

无边的时空里

漫步畅想的惬意

原来

我早已将生活

过成诗的模样

对视

大地为床
天空为幕
观星，月
和风做游戏

躺下看天
原来
并不遥远

不可靠性

· · · · · · · · · · · · · · ·

一个世纪
隐现于日出日落
快和慢紧密贴合

机车飞速将身体
送往千里之外
演绎别样生活

无数个角色
竞争或合作
责任者始终是你
真实存在的个体

载体

从这头到那头总要有个载体

慢悠悠的绿皮火车是我的载体

人这一生要走过多少地方

要经历多少聚散离合

耳边是呼啸的铁轨声

车厢里人影稀少

因为慢，所以少有人乘

而正是这段漫长的车程

让自己思考更多

原生态的故乡很美

终究是短暂的驿站

人本身是一个过客

无论到哪里

只有动是永恒的

就像开合之间

你是不断变化的

当载体落幕

正是你粉墨登场的时刻

漫

......

身体托起的头颅

漫游在昏暗里

走过多少次

都是循环的圆

就像此刻的世界

重霾弥漫

模糊晦涩

太缓的步履

稀释了情节

匆忙的行走

苍白了人生

徜徉，绵延

只要呼吸尚在

它们依旧飞翔

心知道答案

寻了千万条路

袭来远古的风声

绿野无边

古堡巍峨

你迎风而立

震颤，雀跃

心，安了家

场（一）

- - - - - - - - - -

厄运或幸运

为何是你？不是你？

惯常的一问

陌生的回响

宇宙这一场域

同个体相贯通

世界在循环

我们也在转圈

当你突破临界

扑面而来的是强力

万丈光芒

将你笼罩

过去对未来的期待里

你谨小慎微

踽踽独行

早已将那份能量注入宇宙

偶然的一瞬

那份强力奔涌而来

你震惊，眩晕

奇妙的夜晚
孕育了神秘之力

场（二）

封闭的地域里

你我兵戎相见

冷冷的雪地里

是那咯吱的声响

漫天飞舞的枯叶

落在你的头顶

仰天长啸的瞬间

电闪雷鸣，然后

我们消失了

散落成尘，自由飘零

场（三）

救赎的光让身心颤抖
近和远因为界限

生命的修炼四面生长
根茎追随触角延伸

铭记源于蜕变的疼痛
那阵痛和深切将灵魂缩进
只有自我的洞穴

你的声音回响在岩壁
我看不见这世界，也无须

垂涎光的沐浴
驱散黑洞里的冷

穿梭（一）

嘈杂的人群

更宁静的心

这时的你

是发散的，漫游的

没有目的地行走

心更自由

沉睡中醒来的你

带着睡梦的惺忪

像婴儿睁开眼睛

望着这个世界

没有界限

皆是新鲜

穿梭（二）

- - - - - - - - - - - -

如影地跟随
擦身而过
却无言以对

城市的喧嚣
断魂的行人
带着火的焦躁

此刻，
大声地呼喊
放肆地喘息

圆圈（一）

孩童的你
望着远处的霓虹
第一次感受
城市的呼吸

二十年后
一场梦，让你
邂逅故地
仿佛，落入
循环的圆圈
安稳度日

那个唯一
可以飞离的点
被永远地遗忘

圆圈（二）

- - - - - - - - - - - - - -

漫天飞絮

只想寻一处安静

一片阳光

驱散躁动的魔鬼

走，不断地走

迎来高峰

飞速又静止

开合之间

仅在一瞬

轮回（一）

遁形的黑暗
轻易地
将呼吸带去
神秘的空间

旋转楼梯
没了围栏
蜗牛的爬行
免不了
坠落的突然

迷失的恐惧
掩埋了疼痛
此时
耳边传来
子时的钟声

轮回（二）

························

眼前，幻影轻飘

铅一样的重力

身体不断下沉

沉到土地

满脸都是尘埃

天空好远

远得望不到边

身体的力量难以支撑

急促的呼吸

踉跄的步履

孩子的笑脸

一刹那

涌现

也许

也许世间的你早已消逝

留下的是那具挣扎的躯体

苦苦哀求命运的悲悯

你知道，那是无助的自己

如今，你沿着心底的乐曲

静静随行

闭上眼

感受风的呼啸

感受海的汹涌

飞翔的瞬间

你复活了

向着远方呼喊

永恒的王者归来

对抗（一）

·····················

当颤抖成为应激
成为心里最大的空洞
那正确的合理的逻辑的语言
是否会长进血液塑造全新的个体

黏稠的错误，荒谬的表达
深深地将我编织进那绵密的网
我挣扎着挣脱这血盆大口
向着宽阔明亮的空间爬行

那里，一双大手将我接引
气息微弱的自己就像"分成两半的子爵"
一面康庄大道，一面泥沼深深
拉扯与较量里我看见那生的力量
腐朽溃烂的身体渐渐变得轻盈健壮
用长了翅膀的语言说
活，鲜活地活！

对抗（二）

- - - - - - - - - - - - - - - -

困倦宣告着革命

反抗着你的行为

你违逆自然

挣脱规律或是命运

你的脸留下痕迹

你的声音渐渐低沉

眼睛也模糊起来

你要离开这尘世了吗

鱼和鸟，天上水里

它们都是用力游翔的个体

水因为动而活

不动的水变得腐朽

死水一潭

不能思考的大脑

失去时间的主动权

成为事物的奴隶

变成没有自我的躯壳

灵魂飞在半空

就像在寻找母亲的怀抱

那温暖的无风无雨的臂弯

回不去的过去

看不见的未来

此刻朝向哪里

时间没有方向

也许心在哪里

它就在哪里

紧缩的额头

蓬乱的头发

苍老就此而生

身体的对抗持续

新生的小孩想看这世界

看它的灰暗和绚烂

看它的生和死

看那无法定义的一切

默（一）

酒的绵润

乐的幽远

泪的苦涩

流淌过黑夜

醉在火柴盒里

言语被吞没

狂风和巨浪

寒冷和颤抖

身体贴合大地

亲吻粗粝

未曾到过的

天边、地平线

瞬间消散

默（二）

黑夜和白天

只是一瞬间

交会，消失

你在世间

演绎一场荒诞

游走的脚步

没有轻与重

这场如梦的美丽

也许太过华丽

走散了身心

你还是此岸的个体吗？

身后的烛光忽明忽暗

越来越远

闭眼，心里更明

默（三）

无声的凝望

不能，不忍

不愿，不可

也许这沉默

倾泻的是

所有心愿

所有话语

情感到了极处

语言是乏力的

所有的经历

只活在当下

余下的只是

无限的接近

绵延（一）

放肆和开怀

瞬间可以忘记

终究留下的是

满目苍凉和

无尽的忧伤

生命经历的所有

都可以成为符点

可以自由延长

只凭演奏者的

情感变化

曲终之时

往往那无尽的

绵延的余音

最耐人寻味

仿佛绵长的旅途

窗外闪过各色图案

你沉浸其中

忘了自己

忘了眼前的

世界

绵延（二）

时间的尾巴

被你拉长

长得没了边界

双脚不停地行走

顶着大脑感受

绵延的奇特

迷雾笼罩

昏暗的街灯

人群里的热闹

给了你

更静的空间

绵延（三）

....

轻的，浅的，极度欢乐的娱乐
难以将自己从疲惫不堪中解脱出来
也许酒精或者恐怖紧张的光影
或是一场悲凉的大提琴可以接引灵魂

安静，悠然，缓和的音乐里
漫步环形操场，迎风思考过往
暂时的舒缓里看见生命前行的方向

情绪无法分清现实和虚幻
心灵寄居在想象里无法自拔
割裂的身心游走在天空和大地

我躺下，闭目
让风任性地吹乱衣衫和发丝
就像重组身躯
飞向遥远的，寂静的山林或洞穴

年轮

清浅的草

盎然的生

掠过风

飘过乐

夕阳的亮柔和

草场悠悠

日子的涩渐渐褪去

留下淡淡的醇

奔跑

空间飞速置换
心随步履匆匆
昨夜，荒野里看天
此刻，地铁中穿梭

急行，破卷，静思
终进入文字

致青春（2011—2016）

. . . .

用五年来认识你

熟悉你，渐渐过成了你的样子

当新的面孔出现

懵懂天真就像从前的自己

游离在归属和离开间

漫过了时间，空间

今天，我依旧在这里

看到花儿簇拥着你

我会心一笑，原来

我早已成了你的一部分

心

······

脱缰的野马
驰骋在草原
自由的飞鱼
翔在海底
仰望夜空
无际的苍穹
吞没喧嚣
暗夜里涌动着
无形的力
如魔，如佛
千里之外的
晨钟传来
狂喜伴着泪水
这是那——
永恒的瞬间

两重世界

未知的时空里

没有任何先兆

十年前的勇气

激扬的话语

死亡真实呈现

眼前的世界

条理清晰

你成了家庭主人

洗衣做饭

自然、和谐

心里，却滴了血

心跳

青春的笑脸

远观

感到欣喜

没了重心

成了糊口

平静的海面

涌来波涛

他们的世界

你进不去

面对这

肆意破坏

束手无策

颤抖的心

失了声音

满地的破碎

留给你的

是一片荒凉

迟和早

迟了飞向天边

早了踏足大地

乘云远游

繁华于市

稍息片刻

漫步林间

诗和远方

即在脚下

存在

停靠在心里的

时光机

螺旋般转动

过去和未来相接

留下现在

这样一个空隙

二十年前的道路

斑驳之后

焕然一新

走在熟悉的街道

热闹的霓虹灯下

远离了亲人的吆喝

背影里没有他们

奔向天堂

抑或地狱的日子里

上演的依旧是

悲欢离合

空和满

哪一种都是色彩

装点你的生命

满需要释放

否则会膨胀

走向湮灭

空渴望充实

不断汲取

直至完满

周而复始

西西弗斯的努力

有人耻笑

有人赞叹

其实，滚动

就是人生

空和满

如同轻和重

同样承载生命

轮回之中

我们老去

重生

沧桑

全副武装

和解甲归田

原来

离得那么近

近得只是

呼吸之间

走过

千山万水

俯仰之间

突然发现

自由

可以是零

还可以

是完满

活着

远和近

就像梦想和现实

灵魂

如同精神分裂一样

游走在远近之间

醒着做梦

和睡梦里的清醒

你依旧是你

时而望天

时而走路

生命的征程里

体味着

活着的气息

较量

虚幻的梦里

双手用力劳作着

睡眼蒙眬时候

梦的牵引就像黑洞

睁眼，沉重全部散去

只是，闭眼，一切那么轻松

我用力睁开

摆脱那沉重又轻松的梦

回到另一个生存状态

它在等我开疆破土

耕耘

在看得到光点和周围一片漆黑里缓缓爬行

日子每天都一样，三点一线的生活里隔绝了墙外的喧嚣

春去夏来，新生的懵懂与好奇渐渐进入夏日的热情与绽放

内心的火热与焦躁也随之而来

就像那八千里路只剩下最后的跨越

反复的劳作里审视那个曾经的自己

如同用短短的日子去推翻常年累积的旧习

换血换骨的疼痛仿佛已经不再是肉体的疼

灵魂瞬间感到破碎，重组，新生

就像克尔凯郭尔那勇敢的一跃

跃进一片新的，干净的，明亮的天地

痛：生理

························

就这样让痛感渐渐消失

身体慢慢恢复能量

呼吸，脉搏，神经的知觉

传递给大脑信号

瘫软疲惫的器官仿佛要罢工

让身体蜷缩进棉被

即使是夏季的高温也无法温热

身体的冷。力气只用来呼吸或者白日梦

没有焦点，散漫应和了身体的疲软

也许生命的暂停就是这样一个阶段

痛：心理

撕裂和欲哭无泪

大悲的最初反应不是哭泣

是震惊，木然，不相信那是真实的

车祸，躲不过去的洪水，泥石流

眼见着路变成河，泥沼，一脚下去就可能淹没而亡

人们拥挤着一个接一个吃力地踩着墙体临时搭起的

木脚手去打饭

摇摇晃晃，一不小心就会坠落

忘记了自己打的什么饭

只记得拥挤，我用力抓好扶手

避免腾空而落

那一段山路，树枝，泥泞，水流充斥

有人半路吵架闹离婚

有人小心翼翼地走过泥沼

一辆货车向我开来

以为那一刻自己也会突然消失

车转了弯前行在不远处

在岔路口抛锚

一片混乱里，我在找寻回家的方向
在找母亲，哭泣这突如其来的一切
睁开眼，心里依旧痛，眼角带泪

化育

风的凉带来悲怆和决绝
孤勇者，逆风而行

卑微怯懦的声音极力撑起
言说的气息
那根线紧紧牵住自己

旁逸斜出已久
忘了回家的路

你的铿锵和坚持
创造了那金碧辉煌的宫殿

血液里流淌着力量
不堪回首的瞬间
泪水模糊了双眼
这世界早已变了模样

痛彻心扉　灵魂震颤

"被幻想妈妈宠坏的孩子"

终于，回了家

咖啡之瘾

....

一杯生椰就将自己带离了满是伤痕的身体

灵魂早已飞上九霄，欣欣然

寒潮带着冰冷入夜

园子里的花也震惊魔鬼的变天

不知那花瓣是否会飘落

这个季节，春天，并没有温暖

寒冷伴着寒潮的肆虐

侵袭着人类的肉体

世界的另一边还有人因为战争而受难

失去家园

这样的 21 世纪

仿佛这样的高科技时代，战争遥不可及

命运的突变仿佛就是出其不意

你就如那浮萍

也许，呷一口咖啡

会是另一个世界

至少短暂的片刻

至于生死，我们从来就无从把握

但求无愧，心安罢了

悖论

身体在眺望一场狂欢
按捺不住内心的躁动
这个世界它从未来过
一切那么新鲜
囚在塔里的猛兽
张望着外面的天地

获了自由却
失了享受它的能力
当主体被交出
漂泊和流浪也将开始
虚假的激情制造的只是一串串
无家可归的落寞

关闭的心

- - - - - - - - - - - -

我在四面墙里待得够久

忘了纷繁的，杂乱的，斑驳的世界

闯荡江湖的霸气变成

深入海底的沉潜

路慢慢荡开

我看到那林中的迷雾里

一束光，温和，神秘

无人的，寂静的山涧里

心和大地贴合

久违的呼吸

冥想

那些深渊里看不见底的荒凉

或许是对光明和一切平静的反抗

印记是花朵还是丑陋的疤痕

你无从知晓

那火焰是涅槃也是重生

你站在山巅

飞翔还是坠落

就像选择生还是死

迷醉虚幻里

肉体那真切的疼

蔓延到思绪

无尽无终

机缘

前见聚合而来
就像老友重逢
人物活起来
我们握手，相拥
时空交错的世纪
神奇而美妙

心的力量

....

我曾感受到六月里的寒冷
刺骨入心的冷
世间让你品尝苦和无奈
像那劳作于封于泥泞的农人
踏实，勤恳立于天地之间

时间被定义，被感受，被命名
生命因此而有了底色
有了缤纷和耀眼
就是那一份感觉和激情
让生的能量流动

奔向那具有神性光芒的路上
风雨也成了亲密伙伴
那些突兀、逼仄、炙烤和冰封的疼
划痕留下的只是肉体
释放或磨砺了那颗热情的心

"0"的自由

生命奔跑

没有回头

没有凝望

黑洞张开血盆大口

吞噬着孩子的梦

脚下的足迹

被雨水冲刷

车行万里

始终在路上

幽远的笛声

安睡

辑二

MENG
HUAN

梦
幻

幽梦园

我用心灵
安静了一个世界
躬耕的土地
鸟语，花香

日与夜
梦的空间
勾勒了
夜的神秘

事件

洪荒初见

遍地戈壁

山石、杂草、响尾蛇

无边的空旷

时间停滞

重复久了

麻木了记忆

归去或再来

一次次的排练

"偶然"不再降临

工整的程序

任性地叙述

野蛮、温情

你成为主角

沉迷在忘和记

睡和醒之间

"重复"成了"偶然"

永恒轮回

自由的天堂

封闭的监狱

一跃而过

或此或彼

干净、明亮

黑夜的邂逅

层层热浪

包裹着黑夜

落叶覆盖着

门前的空地

突然脚下

一声尖叫

麻雀或老鼠

就像从前

眼前闪过

一只黄鼠狼

夜里，移动的行李

沉重，缓慢而行

躲避突来的枪声

没有流血

没有死亡

你只是狂奔着

那暂时的避难所

是古色的家具

红色的矩形衣柜

透着厚重的历史

持枪人跟了上来

满口的宗教道义

招揽更多的伙伴

我们似曾相识

却又如此陌生

原来

看透个体

如此艰难

迷 · 幻

陌生里有谜
走近，成幻
声音，样子
定格在谜里
幻影扎了根
我的梦里
从此，留住了
迷幻的影子

鬼魅

战争、野蛮、荒凉

鬼魂的反抗

真实的事件

虚构作品

报告新闻

第二、第三自然

战栗的人们

手持匕首

守护心的平安

变形的文本

是另一种可能

无法预知的神秘

界限

手握沉甸甸的手机
心里却是书的样子
担心掉落的声响
猛然颤抖的刹那
脑海里回荡着
"看看，再看看"
真的对此有印象吗？

全身绷紧的时候
虚幻里都是真实

幻境

没有故事的相遇

可以轻松淡然

可以一笑而过

走过岁月的肩头

看到了旅途的遥远

路上的小站

你曾以为是终点

那些人和事

以为是结局

生命不止

故事永远开放

担心，害怕或是惊喜

其实都是

瞬间的血液流淌

心里被风吹过

是澎湃后的平静

影子

幻影

如同天使

清风般的柔和

如同魔鬼

闪电的咆哮

也许

身与心天各一方

在繁杂的世界里

心如同鱼儿戏水

而身则蜷缩在角落里

张望着心的遨游

影子方块人

一个影子人站在窗前
正对着我躺卧的床头
高大身躯，方块一般的上半身
我正在和朋友夜谈
她也注意到站立的影子
问了一句，是你弟弟吗？
我下意识地感觉是他
为何不进门来

这影子缺少实体
单薄无声
魂魄一样等待着招呼
我大声喊了一句"爸!"
仿佛是让他去查看
又像是自然的惊叫

睡和醒

睡着的醒，醒着的睡

自己迷失在梦中梦

我看见卧夫静静地坐在那儿

我看见朋友在外面闲谈

那双熟悉的大手将我托起

我无法看清他

我试着将他与彻底的黑暗分开

几乎要成功，我放弃了

我怕一旦他的脸显现

我将永远地沉睡

倒下的门

那扇门倒了

夜晚的风猛烈地吹来

豁口难以修补

人力也无法阻挡

月黑风高的此刻

这宽大的豁口让屋内的光透到远处

招揽了一些看热闹的

或随时想闯入的陌生人

这里是被人们吊唁的英雄之家

她带着笑容离开

躺在那里

这个世界安静得就像黑夜

我们守灵

我们担心

担心陌生人从那豁口闯入

没了屏障

暗夜里无限可能

神性

神性源自心的投射

摇晃的楼阁

恐吓生的力量

地心里的固守

永恒的丰碑

虚与实

- - - - - - - - - - - -

梦中的雷雨

半个世纪的约定

沉睡千年的你

可以飞翔在天空

一所房子

若干朋友

你们相聚

开窗明明是黑暗

是雷鸣

醒来却是一片晴空

难道这期间的你

进入了层层幻境

或许是晨曦六点与傍晚六点

相遇太早

你早已深陷这时间空隙

幻境里的第三空间

不是人间，不是天堂

也不是地狱

一切都那么熟悉又陌生

亲近又遥远

吹吹冷风

自己，终于又回来

此时，傍晚七点钟

洪水

河水的深
漂浮着长长的黑色影子
住处食物的匮乏
水中逝去的同伴
岸边坐着两个聋哑老太太

心依旧向外走
想看那向往的风景
漂浮在水上送出去的电话号码
是渴望他人的联络吗？

不敢松开岸的边缘
似乎一松手就下沉
没入水中，消失不见

沉醉

···········

大地上的你

在沉睡

方寸里的你

活跃着

仅头顶一处

相接

你感到

腾空的美妙

此时的你

羽化升仙

现在的我与过去的我相遇

听到有关老太太的预言

我躲进厨房做饭

然而时间的记忆

没有因为我的离开而断裂

老太太终究是去了

听到这一消息的我

不愿，不敢

在狂风肆虐的傍晚

看到死亡

那如影一样的祭仪里

有已逝的哥哥

有平日里不常见的亲朋

有陌生人

现在的我站在一旁

在姑姑家门口观看老太太的丧礼

过去的我个头矮小

穿着一件白色卫衣

依旧是披肩发

正和姑姑对话

而那声音却如同现在的我

家里的窗子透着寒气

门口的落叶堵住了出去的路

废纸箱和扫把散乱堆在一旁

我用力将窗门关紧

许久不见的老友行色沧桑

依旧亲切如故

窗外呼啸的风声

伴着邻居的对话

关于老太太的离去

停放在路边的自行车

引来一位街头小偷

我急切地呵斥他

他只是轻蔑地一笑

直到高大身躯的老友

上前将其吓跑

现在的我

害怕窗外的狂风

害怕死亡的预言

看到过去的我

原来，一切都已逝去

姑姑，哥哥，还有过去的我

早已落入尘埃

永恒回归的瞬间

我们相遇

然后各自踏上高山

或跌入深渊

镜和水

- - - - - - - - - - - - - - -

镜里的你，虚幻

无法洞穿

水中的你，游离

无法触碰

穿镜过水的时候

你也消散了

背对镜和水

你的眼是否还在直视

或是真的背身离去

我是你的身

你是我的影

住在身里的心

寻找身外的魂

身心和影魂合体的时候

镜里水中是你是我

不离不弃地相拥

逃逸

空洞的大口
吞没了
食粮和慰藉

针刺、刀割和火烧
刻下印迹
无法撤离的触觉和听觉

共存的刹那
共临黑暗
呼吸的疼
让醒来
成了奇迹

沉睡（一）

· · · · · · · · · · · · · ·

三百年里

我看到那

长长的玉米地

那苹果满地

看到院子的墙

由高变矮

坍塌出一个缺口

房间里的老人

孤独的神情

看着众人

只有细心的陪伴

唤回她的希望

留住平和

喧闹不是圆满

而是空缺的表征

蓝天白云下面

春风拂面

一棵树

一只狗

走进镜头

沉睡（二）

闭眼，另一个世界

那里

你没了主动权

眼睛被千斤重的长线

牵引着，双眼用力

对抗这巨大力量

偶尔吃力睁开

失了神采

那长线没有断

瞬间，身体又被拉进

此时，不再对抗

异乡过久了

便成了故乡

抑或自然归来

归处

几条小金鱼
游在装水的塑料袋里
找鱼缸，找鱼食
塑料袋已破了洞
金鱼躺在袋子里
挣扎着呼吸

电梯突然下沉
倾斜，颠倒
渐渐下压的铁皮顶
身体被迫弯曲
秩序混乱的会场
有人在朗诵作者的诗
这位二十三岁的男孩
消瘦，留着胡须
并不潇洒
声音也不洪亮
突然的一句
让我感到震惊

话语已然忘却

挥之不去的

是瞬间的顿悟

隐没（一）

························

方寸里

和着阵痛

呼吸中

带着轰鸣

汗水流淌

湿了衣襟

润了心田

天空灰暗

光亮里

幻影隐现

开了瓶的烈酒

流入身体

瞬间

天上

地下

任你行走

隐没（二）

我蒙面而来

夜幕下的人群里

你可否一眼望见

延迟的未知

心里庆幸

最后的审判被延迟

空气里的你我

熟悉或陌路

我的翻山越岭

你的漂洋过海

幻境里，我们交汇

延迟，值得期待

也昭示危险

震颤可以崇高

也可以荒诞

轻的日子

只留二十一克

畏，也将无所谓

魇

......

毛茸茸的脚掌

触碰，是危险的

看不到全身

它隐藏在室内

蚊虫飞来

空气里弥漫

刺鼻的气味

朋友前来

恐惧依然

触碰得到

它，就在那儿

如影随形

呻吟成了

唯一出路

直到

直到你突破界限

让自己或他人听见

你的挣扎

暗夜（一）

漆黑的马路上

偶尔可以听见机车

呼啸而过

手提行李箱

从地铁出来

看不清回家的路

眼睛迷失在这寂静的夜

那偶尔经过的车或人成了救命稻草

消除自己看不清方向

和对陌生的恐惧

突然听到有人电话里提到虎什哈

这是家乡的镇子

十字路口方向

平日会有出租车

虽然还是看不清路

心却安了许多

梦里不知身何处

是伦敦地铁 Stepney Green

那段通向公寓的路

还是五道口地铁奔向学校的路

抑或家乡的镇子通往回家的路

都是出来向左直走

没有犹豫，仿佛走了多年

只有那寂静，那无人，无声的暗夜

充满迷雾，恐惧袭来

看不清前方的我

像盲人一样摸索着

似乎离家越来越近

不再是那山路越来越远

归来，是那内心深处的信念

暗夜（二）

·······················

回家的四公里路

长得走不到头

迷了路

半途的伙伴四散而去

汹涌的潮水

不见底的水池

没有人烟的路口

我们行走着摸索着

出租车迟迟不来

家里的亲人预感到了危险

追赶我们而来

寻找失散的伙伴

妹妹一脚踏入水池

所幸没有深陷

却从土丘上滚落

一头撞在石头上

那瞬间，你没有防备

她没有流血，除了红肿

弟弟们还在探路

亲人们追寻着他们

我守着身边的伙伴

天亮了，车还没来

离家两公里的我们

四处无路

人也失散

回家，成了神话

可能世界

宿舍是新换的
高高的楼层上下困难
甚至不敢上下

优盘出现一个小的印痕
玫瑰花被放在不同树下
不同层次的美

很多年轻诗人
一个也没听过
迷路，找不到学校主楼

三个外国校友
想留在中国就业
一条小巷子各种水果吃的
我，一个闲逛者穿行其间

夜的变奏

- - - - - - - - - - - - - - - - - - - -

夜，许多张望的眼

极力阻断睡意

我的世界才开始

如何忍心睡去

爱夜的宁静

也爱它的神秘和魔力

落寞，荒凉，萧条

充斥着夜晚

热闹的酒吧

传来大声的吆喝

或是爵士蓝调

我说我有我的世界

我的世界里有你

有无法触碰的美

双重的我

游走在白天和夜晚

穿越千年回到古堡

隔着光年的距离

听到了祖先的召唤

我是新的，也是
远古声音的载体
家宅，也许一直都在
也一直都消失
我沉沉地睡去
贴合大地
我想，我回家了

仪式

等待的主人

伴着焦虑

巷子里

传来谈笑声

屋内本是

鼾声一片

瞬间

整齐划一

三两人物

跨进门槛

探望？视察？

抑或只是做客

他人的世界里

看不到自己

酣畅淋漓中

没有你的声音

高高在上的神灵

你仰视，膜拜

无声无息

迷失

新建的大楼空荡荡
恐惧，焦虑
这个世界熟悉又陌生
仿佛它是我的家
又是我未曾到过的地方

新校区

- - - - - - - - - - - - - - -

青山环绕的校区

传来年轻的欢笑

数不尽美味茶点

忘记了上课时间

书包放在了哪里?

柜子的号码已不记得

找寻,不断地找寻

没有光的一段山路

迷路,害怕

陡峭的台阶

未修缮的空洞

一脚踩空会陷落

孩子们却当作游戏

来回上下飞蹿

危险促成了开心

穿越

破旧的阁楼

布满灰尘的桌椅

阳光射进暗室

紧闭的门

爬窗，一次探险

眼见，耳闻

相遇尘封的古籍

和鲜活的你

蜷缩一隅

好奇心耳语着

恐惊了沉睡的圣贤

真实

瞬间的偶然
永恒的必然
我站在疾风里
你蹒跚着走来

城堡的神秘
闯入你心
成影、成梦
厚重的墙体
历史的昭告
你探险、考证

光晕的美
双脚的力
偶然，成虚
必然，成实

发现

那陌生的未知领域里

蕴藏着神秘

偶然的碰触，开关启动

童年的嬉戏

幻化为成年的追寻

醉与迷的瞬间

未曾见过的你

将欢愉留在梦里

牵引

隐形的细线

牵着你

闭上眼

看得见的白夜

看不见的路途

锁住的时空里

和逝去的他们

谈笑风生

生活的样子

不再是重复

跨越门槛的瞬间

抵达灵魂的飞地

泊

闭上眼

百转千回

醒来已千年

深层的意识

波涛汹涌

无边的深渊

让人流连

漂在灵泊的

又一个你

瞬息万变

猛烈地呼吸

自由的风

别

......

无数个短暂
战栗的房子
张望洞口的眼睛
碎石散落的小路

梦

......

梦里的自己

如断线的风筝

不知去向何方

会遇见什么猛兽

有一点欢喜

因着自由和遗忘

没有时空的限制

自主却又无主

灵魂游荡在旷野，都市，村庄或异国他乡

我的触角四散而去

身体的力也分解

千万个我在飘浮

找寻扎根的大地

随风而行或飘落水中

那些触角也许重聚于千年后

也许永远分离

而具身的我也会消失

睡和醒的间隙里是无数个触角和灵魂的交涉与和解

黑夜和白昼被机械的钟表刻画

肉体的年轮应和时空的变化

梦，带着灵魂和记忆还有那遇见未来的感知自由飞翔

驻足停歇

带我回到那渴望已久的家宅

辑三
XING
LU
行
路

梦旅人

柔情藏在轻触的唇间

身体抵达了心灵的深处

我呼唤你，远方的恋人

一个世纪的相隔

我们练就了第三只眼

看见彼此的心

路

......

荒野里

杂草丛生

风声伴着

乌鸦的鸣叫

走在探寻的路上

人烟荒芜

野地里出现

一座座坟茔

路边到处是

树木遮蔽的陡坡

自己站在那里

奇迹般地接住了

高空而落的婴儿

家里一团忙乱的人们

赶着做饭

迎接归来的亲人

课堂上

有人记得你

有人遗忘

自己用沙哑的声音

缓慢而吃力地

将答案说出

行走的力量

....

如果根不够发达
所有的枝叶和花朵只存于瞬间
一夜风吹雨打
死亡轻易造访

表象的世界欺骗眼睛看到光
迎接你的是悬崖暗流
扎根的过程漫长而黑暗
略过它，生命也将摇摇欲坠

我看见，我懂得
天空的轻盈需要
大地的厚重
跨越深海的你才最美

奔跑

迎风而动的身姿

曼妙而自由

大汗淋漓

推翻所有的破旧

痛，却也快乐着

那新生的嫩芽里孕育着生机

未来的无限可能

和呼吸和身体每一寸肌肤

齐心协力

散尽疲惫，颓废，无力

迎来力量，鲜活，挺拔

我第一次这么认真地审视你

不再逃避

不再畏惧

原来，你也可以这么美

律动

神经的呼吸将你带入虚幻

细胞的伸展律动着肌肤

所有未曾到过的地方

刹那汇聚，流淌

就像在书的世界里和人物探险

和作者对话

生活的奇妙像是无数个开关

瞬间将身体或心灵触发

你不再是你

动，可通达万事

三十年里，安静为王

仿佛走向人生之秋

而动的一瞬，春扑面而来

规训已久的身体向外张望

它要生长，焕发活力

要那春的生机与夏的热烈

自由畅想，所向披靡

这是血液的呼唤，生命的力量

动，久违的朋友

我们握手言欢

回还的脚步

黑色森林里

看不见亮光的眼

和着身体的疼痛

生活里除了悲欢离合

还有无法言说的无奈

执着成了执迷和执拗

进入万劫不复的深渊

西西弗斯的努力

没有结果

你还能追随吗？

白天过成了黑夜

你依旧奔走在

神秘森林里

走走停停

. . . .

鱼的记忆让一些繁复消失

留下的只有瞬间的此刻

记忆是会骗人的顽童

有或者没有

只是人生路的不同岔口

迷失和清醒

激情和理智

无分优劣

有的只是过程中的情感

和你必定要承担的结果

每一个你都是独特的

你与他人的关系也是独特的

真正的公平和平等

也许恰恰在于区别和差等

明了于此，也许

一些记忆也就释怀了

喜欢自己是一条鱼

自由而幻想

泪在水里化作承载身躯的力量

就算游动得没有方向

依然可以领略生命的不同风景

有时，没有方向的空间

也是最好的休息时间

时空交错里的自由

不在于奔走呼啸

而在于缓缓倾听

慢慢游走

匍匐

十年过去了

你看到了曾经的青山

高楼林立

儿时的伙伴成了

父辈的样子

扯着嗓子聊天

而金钱是衡量成功的标准

似乎我们来自同一个世界

失散多年

终究是几句寒暄

穿梭在车流中

你记不起山里的寂静

听不到鸟儿的鸣叫

也早已忘记数星星的自己

这样一个空间

你走了第二个十年

来到曾经父辈奋斗的地方

也许，这里

早已有了家的气息

奔着远方行走

家渐行渐远

而你的心却安了家

漂流

刀锋上

不断地行走

驻足

留下更深的伤口

转身

无路

只有迅猛

直到有一天

你可以飞跃

跳过

进入湖底

因为

你是一条鱼

路过

山峰和低洼

夹着平缓的道路

承载了无数脚印

印痕深或浅

尘土都将覆盖

留下一个个

故事。消遣或同情

飘浮在半空

你，我——

过客，罢了

出走

那红色的大门

那拱形

那门后的人家和秘密

似乎早已藏不住

检察官是谁

你在哪里

你的家就是那红色大门

此刻，你离开

似乎那一切与你无关

漂泊

泪水静静滴下

寂静的夜

不是想家

不是想熟悉的地方

心却突然一阵飘零

就像那秋天的落叶随风飘落

它的归处是哪里

它的飞舞又会多远多高

抑或落入尘埃，化作泥土

也许，天空的飘浮和自由

始终不如大地的踏实厚重

头顶天，脚踩地

顶天立地的人

似乎顿时硬朗起来

平凡的你会疲惫

会失落，会伤心，会无助

那些决绝和坚持

仿佛是心里的另一个你

是你的榜样，你的目标

只是，当脚不再站立
头也倒下，这样的你也是你
是休息停滞的你
时间不再干预你
你活在内心的想象里
去旅行，去想象，去回忆
或者偶尔真的迈开步子
离开熟悉的地方
出口就在落泪和想象间
哪怕是不切实际的虚幻一场
此刻，心，释然了
不是最重要的吗?!

停留

没有过去的现在

没有将来的现在

现在只是现在

不连接，不纠缠

遗忘是治愈伤口的良药

回忆是美化过去的代名词

站在现在的节点上

一思考就成了过去

或到了将来

现在，在哪儿

也许，它只是一个概念

并不真切存在

就在你言说时

它已溜走

或定格

行走

泥土浸渍的脸
无期的审判

贪婪的眼睛和唇齿

走在无人的夜
明了整个世界

中途

非此即彼
深不可测
越往深处
引力越强
以为看到了出口
隔着光年的甬道
踽踽独行

尽头，在远方
远方，在心里
抑或不曾存在

夜行

久酿的沉香

流逸

大提琴的苍凉

凝固了

车水马龙

墙外

一片喧哗

还有爬行的生存

娱乐至死的瘾

诱惑着

疲惫的躯体

冷风吹来

醉意已去

墙内

一片宁静

暗涌

隐没的心

沉默的声音

隔离了热和闹

漫游是路

也是终点

突然的黑

诱出了兴奋

恐惧和警觉

直视

走在铁索桥上
爬行在洞穴里
一样，命悬一线
你有你的
我有我的
不望天，不看地
蹒跚着

午后漫步

春的温和还没有仔细体会

夏的暑热就悄然来临

几天前牡丹还是枯枝

如今已含苞待放

季节变换是世间万物无法阻挡的洗礼

发芽，长大，落叶，枯枝

植物的生长也是人一生的缩影

只是春那么短暂

懵懂和好奇还没有好好珍惜

炎热已来临

身体的变化，心灵的感受都随四时而变

此刻，有人在忍受饥饿

焦虑或者抑郁，甚至病逝

世界的另一边烽烟战起

一切是那么风云变幻

又是那么应接不暇

花草树木会因季节而尽情争艳

尽显生命的旺盛

生活在世俗的我们游走在变幻的风云里
时而无措或紧张，时而欢喜或平静

思想的脉轮掌控着身体和行走的方向
芳香细雨里的清凉或温柔
严寒冰霜里的刺痛或逼仄
我们走过也细细体味
也许这就是生命的必经之路
就像那花草树木随季节而动
接纳，开放，包容
一切坦然，一切自然

归

......

虫在慢慢爬行

进了圆圈

一如既往

贴地而行

泥土黏着身躯

眼睛直视的地方

与时间相切

贴地久了

忘了看天

尘土飞来

眯了眼

一滴，两滴……

虫，突然振翅

出了圆圈

塔楼

我看到那座木质塔楼

看得清它的结构

一座可以修行的楼阁

与世隔绝

为何要乘飞机才可跨越

它不在眼前

它在国境线以外

可你看得见它

我知道有一条通道

一条地下窄路

穿过攀爬的楼梯

就可以到达

它的确不那么远

你看得见，也走得到

回家

青石，红砖，镂空城堡

见到就亲切得像回了家

我从遥远的彼岸穿过时空来到这里

仿佛身体在一路寻根

循着旧梦

依稀看到那些熟悉的风景和故事

是回归，还是远行

是执着地追寻还是被迫流浪

那些石头、城墙召唤着我

它们在梦里，也在现实里向我招手

我知道那是生命的家宅

是灵魂安放的居所

每一次出走或远行都离你更近一步

你的样子越来越清晰

清晰得可碰可触，让我流连

行走和移动让我看见了你

看见了遥远的似曾相识的生命所在

灵魂随着召唤在时间的陷阱里徘徊

生命也许就是一粒微尘

随风飞舞或是落入河流消失不见

时间折叠的时候，我遇见了你也看到了另一个自己

世间本虚幻，一切皆是相，我也是

零落成泥的时候

也许就真的回家了

停滞

聚拢太久的身体如一头巨兽

极力冲破平静和安稳

这是一顿大酒也解决不了的愤懑

太久的挣扎和等待

耗尽了全身力气和能量

亲人的目光不再火热

沉郁木讷里写满了无奈

辑四

QING GAN

情感

我是你流浪过的一个地方

我梦见了旧日的煎熬

你坐在对面

关心地问询着

而我却久久沉默

仿佛这个场景自己练习了很久

终究不是现在这个样子

宽慰不是我想要的

也许不见，不念

不再听到彼此消息是最好的

有时，心里需要一种安静

这安静以退场的方式展现

这样才是最好的

就像地下室里的人

或是监狱里的人

见阳光，见多彩的世界

总要一段适应

太过匆忙让内心崩溃

或是震惊和摧毁

我要慢慢回头，慢慢适应

故事

故事，是过去的回忆

是当下的经历

是未来的延续

没有开始

没有结束

只有不断发生

这中间的一段

或平实

或曲折

或悲壮

都不是终点

悬念里有了期待

偶尔的沉默

恰到好处的顿笔

情节里散发着神秘

小憩是间离

是静默

是一场

虚和实的对话

想

"想"带着虚幻

带着欺骗

带着瞬间的消散

过去的日子

散点般走进梦里

经年的思恋

变成你我的路过

匆匆而过的时间

没有定格的力量

忘和记相逢

对视成了漠视

你的笑语

成了耳边的风

未曾见的

未曾实现的

四季流转

只一片落叶般

无根无痕

重逢，无惊亦无喜

相遇

那不是我
那就是我
迷离的，颓废的
忧郁的，不修边幅的
蹦蹦跳跳的
嘴角上扬的

生命的闭坏里
你我相遇，相交
走路是相聚和离别的唯一方式
切点是短暂美丽的

漫漫长路依旧是圆圈
你我相向而行
不期而遇或相忘江湖
都是圆满

开始

沐浴更衣
开一瓶红酒
点上一根香熏

痛快流汗流泪
体验恐怖气氛

走进小路的孩子
忘了家的方向
迷失在森林

惶恐不安的眼睛
望着黑暗的深处
试探，摸索

一只精灵飞来
忘了此时的黑
跟着它的翅膀
飞上了天

给你

··········

那些浪漫的美好的欢心
在沉重急躁的炙热生活里
格格不入
你说"生活有无限可能"
无限里却有着无数的有限

喜欢听你说"小孩"
就像自己永远是个小孩
可以任性可以依赖可以放肆
飘浮的心不敢扎根
那套牢的锁链坚固无比

眼前的美好和破败只是脑海里的想象
短暂的存在，无影无踪

暖

默默离开

为了不牵绊

不忍看到

亲人的徒劳

善良穿越了

最深的苦难

卡西莫多

天使的心

呵护着美

与大地最亲的手

从泥土里

刨出了幸福

相互搀扶的他们

跨越了世间

所有樊篱

天、地、人

为之动容

退化

心里是飘浮的

飞向那无人的小岛

泪在眼里没有落下

书上的文字依旧在移动

不温不火的行为里

夹着叹息和单薄的倔强

因着一个虚幻

心开始颤抖

一首歌通过了彩排

上场前才发现从未熟悉

从未哼唱

退却和依赖都在

迟疑的瞬间

时间做了决定

人作为人退回了自然界

将文明拱手相让

默然（一）

························

躁动，是夜行动物的眼
四处寻觅，始终无归
循环着的圆圈越来越大
中心越来越远
忘了起点和终点

这个世界有万物
有你，有我
有突然造访的陌生人
还有不可名状的神秘
我穿行其中
头发随风飘散
就像梦去向远方

热闹还是安静
欢畅或是忧伤
似乎一切都淡去
不激烈，不强求
不沉迷，不害怕

有的只是静静地

默然，自然而然

默然（二）

不说话的空间里是彼此思绪的延展

享受这份默然，知心和守候

世界的大也大不过两颗心的碰撞

忘我的时刻是灵魂摆渡的自由

沉迷，上瘾，抑或痴狂

爱如玫瑰般鲜艳

果实引诱着你，步步为营

少年的叛逆蠢蠢欲动

不知，不觉

惊吓

我走到一片荒野

面前高坡上

一个年轻流浪汉

在一座破庙里吃东西

他看了我一眼，笑了下

我吓了一跳想转身就走

可是似乎走不动

他忽然从上面跳下来

想抢劫还是做其他什么坏事

我一直在呼喊

醒来还在呻吟

却怎么也没张开口喊出声音

空·洞

....

闪电穿心

暴力对抗绝望

一场大火

一片洪流

可以摧毁

涅槃中的你

可否重生

良知抗衡着嘲弄

烟雾缭绕里

看到了倔强的你

遇见（一）

....

重返小岛

过去的自己浮现眼前

无法对话那时的我

游向大海

没有逃离

水中的身体

缓慢，吃力

害怕海浪袭来

竭力前行

终于上岸

生命里

必须面对的时刻

一切，无所畏惧

遇见（二）

那个陌生人是谁

仰头伸进窗子

喝醉了或者睡着了

似乎没有攻击性

平和的夜晚

突来的陌生人

惊愕和恐惧

我不敢看清那面孔

他是谁，肯定不是父亲

担心他睁开眼

我逃离了

我不敢面对

聚散

同一场聚会

她看到了他的身影

却毫不犹豫地

断定不可能是他

几分钟过后

她的电话响了一声

她发现时

聚会已经接近尾声

她知道

那身影就是他

环顾四周

他早已离开

她还在原地

后来，她回复他

"有事吗？"

他答，"没事"

也许他不知道

她早已明白

他们今晚同在一处

几年后

她回到他们

最初相识的地方

她遇到很多老朋友

唯独没有他

她想，也许那些错过

执着地去追逐

终会变成更大的过错

就这样

岁月流转

云淡风轻

不好吗?!

烟雨如梦

我与你的互动
雨都知道

雨，滴滴落下
心静如水

生命绵长
我在等你

时空体

隔着空气

遥远又切近的距离

我们相遇

就像日月相会

划出世间最美的弧线

鱼儿的呼吸

水听得深切

深海诱惑着

悠游的自在

我的记忆承接千年

远古的荒野

现世的浮华

留恋的，最是那

无言的静默

有你，有我

距离

熟悉的地方

也许再也不能

从容到访

情和景

也不再交融

从此

景依旧

情更浓

转身（一）

曾经的渴望

转身的刹那

成为零

无声无息

零是无

亦是圆满

解释无力的时候

"缘"成了答案

世间万物

源于语言的幻化

情感的勾勒

今夜

我在火柴盒里

想象天空的浩瀚

转身（二）

- - - - - - - - - - - - - - - - - -

曾经

诀别一样

以为那林间

不会再有自己的身影

无数次的断念

无法停息的回望

未曾想过

重走那花园小径

竟是一份

难得的奢侈

忘·记

熟悉的路

印着你的气息

岁月风蚀了过去

猛然走近

心灵一如既往

震颤

封存的故事

或许在某一天

别样演绎

就这样告别

模糊的，眩晕的，痴迷的，沉浸的，被侵扰的

幻象，飞翔，漂浮，悠游

与那个世界的连接像一根细线

我知道，黑夜来临

寂静之地是无声的热闹

热烈的，动感的，律动的

就像没有过完的青春

闪耀的焰火

命运的旋律

欢腾热闹的黑夜

是真的生命

大刀阔斧地斩断了与世的纠葛

这样的激情恣意

断了看似不变的规律

从套子里钻出

一个鲜活的个体

新的，都是新的

它自在，洒脱

记·忆（一）

....

记忆里的流转

多年以后，或许

还可以看见

不去触碰的

会流泪的痛

切断的消息

尘封在瞬间

苦涩的味道

散着芬芳

勇气只够回忆

怀念里留存

你的影子

记·忆（二）

不见，不恋

不知，不思

黑夜里的泪

编织了一场梦

一个人的独角戏

岁月流变

你不懂，心的执着

转身的时候

无声，从此

平行线向前

激情褪去

留下日子的褶皱

经验的代价

天真的消逝

别离

那些印迹让心颤抖
让泪涌流。清风拂过
我看见你站在路口
张望。目送或等待
早已不重要
最黑暗的日子里你用声音
陪伴。未曾想过时空变换
文字之外的世界。我们
用力挣扎，假装随遇而安
愈合的伤口依然在雨天作痛
昭示着，重复着那些故事
冷暖交替的日子里
我们渐渐老去。望着彼此的城
满目苍凉

辑五

JI

季节

春

······

渐变的温度和清风
包裹了我的全身
坐在地毯上
呼吸着命运的起伏

出发的日子
也是等待的开始
归来，在何时？
抑或无归？

春寒

··········

花瓣的春天还没有

停留。布满斑斑点点

风雨的飘摇伴着花瓣脱落

没了枝干的保护

落地，枯萎，成泥

美，还没有绽放

已然成脚下尘埃

春的短暂和温暖

从不为你的缓慢而停留

时间推着季节也推着肉体

走向看不到边的远方

匆匆世界里我遇见了谁又离别了谁

不确定的无常里

我站在哪里又去向何方

也许只那一瞬我已找到意义

也许只那一瞬我已消失不在

无暇去应答世界抛给我的问题

也无暇去观照身心的变化

就这样，滚滚向前的血液
携着歪歪扭扭的身体吃力爬行
"零落成泥碾作尘"的春寒里
是"杜鹃啼血猿哀鸣"的苍凉

时间静止的日子不会存在
肌肤和骨骼的造反时刻威逼
神经通向大脑中枢发号施令
和解还是对抗或是借着梦境逃离
找到的路和方向突然消失不见
陌生的场域里只有冰封的冷和刺骨
我瑟瑟发抖，我呼吸急促
这个世界的我就像那花瓣脱落
和根系告别和春天告别
静静地和泥土拥抱——
"零落成泥碾作尘"

三月的雪

· · · · · · · · · · · ·

还没有体会春天的暖阳

还没有看见玉兰开放

还没有见那桃花和海棠

大雪纷飞

天色阴沉

坐在窗边，看雪飞落

冷风的凉透过玻璃侵入体内

将我带回塞北的寒夜

手无法伸出，全身蜷缩

冷，将身体囚禁

将心和思想圈在角落

春秋大梦真的成了春秋大梦

大自然通过一场雪，一阵风

就可以传情

雪还在下，京城的气温低到零度

花草像我一样被冻僵了行动

三月，你是否逃避了宇宙规律

基因突变为腊月给我们一场袭击

雪就是证明

四月飞雪在去年

一年过去，刺骨的冷再次到来

这是你和人类的全新对话吗？

我的身心颤抖，这份冷彻骨难挨

也许，明日的自己就是那寒号鸟

又或许是那草丛里灵动的猫咪

对十个太阳的渴望成了我的执念

以最多最多的暖来唤醒生命

最纯白的渴望也许就是身心聚合地活在此刻

雪任性地飘落

发现大地的生灵

也掩埋一切噪声

这个春天寂静无声

血液都凝固了，在等待

在期望那光芒照耀

阳光的力量

······················

雪夜过去，太阳终于出来

昨日的皑皑白雪早已不见了踪影

或许还是无法阻挡时间的脚步

严寒在春天面前终究是无法持久的

雪化作滋润大地的水

潮湿里都是暖的味道

阳光的力量将阴沉的雾霭一扫而去

心里都是敞亮的

昨夜还是咖啡续命的阵痛

延续到夜梦里的牙痛

太阳像个医生

治愈身心，将所有的沉郁扫荡

我知道玉兰就要开了

而我也将在那之前脱胎换骨

迎接春的气息

热

那火热是汗水

是泪，是内心的热切和焦灼

热，极力对抗冷的包围

将心灵围剿

爬行的身体缓缓贴地

慢慢移动

话语建造的宫殿里

屏蔽了现实的逼仄

富丽堂皇的穹顶是看得见的远方

紧随其后的是挥洒血泪和汗水的执着

和鸽子抢路的脚步丈量楼梯的高度

那狭窄，幽暗的通道只可独自穿行

你知道，前面有光，有那通往太阳和

天空的召唤

火热的激情伴着热切的渴望

追逐，行走，那步伐深深留下印迹

那是青春和热望里的奋斗

是牵引和支撑生命的力量

积云之外

· · · · · · · · · · · ·

潮湿的荫翳的空气
弥漫着飞鸟低旋的用力
暴雨来前的积压酝酿一场痛快淋漓
天越来越低，黑渐渐靠近
所有的畅快都在等待
漫长而煎熬的等待
追溯根源的路缓慢而充满困惑
寻找远古的祖先对我的注视和细语

直面与迂回
执念与围城
四方城堡里我又是谁
那骑士护卫的又是谁
幻影弥漫在圆形跑道
你的遁形让我好奇，探寻
幽暗小路上忽明忽暗的光
诱人而奇特
你像影子，一闪而过
我驻足，久久徘徊

夜雨

裹在衣服里的风
随睡意走进心里
冷雨滴在脸上
慢慢流淌

我在这儿
也在那儿
三千世界里
眼睛是方向

冷与热

- - - - - - - - - - - - - - -

深的，透骨的冷
和燥的，酷烈的热
夏日里厚厚的棉被
和冬日里漏风的窗

一样的心情走过四年
记忆淡忘了时间的长度
为那若隐若现的光

疾行的地下铁
和拥挤的人群里
选择性地遗忘终究
抛来一切不曾深思的

秋意

入秋，寒气

远山，霞光

冷夜里的花

黑暗，神秘的眼

山峰，丛林

隔着距离

深处的秘径

诱惑着你

划伤的手臂

还在流血

狂风吹过

野性的美

原始的力量

回归，放逐

秋风

窗外的蝉依旧聒噪

时刻提醒着夏日的炎热

已是十月，南方的秋却姗姗来迟

傍晚的秋风带来片刻凉爽

暂时忘记白天的高温

我站在窗前，肆意地呼吸

把风吸进身体

最喜欢秋日的风

让人感到自由而清新

仿佛到了远方，到了海岸线

看树木摇摆

风拂过，漫过了整个夏天

带给我一阵清凉

就像时间停滞

我住在风里

任性奔跑，没有终点

秋夜

疼痛唤醒了思想

叫停了一切忙碌

远方的远方我曾到过

再远也是在寻找家的影子

那山那水那凛冽的冷

我抗拒又怀念

骨子里有那独特的属于你的痕迹

南方，秋的冷还不够萧瑟

看不到落叶满地的干燥

冷，逊色了许多

不知做候鸟的日子会有多久

北漂到南漂，漂泊成了常态

栖息的地方是无数驿站

陶渊明的自然是那南山

我的自然我的家园在何处

最爱秋的我，怕冷的我

开始想念那份萧瑟

冬渐渐走近，我准备好了吗

寒冷的时候，一点点的暖

也是深深的烙印

伦敦的冬日

....

黑夜被拉长

似乎刚睡醒

便迎来黑夜

雨水滴滴答答

伴着狂风呼啸

窗外那棵树

只剩了枝干

狐狸的号叫

响彻街巷

乌鸦哗啦啦

飞去飞来

冬天

被黑暗统治

夜梦混合着雨水

湿漉漉的空气

将人们囚禁

强迫你思考

长夜加速了

时间行走

太阳玩忽职守

留给冬日的人们

更多闲暇

神游天外

冷·静

零度的空气
冻结了我的呼吸
无言的对话
袭进心里

语言锁住了灵魂
沉默，怪兽一头
销了声，匿了迹
在穴里，冬眠

雪

......

夕阳洒下一片金黄

你安静地站在潮河边

沉思或是远望

黑色荒凉的山躯透着鬼魅

积雪绵延在河两岸

或随着浮冰在水里漂

稀疏的几棵芦苇随风而动

时间在你的脸上刻下痕迹

瘦小的身躯迎风而立

岁月的暗影丝毫没有撼动

那颗坚毅的心

风吹来

积雪的冷打在脸上

疼和刺

天色愈加暗了

你知道，除了冷

雪还可以照亮

暖阳

阳光下的暖

干净、明亮里

驻足，漫游

不是森林里的暗影

神秘和颤抖

静、慢

欣赏的味道

原来，冬日里

自然界给你的

还有暖

岁末咏叹

密林深处

鸟，蛇，蝉鸣

山谷，小溪

荒烟蔓草的日子

远去了

眼前的霓虹

弥散着尘埃

隔膜了金碧辉煌

风沙溃退在

温柔的迷雾里

活着

就是喘息

状物

辑六

ZHUANG
WU

奇异之花

黑暗角落里

一支干枯的蓝玫瑰

退去了脆弱的娇艳

这永不脱色的蓝

神秘而诱人

就像那鲜红的果子

惹人垂涎

形色各异的人们盛装打扮

这场盛大的聚会

陌生的你我

相互嗅着对方的味道

谨小慎微

就像穿梭在远古的城堡

狭窄的螺旋阶梯上

时而出现抢路的鸽子

蓝玫瑰和夜晚的璀璨交融

它看着眼前的狂欢

看到了生命枯萎

就像哥特的魅力

光与影

光里，一览无余

影中，模糊神秘

明暗辉映

虚实相间

沉浸的瞬间

界限全无

穿过喧嚣

跨越沉寂

幽深的林里

漫步，栖息

钟声

狂风的呼啸

耍着威风扑向玻璃窗

怒吼声让心震颤

和着身心

行走在刀锋上

猛烈，尖锐，刺痛

风的号叫就是你的号叫

沉寂了千年的钟声

埋葬那些匍匐在地的岁月

开启一阵飞天的狂舞

发声的与沉寂的

力量重现，你走进狂风

听那钟声，一切都是新的

生死交错的瞬间

最是那人间清醒

大地

俯卧绿茵

身心贴合土地

凉风飞乱发丝

耳畔的清音

眼里的文字

那个久远的身影

甜甜睡去的孩子

闭上眼

任何时空

继续我的故事

那未曾到过的

山水之间

铱

......

衣，附在金钱上
获得了彰显自我的底气
若是那远古的金缕玉衣
似乎更显阔气
但，你看，金钱和衣服贴得过紧
生命被灼伤
消失得无影无踪

疼痛的玻璃

一声哀号

慢慢地

轻声呻吟

自由的分子

探头看着周围

望着碎裂的母体

留恋？兴奋？

再见，老友

我送你一程

猫精灵

一只猫粗着嗓子说
给我毛毯来睡
我拿来毛毯给它做睡巢
它依旧不安分

朋友说猫要的是
食物来吃
另一个朋友说
猫只是叫了几声

我分明听到了它的诉求
那叫声穿过空气
是粗犷有力的男声
一点也不奇怪

猛虎

心底的猛虎
沉默了许久
不曾向病魔发威
不曾向黑暗怒吼

那一角的蔷薇
清香，美丽
沉睡了千年的猛虎
身心的无力
仿佛，永远地睡去
是最大的安慰

细嗅蔷薇的猛虎
觉醒了
战士，永恒的角色
王，深印在头上

风竹
敲窗韵入书

我的草原
我的家乡

王荣新 著

光明日报出版社

图书在版编目（CIP）数据

我的草原我的家乡 / 王荣新著 . -- 北京 : 光明日

报出版社, 2023.12

（风竹敲窗韵入书 / 林目清主编）

ISBN 978-7-5194-7645-8

Ⅰ . ①我… Ⅱ . ①王… Ⅲ . ①诗词—作品集—中国—

当代 Ⅳ. ①I227

中国国家版本馆 CIP 数据核字 (2023) 第 250090 号

一个奇葩的诗人

　　王荣新和我一同高中毕业于巩乃斯河畔新疆生产建设兵团第四师七十一团子校，又先我毕业于伊犁师范学院中文系。这几十年来我一直以为他是个从事行政工作的人，生活在杂事繁多的机关事务中，有过不少官衔，且一直与经济打交道，从未见他写过什么文学作品。想不到，退休后的他竟然写起了诗，有不少诗被人朗诵了在同学群里传阅，这让我很是诧异。但我也听说，退休后的他，身体患了一种奇怪的病，牛高马大的他却时而有站不稳的情况，令他十分烦恼，也让我们许多同学十分揪心。去年秋天，他传来一本诗稿，让我评判一下，看看能否达到出版的要求。好家伙，这真是令我瞠目结舌，要知道，他是一直从事行政工作的人啊，思维习惯几乎与文学不搭界，而且创作需要积累，需要灵感，尤其是诗歌创作，不可能短时间内一下子呼啦啦有那么多的灵感，写出那样多的诗歌来；即使写出来了，也难以精彩怡人。但想到中，看得比较多，也比较清晰，兴奋、愉悦、苦恼等也自然多多。但是由于他善于思考，且又思考得比较有力度，因而所写出的诗所要表现的思想与内涵，是那些处在生活边缘化的诗歌写作者难以企及的。这里我不展开赘述了，感兴趣的朋友可以购来阅读，相信会汲取到不少有价值的营养的。

诗人写作大多是有了喜悦或愤激之情绪才拿起笔一吐为快的。愤怒出诗人，愤激也照样出诗人。我想，或许是愤激之情绪成就了他——写成了一部诗集（当然，他的这部诗集里还有其他时间写的，但大部分作品是退休后的一二年写就的）。这自然也让人看到了他一些偏激的情绪，这些情绪不仅仅是情感上的，也包括思想上和对生活中某些现象的认识上的，或主观片面，或过激狭隘，或迟迟不解而使思想之情绪变得焦躁迷茫，或失落失意不能自已而使心灵之水变得消沉和浑浊。或许，诗人的偏激之情绪也是与生俱来的，没有偏激之情绪，难以发展为愤激，而无愤激，也许就没有他的那些诗作了，虽然这些诗作让我看到了他的一些偏激的思想之情绪，但这并不妨碍我从诗歌的艺术角度上欣赏它的悠然而洒脱的美，一种像是让诗歌长上了翅膀在静谧无垠的天宇里轻轻飘逸着的美。这或许就是诗歌之境界，诗歌之艺术的效果吧。

是的，这确实是一种奇葩的现象。或许，真正好的诗歌，就恰恰产生于此。因为什么？因为情感上的真挚，心底里的善良，思想情绪上的对美不懈的追求。这一切，最重要的是真，真诚的情感胸怀，真切的心灵感悟，真挚直白或委婉的抒情方式，让我们在诗意盎然的火焰中，感受他寂寞孤独里的淡淡忧伤，感受他思绪里的沉重盘诘，感受他从那片土地、河流、草原、大山等所获取的默默温情，如巩乃斯河水一般，心性自如地弹奏，深情悠扬地抒怀，让人感觉到一个诗人与万物荣辱与共的灵魂在那片澄明而辽阔的天宇里如风一样飘逸。

他的诗歌的语言往往是口语化的自然而然的，没有那么多蹩脚不顺口不流畅的感觉。他下笔自然，没有什么俗套，虽说是口语化多多，却自然而然地将你带入他所构造的语境里，而这个语境则是由色彩斑斓的语词和奇特丰富而又自然贴切的想象力织成的，可谓如诗如画，俊美无边，让你身临其境，让你回味悠长。语句、层次、段落，清楚而自然；情绪、思想、抒情，或由低到高，或如诉如泣，伸缩自如，绝少有八股和扭捏造作之感。

这些年来，许多人一写文学作品就定成了作家诗人状，以至于所写作品太过于像文学，文学得很美，其实不过是夜郎自大，孤芳自赏，读者寥寥。文学作品没有读者的共鸣能称为好的作品吗？显然不能。

"不太好看的人最耐看"（木心语），王荣新好像没有这样一个职业意识，他似乎是不大像文学写作者的样子，粗俗的外表下几乎看不到一丁点温情与幽婉，却一不小心真正走进了文学的殿堂，这真是一个令人奇怪的现象。或许是他的心之旷野上一直有着绿色，文学的种子依然在他内心深处的河岸上悄然耕耘之故，他生命旅程中的种种疑惑和不解，在他退休后的

序言

无数个不眠之夜，通过文学之渠道释放了出来——诗歌照亮了他生命的全部旅程。

他歌唱草原，视那片草原为他真正的故乡；他怀念故乡，视那一代垦荒人为故乡的真正建设者；他歌唱大海，向往着大海一解他心中多年积蓄下的万般愁绪；他发疯一般地热爱着生活，似乎极尽所能从生活点点滴滴的感受中寻找着他的爱、他的恨、他的情、他的歌。他的许多诗有着咬文嚼字一般的潇洒，而且许多诗在深切的抒情中，往往在不经意间，灵动活泛地闪烁出智者的许多思想，几乎每一首诗每一个段落，都有着堪称"诗眼"的语句，像是一片阳气罩着一片浩浩荡荡的蔚蓝色的大海，或波澜不惊，或此起彼伏；或惊涛拍岸卷起千堆雪，晶莹剔透。于是灿烂多姿的意象和或雄浑或婉转的优美旋律也就自然而然地诞生了，尽管有些诗之韵律韵味还不够十分饱满。诗歌有了优美的旋律，便丝丝缕缕入脑入心，浸润在血液里，与往事岁月、流逝的青春、草原深处和大山里的月亮，与远方飘逸的雪花、守着寒冷岁月的屯垦人，"在秋色里抒写大美的情怀"并"给十万大山朗诵"……

写至此，不免让人感叹：他在生命之树渐染成了灰色的时候，却异样地绽放出一朵鲜艳的花来。岂不知，这里也含着几多心酸、几多沧桑、几多难以言说的心绪。

——是为序。

郭文涟

2022年3月10日于伊宁

作者简介：郭文涟，中国作家协会会员，中国西部散文学会副主席，新疆伊犁州作家协会原副主席，出版有散文集《远逝的牧歌》《生命的随想》《岁月起落里的歌声》《我的新疆朋友》《我的新疆记忆》《唐布拉的雨》《巩乃斯河畔的往事》（上部）等。

序言

目　录

CONTENTS

第一篇　草原篇

我南北两坡的人生　　　 / 3

走进一片草原　　　　　 / 5

天山红花　　　　　　　 / 6

小　花　　　　　　　　 / 8

山　鹰　　　　　　　　 / 9

绿油油的草原　　　　　 / 11

冬的脚步　　　　　　　 / 12

那拉提的草原　　　　　 / 13

姑娘追　　　　　　　　 / 14

夕阳下的苍松　　　　　 / 15

走在远方的路上　　　　 / 17

我一生总与草原有关　　 / 19

草原，有一朵山花　　　 / 20

目
录

1

目
录

第三篇　故乡篇

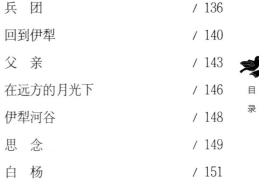

目
录

目
录

第四篇 感悟篇

目 录

9

目
录

第五篇　短诗篇

第一篇

草原篇

我的收藏

我收藏过，雨水泼墨的北方
在我的书卷里那个季节是个童年
春风喝得烂醉，大山捂着
一冬的梦想
找不到出口，春的脚步惊醒了
满山的野花，一条清澈的溪流
回到了故乡

我收藏过，西山依恋的夕阳
在我的记忆里，晚风吆喝迟滞的牧归
绯红的晚霞，交织成一幅
熟悉的场景
轻云拎不起一行大雁
远行的飞翔

我收藏过，冬雪覆盖的大山
在我的心中，静悄悄的日子
没有一丝的杂念
纯净的白雪落座在我的窗前
在一生的画册里，春的季节
被描绘了太多的疯狂

秋日里的选择不能
后悔心伤

如今把自己也收藏了，控制好
激动的情绪，白云脱去了鳞甲
告诉天边的夕阳，看我喜欢独处
春种秋收的劳动
可以收仓

2016年5月2日

我南北两坡的人生

天山像一道门槛，把我的人生
分隔成了一座大山的
南北两坡
一对个性迥异的孪生兄弟
失散两地

前六十年，我奔跑在北坡
坚定的脚步与心一个方向
没有向命运低头，但路走得崎岖
在北坡学做了一棵青松
灵魂的高洁，明月万里的守候
追随着牧马人的季节

第一篇　草原篇

坚硬的骨骼遇到冬雪的飘落
那夜冷风浸透了我的衣裳
被冷却后还得笑颜
心血管一夜堵塞，心脏
把支架装起

后六十年，学做一只飞鸟
抖落掉身上的冰碴
享受南坡后半生的生活
从一个婴儿般阶段的开始
满山遍野的山花
在解冻的天气自由地点墨留香
卸载下一生的疲惫
邀请喝醉的男儿，貌美的姑娘
诗文余韵，抒写大美的秋色

去和过去的影子告别
与那个装模作样的说声拜拜
性情中人，就随性做自己的喜欢
每天写下一点诗行
给十万大山朗诵
山谷里的溪流，没有难点结点
每天的看点，一颗幸福的心
高昂聪明绝顶的头颅
裸露一派诗意

天山一道门槛，时光的诏书

收缴了我的前半生
已放进了仓库就不去翻阅
后半生欲望的爱恋，不让他人劝阻
心脏已装起了支架
是一个有架子的人了
我告诫着自己

2016年1月23日

走进一片草原

走进一片苍茫的草原
任凭追风的细雨，扑向一条溪流
春风春雨，让我想起小时候
荷塘月色的那个夜晚
校园里青翠的白杨
渐渐地伴我长大，正好无言
天空好高好蓝

家乡的草原，天山脚下开满红花
牧羊人的毡房拴牢了春天
草叶上卧着午休的牛羊
太阳，把一天交付给归属的西山
哈萨克牧羊人的马鞭迎来了
慢悠悠的夜晚

第一篇 草原篇

山坡上的树梢，藏着满月的时光
人到中年，心里存放的还是梦想
那夜清凉的风
月色下的她在哪里睡安

太阳的温暖把积雪融化成
河水，暴涨暴跌
高山上冰冷的固体融化了
草原上小河的情感

2016年8月16日

天山红花

春风走过，让我想起了久违的草原
满山满坡盛开着的天山红花
红艳艳的，一直
连到了天边

像我年轻时的誓言红红火火的
那时候走在山野的路途
山花一朵朵的，像接力棒传递
收不住脚步，领跑着
青春的瞬间

等不到秋来，天山红花
在春的门槛就收起了嫁妆
小草一夜翻过围堤
春风十里也没有力量阻挡
青春少女
都会很快实现嫁人的夙愿

蜂蝶恋花，细雨绵绵
乘着月色说出了很多秘密
等我酒醒，一个不懂生活的男儿
老了还在做梦
爱了一辈子，忙碌的身体
最后在春天，却被卸下了
祈盼

一场冬雪飘飘，万物落得空旷
草原上留下质地洁白，阳光融化了积雪
春来时，从大山的怀里走出
一条小溪的惦念
我不能错过机会，满山满坡地
开遍红艳艳的天山红花
直到天边

2017年8月25日

小 花

叶子，一片片地慢慢飘落
一只只蝴蝶，飞走了
地面上，空留影子的晃动
秋夜的月亮，洒落着
晶莹剔透的露水，从她的脖子上
滑落了珍珠，风纠缠着
她美丽的一生

小花，陪伴到冬雪飘飘
才收起花瓣
没有人留意到她夏日的站位
在绿满山坡的草原
太阳照耀的地方，山坡的最高处
摇摆着，梦一样轻盈

其实，不该一个人迎风弹琴
难道只为一顶小红帽
身后，一群狂蝶飞舞拈花惹草
花开又会开败了谁的心

一朵小花，夏雨淋沥

冬雪覆盖，春秋素愿素心
叶片上洗净了浊念
阳光如秋的颜色论证着年轮
一想这，根就深扎进泥土
傲骨铮铮

2015年10月27日

山　鹰

山花，鹰撒下的种子
风情多姿地在哈萨克牧民草原的
山顶晃动
远远地望去，风在吹动
晃着晃着，原来是牧羊人
醉在马背上

七月的季节，草原的云天
清澈高远，把诗歌还原给牧羊人
赠给大自然的初心
牧民们，开始收获
肥嘟嘟的秋

草原的森林，看到山下有人来了
两棵苍松不能走动

风来时相互地转告，让风通过
一片鼓掌

草原的牧道，松开了缰绳
姑娘扬鞭，伏在马背上
追逐着爱，向前一直地向前
什么浮云
回来了，总有故事可讲

草原的溪水，融化了纠结的心事
把肌肤洗得干干净净，赤裸裸地奔跑
所有的小草都转过脸去
瞬间没了人影，朦胧的爱
谁也说不清楚远方

草原的毡房，静静地守护
在牧道旁陪伴着花香
与落雨叙旧，羊羔断了奶水
一只狗，趴在草丛张望
奶茶的一缕炊烟飘向山边
游客，带走了采摘的野花
打扮梳妆

2015年11月10日

绿油油的草原

山花，摇曳得有些娇羞
弯腰时的身姿像一个姑娘
她的风韵，梦里见过
多少次了
清澈的一条小溪去了远方
小草，洗濯得干干净净
依附在身旁

绿草丛中，山花装点着美丽
大辫子似的红头绳，搭在
小草的胸前
在绿油油的山野，一只山鹰
翱翔在天空
小草，职业般站立
山花，换了一件美丽的衣裳

山野里的一片绿洲，一粒种子
传递在花粉与草叶的中间
再过几日，就是冬雪之夜
在春风中相遇，秋风中分手

11

记忆中的初恋，心中留下
冬雪飘扬

2015年12月17日

冬的脚步

秋的蚂蚁，扛着一根草叶
爬行着自己的事业
阳光的午后，农夫们打坐在墙根下
冬的脚步越来越近，空气中
飘着淡淡的花香

天空，翱翔的一只雄鹰
盘旋得纹丝不动
远方的苍松站立久了
好像谁在半山坡上歌唱
追赶季节的牧羊人
直到白雪快要落下，才收拾起
毡房

草原，被太阳安排着春夏秋冬
白云依山而眠，白雪就要
覆盖草叶，大片的往事
我不想听你一个人讲

雨水，洗礼过的年少
没去寻找一个撑船的艄公
懂得一竿子的深浅
只是舟船在大海上漂
去了远方

时间煮雨，冬的脚步落下
小草去泥土里藏身
雪花，一片片地飘落到
我的身旁

2015年12月17日

那拉提的草原

冬雪，覆盖了那拉提草原
连绵起伏的山岗，长满了
寒冷的獠牙，满山遍野地寻找
所有的松枝都
伏下身子
藏在白雪的下面，薄雾
弥漫的山谷，隔着不远的距离
有一个人，在赶往
山花盛开的地方

13

我与三千里春色爱恋
大西洋踏着细碎的步子而来
没有人在意夏日里两只蜜蜂
恋人一样死缠的绿枝蔓叶
等着花开的声音，北风
正紧的时候，月下的印章开具了
一张证明，牧民驱赶着
羊群转场

感念天地之高远，我控制不了
思绪的方向
日子久了，天空飘来一片雪花
太阳出来的时候，我看见
剩余的日子里
在雪白的松树枝下，一滴爱垂落
给故事收场

2015年11月22日

姑娘追

从哈萨克牧民的草原
一直追到了大海边
姑娘追，我夺路快逃

一转身却被撞在了
去往海边的路上，一束红花飘落
我依偎在树下，我的梦
好痛

心事，开始泛红了
撕开天空的一角，勾勒出她的模样
鞭子轻轻地抽打在我身上
每当这个季节，我就来到大海边
开始等我爱恋的
晨早

马蹄穿过草原，在海边踏起
一朵朵浪花
相思疾，红红的唇吻住我
不许说，红花飘下
擦过我肩，相视
一笑

2015年11月29日

夕阳下的苍松

第一篇　草原篇

一棵苍松，走在夕阳映红的余晖中
谢幕前，望断天涯沧桑的变化

一半真相，一半谎言
花红草绿的山谷，夜色落幕
吞没了一切

我喜欢苍松，一直站到冬雪飘下
坚强的内心常被柔软打败
春风送来几滴春雨，苍松
就在大山里哭泣

有些事，只能一人知道
有些路只能自己去走
有些苦难只属于自己
在路上，我们一起走着走着
就老了，不是每个人都愿意陪伴身旁
没有必要别人都要懂得
只要自己记住就好，虔诚和感恩
不可动摇，其他都可以
在路上迷失

苍松，走在远方的路上
孤独着身子
枝叶，探出头来
欣赏着窗外草原夜下的景色

老了，苍松也许被拦腰斩断
松脂可以炼香，枝叶
可以造纸

根的年轮，指明方向
在我胸中久留的，一生从不屈辱着
心灵的站姿

一棵苍松走在远方的路上
天空的一封封信笺
都写满了纯净，白雪
落满了枝叶

走在远方的路上

走在远方的路上，我看见旷野的山边
有一棵苍松，在凛冽的寒风中
抬起了头，银雪挂满了枝条
寒风冻结了躯干
叶片上，覆盖着白雪
生命的绿色裸露着春天
笑容，还在追梦

我会因为一首歌曲想起
真挚与执着
灵魂深处的一种色泽
浩瀚与纯净
比任何人都让人尊敬

牧羊人，驱赶着羊群回到山坳
享受冬窝子温暖的时光
入骨的寒流，带走了草原的飞鸟走兽
伊犁河水冻僵，在山涧的石缝
苍松探出头来俯瞰，伊犁河水的金鳞金甲
像锤炼的长剑，挂在半山腰
流淌着诗风

大山冻得颤抖，空气不敢流动
树下的小草，早早钻进了泥土
结束了一年的旅程
走在远方的路上，我与苍松迎面
站立着对饮，喝倒了一片
草叶

一樽甘醇的酒水，有云天的关爱
雨后，挂起彩虹彰显对人间的
大爱，心境与瑞雪相遇
为什么总要去纠缠一个好人

内心强大之人不需与他人拥挤
积蓄的力量在山野里听风
树枝下，弦丝滑落
太阳，躲在云后捻着心事
天涯咫尺的距离
其实隔着人的距离

经过寒冬的洗礼，心里常问自己
后悔吗，纵有前路坎坷可行

心灵的品级决定人生的高低
对草原的爱，爱到最后
会是心痛的爱
晶莹剔透的冰雪，再向前一步
就会引来山洪的伤痕

天空，没有什么好说
悲催不会低下头去
肝肠寸断的人，到了这个年龄
和谁舒服就和谁在一起
让自己洒脱年轻

我赞美苍松，相约苍松
在金色的秋天里，面对冬雪的到来
心和草原，一样的平静

2015年12月21日

我一生总与草原有关

我一生总与草原有关，骑在马背上
从蝶群飞舞的紫色迷离的花卉里

一个人雨中走出，无法说出的念想
积蓄了一冬的词汇奔跑

多么熟悉的路径，毡房的炊烟
沿着雪山的方向
缠绵到人心的许多故事
拴在拴马桩上，拱出泥土的成长
已经备好与冬雪的对抗
落日行走在空旷的蓝天
牧羊人转场的路途，地远天高

春日的山野，山花轻点浓妆
云彩，拧干了湿透的衣裳
翻过一座座的山梁，马蹄声惊醒了
一群飞鸟，牛羊游牧在
千年的古道

2015年12月

草原，有一朵山花

初春，一朵朵迎风的山花
一棵棵破土的小草
组成了草原嫩绿的
山水画

阳光，给了草原最美好的晴天
一朵朵山花，依偎在
草叶的身旁
春天的路途蜿蜒曲折
在苍茫的山野独自散步
走向远方

山花摇曳得有些娇羞
弯下腰身听风在给小草
说些什么，似乎听到了远方
花儿踩在草叶
身子留下了追风时的婀娜
弯腰吻香

花瓣，淡淡的润红
我伸过手去，轻轻地掬起
她的清香
蹲下身子，回眸一笑
娇嫩的水珠滑落到
草丛躲藏

小溪，在山野的半坡流淌
一些刚飞出林子的小鸟
啄起一根根的枝叶
风尘仆仆地，在山坳里
建起家乡

我用爱恋，选择心爱的事业

从此想长相厮守

栽种下心中最美好的希望

可为什么花蕾正要扬花

风却裹挟冬雪，突然

秋风秋雨的训诫

让寒冷在草原流淌

昙花一现吗，那可是昙花

我是心脏装了支架

丢掉了登山的辎重

用情用心求索，山花仰脸望我

还能说些什么

风吹拂秃头顶的发髻

所犯的错误，忘记雨中带伞

等待着阳光

2015年12月19日

骏马的站位

天空就要下雨，在广袤的原野

以远山为背景

一棵苍松收拢了翅膀

扬蹄奋起

在遥远的路途彰显
骏马的站位

天空中，细雨缥纱徘徊
风放纵着一片森林
秋的脚步加快催促河流结冰
天空中一只只小鸟返乡
走不动了，就会嫁给冬雪
变成女囚，落在他人的手掌

大雁南飞，也带上我的心
曾在哪一次的飞翔中遇见枪口的
准星，天空的蓝飘落在
热爱的方向

苍松，像灯捻点燃了火苗
风吹不灭希望
秋季里的记忆，让人牵肠

2015年12月20日

天空有些把持不住

初春的草原，天空有些把持不住
厚重的云，一连几天

飘着雨丝

乍暖还寒的季节，小草拱出了泥土
山花，摇曳着舞步出门
逐渐丰满了腰肢
阳光依偎在山峰，白云静静地守候
毡房，如一夜星辰瞬间布满了
草原的夜空
溪流，顺着山谷的方向流淌

半山坡上，那朵淡红色的花朵
最晓得浪漫，从草丛中
探出头来，给风说着涩的秘密
去在远嫁的路上，山风
抬着轿子
野性的牧羊人荡漾着秋千
悬空了出嫁人的心

牧羊人，甩着抒情的长鞭
一生能有多少这样的时刻
腾出一个懒洋洋下午
看羊儿采摘着嫩叶　一群男女的饮食

为什么，蓝天上飘来一股阴云
黑云悲催，森林承接了雨水
飘落在遥远的地方也好
别在牧民转场的季节，在家乡的

天边游荡

草原，都是性情中人
今夜，毡房就守着一盏温馨的灯火
等待着雨丝缠身，鲜花能从浓墨的云中
逃脱几天吗，让相爱之情
在草原之夜荡漾

山坡上，站满了列队的松林
一群群年轻的汉子
山脚下，一朵朵盛开的鲜花
都是替补的娘子
牧羊人，没有金钱的膜拜
不会填词作赋
但与春天总是有着
什么使命

2015年12月22日

在那拉提草原

在那拉提草原，十月的天空
雪花开始交换季节
细雨没有完全退场，寒冷开始厮杀
白云顺着风的逃跑方向

隔着，一段大山的距离
一棵苍松，站在倾斜的山坡上
天空下，所有的寒冷撩起了
他的发髻，一匹骏马的丰功伟业
纵览在骏马奔驰的赛马场上
好汉的家乡捧出一钩弯月
风呼喊着谁的名字
长发飘飘的骏马，把自己当成了
前世之烛，谁是答案
孤独的嘶鸣，在路途的笑谈
跋山涉水的浩瀚
像我曾经读过的书籍
我能安静下来，我不是乌江
不会悲伤

脱离囚徒的生活，回家疗伤
雪花落下，等待到春天
草叶的身旁，会站着艳丽的山花
像一位美丽的护士歌唱

冬雪闯进草原，小草的筋骨
哆哆嗦嗦
蜂蝶不能错飞，春天做伴时
把她喊出
在闺房的花蕾，去找到
她的芳香

2015年12月27日

26

雪　飘

雪花在飘，扰乱了我的心境
我在哪一朵站着
随风走完了一生的历程
去到田野等待到春天
把自己融化

草原入秋时，我捧钵乡土
厚葬了开败的山花
冷风清扫过的清澈溪流
已冻结在天山脚下

别说在诗里没有告白
晨雾中，白杨列队走在田野上
催我出发吗，我知道从哪里来
又要去到哪儿

在自家的门口，孩子们
堆起稚嫩的雪人交给漫天的大雪评判
骸骨，最后都会埋进大山
隔着年份，我们实际就在咫尺
打磨各自的一生，今夜无眠

雪花，像久困天庭的小鸟
在北风呼啸的季节，放飞理想
天上的诗人，
隔着窗棂，给我朗诵回家时节
心情的奔放

蓝天上，打磨了忠诚
已经有了分量，修书久存的
厚厚信札，雪花一片片地
飘来瑞祥

与大地的行人愈来愈近
雪花裸露飘落的真诚
对妹妹一辈子的
钟情不忘

2015年12月27日

夏日的草原

雨水告别了白云，山花盛装出席
小草听着风的号令
顺着山沟的方向浩浩荡荡
若不是被那大山接住
会走错了方向

在天山脚下，辽阔的草原喜迎着
夏季的奥运会，午休的松林
只有风在纠缠着吃饱后的
牛羊

山花站得很远，约会的蜂蝶
莫名地相思
天空就要落下雨水，翻腾起浪花
毡房像海面上升起的风帆
牧羊人，骑着马儿驱赶羊群
像在大海上划桨

草原安排的赛事，怀孕的天空
喜降春雨
山花，袒露的心情
投诸书函，脱下旗袍的时候
裸露出她的胴体
是否真的丰腴
等待长风掀起日历，春风在
山野的花名册里点名
再万里破浪

2015年1月

第一篇　草原篇

31

溪 流

飘舞在大山的林间，尽量压低了身子
春暖花开的季节，放飞舒展的心情
一条条的小溪流淌着欢乐
像去装订草原的春天浩瀚书卷
等待人们收割喜悦的秋天

草丛中，惊飞了快活的小燕子
约定好不说出冬天的言辞
清澈见底的溪水加快了步伐
翻过了一座座大山

喜欢白白的云，蓝蓝的天
大山的骨头里藏针
黑夜里，刺向小草簇拥着的松林
山野，一寸寸地降下冰寒

我在赶路，湿透了衣服
承接一段雨丝缠身
从心底夺眶而出的泪水
暮晚的风，我这是怎么了
情何以堪

小草，手牵着手

一棵棵的小草手牵着手
汇成了草原的大海
山坡上，苍松孤傲的站姿
像一盏航灯指引着方向
洁白的羊群涌动在海面上
闪烁着一朵朵的浪花
牧羊人小道，绳索系牢毡房
抛锚在秋日的月下

我在这片草原出生，山谷的风
领着我长大，山花嫁到了山坡上安家
我和一条条小溪努力走出了大山
从此灵魂的伴侣，生命与信念
选择与喜爱同步
累了，就去林中听鸟鸣的话题
不怕它洋洋洒洒，守望
草原的绿色的心

小草寄居山野
在生长旺盛的季节被人收割
一根绳索捆绑到市场

像个丢失的孩子

无人认领

山花站得很高，情人们花前约会

偎依在她的身旁

留下倩影

冬雪覆盖时，根留在泥土

冻僵的身子藏在

雪下呻吟

夜晚，天边的星辰陪伴月亮

我心中飞来了姐妹的形象

问起我，在梦里唠着

许多山花的情

2015年12月31日

我们同在一片草原

山花，摇曳着橹桨

在草原上巡航

秋的暮晚，一顶顶毡房

升起了炊烟，悄悄地守候在

路旁

山风，劳累了一天

收住了脚步
羊群从半山坡回到了棚圈
小草，陪着山花脱下了
粉红色的旗袍
黑夜里，一个女人在窗前
静静地梳妆

在北方，无垠的大草原上
夜色里，小草扭动着身子
寻求一个乘船的人
秋风拉着长纤，一路护送
山花把草原当作
家乡

我赞美过山花的婀娜
沁人肺腑的芳香
小草，被霜打得层层内伤
不去与人述说

2015年12月31日

旅　程

等到春雨霏霏，结束了还是
又开始了新的一年的旅程

偌大的草原，还有居住在草原的
山花、牛羊、毡房、养蜂女
又回到了山野
偶遇的生活，在大雪覆盖前
都争先恐后地来到山中
苍松，独守了寒冬
静静地，选择了一人
看守大山

春暖花开，风带来了一抹青绿
草叶翻滚着浪花，山花驾驭一艘航船
风浪中起伏的都是才华横溢之人
内心强大的不需要拥挤
春天的雨丝追着风的脚步
本领尽显

积蓄的力量与花草涌动
小草追逐梦想
爱在山水的遥望之中
苍松弹奏的琴声弦丝滑落
迷惑着耳朵
风躲在云后捻着不安

心里常问自己
经过了寒冬的洗礼
后悔吗，纵有前路坎坷
有怨无悔，但祈望未来的路上

有更多的晴天

心灵的品级，决定人生的高低
不是云站着高高的位置
对草原的爱，爱到最后是
心痛的爱，雨水飘落
但不纠缠，懂世上的
温暖

抬头看看天空，天那么大
还有什么好说的，到了这个年龄
远拒俗事，让自己尽显
美丽的容颜

2015年12月31日

我出生在草原

我出生在草原，累了就去草原的山坡
坐坐，看小草一棵棵拱出泥土
舒展着嫩叶，我好有一种感动
生命孕育苦难，又拯救
苦难的伤口
就算是一种孤独，总在提升
那暮年的画面在心中

尽显烂漫

在春的季节，风搂着满山的野花
回到故乡的港湾
晶莹的露珠，依附在
草叶的凉亭下歇脚
只有出生在草原，才能感受到
无所顾忌的青春
风驱赶着绿色流淌
蓝蓝的天空，时常会大雨滂沱
一滴雨水，平凡的一生
终将掩埋在群山

把信念与灵魂供奉在心
却把父母留在了山野
没有人知道的追梦
内心的涟漪，在空荡荡的
山野散步，流星失蹄落在大山里
秋风卷起小草丝丝的气力
像扫地的妇人走过
不管雨水飘落的是否真心
方向就是一座小城平安

跨过天山的一道道门槛
就算签证，归属于草原的
终生山民
纯净的心，想去吻别挂在

树梢的秋月
感动的天空半夜飘起雪花
落满了草原

2015年12月25日

从雪地上走过

我从雪地的那头走过
在山野，留下了一双脚印
如果不是风吹，可以
留给后人考证
我究竟走着什么样的人生

在雪地上跋涉，像一棵挂满
银霜的白杨，风和寒都聚集在身上
阳光帮助积雪加快融化
最早的一树杏花，就要在
果子沟开放
为什么，山风还在急促地走过
我来过，所有的雪花
认得脚印

空旷的草原万千恬静
太阳升起时点燃一盏灯捻

雪花覆盖的山野，一片的殷红
心里涌起暖融融的情

漫天的大雪，一粒粒的深夜不眠
秋日晾晒谷物的脚步声
还声声入耳
雪花的爱一层层的，雪地里
一前一后的脚印，留下的诗句
那样荡气舒心

2016年1月23日

白白静静的雪

山野里，白白静静的雪融化了
小溪浮游着巨大的冰块
剪下一幅解冻的画面
蓝天丢弃的一片片雪花
从什么地方开始，坚守到春天
那样地钟情

一棵棵小草，在春的季节
开始发芽
追赶着风的脚印
山野里的花丛直到秋天

把躯体结束在自家的门口
迎接一场风雪，痴狂迷恋的小溪
在冰层的下面依然
表达着爱情

2016年1月23日

悬崖上的一棵苍松

悬崖上，一棵苍松骤然站立成了
一匹骏马的姿态，像威武的战士
双手勒紧战马的缰绳
溪水流经他的脚下
去往温暖簇拥的田野放生

苍松选择的站位，把我的心
凝固在了空中
案桌上敬奉着一束清香
风停下了脚步叩拜
孤傲的影子，像雄鹰寻访盘旋
在天空实施灵魂的救赎

选择蓝天的信仰，多么地超然
触摸到内心的柔软
白云，流下了泪水

天空作证

家中的阳台，摆放了
一盆吊兰，叶片下的藤条
编织成绳索，阳台上站着一个女人
等翻过了这个季节，就能谋面
我高兴地启程

山野里，苍松的枝条一律地向上
裸露的手臂，向天空
致敬

2016年1月25日

草原的婚纱

天山脚下赛里木湖畔，雪花缭绕了
一个冬天，一位远行的姑娘
一只飞鸟，沿着天山晚霞的余光
安放下红袖衣衫，停留在
哈萨克牧羊人的毡房

一位来自台湾的姑娘
在美丽的伊犁草原，邂逅了
一位哈萨克牧羊小伙

开始了赛里木湖畔
爱恋的期望

好多年了，没有看到
这么洁白的飞翔
雪花洒满草原，飘落到山坳
脚步好轻，美丽的景象
激动了我的心肠

这是一个真实的故事
雪山上，葱葱郁郁的松林
安静得纹丝不动
毡房的门前，半夜有人吹起了口哨
不在红绿灯下，谁牵来一匹牧马
纠缠着的心，在风雪夜飞扬
出发地在姑娘的窗前
今夜喝下这碗烈酒，去追逐海峡的
浪涛，岸边的妹妹
马背上的爱恋，去到故事
栖息的地方

隔着千山万水，在草原的上空
月亮静静地睡了，没有那么多的嘈杂
覆盖白雪的山野，炊烟飘向
大海的身旁

2015年11月9日

第一篇　草原篇

等过了这秋雨的季节

等过了这秋雨的季节，就回到
霜花浸染的山野，夕阳下
检阅随风而至的
金色丰收
我背起挎包，走在飞鸟
梦境的山路

我喜欢秋天，秋阳晒熟了草原的青春
春雨的叮咛变成了雪花的信笺
天空的小鸟回到
温暖的落巢

不要你说，在秋的季节适合反思
适合想起自己的模样
秋风像她每天梳妆的样子
与相伴的爱人不怕路途的风云
常有羁绊的束缚

我喜欢秋天，我的性格适合秋天
天高云淡，放飞心中所有的小鸟
思念走过的爱恋

可以给自己放假的权利
到山野去找回那个攀谈的
一场恋爱

融入秋，少有的一种感动
从前青春的绿叶在枝条上
对我频频地眷顾，到秋成熟了身段
半个世纪的追风呵，静静地
已长成一棵老树

2016年1月23日

一滴雨水

真想变成一朵浪花，可以借助
阳光的力量，变成一朵云
生长出翅膀飞上天空
在一个静悄悄的下午飞翔

到天空发芽，长成草原久盼的雨水
把自己碎骨，灵魂与躯体
舒心舒意地自由飘落
然后跑步到家乡

像蚯蚓，在泥土里的追索

骨骼虽软，能做着自己的喜爱

像白兰鸽飞过的蓝天

放飞着心情，追逐太阳

天空的云彩把脚步放得很轻

到田野里去祷告

我突然想起自己和这个时代

已联系在一起，风吹开了

一片麦浪

2016年4月22日

苍松的站位

秋风，放纵着一棵苍松

辽阔的天空下，乌云斜卷着身子

一场大雪就要来临

我突然想到半山坡上的那棵苍松

勾人魂魄的站位

春的舞动，秋的思索

有一个人，我叫不出他的名字

秋叶，提着躯壳正急切地归巢

一片落叶的情绪可以点燃篝火

晚会结束的时候

秋的季节丢下一片霜冻
秋阳映衬的小草，陪伴着山风哭泣

一条敏感的小虫褪去披荆的甲壳
它骨瘦的身子在土地里蠕动
溪水牵着风跑来跑去，把皱纹贴到水面
河堤上，优秀的男儿
遇到一个人，懂你

夏日里，山花摇曳的
被风追得弯下了腰身
蝴蝶花丛中梳妆，热爱一生的方向
今夜不谈苍穹禀赋的使命
秋风画不出的骨质，门槛之侧
与心灵对话，忧郁或者悲喜

为了从众，放弃了许多诗行
诗人，有满肚子的话语
找到一个偏僻的角落
选择适度地倾诉
包裹的灵魂从林间的缝隙透出
阳光孵化的心愿，到土地上觅食

流星划过天空，到大山里去躲藏
寻找到二十岁时的初吻
一生只想做好一件事
与冬雪冰冷的约定，孰轻孰重

太阳下山，我以坚实的挺拔
听风观涛
看夕阳，落入大山的踪迹

2016年4月25日

山涧的河流

在冬雪飘落的季节，一肚子的
话语冰封，所有的溪流
冰柱一样倒挂在山涧
是风雪的脊梁，晶莹剔透的
春天，在阳光的照耀下
渐渐地融化，河水流淌着解冻的歌声

伊犁河，大山的腰间匹配的一把剑
从铸就到锋利，都是冬雪的安排
长年佩带只在春天卸甲
怀揣的梦想等待杨柳缚手
到了该出手的时候
就刺向褐色的远山

伊犁河婉转变形，河床裸露磨砺的骨头
河水走出山野的那一刻
雨过了天晴了，太阳出来了

山谷里的溪流聚集起
选择了大胆宣泄的方式
以瀑布的形式跌下大山
去追赶自己的路程

2016年4月29日

走近黄昏

行走在苍茫的草原上
淅淅沥沥的雨，斜打在我的身上
入秋了，别样的情绪
心里，像婴儿的喉咙哭哑
说不出话来
有什么心事还在留恋

迷雾中，几座毡房的灯光
像眼睛沦陷在风雨中
遥望雨水的天空
在等待着雨过天晴的夜晚
像对我的一生发问
今夜不说长道短地计较
只是把心交给风雨评判
坦诚的伊犁河，入冬会否铸就成
一把冰冷的剑

走近黄昏，收起了飞翔的翅膀
那曾经的跋山涉水的梦
路途中总在寻找一首称心
如意的好诗，像听胎心音跳动
丘陵一样丰满的少女
胸部怀揣着兔子，诱惑我
大海潮涌的上下波动
留给眼睛享受的，无法以爱
去抚摸的温暖

怀念的岁月，那样的清秀
如今换成了秋风，跑不动了
一生无拘无束地追寻
黛玉已无力葬花，想躲进
谁的怀里歇脚，放下
情感

2016年4月27日

秋风秋雨

只是一阵风的工夫
山野里的花花草草，都争先
恐后地，姓了秋

改姓改嫁的那一刻，是因为
天太冷，还是一怒为红颜
在美丽的秋天甘愿去做
爱恨的俘虏，放弃美丽的
草原

到了秋的季节，万物交换了站位
小草不能倾诉，只是顺风
弯下腰去，一个劲地点头点头
一束花瓣的壮烈，撕碎红衣
裸露出岁月的残枝
淡淡的月光怀抱着山峦

谁念喊了一声，萧瑟寒冬
就被寒冬屠宰了一刀
远方那棵孤傲的青松裹住了体温
皑皑白雪披身，穿着婚纱
洁白得没有杂质，等待着雨水
评判的春天

2016年11月4日

第一篇 草原篇

傍晚的阳光

傍晚的阳光，倾泻着一层层的诗意
我收到了一份份情书
好久，都没有过的爱恋
淡淡的清香，在春雨
湿透的晚上

雨，落在了屋檐上
泥土接到的时候，已到黎明
自己的一生，怎么会那么
执着地追赶阳光

闲静的时候，我总想着美好
天山的峰顶不化的积雪
是我凝固的心
太阳的脚步走到了那里
就泪流面庞

北方的原野，杏花开满了山坡山岗
乌云突然间的疯狂，落下的雨水
给山花念着悼词

山花伸开两半的手掌

在雨天里求救阳光

2016年12月14日

半山坡的一棵苍松

苍松，落座在半山坡上像是迎客

天空飘逸着一朵洁白的云

牛羊享受着草原的午休时光

风凉后，要继续下一个

时辰的行程

苍松坚守到冬日，站在辽阔的草原

独自看山

云雾弥漫的山坡上

春风谦让着山花，月亮的圆缺

牵挂，等待丰收季节的

秋雨秋风

大山厚重的积雪

寒冷的浇铸，灵魂酸楚的尊严

送走牧羊人的马蹄声

面对苍天，一个男人的一份情感

第一篇 草原篇

53

苍松啊，在寂静的山坡
守候了一个冬雪飘飘
山水的灵魂

2016年5月7日

在乌云翻滚的天上

秋风，集合了一群天兵天将
午后，突然瓢泼起大雨
谁喊了一嗓子，闪电穿越天空
大地接到了通知
苍天，拧下了磅礴的大雨

白云依山而眠，积蓄多年的懒散
能够迅速地集合，出征
可见秋风萧瑟凛冽，原野的花草
刹那间变了形地讨好喘气
烂漫的山花丢失了
尊贵的花瓣
小草低下了头颅，任凭
风吹草低

我把眼睛放在了远方的路程
寻找曾在半山坡上的山花

她那美丽的梳妆

夜色里月亮落地牵挂着谁

小草，踮起脚尖

争先恐后地看大海，泛起的浪花

连到山边，述说曾在沙滩上

留下的脚印，和草原上

留下的马蹄

想起走过的遥远的征程

年轻时疯狂的，扭曲的一颗心

老了，已准备好了御寒的

冬衣

太阳的一生

清晨，太阳若刚出生的婴儿

在天山博格达峰蹬开襁褓

憋红的脸，吮吸着大山

洁白的乳房

在大山隆起的腹中分娩

天空被浸染成殷红的血色

母亲德高望重，大山

成就了母亲的形象

万道霞光

太阳，被黑褐色的山峰
临门一脚，像踢出去了的足球
天空中的云彩追着疯跑
太阳一天的旅程完成了我
一生的任务

中午的太阳，如田间的农夫
郑重地抛撒的一粒种子
劳累了一天，汗水洒落到土地
等待着收秋的希望

傍晚，太阳在天边挥动着草帽
做最后的告别，男人就要回家
农妇在锅底添一把柴火
把炉膛的火烧旺

太阳，走过山峦林间的时候
用了几根金色的焊条
焊接了我人生的阴晴圆缺
我把阳光的情感收藏

一枚红红的印章，盖在蓝天上
放飞了走向四季的通行证
白云，远远地测算着我与她的距离
太阳下山的时候

大山围坐成了城墙，在给谁送行
太阳在天空的赛场
月亮已备好银杯等待奖赏

小　草

选择去做一棵小草
默默地从泥土拱出，就绿染大山
没有力量，就手牵着手相互地依偎
汇聚成一片大海
没有树高，就拥抱着掀起
大海的浪涛
山野的风吹来，大树折断身子
小草只是恭谦地弯腰

远看是一棵小草，近看是
一棵参天大树，做苍松的样子
彰显大山的气概
在山野里成长，守候到冬天
一年又一年地，与质地
洁白的雪，一起
被人感动

春风十里的时候，心里住着纯净

小草，被山花看上了什么
感恩似的陪伴在身边

2015年5月25日

生命里的音符

站在山坡上，对着山谷大喊一声
传来了阵阵回音
由远及近
付出内心的真诚有了回报
一首歌落地，原来有情的声音
所有的山花，满山遍野的
都在倾听

秋风秋色里，来到喀拉峻草原
听松涛对歌，看山风抒情
同学们聚集到一起
再喝一碗老酒
老了，腿脚的骨骼缺少钙质
接收到草原的邀请
我从不欠债和情

碰杯的时候，想说出她的实情
如今再不说出，生活真的

会断断续续

冬雪来临之前，至少知道结账时

要付几个铜板才行

如果不是在那年冬天相遇

冬雪后的大考，戈壁滩上肆虐的沙尘

能否绕过沙丘，能否有

新生命的开始

时间不能逾期

如今尘埃落定，伴着夕阳

再一次地远行

2016年6月2日

一个人的夜

守着静悄悄的夜，月亮穿梭在

薄薄的云彩中，轻轻的步子

告诉我在追赶什么

一个人的失眠，让所有的星辰陪伴

一个人与月亮说些什么

我的故事，说着说着

也就老了

想着解开月亮的纽扣，又怕天亮了
遇到了太阳的眼神
风，挪开了脚步去了远方
夜里的寄托，那滋味……

嫦娥玉兔可爱，相隔万里
无法去拯救，为了献身于爱
夜里用受伤的方式自戕

守着空旷的天空
听到后院春暖花开的声音
星星闪烁着缤纷的思绪
一个人的夜盘点了
我的一生

2016年5月12日

我的蓝天

仰望蓝天，我的心随着一片白云
一次次地去向了远方
一次次地远离，一次次地净化
感恩的泪流了出来
我与天空距万里之遥
悠悠寸草心，却不嫌弃我

云在天空，也能覆盖我的身
把我宠在怀里　还派遣雨丝
给我做伴

浪花想跳出海面，春雨不断地
投入大海的怀抱
到了大海边，望不到雁南飞
大海边畅想
看雨水一个劲地落下
想把谁呼喊

广袤的山野，迎着早春的风
家乡的阳光，和煦的暖
树枝条上的每一片绿叶
在为谁，风中争吵
如果不曾相逢，也许是一首歌
唱着春天

风，耕耘着天上的土地

天空中游走的云彩，被大山厚重的
篱笆阻挡着
风，一遍又一遍地拉纤耕耘
春天来了

太阳种下的一粒种子
从云层的缝隙落到田间发芽
禾苗一株株地疯长

满山遍野的绿色，会流向何处
山坡上的羊群，像啤酒瓶盖子掀开
溢出了泡沫
夕阳下，远方僵卧的大山
像醉酒的汉子，牧羊人的小道
在草原上流浪

炊烟沿着山脉的方向
去与白云聊天
春天里的雨滴讲着秋天的希望
她的来信，像冬雪的棉被
一层层的温暖，收到春天的希望

2016年1月23日

雪　山

心底有一座洁白纯净的雪山
只要擦拭一根火柴
许多存放在心底的话语
遇到温暖，开始一寸寸地抽丝

解冻的春天，泪水被
释放了出来

年少时，去相约不知的未来
孤雁执着地飞翔，天空放牧着生命
我怕孤独会有兄妹
溺爱的酥油灯火，看守一个个
夜晚，盼望着未来

清水酿造了美酒
牧羊人的佳肴，一碗奶茶
泡软干裂的馕
男人最柔弱的泪泉，在冬雪之后
藏在大树的枝条下，遇见阳光
开始融化

2016年9月26日

大山的主人

在草原的半山坡看山
辽远中突然想问，谁才是大山的主人
冬雪还没有到来，牧羊人就
带走了临盆的羔羊
秋风里的游客举着破碎的酒杯

第一篇　草原篇

小鸟梳理完羽毛欠下挥霍的夏天
都下山去了

半山坡上，一棵苍松的站位
戎装戒备的绿色的铠甲
在辽阔的草原执守
风来时，十万里的嘶鸣
把所有的悲怆，集合在这片山野里

流动的云，想找个适当的机会
给我透底，秋雨砸向
松柏的枝叶
遇到美女的傲慢之态
谦让的山花低下了头颅，天空
害怕了什么，为什么提前落下
酸楚的雨夜

我现在证明，一棵苍松的内涵
小草自愿地跪拜，迎接一个
男人的季节

2016年5月7日

山野里的小花

山野里，盛开着的一朵朵鲜花
飘着遥远的芳香
秋风走过，飞雪落下
雪压殷红，冰雪中
透着她红唇的
欲望

洁白的松枝，递过一方雪白的手帕
阳光下滴下了露珠
芭蕾舞者键盘上走过的琴音
滑落了泪，我陪山花
等待到来的太阳

没有人注意到　山花被秋风
落叶脱衣，像邻家的女孩
裹不住体温，一寸寸地
结上了冰霜

回想着春天，草叶上浮动浪花
姐妹们在大海边戏水
沙滩上的脚印

漫山遍野地追寻着理想

风吹向山花的耳朵，小草

遮挡山花，羞得红脸

等在身旁

一群群的候鸟飞至那拉提机场

陌路人偶遇，想去诉说

或是凭吊，一个诗人情怀的

莽茫

2015年12月17日

与草原一起成长

我出生在草原，门前的那片山野

是我从小玩耍的地方

那半山半坡，开满了粉红色的花

小草翠绿色的着装，一滴露珠

深藏着往日的事情

后来我长大了，跌进了会议的时光

不知用怎样的表达方式

草原上，一条牧羊人小道

拽着我的心，向着家的

方向延伸

夏季里，落下的雨水藏在了落叶下
冬日里，纷纷扬扬的雪花压在松树枝上
从春夏到冬雪，听着山风
独自走在花卉里

熟悉草原，丢不去的思念
一棵苍松，风中伫立
溪水躺倒身体，渠边长出了小草
我们隔河相望
哈萨克牧羊人手中拽着
套马的缰绳

我为草原燃烧了一生的情

春天，开满山坡的花卉
怎么会在一夜之间
站在山坡上哭
湿透了花瓣，难道一生的情
就要落入春寒中
刚走进温暖的春天，就被丢弃
如冬雪飘在山野里

我的全部情，何时惹怒了早春的风

67

想冻结春天的歌声，玩弄
草原的生命
绿色已力竭心疲，渴望走出
草原阴霾的日子
草原上的鲜花，为了孕育秋收
却在早春被全部冬猎

山花，习惯了阳光下不断更换衣裳
大草原，精心打扮她的公主
自愿地牵着小草的手
漫步在山野里

为什么，许多人遇见风向的转换
都能紧急刹车，而山花不能
依然值守着自己的位置

一棵苍松

天山脚下，有一棵苍松伫立
像是走在远方的路上
人间留不住的高傲，一路与雨与风
清澈见底地交谈

天边的晚霞喝彩，暮归的马群嘶鸣

大山捧出了月亮的奖杯
鼓励他，一路追寻
渴望终点的夺冠

晚霞中，苍松伸展枝叶
风，伏下身子如小鸟飞翔
马儿奔驰，像在大海划桨
赶着洁白的羊群，那时的我们
那么的年轻

风雪中孤傲，把自己当作
草原之烛，点燃一生的炽热
一种信仰，与风与电与雷
与冬雪交织

在山野里长大，与草原
迷蒙成一片
提前把自己冻结在雪天
我不会说话，我知道
会否提前下课，但内心
还是一片洁白

2015年12月

我在草原眺望

不能总在大海上漂
草原，涌起海一样的浪花
我不能袖手旁观，我能为草原
做些什么，我在草原不会骑马
海浪会以大海的名义
把我吞噬

我想内心宁静，享受金色的黄昏
可一想到草原，孤独的
有时会有迷惘
这一切又源于什么
在苍茫的草原无意留步
不能自己跟自己较劲

宁愿做过了后悔，也不愿意
错过了后悔
这一刻，我延长了生命
一切都源于善心，纯净与坠落
美丽与污秽
蓝天下的风儿，听着
春天的声音

2015年12月25日

一棵苍老的老松

孤独
停泊与静思
皱纹已爬满苍松的躯干
枝条伸展着手臂，叶片探出
半个头来，欣赏着窗外
草原的景色

老了，苍松也许被拦腰斩断
一生傲世的姿态
剖开根的断面，一圈圈的年轮
还在指明着方向
从不为权贵弯腰屈辱心
一生都无华朴实

一棵苍松落座在天山中
窗外的白雪飘落了一天
一封封的信笺，落满了枝叶
我在欣赏一首赞美的诗

2015年12月31日

第
一
篇

草
原
篇

71

秋风低吟

秋叶，拽着树的枝条不愿离去
枯萎的身子在风中萧瑟
芦苇，追着风的方向
不愿低下头颅
万物依附着阳光，一首凄婉的歌
飘落在草原

同在一片蓝天下，小草没有绿染到
大山的峰顶，没有走完一年的旅程
不是肌肤没有了力量
手拉着手，可以在草原涌起波浪
把大海连接到天边

天空，舒卷着白云
大山的风口，堆起一堆堆雪
风走失了灵魂，要埋葬小草的踪迹
封锁所有河流的消息
急切切地，要撕扯那生命的
日历，白白净净的雪花
覆盖了好美的大山

山脉千岩万壑，流水清澈见底
万物生于有，死于无
季节安排的座次
回忆往事，碰到内心的柔软
会讲述如何放下一把剑

今夜就让大雪深埋了身体
在草原的天山脚下
寂静的黄昏后，连片的小草
手拉着手，冻僵在今晚

2015年12月17日

河谷的春天

以蓝天做鼓面，以闪电做鼓槌
雨水，积蓄了一冬的词汇
雷，大声地朗诵

小草拱出泥土，倾听着春天的打算
太阳，以主考官的身份巡游
等待着草原丰硕的果实
草丛里，飞出了快活的小鸟
去我向往的地方报信

第一篇 草原篇

73

路边的森林，排兵布阵

如刀锋横切过去

流向山下的清泉听令

带上亮剑上路，快枪手刀斩草落

寒流，经过天空时过滤

美丽的疆土不能雾霾

三山夹两盆的地貌

南有昆仑山比肩，阻断沙浪酷暑

北有阿尔泰山脉迎面顶风

惩戒狂风大雪

伊犁河谷的姐妹，享受大西洋的温暖

蓝蓝的天，白白的云

原野上，一缕缕的风推开了窗子

阳光，约定了春风的耕耘

驮回秋天丰收的季节

塞外江南，田野的路旁站满了白杨

一枝枝紧握着描绘蓝天的笔

画面真美，把我的心唤起

2015年12月

选择做一棵小草

去选择做一棵小草，从泥土里拱出

一棵棵的绿染天山，风吹过山野
涌起波涛，心动的涟漪
在我心大踏步地扩展
只有到秋草叶枯，才平息了
波澜

小草，在蓝天下被风一吹
就顺着风的方向弯腰
在泥土的空间寻找到自己的站位
不必在意风的流向
路途中，早晚会与秋色
谋面

在山野里成长，叶片上的露珠
留住了青春的梦想
因为爱，露珠滴落在草丛
大山有苍松的守卫，与对称的人论天
提炼出大山的钙质，洁白
剔透的雪山，只要遇到了温暖
就流淌出清泉，心底纯净的人
总是住着善良，善能触摸
就泪如涌泉

因为爱，我的身体谦恭时
也像一棵小草
我负重下的弯腰，请相信
是迎接春天的鞠躬

风里来雨里去，抖落身上的黄叶
被冬雪掩埋过的身体
盼望着春天

2015年5月25日

变成了雪人

天空飘下来的雨水，到田野
诉说与那个季节的成长
满山遍野的绿色，都是我的心愿
与他人平视的人生，当然
需要碎骨的勇气

阳台上摆放的几盆鲜花
洒下几滴露珠，触摸根的内心
打通血脉的通道，保护好
一颗心脏的故事

边疆人，总爱当男子汉
新疆的儿子娃娃
什么时候，都是高山上的青松
一身军绿色的铠甲
站姿笔直，哪怕是寒冷肆虐
骨子里有钙质

月夜寒鸣，又一个冬季来临
覆盖了山野的伤口
雪花，沿着回家的路途
一点点地飘落，不知不觉中
我也变成了一个雪人

2016年8月6日

秋　风

苍松，像撒开缰绳的野马
旷野之上，一支笔的惊魂
骏马奔驰在大山的风口
千年古寺的记忆提醒我
好久了，我都没有描绘过
秋的草原

拥抱秋色，成熟中飘来了温暖
秋风拂面，能感受到
风牵着小草的手，秋雨卸下思念
冬雪，一前一后的脚印
赶在秋日空旷的大道
已近年底，雪花倾诉着
不安

换季的时节，怎么去迎接挑战

金色的秋天，面对寒冷

干净的心，能原谅

自己的坦然

我的性子，全是风的性格

童年的记忆，那时我们都傻

为清洁天下

和森林，一次次争吵

2016年9月26日

云

年轻时，常醉在马背上

撒开了缰绳，牧马的蹄印

统收草原夏夜的领地

云与天，缠绵在一起

雪山融化，汇集成的河流

任小溪欢畅地奔腾

撑伞的日子，没人告诉我

雨滴的归期

沼泽或者深渊的草地，上空出现的

一道彩虹

无数的仰望者锁定镜头

少年上路行侠天下，仰望天空

都是美好的一切

现在看到了，云层是江河的化身

天热时，借风的力量上天

生命的跋涉，杜甫还乡

留下一粒种子

秋风春雨的分水岭

半生的风雨，大海边的寻找

秋风落叶，秋的文字涨潮

前半生的诗篇

一个人的驿站，收官处冬雪飘舞

净了天地

2018年10月2日

夏　花

绚烂美丽的夏花，绽放得

如一把高擎的火炬

不愿成熟太早

做了果实，被一人摘去

总是站在山坡上
离我们远点

候鸟嘴中丢下的一粒种子
从土地里吐出了绿芽
童年的一首歌词写出了
那时的不安

染色的秋天，只为收藏
追寻过的脚印，过客匆匆
记得也就还好，一朵夏花燃烧了
一个夏日的美丽
冬雪来临，失去了她的
风姿绰约

我的心像天山的白雪

我的心像天山的白雪，太纯太静
遇到阳光就会融化
我的感情像草原的小草
感受到风就会狂舞，奉献出
一身的青春
我的性格太像大海的波涛
容易激动

看到沙滩焦渴，就一次次地
奔向岸边碎骨

如今树叶到秋，许多的事情
带着一丝丝的孤独，小溪流过草原
曾经奔跑出大山的壮志
消失在土地里

小草念情地歌唱，花开一片香
在夏日的大山里点头谢恩
草原，把丰硕的籽粒
送给厚重的泥土，等待
怀孕的春天吐绿

天空的白云遇到风吹
又开始雨打草叶

2020年11月

一片白云落到山谷

压抑了很久很久，把秘密讲述给人间
雨水，飘落了一整天
从昨夜开始，湿透了我的心
不再想承担厚重，白云一点点地

飘落到半山坡

在阴云的天空下，到风耕耘的
田野，一粒种子期盼着秋天
在这里繁衍子孙，风吹倒一片麦浪
护卫田野的士兵
一行行白杨，失去青春后
和冬雪做伴，裸露的身体
从不弯下腰

风，你可以从这里走过
你从山的那边过来
你没有根，到处流窜
山野里的野草，可以点燃雄性的火焰
留下脚印证明太阳的燃烧

我的童年，一群有志向的小鸟
喜欢在林间鸣叫
从一个初心的地方开始
集合起黎明的心，从家乡的地方
飞出山坳

清晨太阳升起，用力踮高了脚跟
一棵棵白杨的手臂
落满了昨晚歇息的小鸟
雨过了，天亮了

河谷的天，殷红色的火焰
在燃烧

2016年1月23日

第一场雪

今冬的第一场雪，瞬间填满了山野
我的心，随着漫天飞舞
内心开始富足起来
从青春年少到暮年的雪花
飘来了深情

我的诗作
最激情的一首写风雪夜的
穿越不老的超度
欲望感恩

看不清大山蒙雪后的表情
但我知道久待的窗口
风雪已覆盖了窗棂，谁站在了窗前
一棵白杨的枝杈上落满了
秘密的恩情

攀缘过山石嶙峋的北坡

心却想寄养送给南坡的阳光

春日里，一缕炊烟的温暖

从毡房顶去了山的那边

一碗飘香的奶茶等待着月出

夏日里，牧归的傍晚

晚霞伴着尘土飞扬

一张剪影，回家的牛羊

从山坡上滚下丰收的诗

牧羊人，甩着羊鞭

愉快的心情

不愿意说出曾经的努力

秋风纠缠的日夜

罚站在秋雨的天空下，心中翻滚着乌云

那一夜，未能睡眠

我的初心和使命

被天地间改造成一片湿漉漉的悲喜

不与后人交谈留在大山里的脚印

满怀希望的田野

不知秋风秋雨绵绵的不绝

雨水落在田野完成

忙碌的一生

冬雪来临了，山野里白茫茫的一片

小草的翠绿，被大雪覆盖

山花的爱恋丢失在风里

雨水，汇集成的小溪流水

壮大了的队伍，上路的行程
都在冬天结冰，待到春天
山谷怀孕的季节，花香鸟语
我在那里散步徜徉
早晨好静

2016年8月16日

我的心遇到了秋天

我的心遇到了秋天，叶片不愿意
留在高处喧哗
小溪，流过森林的脚下
静悄悄地绕过树根
落叶下的许多事情
夏日的山花的秘密，尝到了秋的味道

村子里出去务工的孩子，把脚印
丢失在了村前的田埂上，穿梭在
外出的四季里
牧羊人的春夏一辈子
守望着大山
我不求什么了，只想为家乡
使出最后的一点力气
而你来到这里，似乎在自驾游

第一篇 草原篇

山野里花开，至今还留有一片香气
仰望星空
苍老的松树点头谢恩
在静静的大山里
回忆歌唱

2020年11月

冬雪辞

雪花，飘落了一个夜晚
大地白茫茫的静
走完了一天的路程，在夜空的山野
静静地睡了
皎洁的月光留下了梦

雪花，停留下脚步
我终于看到，一粒雪
完成的最后夙愿，洁白如玉的
躯体，藏匿到了山坳
风绕道走过，承认了这场
爱恋的多情

雪花过后，把春天悄悄地唤醒

来到了春的季节，起身时

看见窗外，最先发芽的柳树

一个女人扭动的腰肢

佯装羞涩的弯腰

她成熟的气息裸露春的温暖

小草聚集成一片片的

欣赏雨水落在草叶上，敢于大胆地求爱

山花，绣上了

春色蝴蝶的项链，这是所有的恋人

都祈盼的真情

松树枝下悬挂的一根冰柱

让寒风摔碎了骨头

宽恕伤痛吧，哪能全怪风呢

在秋风中失恋，落下花瓣的时候

自己就裹紧了衣裳

体内存温，去哈萨克牧民的草原

找出一个理由，在冬窝子里

与牧羊人以酒交换诗情

2016年1月16日

山　花

我确实见你笑了，经过了寒冬

你笑得更美丽了
瑞雪滋润，保持得这么美
站在那里，像一个人
无法拒绝，爱恋者的
温情

洁白的花瓣，像丢失的那个女孩
回眸的瞬间，一种爱不可以
到处渲染，绵绵细雨的浇灌
把我送进甜蜜的梦

在北国的山野
我们都相信了太多的美丽
总想守候着草原就会有
林间的呼应

选择，不离不弃爱恋不羁
与风雨交流，表达
阳光的芬芳
总在这个时候嫩绿的小草
也着装得干干净净

欲说还休的心情，拿什么爱奉献
风雪弥漫时，落座到泥土
也不静坐窗前，根
沦陷于花瓶

湛蓝的天空下，摄影师捧起
山花红润的脸庞，山花
抿了抿嘴唇，笑得
那么美丽恬静

2015年10月26日

初春的草原

初春的草原，刚开着一片山花
昨夜一场风寒，一盏盏灯笼卸架
红红火火的事业，毁在
大山的途中

小草的叶片在春寒中卷起
似霜打的伤痛，山坳裹走了阳光
毡房的风帆还在守望

山花低下了头颅，大草原
失去了花香
草原的牧道旁，那个捆绑牧人
心房的拴马桩，拴着羊群
静静地撑开一把伞
在春日里欣赏秋景，尝到了
秋的味道

这天夜里，我感受到了春天的飘零
一颗星滑向了山的那边
一只小鸟，落在了一棵苍松的树梢上
独自地伫立，等待着大山里
花开的阳光

大山的南北两坡

苍穹之下，太阳把一座大山
分割成南北两坡
从此，万物分属在不同的季节
分享着不一样的爱
南坡的春天早已来临，北坡的小草
还深埋在冬雪之下，白雪覆盖着顽强
小草默默地蛰伏在
冬季的时光

无法替代的战士与山风搏击刀剑
没有一人掉队，一颗心啊
站立成北坡上的一棵棵青松
守着落日的空旷
天山积雪融化讲出心里的话
小溪欢快地流淌着

树荫下埋葬的一棵棵小草
做着勇士的梦想

南坡上，百花盛开的地方
山林间的小路，矮小朴素的小草
还有山坡下隐约的村庄
那些小眼睛的动物啃啮着季节
满载青春的风再次坦白
那时的我，一个人骑着马儿玩耍
那个爱我的姑娘，已经把她
写在了日记，心跳的感觉
想留守到秋再打开
书页中的芳香

心还是想，选择喜爱的南坡
可我的中年
为什么却总落座在北坡，渴望
遇见一个温暖的人
拥有一双眼睛，找到深藏在
冰冷背后的故事
南北两坡交映相遇，好大的一片草原
雪山融水
流淌着无数的小溪，汇集成
一条河流，在大山里奔走
在哪个山谷，我要去那儿
散步徜徉

第一篇　草原篇

2016年1月23日

第二篇 大海篇

清晨，来到了大海边

清晨，来到了大海边
静静地，一个人
捕捉海面上涌起的云团
缓缓地，伸出去手掌
无法阻止的相遇
一片片的莲花到家了

在北方飘雪的季节
来到了三亚
大海边，追寻失落的梦
胸中承载的那一座山
放下了，都放下了
在大海边看海，雪飘千里
融化了恩情

一路的思念，穿过长长的天际
先去海口，再到三亚
看夕阳吻着大海的唇
再坚韧的男人也会有一颗柔软的心
一份记忆，木棉花依上树枝
悄悄地燃烧在心里

大海边散步，海浪收藏了脚印
我用真诚写下的诗行
大海倾诉，一场雪而已
沙滩，是在倾听
还是发问

2015年11月29日

在海边看雨

在海边，在沙滩的凉棚下
忽然看到天空的远方
飘过来的云，下垂到海面
黑色的云，像一个人倒打着一把伞
渔民告诉我，那下雨了
雨水就要飘来，沙滩上的人们
赶紧收拾起行装

我从北方来
大海的雨水还从来没有感受
让雨水冲刷掉身上的泥土
然后让海浪卷走
一人等雨，等在家乡的田野
背起背篓去收秋阳

第二篇　大海篇

来到大海边，已经脱去西装
让雨水淋漓湿透
每天想书写一行诗
但怎么写还是找不到出口
在北方，高山水流
已被冻结成冰霜

等了一个上午
雨，淅淅沥沥地走过几滴
怎知道今晨却大雨瓢泼
雨地里奔跑，脚印落到水中
怎知从北方带来的
雨伞太小

在雨天里看雨，把诗一条条捞起
放进鱼缸里游，多少可以
把忧愁释放

2015年11月21日

我在大海边祭祀

我没有能力去阻拦一场大雪
明晨，就早早地起身

去往大雪纷飞的山谷
在大雪飘落之前，在湛蓝的天空下
去与母亲相会
隔着大山的距离，我的思念
拼命地奔跑

都是我不好，把母亲丢在了大山
秋的谷粒，收回到家中
根，却留在了田野
风哭得凄惨
母亲的挂念留在庄稼地里
寻找我的脚印，我听到
母亲的呼唤

那年的秋日，秋的刀子剪断了
我和大山的脐带
伊犁河谷的风，差点
吹落飞翔的风筝
追随太阳遨游，母亲的绳线
牵挂着长长的绳索
可我后来却用了多少光阴
去与母亲共度良宵

去在母亲的坟上，荒野里的小径
满山飘逸着思念
天空中，一片树叶飞来
我和母亲，正相互看见

飘下的雪花，为什么能融化成雨水
那时我们不怎么懂
情思的缠绕

母亲希望她的孩子
胸怀
像海一样浩瀚，海风围绕着的地方
像浪花，欢快地奔向沙滩
我是浪花，在大海边叩拜祭奠
思念，天高月皓

2016年1月23日

到海南，就好了

到海南就好了，诗不会愤怒了
这几天，一直在悬崖上
几个夜晚没有睡好

海南的诗，一定柔柔的
冰雪天，还一团火焰
花开在树梢头
海风，一个劲地吹
树下，刚下了飞机的我发呆

我从北方来，从漫天的大雪
裹挟着寒冷，我用情
抵挡寒冷的地方来
向谁去抱怨，突然零下
白桦林旁积雪堵塞，堵着堵着
就堵成了一道墙

这个冬天，去海南
就是到大海边，看千里
冰封的融化
沿着海岸，听大海与沙滩的交谈
迎接海浪欢愉的早晨

2015年11月4日

浪　花

浪花，以毁灭的姿态
拍打上礁石，先前所有的努力
都摔成了碎片，一次次地冲击
一次次的伤痕

血肉之躯的赴约
在高远的天空下，给谁去代言
找不到合适的地点

第二篇　大海篇

就在沙滩上碎骨

我已到老年，在过去的事上
不忘有风的日子总会有雨
最快乐的，曾经的努力
浇灌了满山的花朵

2015年11月21日

这个冬天，去海南

这个冬天去海南，从早到晚一件事
守着大海，像张贴寻人启事
让太阳，每天爬上
我的心

这个冬天，在北方只有两天
一天是雪，一天是冰
我的身，早已烙印
伤痕

在海边，看浪花一朵朵地奔跑
潮涨潮落的呼吸权当没有我
我也是想到大海边
让自己变成海浪，一路

狂奔

海浪，像在古战场布阵
纵横成队，横刀切来
一阵厮杀后，又从刀锋上跌落
海如此，我还有什么
言论

海岸边，花开在树梢头
如高挂的灯笼，窈窕的淑女
风和天都在痴情，海放下了剑
我还有什么
浊念的心

想起北方，赤条条的树枝
已挂满霜花，一队队
敢死的健儿迎风傲立
像我年轻时的风貌

老了，脱下铠甲的伤痕
养育我的北方，
那时，我们安坐在火炉旁
洁白无瑕的静

北方冬雪天，要天天防着降温
裹紧的衣裳

不敢脱下，即使脱下了，
又值几个钱

2015年11月

与花絮语

不知道，是山在等你
还是，水在等你
为何去海边的路上
遇见了你

花开树梢枝头，风吹开花朵
百般缠绵
是佛，还是燃烧的一段情
我心与你相偎相依

把心，分成两颗
一颗装着佛，一颗装着你
我都放不下，情苦情痴
思浓思累

树枝上花儿娇羞着举步
粉妆顾盼
阳光细碎了一脸

我的心接受一粒种子
揉碎到血液里发芽
不空循风尘之意

不安的源正是我纯正的心
追求心灵之上的美
只待春风的
归期

2015年11月29日

又一次去了大海边

又一次去了大海边
总想把自己淘尽
今天海浪很高，似乎
在替我怒吼
涛声一遍遍地搜寻
我的心海一样
愤青

说不清，为了什么
来到大海边，就水天一色
波光粼粼的长卷
怎么写，诉不完衷肠

赤子之心不图回报
愿在爱的门前
跌倒

来大海边，想起冬雪的北方
那片苍茫的土地
命运的潮水结冰，一叶小舟
在碧波上冻僵
不能远行

来到大海边，无人说与的自然
没有俗事缠身，我用了一生等候
感受海天的一色
我爱大海的悲喜无忧
那勇往直前的浪花，永不褪色的
图腾

我与大海有些什么
一个人的空旷，潮汐潮落的
不需要拥挤，享受
一个人的静

大海边，所想

在大海边漫步，海浪扑面
像是为我推开了一扇大门
犹如我的编排，浪花在海里疯长
扭动的腰身像一个孤旅的人
一封封信笺从远方送来
脚步压在海面上，心底的热情
把浪花的日子追忆起来
像晨练中遇到的那个健走的美人
遇到她的时候，一封封书信
开始朗读

去千里之外，聆听一场音乐会
一群群年轻人在海边赶浪
明天还要赶去上班，赶在
回家的路途

疯跑着的姑娘，与飘舞的丝巾
介于大人与小孩之间
怀里跳跃着欢乐的小兔子
一种诱惑，我佯装只看见了
放飞的风筝

不想回去了，管他年底有些什么
别再等我，钱够花了就行
脸能看就美
不必在这个季节
把天气预警

在海边，风与我
都是从遥远的地方赶来
浪花开得一朵朵的
这么洁白，我不孤独

2015年11月22日

告别三亚

不知怎么，一来到三亚我就醉氧
一个冬，海浪拍打着我的心
那些被爱意惹来的旧梦
愉快的不愉快的，都被
大海卷起

今天中午，梦见大海醉意几分
还要带我去大海边
就要离开三亚了，清晨出门

海岛的风依依
站在树下看花枝点头
海鸟婉转的歌声，还是那一只吗
是在冬雪林中找了很久的
那一只

来到海岛，早已忘却工作的北方
那么多红绿灯的纠结
回去了，面对大海再一次说声再见
头也没回，浪哭喊着追来
远方的渔船追来，风追来了
但我要回去

大海边守望，阳光总是晚归
等忙完这秋，再来海边
迎娶一种生活的
幸福日子

2015年11月28日

去海南安家

退休了，去海南安家
放下行装就去海边，追寻
自然的风

一片天宇下，海风敲打着岸边
海浪向我扑来
风说去吧，我已给她松绑
海风如此的体贴，海浪
送过来清香，亲吻我
受伤的心

我从北方来，从北方翻卷着
寒冷的草原来，一路跋涉
千里的遥望
传说这里的姐妹能催眠我的心
她们等我，我还有什么
都这样了，才开始相恋
爱心

来到海南，家和伊犁都在草原
淅淅沥沥的小雨，爱我育我
家乡的纯真
在海边散步，想扶起跌倒的浪花
用我的余生，去丈量世界的心

2015年11月5日

大海起得很早

大海的早晨，海浪起得很早
海鸥，扇动着翅膀
在海面上飞
浪花有些气喘　收住了脚步
探出半个头向岸边张望

一片白云下，海浪急切切地
向我跑来
是迎接我回家吗
我站得很远，风把话语送来
与海浪聊天

想起去年在北方的原野，火车上
一片片玉米地的凝望
多么熟悉的田野连接到家乡
宽大的玉米叶片涌起
一波波的海浪
小时候，背起背篓收秋

那年，一起乘坐火车的老张
买了两瓶老酒非要触摸隔壁车厢

那两个女孩，呛了一肚子海水
结果，他醉卧沙场

我有情，在春的田野撒野
人走天涯，花开他乡
把自己交给大海
哪怕交给一个施虐狂

浪花扑向了沙滩，脚印留下痕迹
去浪里勘测，醉有几分
浪花朵朵的幸福
我羡慕嫉妒这美好的时光

2015年11月28日

我从大海边走过

我从大海边走过，看大海的浪花
追逐着海浪，一条条的美人鱼
吻上我的脚，沿着海岸线奔跑
脚印丢下了我

殷红色的晚霞挂在了天边
仿佛一瞬间，身边变得一片荒芜
我好向往的静美，可以凝聚

力量的地方

不要电话喊我，不要听你报告
不要烦扰，来到这里
哪一件事都是闲事
明晨，我要迎接大海的晨早

累了，就在沙滩的凉棚下
写下诗行
直到远方的渔船点亮
一盏灯火
一段远远的路程，留给
港口的期盼

大海边伫立，想到从前的姐妹
还在身旁
我心中的一片净土
简简单单的生活
不学谷物弯腰，不在冰雪路上
不再裹紧衣服，大海这般美好
不如早辞了工作，在海边
做什么不好

大海，把心掏得干干净净
海浪起伏荡漾，有许多的话语
夜里，牵挂起妹妹的芳踪

2015年11月22日

第二篇　大海篇

赶　路

浪花，一波波地赶路
勇往直前地追赶，像接力起
一座桥梁，远去的太阳
在桥的那头守望

浪花，不愿意低下头颅
是想告诉我在水底的秘密
海面上游走着欢笑
热爱着一种方向

风，吹动一盏酥油灯火
海面上，一幅草书波纹闪烁
金灿灿的世界，海风哭了
信仰有爱
不能只让大山收藏夕阳

浪花，一双脚的努力
风雨兼程地赶路
把一粒粒沙推向海岸
脚步开始卸妆

浪花，在海面上书写一行小诗

脱离囚禁般的生活
自由自在的多好
请原谅，我内心一直
把寒冷收藏

2015年12月24日

沉默的大海

晚风依附在海面上吹拂
浪花，跑来跑去的
竖起耳朵，要打探什么
海面托着夕阳，慢腾腾地
回归故里

浪花，还认得我吗
风把苦涩的咸味吹拂到
我的脸颊，每天在海边的沙滩
寻找着许久的故事

不怕风的吹拂，我已经苍老
只觉浪花像她灼亮的明眸
我藏着的满满心跳，在海边
疼爱一个女人
把历经的情感装订成书卷

第二篇　大海篇

留给谁来阅读

大海，宇宙丢弃的一片绿叶
远方的大山雕塑着纵横的经络
风吹动的叶片，敏感末梢泛起浪花
牧民的长鞭一甩，驱赶的牛羊
不愿意的归期

还有什么不能放下，浪花
跌倒了爬起
一次次地爬起，像家乡棉田里
风中疯跑的棉絮

2015年12月25日

从大海的故乡而来

在蔚蓝色的天空下，一朵白云
从大海的故乡而来
奔走的途中，好想抛开风的追求
无须给出评估，最大的缺点
怕戳到内心的柔软
一点点的温暖，纯净如雪的心底
就会落下眼泪
储存许多的话语开始泼墨

清瘦的雨丝去到田野
一声声蝉鸣，跌跌撞撞地
在草丛旁哭泣

在浩瀚的大海，一朵浪花
心儿有点陶醉
阳光下，千里迢迢地赶路
一生还有许多事情要办
奔放的性情始终像一只飞鸟
知道去哪，飞向岸边的
椰林，与天空对峙
触及底线，呐喊着
摔碎在沙滩，带着深情厚谊

在茂密的森林里，一片落叶
攀爬在树枝享受春风中的追爱
林间大胆的呻吟
从绿色的堤坝泻落，压麻的手臂
没有挽留住浪漫，在田野的一棵树下
安静地歇息

在广袤的草原，一棵小草
成长中没有什么障碍
难的是要照看好一朵朵山花
心中豢养十万头小鹿
不怕他人闲话，俯下身子
向绿满的山坡奔去

在繁杂的人群，我已是老年
放弃了梦的缠绵
晚风凉的时候，心底想试约一位红颜
夕阳里，释放囚苑
给自己赎身，追在夕阳的歌声里

2016年1月16日

太阳，去了大海边

太阳，携着火种去到大海边燃烧
万物瞬间就掩埋在了
沉寂的山坳
天空的雨水选择不同的落点
水面上张着十万张小嘴
正好亲吻到脸庞，我赤脚
急匆匆地奔跑

所有的雨水都认得我
下午五点钟的时候，尘埃落定
路途的遥远，只在傍晚
雨水才落到草原

玫瑰花香，像邻居家的

小妹出走
月光下，渔民赶赴在夜的渔场
渔船的灯火像太阳，穿梭
晚秋的田野
家乡的一颗星星怎么知道
留守儿童需要加衣
辽阔的草原每逢此时就会降雪
浪花朵朵，怎么能在
行程中抛锚

2016年1月24日

秋风吹落了山花

秋风吹落了山花，飘落的瞬间
与我相对，那一刻
太阳丈量完北方全部的寒冷
就要去海边尽兴
我也要随他到海边寻找
温暖的家
看一波波的浪花扑向沙滩
沙滩上晨练，累了就躺在椰树下
换个话题叙述的简单

被秋风吹落之后

117

一些想不开的去大海边解忧
大海澎湃的牵肠
无须记忆的浪花开败了之后
又一朵浪花，还是开成从前的样子
海风吹着的一个下午
时间的进程静得纹丝不动
让人留恋

像天空飘落的雪花，落地时
纷纷地拥挤
山野，空无一人
落下雪花的地方，小草会很快地
纷纷发芽
雪山站立，那些从前的事情
一个人的心在蹲着
现在做一只飞鸟，以陌生者的
身份闯入
风不认识我，天不
惊异我的爱恋

天空一朵朵的白云
看见春天的草原，山坡上
挂起了红灯笼，小草频频地招手
步履匆匆的春风
这样的夜晚，月亮去到
一截树桩旁睡安

2016年9月23日

大海的刀刃

海水冲向了沙滩，海面的波纹
一波又一波地在沙滩上
一圈一圈地旋转像砂轮的叶片
海水退下去的时候，旋转的砂轮
停止了转动
海面的波纹把死鱼烂虾
推上了岸
把海沙磨砺得细碎

大海的刀刃留下打磨的痕迹
对我留情，知道我有
离别之伤
浪花跳跃在远方，劝我别在
大海边发呆　然后一步步地退向
大海深处　无处还乡啊
醉汉踉跄在街头，吐着舌头
陪我一起　醉酒在
这个冬天

我欣赏大海，如此不知疲倦地
一次次地奔向岸边

收藏了我的脚印

要带我回家吗，大海呀

这个冬天我来了，想留下来

陪你一起过年

2020年冬

礁　石

在大海的怀抱里，喝饱了

浪花的乳汁，厚重的礁石

站在海水里阻挡着海浪的前行

多少年了，海浪想覆盖

一段秘密，怀揣着

爱恋的情伤

来到大海的岸边，想到泼水节

似的爱恋，一朵朵的洁白

大海不懂我的感受

还欣喜若狂

任凭浪花噬咬，身上像

镀金似的，礁石裸露着肉体

爱恋的灵魂，奔跑到岸边

闪烁着阳光

守护甜心的爱，沧海笑得
多么爽朗

风的脊梁骨

风，把脊梁骨留在了沙滩上
沙滩上，波纹一层层地叠加
连接着海浪的力量
胡杨林，在远方沙漠中默立
骨骼变得无比坚硬

风把脊梁骨留在了山坡的
梯田处，绿色的禾苗
被飘落的风
纠缠着

留在大海上，大海的浪涛
负载远洋巨轮，急匆匆地赶路
柔弱的彩云追月，破浪中
前行

我把脚印
滞留在大海边，像蚯蚓在泥土里穿梭

121

长长的海岸线上布满了
我思索的伤痕

大海边的思念

静静地，一个人坐在沙滩上
享受着海浪的涛声
想给大海说点心事，一遍
又一遍的，说不出的
乡愁泛滥

在大海边，放空所有的寄托
看海面催发的一朵朵花开
浪花踮着脚尖，高举着头颅
向我欢乐地跑来
遥远的路程，途中还会遇到
一块礁石
那是巫婆脸上的一颗黑痣
大海的心是纯净的

浪花踏海寻梅，靠岸后倾诉
在沙滩上破碎了身体
万物都有自己的尊严
这么晚了，一只小鸟还在海边拾取着爱

黄昏的海面，点点波光
渔夫驾舟千里迢迢地去寻找
丰收的晚宴

夜晚，我看到了月亮姐姐
圆润润的脸庞
是去向东海，还是南山海岸
海岸很长
如今，我已经到了老年

那个勒住马蹄的女生，我向至今
还未出嫁的她
我的女生谢罪，难怪海浪
夜夜拍岸，我承认
大海的思念

2016年1月25日

在海边翻阅一部古书

沿着海岸线漫步，浪花拍打着沙滩
像一遍遍地温习着功课
静静的岸边，留下了
踏海人的脚印
在蔚蓝色的天空下，听大海的浪花

朗读着一部古书，潮涨潮落的
声音

辽阔深邃的大海，一部史前的
哲学书稿藏有力量
寻找一朵朵浪花的脚印
纠结的心被海水打乱
心中的文字，再次被海水
浸透了深情

在浩瀚的大海边求索
呛了一肚子苦咸色的水
海浪扑向沙滩
摔碎了，跌下去的身子
爬起来再一次地前行，浪花
在眼前摆渡心的窗棂
一波波的，翻开雪白的书页
记载下岸边的伤痕

笑盈盈的一群姑娘，沙滩上疯跑
仿佛走在远古的路途，女人们
采摘下了果实，分辨不清方向
男子汉独坐树下
确定下次狩猎的方向想一人静静
这也许是哲学
起源的根

来到大海边，享受一种自由
步履追着浪花摆渡
告诉我，浪花的力量
在始终地探寻

2015年11月28日

感受大海的辽阔

只有来到大海边才能感受到辽阔
心，被大海的波涛
带到了远方的大海呀
高远的天空下，面对大海的波涛
我许下了愿

借助大海的力量，把身体里的情
释放了出来，心里的事
密密麻麻地抽丝
大海的浪涛扑向岸边
卷起千堆雪
感谢水何澹澹的曹操
一种历史性贡献的力量

翻山越岭去了草原
不再介意谁动了我的奶酪

不介意丢失的那朵山花

大海统揽在怀里，枯萎多年的种子

心田里发芽，大海干净的

听莎拉布莱曼空灵的天籁之音

家乡被海水浣洗出的记忆

迎春花儿开

大海的浪花越猛烈，怎么

我越安静越想飞翔

我与北风互不相让

浩荡的寒冷和凌厉的训斥

只在咫尺，月光轻轻擦洗

敞开的心扉，还是在

秋日，被一片枫叶

点燃希望

在大海边久立，海风吹拂我的发梢

像草原少年时的我

纷飞的大雪下，一棵苍松的站位

吹向大海的不是风

是我身体里早就种植下的信念

感谢每一个有缘人

陪我一生短暂地旅行

去到了远方

2018年10月12日

我与大海有些什么

我与大海有些什么，站在海边
大海，一遍遍地问候
一个人的享受
一簇簇的浪花总想要
给我相亲

我从北方来，冬雪耗尽的北方来
我体内储存的热量
在大海与沙滩的交界处
留存下脚印

一行脚印，留下北方男子汉的抗争
浪花扑岸又缓缓退去，沙滩上
姑娘们疯跑着嬉戏
摆渡起胸前跳跃的力量
年轻人追逐着欢乐
我享受着欣赏的
一种幸福

第二篇 大海篇

127

大　海

我从来没有见过大海，放弃了所有的奢望
我终于来到了大海边，这么
辽阔美丽的地方，我与大海
想长年相伴

无法言说的生命力，海浪声压倒沉寂
北方高原那片苍茫的土地
呼吸像一个强盗
风猛烈的时候，翻卷着
裸露的伤口，听到有人呼喊
大海潮涨潮落的汹涌
我心全部释然

大海边，别一样的心情
风中舞动的一片树叶
牵动着我的目光
叶脉灌注
攒够了一千年的雨水
遇见大海的时候，荡漾着春心
恋人就等在身边
大海边找不到往日的孤独

在海边无憾地度过一生
上苍欠我一个交代

每一空白的诗篇
所有的文字说出的
岁月都有伤痛
一个人的空旷与温暖
心，在和远方相连

2015年11月26日

大海携卷着浪花已经远去

大海携卷着浪花已经远去
在它退却的地方，丢下了
一颗颗的沙粒
原来，那是一份两地的情思
我不能挽留念想

大海回家的时候，我已乘坐飞机
飞在万里蓝天上
我的心，像沙粒一样随风
疯涨着对大海的思念
记得告别的时候，对大海讲过
期待着下一个雪飘

再来海边的家乡

大漠中的一棵胡杨
在凝固的沙海中流浪
夕阳，爬在大山的肩膀
天边绯红的晚霞漫过大堤
山口守着的风是否会揭去新娘
遮面的纱帐

不会用心揣摩蓝天白云，期待着
山花盛开沐浴阳光
诚挚可以感动
心灵深处和善的殿堂
确信善之有魂，泪的咸水
提炼成大海，能听懂
生活的诗章

思来忧去，一首诗的长度
奔跑到海边追寻，就像少年时一样
无拘无束地歌唱

2016年4月27日

在大海边，等我

大海，像一片风中抖动的树叶
海浪，滚动着一滴晶莹的露珠
一颗无处安放的心
在海面上奔走

内心深处藏有的一个孤儿
在风吹雨打的海面上追梦
戏水的路人，追寻到
天涯海角

浪花惊慌的，像一头小鹿
追上了我的脚步
浪花吻上我的脚
是海走，还是
我走
我走，浪花又追上了我
我停，浪花又退了下去
海浪与我嬉闹

在海边，一个冬闲了下来
不在上班的路上

不在单位拥挤的空间

不再早起，撩开睡了一夜的天幕

有这样一位美人，花开树梢

隔着看不见的叶片顾盼

欲与私语，红红的唇

灼亮的明眸

像是等在家乡的山坳

猝然相遇，实在不好意思

北方寒冷，一行脚印

收藏了储备好的

粮食与秋

2015年11月29日

来到大海边

来到大海边，心就安静下来

是海浪凝聚的力量

还是感到自己的渺小

我羞涩了许久

来到大海边，天蓝浸染的静

我所历经的，都与大海相连起来

忧愁或者甜蜜

浪花，全部向我跑来
然后，扑向了沙滩
摔碎了自己

来到大海边，心不那么痛了
浪花掏心掏肺地叫我
好久没有诉说衷肠
今生不曾和大海相连
如何感受到大海辽阔的无比
可以治疗心理

来到大海边，想到生活的北方
那里的土地已经沉默
海一样的潮汐已经冻结种子
老迈的我历经了焦黑
开裂的伤口，一朵朵浪花跑过来
一个个填埋

在大海边，止住了脚步
浪花滑翔着冬雪
怎么，水面上长出了翅膀
没人看见我，怎么会有
从前的心
伸出去的手臂，多想去抱抱
逝去的爱意

2015年11月19日

第二篇　大海篇

第三篇

故乡篇

兵 团

我是兵团的后代
见证了这片土地的
风雨沧桑
如今，我也老了
跟着兵团的样子成长起来
我骨子里还有钙吗
绿荫下的清泉，是否还在
默默地流淌

久在我心里的，连队田边的
那一行行的白杨
少年时的骄傲，背着书包
树荫下结伴而行
可如今，少年时的伙伴去向了何方
傲骨风霜的父母
已哑在了人间
我随着孩子，去了内地安家
总在这个时候，想去看看
生命里的本色
安坐在大西北高原的
一棵棵白杨

老诗歌里面有他，冰雪地上躺着
那时，我刚上初中
清晨，去河坝挑水的路上
他，一个老农垦战士死了
死了，才想起
他没有相伴的妻子
无儿无女
横刀夺爱的，昨晚去
马厩填料
一张单程票飘落在恬静的港湾
他是支边青年，原来的他
是海军战士，转业到了
新疆

海潮，从大西北高原退去
航船沉淀在高山之巅
他躺下了
身后的那条小路化雨挂霜
牵挂着东海之滨
老家的地方

一个人静静地，原野上
白茫茫的雪，空荡荡的远方
脱了叶的白杨
排成了行
致敬

像五月的暖阳

那天，兵团战士蜿蜒在路途
天空中秋风送着孤雁
人们军绿色的衣衫渲染成
一条结冰的河流
信仰的力量慢慢前行
那年，团场的冬天寒风萧瑟
落叶飘霜

在兵团有多少这样的战士
西去列车的窗口
夜雨敲窗

诗写到这里，想起那年的冬天
给父亲的悼念
风宁静在蓝天，白杨
默默地守望
我心中一直想给
父亲的歌唱

白杨，没有苍老
苍老的是我父亲
如今，他仍然站在沙漠
想着自己的职责

那年，去北京开会的路途

火车经过从未谋面的家乡
父亲的老家，村后的滹沱河大桥
我替父亲，撒下了
撕碎的白纸
那曾经的举动感动自己
后来后悔没有带父亲
回老家看看风光

我是从团场的绿荫
飞出去的小鸟
而今落脚他乡
那时候，父亲从老家接来母亲
再后来，那些阿姨
八千湘女
还有，泰山的姐妹西行万里路
来这里与叔叔们成亲
如今半个世纪过去
父亲常常想家
每想到这，我就泪淌

而今，父亲哑在人间
坟前，不能再说什么
坟后，涓涓细流滋润的那片绿洲
年年收获着肥嘟嘟的秋
如今，我把兵团写成诗行
就是一种奉献
从枪林弹雨的战场

到耕耘泥土的战士

栖息在这片土地

硕大的价值，颂扬一代人的

军垦骨魂，万古不忘

白杨，没有苍老

苍老的是我父亲

如今，他仍然站在沙漠

想着自己的职责

我禁不住一阵心酸

含泪，要把我亲爱的白杨歌唱

风呵，嗖嗖地似乎在嘲笑

嘲笑他，弓着背

喘气粗

不，我闭目，闭目

正看到了

我父亲，瘦弱的身子

满是皱纹的脸庞

2015年11月3日

回到伊犁

在群山之中

飞机，轻轻地滑翔着翅膀
沿着河谷一条回家的路
大雁归家，多少雄心
择在此时落地

算来，一冬的风雪
我却扁舟大海
无端的雪落座在山野里
这一切，已似乎
与我无关

千里之外
赶赴在回家的路途
怎么，前方一下突兀起
一根根冰冷的石柱
那是一座座山吗
在飞机降落的地方
孤独地直插云间
是飞错了地方
还是我一波波心跳的错位
是大山，是天上人间
给我这样的经历

到家了，却原来西北风生急
歧路销魂
我的心还滞留在南方
飞机盘旋着送我回到北方

141

南方还是家吗
生我育我的北方是家
是非之心，告诉我这里是家
云层下裸露的一层薄冰
已静候了多时

美丽的伊犁
我牵挂着的绿色草原
万紫千红的山野
比肩高低的楼柱
鸟儿，像婀娜的舞娘
跃然在天空
阳光，簇拥在树梢枝头
泪点霜花，多少踪迹

草原上百花守候着宁静
牧羊人的小道
爱极了的一碗奶茶
伊犁河水，玩耍中的孩子
暮色里，一千次的回头
多少年了
对岸还是那首老歌
吐鲁番的葡萄，哈密的瓜
不知伊犁的苹果
去了哪里

伏在马背上的心情

回到草原，剩余的日子
白雪把新旧伤痕覆盖
待到春暖花开，山谷里溪水流淌
我的家乡，就坐落在那诱惑的
春色里
大海给我内心的青春
草原给我静静的思念
到家了，我爱着的家乡
让我留恋不舍

走下了飞机，收到了家书
大雪，一片片地飘落
飘下芬芳的美丽

2015年12月1日

父　亲

父亲老了
不知怎么，一听到石家庄天气预报
就一个人坐在那，如一尊雕塑
那是一棵相思树，追寻家乡的冷暖
那天，母亲告诉我
你爸，又想家了

第三篇　故乡篇

那年父亲离家，像一只失群的
孤燕，飘在无尽的天空
一朵朵云彩
把天空推得很高

我的父亲
是1947年，在解放石家庄的
洪流中，跟上了部队
那年他初中毕业，他以为去
石家庄的西面，下了车
却是西安

那时，人的命运犹如天气变幻
太阳坚守着理想
追寻的征途在戈壁滩
落下脚印

父亲家庭出身不好
我想怕是家乡批斗，在新疆一站
就是三十个春秋
那年，他被批准回老家探亲

下了火车，他说闭了眼
也能找到家，结果带我们
穿过了一片玉米地
湿漉漉的情，湿透了衣衫
我们像迷路的游客

那天，他一眼看见爷爷
瘸着腿，扫着大街
他知道，这是在被管制
一声黑蛋，父亲的乳名
顿时泪流到老

队伍，越过了太行山的峰岭
大雁展翅抒情，晚霞映红天边
告别或者相遇
家乡那棵大树的牵挂
深秋陪伴，村头的小路
一万个担忧

一个男人的森林
可以接住，天空落下的雨水
适度的哭泣，心灵
需要灌溉

父亲是革命军人，驻守天山脚下
晨雾中，我踏着月光
去学校报到
出身填写"革干"，满脸的愧疚
像当年父亲走在剿匪的山路
追问九月的天空
风高怒号，沙尘暴跌落到边塞
孤独地，还一粒粒地活着

离家人回乡，没有什么好说的
父亲离休可以回老家安家
却怎么又回到新疆
日子深处，我心中被摘下的
那一轮满月，又挂在
树梢枝头

秋凉了，站在父亲的坟前
风改变了方向
不知怎么，一听到
石家庄天气预报
我也泪流

2015年11月10日

在远方的月光下

在远方的月光下，有一湾山泉
在高山之巅，静静地长大
晚风凉了的时候，突然打开了缺口
月落乌啼，飞旋着的溪流
冲向了草原
用了一生的等候
生命终于游出了大山

浓郁的情，还真是一发不可收

天井盖被突然打开

每天都有一肚子的话

只在今夜，好久没有过的畅快

那是遇见了你

冲开了筑就一身的堤坝

跑步下山

提前回家的心情

淅淅沥沥追寻的小雨

不问行程，飘落时遇见家乡的

那个情人，撞上了

河床的唇

羞涩了河水的脸面

去多浇灌几亩乡土，插花植柳的时节

给妹妹花一样的滋润

回家的小溪，带着大山的纯净

一直不回头地向前

绕着村前屋后送着凉爽

纯净的水去田间休闲

2015年11月8日

伊犁河谷

伊犁河谷，一个用山水养大的孩子
不变的静美
骑着马儿唱起山歌
沿着花的草原，没有撒谎
泛滥的天空相思得
像个女人

父亲的形象，已长成北坡的青松
母亲伴随着一朵花的翅膀
山野宁静的，除了蓝天
就是野花
河谷等到了怀孕的季节
春花入梦

蓝天上小鸟的羽毛，山涧里
雪山的溪流
飞涨得像脱缰的野马
静静的河谷留下一种心境
昨晚回到草原的几家牧民
抵达到追赶着的季节
抖落了一身的风尘

伊犁河水，独自走向西口
春雨轻轻敲打着花瓣
河谷的上游，吹来的风
今夜，念喊着谁的名字
有些缠人

2015年10月2日

思　念

下雪了，又是一年的思念
漫天的思念，纷纷扬扬的雪
每年总在这个季节
飘尽了我的心

漫天的思念想起了母亲
荒野上沉默一种力量
山野里听风
风吹过的地方有母亲呼唤
我伫立，举起了天空
泪水湿透，想母亲

好日子母亲总也不能赶上
我一个人享受幸福
结果，我把大雪盼来了

我把记忆放错了地方
母亲，在那里
又长了一岁

漫天的思念想起女儿
一张工作证上挤满了人生
小小的蜜蜂被放飞在千里之外
没有错过季节，却把爱
错位，斩断了情丝

一棵小草正值发芽
我却期待山野喜获丰收
以后给女儿的路程
领跑的机会越来越少

漫天的思念，想起了自己
灯火阑珊处
一根灯捻接住了落日
有谁知道，不愿意的弯腰
秋日之后还剩下
多少光阴

暮色的季节，把天空还给大雁
已等候了很久
漫天的大雪，好美的时节
我在伊犁，在赶路的征程

2015年12月6日

白　杨

哦，白杨
我们相拥着初恋的念想
蓝天下，站在田野边守候
风抚动着身子，吹得
有些冷，禾苗在白杨的护卫下
感恩地成长，一直等到
黄金的季节

白杨
阻挡着冬雪的落座
承接夏雨的敲打
人世间传承歌唱白杨的
许多故事

依附在草叶的霜花
叶片黄卷了之后退去了身
大雪来临之前，开放在田野的花香
去到温暖的家里
白杨伴着一轮残月，迎接
寒冷的晨曦

白杨，脱去了绿色的衣裳

还伸出手臂，迎接着天空

飘下的雪花，屯垦戍边的心思

你别猜，不忘自己的

职责

2016年5月6日

写给女儿

我想跟草原商量，借他头顶的

一块白云，飘去北京

在北京的上空

擦洗

不是全部的缘由

是我女儿在北京工作，北京雾霾

我不能去过滤一片蓝天

就淅淅沥沥下雨

把北京的上空，擦洗得

干干净净

我想跟天山商量，借他脚下的

一段清泉，流向北京

在北京的周边奔跑

不是全部的缘由

是我女儿在北京生活，北京天冷
我不能去阻挡风寒
就在北京的周边种树种草
阻挡寒风

我想跟太阳商量，借他身上的
一对翅膀
飞向北京，让阳光翻越大山
不是全部的缘由
是我女儿拥堵在上班的途中
北京落脚，我不能终生陪伴
就在她的关键点谋篇
布局人生

我想跟大海商量，借他海面上的
一挂风帆，飘向北京
在北纬四十度守着
不是全部的缘由
我一生亏欠女儿太多，这次抛锚
再不能放错了地方
不然悲凉重来，天会催人老
心中留下伤痕

我想跟南方商量，给女儿置业
一个大海，雨落故乡
滋润一朵花开
我想跟北方商量，秋收梨花

给女儿耕耘一片沃土

不是全部的缘由

女儿从小做了我的春天，可我

却从来没有护过春

我想跟自己商量，提早开始

我的退休，心中的疆域

等待着秋天尽情染色

不是全部的缘由

是我在梦里把女儿当成了自己

醒来时，又遇到真实的自己

山高水远，消瘦的思念

长在爱的季节，我能否再快点

风雨兼程

2015年12月22日

栽种下一棵果树

五十年代，新疆有一首老歌，"吐鲁番的葡

萄、哈密的瓜、伊犁的苹果"

伊犁的苹果储藏一个冬天，满屋子飘香

在自家的庭院，栽种下一棵果树

小时候的二秋子、夏里木

从遥远的记忆走来，在这个夏天
和我一起成长

这棵果树，记载着河谷的历史
大西洋的暖风，从河谷
急切切地走过
老远闻到她沐浴后的体香
花蕾在春天绽放出
雪白的花

早春的伊犁，伴随着一年
又一年的故事
小渠旁，美丽的少妇
被多情的风惹出的笑声
绿荫下的甜蜜，被
葡萄藤缠绕

伊犁的街巷，早春就果花香溢
如今像个没落的贵族
我们的苹果树呢，我是站在
路边的一棵白杨

没有兄妹的孤儿，隔年的思念
想给他嫁娶新娘
转承生命
如今乡音不在，为什么忘却了
她的名字，不能题名金榜

伊犁的苹果呢，难道只留果子沟珍藏着
大山里盛开的雪白的花
满山点燃的一根根蜡烛
燃烧得宁静，海晏河清
我在伊犁问谁，发古思之幽情
想给伊犁的果树找回
那件衣裳

2015年12月

上班的途中

谁的一声吆喝，一群小鸟
惊炸似的，呼啦啦地
飞翔
你起得太早，我的太阳
并非你一个人风雨里的
匆忙

上班的路途，红绿灯颠簸
日子随江水奔跑，河堤瘦骨嶙峋的
追寻的路程，疆域不算太大
刚好容下一条无岸的河
从家一直流到单位的

堤坝旁

浪花里的一枚枚白条，游在万里他乡
想起女儿北京的落脚
焦虑的心想去救赎，远方有诗
安营去了高高的山岗

窗帘，揉醒了睡眼
小时候，放飞的鸽子融入蓝天
太阳收回故事的结尾
奶奶添了一把柴烧
在炉膛

2015年12月

大雪中的一棵白杨

这是冬雪的早晨，白杨站在
寒冷的居所，迎接着
雪花回家
在秋已躲进密林的鸟巢
把家搬向了何方

风雪中，万里桑田的守护
弯下去的腰身，是风给的压迫

叶子落光之后，秋阳
帮助松绑

不去寻找依靠，与雨雪执念
只在宁静的夜晚
与月亮淡然，树梢枝头拥抱
悄悄的情
有一种情，明知煎熬也要去钟爱
有一种期待，明知没有结果

也隔着大山相恋
有一种厚爱，有些把持不住
暖意的风流

2016年1月5日

冬雪，在这个日子回家

冬雪回家，我在一棵树下等候
像迎接火车进站，卸下雪花
收回疲惫的翅膀
雪花，遗传了云的性格
满载着思念，天际间
飘飘荡荡

少年上路，一头扎进高远的天空
白白净净的身体让秋风起色
寒风蹒跚，说好了今夜
不谈历史，不赴前世之约
只言带我归乡

每一次的春暖花开，云都泪流满面
感受无垠的草原，承载万马
奔腾的年代
每一次的冬雪的飘落
都是天空的麟片，疼痛在
心底的伤

每一个秋日，小草被霜打涂抹
钻进泥土里藏身
大雁，年年被秋风追赶
留下空旷的天空
让冬雪歌唱

静静地坐在公园淡然于心
孩子们堆起雪人，欢天喜地的滋味
听孩子们说梦，从天空
采摘下棉花
这个冬天，真的好个暖阳

2016年1月13日

白杨的信仰

不一会儿的时间，浓雾就
笼罩了大地，阻挡了视野的远方
隐隐约约地感到，白杨刚结束了
一场与飓风的战斗
这是一场营救田野的花香
北国之春的战斗

一行行白杨，只有到秋才脱去正装
春的季节被雨水敲打得点头
夏日里守护天空的堤坝
秋风中身体有些颤抖
寒冷的风像一枚银针，倾斜着
扎透了绿衣，素裹银装
迎接冬雪飘落

伸出手臂，拎起一方
湿漉漉的抹布替谁擦洗
很美的天空
裸露的季节换衣
一片片金黄色的热情
温暖了我的心窝

冬雪签证，送来了洁白

无瑕心的等候

白杨的根系深扎进泥土

根向深处触摸

身躯高耸入云的站姿

就是一种信仰

哪怕被冬脱去了衣衫

一辈子，愿做这样傻的人

落叶了，还去护卫所有的手臂都

一律地向上，今夜我坦白

好想拥抱你的身体

心好想出逃

2016年1月23日

太阳与月亮的爱恋

太阳与月亮的爱恋，大胆高调的追求

在天空中，不管风怎么议论

夜里，诞生了闪烁的星辰

月亮做了妈妈，小星星们聚集的天空

不见了太阳

谁提着许许多多的小灯笼

寻找人间的冷暖

孩子们在聚集地，一闪一闪的
月亮妈妈讲着故事，太阳爬在了
东山顶上听到没有，白云
带来的婚纱已经收起
雪花张罗的是去年冬天的请帖
春天的闪电，送来了雨水
秋日降霜的私语，告诉我
收获的季节
田间的一粒种子
体内发芽
夏季开花，秋天怀孕
长成了大山的骨骼
太阳回家，醉卧的美人在等
多像西天山

草原的清晨，一家一户的炊烟
沿着山脉的方向游走
哈萨克牧羊人的诗情画意
直到草原霜降露珠，雪花飘落

原来我在夜里写下了一首诗
站在屋顶放飞了一群
白兰鸽，翱翔在
蓝天的思念

星星们稚气地注视着人间

大海的浪花，一次次地奔向岸边
月下之人沉醉在遐想之中
恩情如月亮清澈，温暖如她
无数颗星星啊，我是其中的一员
璀璨的宇宙，群星闪闪

2015年1月21日

秋之韵

风搂着秋的腰肢，有些走不动了
丰满的身子，就钻进了
我的怀里
树木落叶，飘逸的舞裙
避开风口，我的心
被停留在半空，不知方向地
旋转

到了秋的季节，愿以身相许
面对雪山，可以抛去整个的天空
回家的路途，片片飘落的叶
经受了冷风快刀的磨砺
在变换的季节里，一片片树叶翻滚
像大海波涛的不安

覆盖雪花的山脉冻僵
陪伴草原冬日的诗情

一轮红日，在灌木丛林里行路
沿着林间的缝隙泄漏出万道霞光
树木的枝条有许多秘密
包裹在体内的心等待着春色
在冻僵的泥土里
根系听懂了冬雪落地时
层层的恩情

2016年1月24日

一棵白杨

总在欲望蓝天，向往着崇高
风起的时候，舞动着翅膀
在田野边飞翔
风停时，筑成护卫蓝天的堤坝
阻挡风雨，迎风的姿态
像我年轻时的身姿

在春的季节，披上
一件绿色风衣
给路人送去，一棵棵的白杨

相互传递
岁月的长河翻起波浪
雨淋漓湿透，守卫回家的路
低矮的天空下，弯曲身子
护送着一段无处安放的谢意

骄阳的夏日，蜷缩着叶脉的疲倦
一只鸟鸣在绿荫中释放歌声
醉酒的歌词把太阳
惊吓到西边的
大山里

秋风里，飞翔的理想褪去翅膀
群雄追鹿厮杀后的战场
一场杀戮的肉搏
飘下了寒冷，漫天的归降的旗帜
丰收后，背负着寒冬的行囊

冬雪天，任凭雪花围堵
裸露的脚印，独自对天祭祀
骨头里藏有铁器
一根根树的枝条，空荡荡的
太阳步步登高，怀念青春的足迹

诗缺少人看，缺少心灵的认可
人的伟大是心灵相传
寒风料峭，不知一片云的心情

内心的善良

是对这片土地的挂念

白杨的喉咙吐出绿芽

为了交换季节

2015年12月15日

新　年

元旦，侧耳倾听

从维也纳金色大厅飞出的歌声

找到了新年开始的地方

新年，从空旷的原野

从流淌的江河，从起伏的山峦

从一片青绿，一片白雪茫茫

从高空中盘旋的老鹰嘴里

叼着的一根长笛乐谱声中走来

打开新春的门窗

新年，从我昨晚的一个梦里开始

一个丢失了的小女孩，我领她

走在路上，一束光亮从后面过来

我惊醒，清晨听人解梦

表示这是希望

预示，收到了好的消息

我侧耳倾听
她在什么地方歌唱

第一曲优美的音符，一日之晨的盛典
色香味俱全的新年早餐
从远古的风走来，这就是我对祖国
跳动着的心脏

新年，满载着期望等候在车站港口
急切的心情，恨不得插上
一双翅膀飞翔
生命就像一条大河的流淌
我要飞翔

北风如期莅临，瑞雪映红新春
冰天雪地，从边防战士
巡逻的脚印
找到了，新年开始的地方
昨晚与几个老同学聚会
感叹的词语，一年走得太快
蓝天上，焰火已经绽放
猜想山的那边，西洋节的狂欢
我在旅途的朋友擦肩第一轮的太阳
在我的家，大家忙碌恋爱的孩子
家长们，明天要坐在一起祝福
儿女新年的梦想
在我的日记里，敲定了姻缘

写下走在远方的路上
远方在哪，从春开始到
秋的收仓

跌跌撞撞，过去了太寒的冬天
我和春风一起走到了终点
哪怕是苦是涩，染上一些莫名的色泽
我也重新定位前行的里程碑
太阳升起在东方

一生追寻的目标，风雨兼程
信仰的太阳，从地平线上升起
新年，希望在绽放
经久不息的掌声，为亲爱的人
祝福吉祥

只有这一天，世界瞩目
这一天，轻松典雅温暖
我在边塞的伊犁花城，最美丽的
伊犁河路上，与新年的
第一场瑞雪拥抱
你呢
与谁分享

新年的钟声，净化了心灵
这一天很有张力
追寻都很情深心暖

长长的路，我们意气风发
要去践行富民强国的愿望
顾不得太多的思虑牵挂
唯有迈步向前方

今晚，有人思念谁
又留恋谁

2016年1月1日

当你，双眸飘来的一瞬间

当你，双眸飘过来的一瞬间
天空一道电闪
我知道，是一场春风秋雨
要一辈子裹挟了我
从此，心要跟着风跑进仓底
躲避追逐着的雨丝，思念在春天的草原
四十个春秋，心底湿透的不安

因为爱，一条紫红色的霞光
为我松绑
晚风吹来的时候捎去一些话
我对大自然的厚爱
质地不变

等到夕阳时才吐露衷肠
我爱恋的时空早已签证
风不能胡说
春季里丢下的雨水在秋挂霜
到了这个年龄，当然不能
只是为爱恋

退休了，想去大山里
丢弃那时的远方
开始修心，从高雅学会
庸俗一点

2016年2月2日

那一把红伞

今夜的风，吹拂得有些任性
今夜的雨，挥洒得
虚无缥缈
今夜的思念，我站在了
伊犁河的对岸
心里，一直在默默地期盼
却还是没有等来
她能否看到我站在的

桥头边

心，落在桥头的折磨
恨那一阵风，吹走了红伞
心中所有的回忆，全是
那时候的不懂
那时候青春飘荡秋千的心情
与雨约会，雨水在伞顶
说了点什么
与风谈情，风吹动草叶的心
空喜了一场
思念落地时，我已经
衰老了容颜

一把红伞的悲歌，总有一天
能够等到，不再诉说念想的一辈子
没能哭上一声，我愿意守口如瓶
心比铁硬，剩下的日子
还有什么好说的
我向一把红伞深深地道歉
也许是一辈子的孤单

2016年3月18日

第三篇　故乡篇

一个人的真正幸福

蓝天上飘着白云，在我的心里
一次次地净化
云儿飘去
落下的泪水是要告诉原野
我爱着大地

走过了寒冷的冬天
冰封的山野解冻，迎来了
春天的雨水
幸福和美好，是一个人与时代
联系在了一起

又一次听到家乡人的声音
长河中的一朵浪花
高处的人讲他人的幸福
低处的人讲自己快乐
换一种生活方式，独善其身
故乡的地方，一片田野
每年都会发芽
可通往村子里的道路
让高楼阻断

问行路人，都不是乡音
不能知己

隔着大地的苍穹，忘不了家乡
为什么，我们不能相见
还是那样的执着，心里常
下着小雨

一张名片的背后，述说着艰辛
每一个人的背后
都有一段不可忘却的回忆
天上的白云撑着一把伞
把太阳的温暖隔开，至今我也
不懂的悲喜

回乡的路上，始终热泪盈眶
等待着我的，是已经回不去了
心里常牵挂的地方，想回到
从前曾经跟着父母
住过的家里

第三篇 故乡篇

故　乡

没有了亲人，家乡也就变成了故乡
听到这句话时，那夜的风
吹拂着心，我站在了
伊犁河畔

风起时，巩乃斯草原你还好吗
等候我的却不是亲人
秋叶找不到家门，家前的
那棵老树还在
月挂故乡的树梢，家乡
变成了故乡

没有忘记巩乃斯草原上空的月亮
离家人的脚步被雨水打乱
雨水飘落在稻穗灌浆的地方
长成我的躯干
无论走得多远，山花都在
静静地守护绽放

秋风，把天空打扫得干干净净
故乡的地方我是回不去了

故乡走得越远离自己越近

故乡常住在心里，家乡还可以

常回去看看

全是儿时的嬉戏，谁给她

盘起了长发

今夜下起了小雨，雨水

回到了池塘

2016年5月3日

流浪的风

流浪的风，把秋色摆渡到了

避风的山坳，白杨停止了不断的

起锚抛锚，叶儿到家了

向着大地上飘

接受并不完美的自己

在那高高的树梢

一片叶子，与一片叶子

相互的靠拢

一把伞撑开夏日的绿荫

偌大的天空

是在承诺，还是否定

在广阔的田野之上看守

风口的喧闹

用尽气力的站姿，守口如瓶的
一辈子
风碾过了骨骼，秋风的
围追堵截，大雪纷飞中净身
躯干的笔直确定了的信仰
定时针似的
指向追寻的蓝天

在高原上安家，根须深扎进泥土中
宠辱不惊，让黑色的骨髓注入
把自己变成一个戍边的战士
在一幅画中抖落掉
一身冰碴的烦恼

2016年5月2日

月亮弯下了爱恋的腰

从来就没有注意到
万里之遥的太阳与月亮爱恋
孩子们都留在了天上
星星们满天地玩耍疯跑
月亮看护到亮天

太阳去了山的那边，丢下家
没有疼爱的等待的留守儿童
在收获金秋的季节飘逸着的乡愁
等待爸妈的故事，等到
秋风扫走路边的碎叶
小草变成一盆菊花端坐在阳台

夜眠的天空，飞鸟停止了脚步
星辰眨巴的眼睛，像大海滚动浪花
平静的青山湖水被逼到了天边
今夜不谈留守儿童
天空懂得爱的尊严

月亮弯下了腰，一丝丝的挂念
挂在树梢上，太阳起升时
我等她，月下之约
心有点不安

2016年1月23日

写在女儿出嫁的日子

女儿今天就要成为你迎娶的新娘
等于从我的身上抽取一根筋骨

漂泊了多少年的爱，在昨夜折叠了
一个夜晚，最终在天亮时还是被你
融进一张风帆，要去远方旅行

女儿长大了，以后注定我只能目送
老爸今后想你咋办
我跳动不安的心，难放下
儿女情

你们已站到了金婚的起点
因为爱，我把宝贝
交给你了
虽然还是割舍不得，但我也
期盼，有这么一天
女儿找到了爱，除了祝福
我没有什么好说的

我该怎么迎接着你的到来
虽然早就知道，有这么一天会到来
问青山几多许，天空好蓝好蓝
能否再老得慢些

一只蜜蜂在花蕊中
出发地一万步，花蕊就在
我家的门口

2016年5月30日

秋的思绪

一片落叶，选择好了自己的归期
在风雨飘摇的那个夜晚
告别了枝条上的生活
悠然地回到家乡

夏日里，青春的叶子一片片地睡眠
醒来时，阳光寻找着缝隙把影子
藏在地上捉着迷藏
不像在春天里，每天都喝醉了酒
踉跄的样子，顺着风的方向
荡着秋千，把自己当作
游客飘荡

秋天的时候，阳光躲进大山
鸟儿飞散，最幸福的还是书写
感恩的家书
金黄色的叶片落叶归根
到家乡

冬天的信使会帮我覆盖了
身上的风尘

第三篇　故乡篇

阅读完一生的事情

心里喜悦的日子，寒风也

能证明万物安详

2016年6月28日

雪花飘飘

雪花一片片地飘落，我以什么样的

姿态，去田野静候迎接

白杨伸过来手臂，想与风深深地

拥抱时光

大山已经熟睡，不责怪冬天

无名的小溪被冬雪埋葬

下雪了，什么时候能

接到春天的电话，大山的乳汁

在冰层下，静静地流淌

一直想写真诚的情书

却在月光下徘徊，回忆过去的时光

天空已寒风萧瑟，冬天不懂

被爱的滋味，春天只管自己

陷入的情网

像我年轻时，只是年龄的简单
松开了缰绳，一脚踏空
筋骨粉碎性骨折，不能继续赶路
风景空留他人的马蹄

2018年9月29日

回　家

秋叶，飘落的那一刻
夕阳，把我前行的脚也拴住了
接到她从蓝天上，给我
送来的回信，我已在
追风的路上

少年上路，就被抛弃在一条
输送带上，顺着轮子
前行的方向滚动
与登高的人半途中相遇
像树枝上的叶片，突然被秋风
一把揪起，惊魂的样子
浑身战栗地落下伤

没有人能够阻挡季节的换衣
春风秋雨飘落到草原的晚上

小草第一个冲出篱笆，绿满山野的
迎春奔跑，刚刚入秋
已弯下腰

小草褪了色，山花停止了诱惑
旅行中被人掏了腰包，蝴蝶的身体
变成了虫蛹
故事，又会从新的开头讲

不能说破真相，提前过了花甲
八十岁后再悄悄溜上大街
那时候松绑，已经成仙
雪花飘落了下来，回家抛锚
所经历的都热泪盈眶

2016年9月28日

飞机落下的地方

当大山退尽，我就回到了伊犁
风筝，飘荡在河谷的蓝天
牵挂的绳索控制着方向
飞机降落的地方，就是
我的家乡

回到伊犁，春风春雨的触动
不知怎么，心底总有
酒的味道
品味的满山的翠绿，不被大山阻挡
会流向何方

雪山融水，像我的思念
沿着山边的方向，牧羊人扬鞭
驱赶着羊群
夕阳，回到了家乡

回到伊犁，想起了城野的白杨
绿荫下，静悄悄地说话
留着长发的姑娘谁给她盘起
她们都在哪儿落脚

2017年3月1日

秋风带我回家

秋风中的一片落叶，让我联想到
我的身体终将离开热爱的
这片森林，回到故乡
静静地，卸下了一身的沉重
青春一直赋予的希望

那以前的日子每天都被
山风呼喊
那时，不情愿的事都要
伸手鼓掌

终于，可以过上一个人读书的日子
不再去借着高山的路
登上一程，还想再高的一程
去向回家的路途想起少儿的事
享受遇上的冬雪飘落到身
白了头发的路上

煮好一杯咖啡，品尝后
才知道了远方
待到夏日，在大树旁睡下
相遇天空的月亮
享受一份挚爱，想去接回太阳
应该是他们和我一起
轮流地守望

2017年3月7日

傍晚的阳光

傍晚的阳光，涂染着天边的云彩

倾泻着一层层的诗意
我收到了情书
好久，都没有过的爱恋
淡淡的色香，在春雨
湿透的那个晚上

昨夜西风夹雨，落在了屋檐上
泥土接到的时候，已经守候到黎明
看自己的一生，怎么会
那么地执着信仰

寂静的时候，我总想着美好
天山的峰顶不化的积雪
像我凝固的心
太阳的脚步走到心里
就会泪流面庞

北方的原野，杏花已经开了
乌云，突然间的疯狂
所有的雨水，像给草原念完悼词
在雨天里求救
山花，伸开两半的手掌
前人的季节里，能否告诉我
何时雪花飘扬

2016年12月14日

第三篇 故乡篇

黎　明

清晨，农夫在田野里锄禾
握着的锄把
像在大海上撒开一张网
捕捞着秋
月儿的镰刀，也抢着收割
黎明时，太阳会一览天下
收走夜色里的情

天空的月亮，被丢在夜色的天空
润白撩人的身体，总让人们瞎想
杨柳的腰，嫦娥的多情
谁把月亮切成了两半
一半吻上我的嘴唇，一半却
不能相见
天亮时，太阳在东山顶露脸
我的心情，也爬在了
东山顶

我新写了一首歌词
清晨向太阳献唱，风赶跑了乌云
在浩瀚的天空中，去走完
自己的一生

向上的成长

天空很大，就尽情地向上生长
伸展开你的手臂
高昂起头颅，自由地
绽放生命
不要向下看，托举你的身躯
根已经深埋进泥土
给躯干提供血液，让树枝上
叶片的手，欢快地
鼓掌

天空中，有雷有雨有闪电
还要与云终生为伴
变幻四季的角色
秋天的早晨，寒冷还会把你
撸个精光，把希望扛在肩头
有地层深处，汲取的厚爱
会伴你一程又一程
大地的血脉的力量，能护卫
你永远笔直的站姿

想借一瓶老酒

想借一瓶老酒下肚的时候
与你说
想借秋风萧瑟的时候
与你说
想借雨水湿透了身子
再与你说
结果等到了白雪落地
还是没能跟你说

我的心纯净如雪，冻结成冰
也晶莹剔透，就怕温暖了
开始融化，失掉了自己
不是不想跟你说
被岁月攥住的话语，留在心的角落
过去的那点往事

过了六十岁生日
需要从此把门窗关上
怕阎王叫去
还是过了八十岁再跟你说
那时候，就成了神仙

那时过生日再跟你说
那时候，还用说吗

急品秋风，慢读细雨

急品秋风，慢读细雨
走在回家的路上秋风引领
秋雨湿透了路途的灰尘
林荫道边，无数的藤条死缠着树干
我的心，被秋风送到了拴马桩上
秋雨绵绵的叮咛给我捎来了
什么样的寄托和信息

急品秋风，慢读细雨
秋风萧瑟中，一朵山花卸妆
俯下裸露的身子
隐隐约约的藏在细雨浸透的
夜空里

急品秋风，慢读细雨
一个人努力在江南的雨巷
追风的辛苦，不见迎娶她的花轿
半山坡上那朵山花
荡漾在风中

191

去寻找远方和诗

缺乏信仰的人，少了脊梁骨

遇到秋风会东倒西歪

遇到秋雨，会陷入沼泽泥地

急品秋风，慢读细雨

每一张名片的背后

都有一段无法忘却的

回忆

红绿灯早早就起身了

红绿灯，早早地起身了

站在三岔路口，认真地

看管着涌进这个

城市的风

每个清晨，都从交响乐的

声乐中睡醒

死缠树干的藤蔓不露一点缝隙

道路上追风的车辆呐喊着

各自的歌词

跳动的音符总想

插队前行

追着时间的脚步，赶路人皆因是爱
想起女儿，在京城落脚
天空的小鸟，在测量
我与她的距离

走走停停的路途，摇下了车窗
联想到无边的草原
一缕缕轻风，多么清净的早晨
毡房飘出自由的炊烟
没有高楼大厦的迎接
没有红绿灯一路紧张的送行
山花和小草的色泽
听者与歌者服从共同的指挥
太阳不问路在何方
一样的时间，两样的热情
高山流水，觅知音

2018年10月9日

在树枝头站累了

再过几天，恋我的土地会一片洁白
雪花，会随着风飘来

别人想什么，我控制不了
在三岔路口，我的情感
再次泛潮

风，在半路上迷路了
把山体凿砍得坑坑洼洼
树叶在树枝上站累了
也许被风盯上了
把雪花卸在我家的门口

太阳不要丢下我，短暂的旅途
秋叶铺满了去往伊犁河的路
骑行的我得负起责任
那次偶尔相遇了她，陪她一程
她一人行走，是谁把她丢弃
路边的白杨再过几天
就会满头银白，她能否停下脚步
给我细说

风，不再搂着小草的腰不放
再搂，会是什么结局
疯狂的追求后，风浪漫够了
就会消瘦

想到这，风松开了手

2018年10月9日

等我老了

等我老了，心中藏着的一座小岛
开始复苏，青春长满了绿色
山花绽放着烂漫
风吹雨打的草原，等来了春天
羊群，怎么还能躲在远方

白云，走到了孕育的晚期
雨水一滴滴的回到家乡的池塘
水面上张着十万个小嘴
小鸟争食，呼喊着谁的名字
曾经梦开始的地方

无拘无束的，骏马奔驰在草原
一朵白云似醉非醉地游荡
飘逸的，欲泪非泪
我的心，像城市里下班的小汽车
逃之天天
心有约会，天空瓦蓝
瓦蓝色的明亮

在大海的怀抱里畅想

第三篇 故乡篇

195

海风吹来，一片椰林舞动
小时候身边的风，吹过田野的麦浪
岸边上，木棉树高挂的花朵
老师在我胸前佩戴红花
遥望天空看到两枚钻戒
一枚金色的太阳，一枚银色的月亮
他们轮流看守，戒住了我的身

现在好了，已远离了捆绑心灵的地方
一枚硬币被用过了之后
丢弃在了路旁
用过的人已忘却购买了什么
价值几何，那些都已不再重要
这个年纪了，想去宁静的港湾
被忘记的感觉真好，不用
牵挂着远方

躺在沙滩上，有时睁开眼
有时闭上眼，忘记了过去的名字
看到了远方一只小船
随着风浪

2016年3月14日

清晨，一群白鸽飞过

清晨，一群白鸽飞过蓝天
一遍遍地，在我的视线里划圈
站在屋顶上与蓝天相约
我的童年，在鸽子轻快的飞翔中
度着光阴

太阳红红艳艳地染红了天际的白云
大石桥上，赶路的人群
挤满了焦灼的情绪
风轻浮着一片片的树叶
摇头谢恩

田野里小麦正在发芽
路边白杨林的枝杈吐露绿芽
春风捎来小草和山花的
心情
天空不时的落雨打湿了花瓣

像邻家的姑娘的尊严
一朵山花落下了胭脂泪
在一处高高山岗的背后
风准备好了第二次的冲锋

我的鸽子飞翔了一圈
又一圈

2015年12月17日

还没牵手已到黄昏

还没有牵手，已到黄昏
心里的年龄，还在婴儿般睡眠
醒了哭哭了睡，一生来不及享用年华
已到迟暮的晚年

灵魂与性情天然，还未整装
老天就要降雨降风，澄蓝见底的心
被一片阴云遮掩
风在轮流砍凿草原的山花
松树的骨头没有抖颤

如今，信仰伫立在断碑前
身体与骨骼已被山风揉碎
一匹奔走的骏马
与套马杆猝然相遇
恰好冬雪飘落，被冰雪
触及了心事，一片片的雪花
落在了松树枝上

伊犁河

伊犁河谷，路边站满了白杨
一支支咆哮的笔
蘸着天空浓浓的墨
书写着塞外江南的诗句

白杨的站姿，在思考着什么
在伊犁河谷书写点什么
一条条小溪，从天山脚下流出
滋润着心

随着风的方向，不能写出一首
真诚的诗，在伊犁河谷
长大的婴儿吸吮着
伊犁河水的乳液
河水流出山谷，松开了
奔跑的缰绳

有时候，脆弱的一句话
就能泪流满面
有时候肩扛的责任
一生都不能放下

秋叶飘下的那一刻

秋叶飘下的那一刻，我也落得空空
月亮高挂天空，树枝枝赤裸着
舒展的心情，夜里的寄托
金黄色在田野一点点的
扩展着希望

夜到深处人孤独，你知道我的意思
一个人的努力
为了什么，雨水脱离云彩
打湿行人的身上

草原上的那一片山花
一片片的连到天边
曾是我的誓言，满山遍野
迎接早晨升起的红太阳
现在晒熟了思想

冬雪飘下，雪地上留下我
洁白的脚印
春雨变成冬雪，一片片地
回到家乡

2020年11月

父亲去世了，懂得了母亲的心

父亲去世了，懂得了母亲的心
今天又想起母亲，想去她的坟头
与她多聊，只恨自己
母亲在世没敢多问

去母亲的坟上，不愿意告诉兄妹
一滴哭号的泪，想自己
一个人流
隔着墓，一座大山的分离

那是个春天的雨季
我的心正被绿色填满
白云飘去的夜晚
母亲隐瞒了病情，怕耽误了
儿子的工作
母亲性格刚毅，我们却都还不知道
这次病，要了母亲的命
母亲丢下我们一个人走了
如当年一人进疆
到酒泉兵站才打听到
父亲的下落

那夜的她，听到了泉水的
声音

母亲，您走的好完美
那一次您日出东山，从此在
天山守望
这一次您夕阳西下，从此在天边
点亮灯盏

三年后，还是那个春风化雨的日子
灯光下追思，母亲啊
为了什么，还给孙辈们
留下三张存折，还有代笔的嘱托
这些天，常去母亲的屋里坐坐
看母亲一人默默
不能问，也不敢问

相思几多情，压在心底的一块墓碑
碑文，安静得纹丝不动
我拿什么还给母亲

那一天，母亲等在灯火的长廊
母亲嫁去那年，父亲参军
去了新疆
那是怎样的年代
塑造了母亲坚韧的个性

后来，新疆有了我们
十年后，母亲才有的一次探亲
一个大字不识的母亲
领着我们兄弟回到老家
听到人们在背后夸奖母亲
从小手巧，做得一手针线活
村里出了名的美人
母亲从来没有跟我们说起
这些事情

我们一生继承了母亲的基因
在西北的大山长成一棵青松
母亲当年的风姿　在风霜雨雪中
绿满天山的豪情

前些日子我又去了母亲的老家
找不到村子，我带着孩子
替她看望她最喜欢的
我的大姑姑和姑父
对了，抗战胜利70年的纪念章
姑父也有一枚，母亲您真是
很有眼力

母亲安息吧！
退休后，我到大海边安家
像大海一样胸怀宽广
我总在想，您不就盼着我们

203

过上好日子
每想到这，就安慰自己
在母亲节时，我们再去看您
和父亲

2015年11月22日

太阳与月亮的爱恋

月亮，从一行白杨的树梢
静悄悄地爬了上来
爱恋的双脚，踩碎了相思
寻找丢失了许久的东西

天空，留给失眠的星辰
月亮躲进我家门前的池塘
我蹲在池塘边不敢胡思
怕风起吹乱了梦里

嫦娥姐姐佩戴着玉镯见我
月色朦胧的感觉
海边的沙滩人们写下了许多
月亮在夜晚的诗句

清晨，太阳红扑扑的脸

万里行程中遭遇过电闪雷鸣

大雨湿透了土地，太阳

没有躲避

传说后羿射日时

沙尘暴搅得诗行不能排位

天空落下太阳

我在池塘边，守护着失眠的月亮

风纠缠着水面，水面荡漾起多个月亮

山村的一位老人数着天上的星星

孙辈们围坐身旁，似乎还在寻找坠落

在池塘里的月亮

大海边岑寂无声，一个人灯下写诗

散步的心情，平静的

如青山湖水

太阳热情奔放，月亮冷若冰霜

但他们的日夜依然如故

2016年1月2日

辽 阔

我生活的这片沃土，浩瀚与辽阔
落座在一望无际的戈壁滩上
绿洲的地方是我的家
三山夹两盆的地形，绿色一直连接到山边
天空盘旋着雄鹰
阳光洒在一座座雪峰
边塞诗人，斗酒诗百篇
古韵诗风的朗诵
一川碎石大如斗
父辈们进疆，草黄秋瘦
饮酒醉歌旧曲套新词，换了人间

大山峰顶，像骏马的脊背
我抓住了鬃缕，始终
不能松开
那些骑着马，儿时的伙伴
现在都在哪儿游荡
留下的这幅画面，大美的新疆
谁在斗地战天

北疆，面对北极吹来的寒风

卷不走边塞人的希望
夏日里，乌云折叠的夜晚
天空泄露的雨水
把准噶尔盆地冲洗得
干干净净

一场场透彻的春雨，逼出
山野的万物绿色
满山坡的天山红花最早安家
大西洋的暖流纵灌河谷
一枚紫色的蝴蝶花丛中飞
小草在雨水里洗澡
白杨林，披肩的长发及腰
留下一个女人的身姿
美丽让人心安

塔里木河，女人体内的乳汁
每一滴的流淌，桑田都在
争先恐后地吮吸
在这片土地上落户的新疆人
都有信念的执着
五湖四海的兄弟姐妹，在
大漠里安家

胡杨林的秋天，染色的季节
美轮美奂
沙漠里的炉膛燃烧着绿色

江南的雨巷留在心底睡安

我一生的起锚抛锚都在这片沃土
追寻的一生，牢记着
兵二代使命的召唤

2016年1月23日

兵团的连队

这么多年了
记忆里还是兵团的连队
夜里的雨水，渐渐地大了起来
一行行白杨下，落叶遍地
风吹在树梢，我的心
与落叶面面相觑
像张贴的一张张寻人启事

少时的伙伴都去了哪里
一片树叶，承接了十万吨雨水
我和兵团为什么割舍不断
有一种爱，河水绕过三千亩春色
绿叶一片片在风中舞动
十八岁的心思有朵雨做的云
像田野里的一朵朵的花瓣

这些年越发孤独消瘦
思念，常在心里下起了小雨

夕阳下的炊烟，飘在连队的岔路口
篮球场后排"六毛子"的家
他的父亲是新四军战士
这么多年了，老爷子那件棉衣
裸露的乳白色，棉絮还在
我眼前疯长

住在后二排"老杨"的家
他是个骑兵，陪同我的人讲
他已哑在人间
孩子们去了江南，大雪封山时
窗子上还贴着几副干净的
窗花剪纸

连队的小路，比以前冷清多了
路边长满了野草
夕阳下，我背书高考的地方
如今，落满了团部高楼
谁用一根绳索，套去了邻家
小妹的花衣

父母亲住的房子已卖给了外人
站在院子的门外，再次地
留个影

第三篇　故乡篇

209

母亲，手擀的面条在锅里翻滚
从门缝里挤出的热气
落入我的心底

如今我与兄弟如只只灰雁
沿着太阳启升的地方
飞过了天山，雨水打湿了翅膀
我们兄弟三人磕个响头
都是我们不好，没把父母带出大山
雨水号啕着
哭泣

在兵团的连队，白杨林一墙之隔的护卫
大雁排队南去的时候
秋的天空，被一把把扫帚
打扫得干干净净

一生的情，浓缩到回家这一天
满满的都是兵团的连队
春节临近，想起小的时候
飞出去的鸟，要回家
歇息

2016年1月24日

河堤上的思念

暮色中，我坐在河堤上送夕阳回家
突然不远处传来一匹骏马的嘶鸣
撕裂的声音，让我心再次穿越
大山白云，沿着
一条大道
赤着脚追到昭苏草原
多年了，风筝断了线以后
飘向了那里

伊犁河水向西，去到很远的地方
离开生我育我的父母，已数十个春秋
每年到了这个季节
草原上的蓝天总是带着
秋雨秋风的念思

岁月到秋，田野里的禾苗
收割了自己的一生
暮年的心境，不号啕大哭
修补一路的明枪暗箭
从大山里流出的小溪
去填补焦渴的田野

第三篇　故乡篇

211

从躯体抽出的一根根筋骨

编织的围墙

箩筐似的护卫着孩子成长

伊犁河曾经破碎伤痕的身体

存活到现在已经知足

我的一些朋友，跌倒在石碑下

是他的妻子给他安葬在

苍天下的一席位置

在秋的季节放慢脚步

放纵的缰绳止步

丰满的笔触随意写下点喜爱

每天早起在晨风中扯起嗓子

学唱京剧，努力寻找

戏曲的韵味

那是我小时候烦了，不能

再烦的嘈杂，如今爱听《大悲咒》

心情天天如满月的婴儿

放荡不羁的睡眠，醒来时

与妻儿去夜下的影院

看不完《动物世界》《英俊少年》

小时候看了又看的电影

现在看到纠结，我一生中

舍得了什么，毛坯中

翻出记忆

雪崩时，到天山深处

救援生命

暴乱处，伏击豺狼的日子

不能入眠

去中原，做人质揪住骗子

国企改革的伤口如五月的鲜花

一边美丽一边伤痛

守护信仰，后来为家乡借来

金融的杠杆，在山水流淌的地方

连接路程，一万个百感交集

一千个悲爱相随

修炼感恩，我没什么

做着自己的喜爱，我从青年

一步跌到老年，蓝蓝的天空下

疗养受伤的苦心苦意

2016年1月24日

少年上路

秋叶飘落的那一刻，夕阳把我
送在追风的途中，季节的变换
让我提前过了60岁生日

我想起少年上路，一条传输带上
顺着前行的轮子滚动

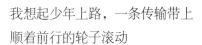

一直的向上

在登高的路途与许多人相遇
树枝枝上的一枚叶片
被秋风一把揪起

一棵小草，承载了大山的厚重
雨水，一寸寸地渗进泥土
绿色第一个冲出篱笆

如今刚刚入秋，过早地
弯下了腰身，山花也涂抹上
风霜的日子

年轻时相守相伴，小草依偎
在征途上享受阳光的幸福
翠绿的心，舒情舒意

如今，褪了色的草叶
像被人掏空腰包
一只蝴蝶变成了虫蛹
溪流遇到寒冷渐渐地藏下身子

六十岁后，再不能说出年龄的真相
沉默下来，怕阎王爷一笔勾销
守候人的品质

八十岁后，生命溜出人间
风儿松绑年龄的成长
在生命的暮年成了神仙

无须辨认，所经历的
让我热泪盈眶
回忆着走过的路上的荆棘

2016年9月28日

退休了

退休了，剩余的时间就是全部用来感恩
走过的一生，谁能说得清楚
有多少感动
对我来说最好的报答
还是保持冬雪飘落时的样子
仍然那样的洁白
无须再学一棵小草
放弃所有的愿望，附和着风弯腰
风中讨好

在清闲的时光，看大雁飞翔
未尽的事情随风飘飘洒洒
归属的心落到秋的草原

第三篇　故乡篇

伤，只能是自己的抗争

秋霜尽染万物

一层层的厚

站在树枝头的一枚叶片

满载了秋的幸福

洁白的雪山高昂着头颅

纯净的身体裸露

不断地感动，不断地

泪眼蒙眬

被风鞭打的一条小溪

在秋色中持续地说爱

去大山外，卸下雪山的

厚重，一辈子恩情的

守候

二

老街的胡同有人吹着口哨

一代人的脚步

藏在街道的转弯深处

天空围观的星辰，掩藏着

忽暗忽明的心

自己磨损的零件，磨去脸庞的棱角

藏在灵魂之后

秋风吹动路边的白杨

树影婆娑携着许多往事

蹲在了地上，许多往事把
自己绊倒

伊犁河水，翻过了一座座
大山
途中接受雨水，湿透的太多

多次的折弯变形
带上落叶带上自己的成熟
偶尔的寂寞
梦境，走出了山坳

三

山花被风细碎之前，满山坡地盛开
一张弯弓，一不小心
擒拿了毛贼
那一次战斗，一条腿脖
粉碎性骨折
从此，过早地落叶
去向湖心荡漾
追逐秋色的美好，每一片叶
都要伸出手来鼓掌
风纠缠路边树木的腰

每一次报告都念着
别人的稿子

说着成熟的话，我真的不行
一棵青松已长成一种姿势，
这样的选择，早在胸中
建造好大坝
满满的情感，该泄去的
让它泄去洪涛

四

反省自己，实在不愿在
风中跪拜，自己选择的心底
只能是纯净
一道分水岭从不触动
不逾越半步，多半生过去
有谁能为我见证信仰美好

蜗居身体，那不是我的本性
没了初心就没了底线
让灵魂关进白鼠的笼子
供医学者观察
卑微的躯体，让岁月啃噬
老了，能给谁下
罪己诏

五

不识水性的我，没有去做
浪里的白条
斑斓的月光，洒下大雪的白色
我庆幸自己　狗刨式游泳
问心无愧的自由自在
退休了，在苍茫的山野
常常的我的眼睛，被噙满的
泪水缠绕
水源地藏在心里，怕被
别人寻找

2016年9月29日

想念你

想念你，是在我们分开了之后
全都怪我，一句不慎的话
却非要让秋风去传递
春日里，选择了秋霜落叶
说不清楚天空的彩云
随风
去了哪里

第三篇　故乡篇

如今，空荡荡的念想
在心里发酵

没有人能够知道，也不能
让他人知道
春天里温暖的情
就这样被埋葬
心上的坟，年年泛青
风吹动绿草

雨水，打湿了心路的台阶
感情的洪水总在泛起
不管你筑不筑坝，浪花涌起在心田
她总要冲击堤坝

2019年3月9日

挚 爱

我知道，你是我的挚爱
你把一切给了我
所以总在每个夜晚
与你娓娓道来
不是我，非要说与你
而是屋外隔着

一层寒冷

你知道，我的性格倔强
所以总是孑然一身
需要你搀扶着远望
不是非要说与你
而是不愿意说与他人，灵魂
只能与你摆渡而行

我知道，朗诵离岸的诗句
会让人止住脚步
身体会随着月儿弯下
是倾听还是结束
怎样才能避开遭遇的
浪风

你知道，秋风里作画
苍劲的笔触描绘出
伊犁河水的万马奔腾
但所有的努力都不如对面楼里
一个女孩，自编自导的舞蹈
洒脱动情

我知道，这是生命里的注定
非有人劫难不可
我的错误在于曲库里添词
抒情的句子不合时宜

不与你说，又与谁
诉说心情

我知道，如果没有那么多的如果
从前，没有那么多的从前
做我的秋天会有沉重
做我的春天会电闪雷鸣
做我的冬天雪花一层厚
做我的夏天万紫千红
做我的爱人，咱就绑定同心结
选择把根系在一起

2015年11月27日

写给，南方的一位朋友

很久了，总想写下一段情
你是我一段日子不见
就想念的朋友
最近的你，又去了远方
你是坐着飞机
上班的人

一路上，有很多的渡口
上上下下各自的目标

最终一个方向，太阳底下
追寻着最初的梦想

一束山花，开在福鼎的山野
翻山越岭的欲望
把朝霞定格在远方
那时的我们伴着星辰熟睡
你已破晓东方的晨早
借着海风，点燃了红灯笼
红红火火的生活，花在
树梢头绽放

山花的情思，适逢南方的雨季
一个女子的梦
相思也罢，痛悟也罢
露珠从草叶上滚落
花开雪芬芳

一束山花，选择在北方落脚
花瓣的手掌伸向天空
风来了像激情的艺术家
我们在香烟缭绕的日子
你却风驰电掣，哪一件好事
都能赶上

煤海的巷道中掘进，涂染了
黑色的身姿

第三篇　故乡篇

223

古战场上的骑士，喜欢挑逗
对手的情怀，燃烧青春的
希望

如今，在香气弥漫的夜晚
你又等待着捧起秋天的果实
金融是阳光和空气
谁也少不了

想了想，一个好人怎么都好
好了好了，又开始发芽
心脾清茶，汇聚朋友
一了百了，品味生活的隐香

无商不富，没有金融资本
不大富，没有股权不暴富
选择比努力
重要

途中的偶遇，你坐着飞机上班
我开着车子上班
还有骑车，走路上班的人
相同的步子走在同一条
路上

你是一个好人
坐在飞机上，伸手可以触摸

天上的太阳，最近的佛
在你心上

2015年11月2日

冬要来了

冬要来了，太阳也知道冷了
一天比一天起来的晚
晨练的广场那条长椅上
结了一层薄冰
没有了温暖，谁也不会
在树的影子下休眠

还是进入春天的好，暖暖的情
小草和我比赛成长
一棵棵地从泥土中拱出
远方还站着一朵粉红色的花
小草为她而来的情感

天冷了，我就要去南方
过去的事就交给
秋风处理
人不由心，天不由境
人老了，留下天地一片洁白

这也原本是我的初心

习惯了春风的忽冷忽热
与行走的人渐行渐远
我的青春，风一吹也就老了
风清露冷，对事业
我不会埋怨

感受到了冷暖，雪花一层层地飘落
老人们的儿女都在远方
冬不爱说话，广场安静得
可以过滤浮躁，脚下咯吱咯吱的声音
冬天蹒跚的节拍把谁的
名字念喊

2018年10月4日

秋的一片树叶落下

秋的一片树叶飘落，我也老了
在风雨缥缈的瞬间
我知道我的身子，终将离开
热爱的这片森林

静静地，卸下了沉重

青春，赋予的希望
那些以前的日子，每天都
被山风呼喊，都要伸出手来鼓掌
不情愿的事情

终于，可以静静地不再去
借着高枝炫耀
登上一程，还想再高的一程
去回家的路途享受安逸
哪怕全是冬雪，瞬间白了头顶

煮好了一杯咖啡，享用一个下午
停下了脚步，才知道远方在哪
秋色里的许多诗意，有那么多的相遇
回到家乡在大树旁睡下，看见天空
月亮和太阳还依旧轮流的
照看着我的身

2017年3月7日

柳

杨柳，在春风的爱意中
浣洗着身子
婀娜的站姿，千万别碰

扭腰时，淑女的每一根肋骨都酥
少女多情的心，还想翻过围堤
杨柳的枝条偶尔
飘出了墙

白居易写美，犹抱琵琶半遮面
河堤上，古典的情感伤到了人心
一棵棵翠柳扶风
今春的柳，绕湖奔跑
漏出少妇的旗袍，弯腰时风吹
羞红了太阳
正好窥见了走光，不敢沾惹的三月风情
少年的那点破事，一碰就碎
囚禁的冬天再也不显冷峻的貌样

一年快似一年，风为我留下过伤痕
钟摆的脚步又在追赶
真的可以逍遥多好
什么茶好，今晚邀请明月
与李白说梦，历经的多少留给
杜甫兜底，一生喝了多少伊犁老窖
才与夕阳万里他乡，松开了缰绳
让心在柳下品茶，我们还剩下
多少时光

2018年10月1日

雪花，落在了大地上

雪花，像撒开了缰绳的野马
一片一片地飘落，雪花回故乡
奔跑在我的心头，快些
再快一些

雪花，落在了大地上
整整的一个冬季忘记了归期
只是太阳燃烧着的山野
火焰逼退了寒冷，一条溪流
从大山出发
浮游着冰块

雪花，从苍茫的天空来到人间
没有心思，看别处的风景
告诉我故事的结尾
等到春天
那清澈的河流以飞翔的姿态
放纵着心情，还是从前的样子
内心的秘密
流淌在思念的草地上，脚步绕过
爬满山坡的野花

2016年9月27日

念

浪花，被水底的鱼群追逐着
逃脱不开，跳出了水面
在晨雾中，我又看到
她的留恋

昨夜的月亮格外明朗
竟敢探出头，来到
我的床上
没有文字记载，我一夜始终
枕月而眠

月光的玉体清清淡淡
我的思绪满地奔跑
都稍显了凌乱
一个男人
一生醉了多少次，才在一个
女人的怀里成熟

现在是一个结霜的故事
山野冰冷但质地洁白
树影清瘦，但叶脉从未断流

放下风的纠缠
树木等待春天的
初恋

2018年10月9日

心　境

当泪水，满含在心底之时
我已是乘风破浪，远洋了一生
回到了岸边
我知道亲人们，已静候了多时
这些年一直的努力
就是想让剩余的日子早点
从航船的甲板走下来

日夜兼程地赶路，一双脚
寻找着什么，迎接每一次浪峰
该向自己证明什么
家就在附近，想起幼年的欢乐
品尝着家乡的味道
在清冷的早晨

回到了岸边，抛锚的绳索
丢在泥土的空地

后半生把心拴牢在一个铆桩

柳下品味秋色秋景

2015年4月8日

坚 毅

秋风，在天空之下

耕耘着云彩

云彩，翻卷着黑色的力量

田野上的龙沟，黑黝黝的土地

青筋突起，秋的身子裸露着

把一粒种子深藏在土地

最后的一片秋叶，站在路旁的

枝条上，念喊着

谁的名字

山野，在季节里换衣

天山的头颅高昂，像是一首千年古诗

在布满白雪的四季

等待太阳的朗诵

温暖的来临

一片片的雪花回家

山野里，流淌着小溪

看一棵苍松在风中
迎客

2016年4月8日

秋　叶

在很美丽的天空下，听着风雨的叮咛
忙忙碌碌地走过了春天
来到夏夜的天空下
等着秋雨的到来
秋叶的生，也是为了
秋叶的死

选择的历程，追风的辛苦
现在自由自在的归去
小路上铺满了秋叶，能听到风
跑步的喘气，心里有
一头小鹿追来
我不惊慌，我没有亵渎春天
给枝叶的，把点点滴滴的绿色
全部逼出体内

秋日的原野，路旁的林带
山坡上的小草夹杂的野花

第三篇　故乡篇

233

都充满了成熟的气味
被惦念的一首词几千年了
还在慢慢地咀嚼含义
我真的累了

2016年12月9日

一片叶

等待秋来，一片树叶
就要回家
一个春夏都沐浴在风雨
飘飘的日子，尽情地
舒展了心情

难道那时，青春的努力
常在叶片上降雨
听他说点什么
远方的落点，赶着路程
禾苗等在久旱的田野
父母已老在故乡

大山换了服装，变成了秋色
一棵树，老了
迎来了冬雪飘飘，想到深处

心孤独的难受

看到白杨站在路旁，被剥落的

躯体裸露，还是从前

站立时的姿势，一辈子了

为什么所有的手臂

一律地向上

等待着树叶，荡起双桨之时

大海泛起绿色的波浪

托举着希望向上，为什么春天

这么勇敢

2017年8月25日

骑　行

路边的白杨脱了叶后

就不会说话了，孤零零的手臂

一律地向上伸展着

骑行的道路即将覆盖白雪

不能再与我为伴了

不能在林荫下追思了

水鸟不知冬要储藏粮食

在河岸边晒着太阳

心中永远是四月的天

冬季没有吃的了，咋过
得早有个选择

我要做入冬的准备了
需要清理的东西很多，去南方之前
去亲戚家和老师家看看
还有同学们中午的聚餐
别忘了时间
过几天我就到了南方的季节

北方的冬雪，身体已经不适
遇雪总压抑心脏
那一次雪山上救人落下的病根
在晨练的路上想着远方的
晨曦

冬雪要来了，陪我晨练的松鼠
见我就躲进草丛的野鸡
河里的鸬鹚
冬来了，能否随我去到南方
看春暖花开，晴朗的早晨
我们享受各自的
幸福欢喜

2018年10月6日

伊犁的春天

伊犁河的思念，春天开始丰满
太阳温暖了
雪山的乳房饱满发胀
惹事的风还没有走开
池塘里的禾苗，喉头里
发痒

隔着河岸散步的日子
柳树已长发及腰
鸭子，一圈一圈地浮游
思绪很乱，把水面
惊吓的荡漾

雪，朝前迈了一步
融化了自己
太阳，一脚蹬开了大山的襁褓
羞红的脸，突然来到你我之间
小草被风搂在怀里
半推半就的

高空中盘旋的鹰，给谁在放哨

天蓝得非常干净
仿佛整个伊犁河水都是
从天上流下来的
与我一路相携的，白杨伸展着手臂
指挥着林间的风，其实我想
让她也抱抱

2020年10月

游 子

又一次，听到家乡人的口音
那么熟悉亲切，履历表
要填写的祖籍，组织
要了解的根
想起老家，才感受到家乡的味道
风不认识我，水不搭理我
路途，还很遥远

家乡，早就变成了故乡
没有了亲人
我是回不去了，从此
故乡在我心里常驻

我出生在八月飘雪的边塞

感悟了戈壁滩的寒冷
后来随父母去过一回老家
只记得家乡的地方
村前有一条小路，拴着游子的心
如今那条路，已被高楼阻断
问路上的行人，都不是
家乡的口音

很多时候，我们忽略了
一张名片的背后，都有一段
不可忘却的回忆
谁把我们安放到了这个变革的年代
撑着一把伞，风中行雨里走
风纠缠的季节把温暖隔开
至今我也不懂

在回家乡的路途
我始终热泪盈眶，血脉相连
虽然没有养育的情
但我常梦见故乡的风貌
那回的初见再也回不去了
心的地方，一直存放着
故乡的样子

2020年11月

小西米

自从我的家来了个外孙女
她对我们笑的样子
我老年的生活，留有的一点豪迈
被一种柔情偷去
才分开几天
就催女儿赶快发来外孙女的视频
生活的照片越多越好
家中的新闻联播，不能停播
不能少播出一集

还有活跃在群里带她的奶奶
每天日记，吃了多少
都是什么
详情到，拉了多少粑粑
每次公布于众
妈妈反应最快，第一个点赞
姥姥也按这个模式接力

女儿有了西米，不像原来的她
爆长了母爱的心肠
爸爸也偶尔冒出几句严厉的话

怎么舍得，群里没人接他话语

小西米，"皇帝般"待遇
明星一样出场
大学校长的奶奶，已经开始吹风
英语作业笼罩着周围
姥爷早就读诗贯耳
姥姥，望着西米的视频
就一人傻傻地笑傲江湖
你看西米回头甜甜笑的样子
好似春风吹着杨柳
心头长出春天的一种嫩绿
爸爸对她女儿讲，今后考学
至少不能比他差，爸爸学校
西子湖畔，浙大毕业
西米呀，今后还剩两个
学校可以选择

看着西米去打防疫针
路途中睡在自己的安全座
歪着头睡了
第一次出远门的她
太困了，全然不知明天的劳累
好似在思考
今后还要走的路程
妈妈拍了照片，留下瞬间的样子

外孙女，出生就是北京户口
根正苗红，北京的女孩
不像我们这些在大山里出生的
在大西北高原度日

想外孙女的模样，越看越想
放下手机，她的形象就变得模糊
找来我家西米的新闻联播
再次地重播
去找到一只秃笔
心里反反复复画她爬卧的姿势
翻不过身来，躺在床上笑
躺在沙发上笑，心里的画面丢了
再催着老伴回放视频的
下一集

多少年前，晴朗天空的夜晚
西米的妈妈，我的宝贝
来到了边塞的小城，河岸上没有风
那晚，没有被酒灌醉
那夜好长，我有点乱
甚至把露水当成了喜泪
那晚第一次见面时，我咬住了嘴唇
这是我从此有的小棉袄吗
女儿闭着眼睛，小老头的样子

来自比阳光还温暖的厚重

她长大了，和同学相爱了
小西米，也赤脚跑来了
慢点，像母亲要走的路途
今后的路还远着呢，征途上
留下小西米的踪迹

每天都埋怨新闻的发布人
片子制作得太短
小西米是主角，是我们的未来
把美好都寄托在她的身上
想想她的今后，天更蓝了
云更白了，她在自由地飞翔
飞得那么高，长出一对
坚硬的羽翅

小西米的妈妈，非常疼她的女儿
自从有了西米，她就变了
全部的爱都放在她女儿身上
妈妈可是个厉害人，今后管教小西米
西米要服服帖帖，小西米不要长大
痛痛快快地享受你的
幼年、童年的
美丽

2021年4月8日

大雪压身宁弯不折
负重的身体过早的弯腰

退休了，我的支点竟变成了她的肩膀
需搀扶着远望，还没有到白发沧桑
剩余的日子，还有多少
时光

我的一生我能接受，我的日子
我能接受，只是给她
找来麻烦

2020年12月

红　柳

最熟悉的回忆，从小玩耍的
巩乃斯河岸，一群小伙伴河里游泳
玩累了西流的冰水，回家的路上
割上一捆红柳，当作今天
上交的账本，肩头扛着一捆柴火
脚步踏着西去的阳光

走在回家的路上，看见路旁
站着高高大大的白杨

小时候诱惑我最大的愿望
何时能长成白杨的样子
春风中舞动青春，伸出去的枝条
接住天上的落雨
冬雪日捧着天上的来信
读懂太阳的礼物

肩膀上扛着的红柳
矮矮的蜗居在河坝，一根根的枝条
没有一点笔直，挺不起腰身
叶子的色泽有点发红
浑身是刺

长在沙土中的红柳，风领着他长大
野地里的孩子，没有人看管
长大了，才知道沙进人退
红柳顽强拼搏的精神

站在沙土中，拓展疆域
虽然躯干不够硕大，骨头里
透着硬朗，沙漠与绿洲的边际线
就在他的脚下划分
红柳冒死向前突围
护卫背后的一片绿洲
前方走着骆驼的队伍，驼铃声敲醒
春天的故事

红柳，现在还是有人偷偷地收割

用来烤肉拌香，我现在就去站位站岗

看护好红柳，让他长成一片森林

一样的职责　屯垦戍边

保卫边疆

2020年11月16日夜

伊犁河放歌

月亮放到了天山，天山静默的无语

太阳放到大漠，大漠凝固了沙浪

而那，从大西洋飘过来的白云

放到伊犁河谷的上空，水彩画的笔

调好了色泽，把山野涂染成一片

绿油油的春　催我

放声歌唱

伊犁河，跌宕过一路的鹅卵石

在那个自由花开的早晨

催发一路的花香

站在伊犁河大桥，迎面这片

神奇的土地，一夜间

百花齐放

田野里的薰衣草，岸边的白杨
郁金香、杏花、桃花
野苹果花
天山红花，红遍山野
沐浴五月的阳光花田里伫立
绿色的风席卷大地
春色，护送细雨霏霏
冬季里，瑞雪飘飘
剪不断的思念
飞翔

星空与朝霞，沿着草原的记忆
丢下了脚印
不知天高地厚的我
一盏灯下，欲望在秋感恩
抒写豪放的诗行

伊犁河，我呼吸过的每一寸土地
我喜爱的春天早已来临
用最美丽的花瓣，请最好的歌手
在最高的山峰歌唱

肝胆相照，与料峭的寒风说情
历史记载下昨日骨骼的柔软
外戚，曾掠夺去了暮色
弯月，走到边塞回眸
千万般恨哪堪回首，外融内冻

先辈们与伊犁河水魂相守
我虽天性鲁钝，大山解开了衣裳
我还有什么好说的
去到山野助产出生的太阳

生活在天山脚下与阳光组合
止步几代人的厮杀
这块疆域的月落日升
如今，西去列车的窗口
连同草原的羊群，草原的毡房
牧羊人追赶着的季节
犁铧在大西北高原叙写诗篇
蓝天有孕，伊犁河挡不住
今夜的雨水，把天空
还给大雁飞翔

月儿挂上肃穆的秋夜
太阳咬紧了天空，白云的
一对翅膀何处飞翔

我站在伊犁河大桥
瞭望广袤的山野，去与落日说爱
浮动在草叶上的浪花
晚风吹过的心情
花一样开放

自从听懂林间的细语

就嫁给了边塞野性之美
一群蓬勃的男子汉
点燃了篝火，沿着垄沟的方向
岁月迎秋，大山的腹中临盆
苍茫的天空日出于
东山顶上

阳光，血染了山坡
满山遍野的绿色，若不被
大山截住，不知会
流向何方

伊犁河，与我相伴六十个春秋
不单独一人默守
从青春到迟暮
蓝蓝的天，白白的云
把我们恩养

2015年11月29日

疆

挥毫落墨，写下一个大美的"疆"字
三山夹两盆的地貌
弯弓守土的将士

251

阳光洒满醉卧的天山
山脉保持着奔跑的姿势
哈萨克牧羊人马背上的
一对马褡子
准噶尔盆地与塔里木
装着半壁江山的
辽阔与浩瀚

从童年记忆的一轮明月
穿越到打盹的夕阳
从天空飘落下的雨水
到风在林间的一直叮咛
我心正收割着希望
雪花已满天山

北疆，守着寒冷的岁月
阿尔泰山脉，穿着御寒的衣服
雪飘千里
落在了准噶尔盆地
乌云折叠的夜晚
冰雪把羽毛伏在一根根的芦苇
天空被推得高远
只在等待一场透彻的春雨
逼出山野体内万物绿色
山风的脚步抬着一顶轿子
天山红花最早在草原安家
怀抱里的河水直达北极

陪伴雪花飘落的情绪
在他乡的不安

塔里木盆地的南缘，昆仑山脉
一个爱情的故事
怀了孕的沙丘做着绿色葱郁的梦
一枚紫色的蝴蝶
风沙中沐浴刚洗完了澡
胡杨林，干干净净的
陪着落日的大漠
背影像一个女人的身姿
树荫下的瓜果蔬菜，塔里木河
扯开了衣裳露出乳泉喂养
旷野上，摆渡的风把戈壁碎石
抛掷在那片港湾

我知道自己喜爱分散在
南北两疆的兄妹
已经忘记了老家的阳光
去到了何处
蓝天下的白云净得如此单纯
心的向往不就是追寻这些
伊犁河，说了些什么
塔里木河取自女人的乳汁
每一程的流淌
都在喂养着绿洲，小草
一致的肃穆

第三篇 故乡篇

253

在新疆，人人都有改造山河的执着

弯弓守土的战士

灵魂的钟声在大漠的

旷野摆渡

一生的信念，起锚抛锚都在

这片港湾，屯垦戍边

2016年1月23日

第四篇

感悟篇

追　寻

好多年了
我一直在快乐地
追寻着你
可一转眼，却被
自己的影子
撞倒
我想，从此放下了你
可生命里的
溪流，却总还要
流过你的草原
世间，多变幻万千
我不知这是什么
使我不能
放下

少年的爱，火烈透彻纯净
一点火星，便能点燃
为了事业，可以
挺身
但所有的努力，抵不上
一场秋寒，多少爱

被风剪断

一个人的知音，谁晓
万里晴空鸟在飞
忽想下雪了，雪地上
留下我笔直
前行后的
脚印

心中的，苦楚
只有自己，心中追问
原野上，翻滚着的
波涛，是又一年
成熟的季节
一想到这，泪只能
自己藏

终于，想放弃了
浪花笑着，从身边
欢乐地跑去
思绪，留下
沙滩的
脚印
问我，魂归何处

浪，轻轻地拂去
沙轻轻地洗涤

我怎样的历练，海边空了
我被淘净

想退去了，好真
云淡风轻
从此，想去寻了别的修行
一粒种子的梦
在心田有意无意地
开始萌生

情难绝，天不老
这天夜里
我的心好疼，好疼
我连自己的钟爱
都不能保护
今后还能，干点
什么

下雨了，下雪了
天羞煞，地蛮野
无法说清，一粒种子的梦
已成福幸

白云飘去，问候的是风
枯树的喉咙，吐出
新生，不久可在树下纳荫
一盅白酒，一杯淡茶

感慨万年，品味
人生

没把自己放下，仍然
自己本性
没有爱过，何以评论
不为自己什么，总在牵挂家乡
我的心，泡进一坛老酒
这样你会晓得
一个男人
对事业与生命的感受

好了，不为你什么
不说你什么了
洋溢的莲花已在内心
浪花滚滚又去了
远方

一个人的成功，是给了
多少人帮助，得到了
多少的认同
与尊敬

好多年了，工作不怕苦难
就怕干完了，让人
酸楚

2015年10月20日

第四篇　感悟篇

彻　悟

骏马奔驰，不知顿挫

如我爱他一世

一世的付出，却没有人告知

就在累了，一觉醒来

膝下的每寸土地

被卷进了误区

一场秋寒，低矮的天空

折断鞭子，供我

心痛

人心，最脆弱的时候

老树枝上，喉咙痛

真正的孤单，想寻找一个

懂你的人，梦里千百次抚摸

腰间的佩剑，不愿谄媚

墙根下，一棵小草

接受弯腰的哭泣

影子里苟且地活着

跌倒在卑贱

2015年10月20日

无　悔

阳光，用温暖拥抱着禾苗
小溪，如母乳爱着自己的儿女
塘边的树木，婆娑着
喉头发痒，吐绿
争艳着生命

历史，重复着轮回
冰雪跟着春融尽
无悔的一生
走在星空灿烂的草原之夜
既然选择了，就好好地
守候

我不会追浪，不如他人
在草原上追着，追着
就追出了灿烂
我空怀一颗简单的心
如莲花朵朵，体贴着你
体贴着他，掏肺
掏心的柔美

真心实意，到老了老了

第四篇　感悟篇

还是没弄明白
难道真心，也会错过
花开花落的季节
细碎了花瓣，不能问
也不敢问

一个人，走在了路途
内心遇到了困难
雪山雄鹰坚守着信仰
不会改变
有时明知不行
但从小就有在万里晴空
迎风走的情绪

有时候，就是想到外面
大哭一场
落下的泪，不能不白不明
就像我的脚印

可以做一棵真正的苍松吗
挂满如雪的冰凌
有人说，性情不能太真
其实，我是不想
一匹马，总被马桩拴着
要心生快慰，活着
人的心灵

2015年10月21日

秋　雨

昨夜一场秋雨落下，暴涨的河水
瞬间挤满了山谷，一夜梦魇
在胸中堆砌
一堵破墙，血栓在暗流中的阴谋
想让我躺在一张手术台上呻吟

心的方向朝向了秋色，森林开始落叶
这个季节，可以接受
来不及陪伴

忍受清风骤雨的摆渡
在雨水的日子里，去给别人撑伞
一片叶，秋雨深浅的踏痕
不能逢人便说冷雨冷风

冻结的躯体，离乡的诗句
留下零星的脚印
那一夜，血管残余的通道
徘徊的不安，斟酌后不想写诗
唱吟

第四篇　感悟篇

263

丛林掩盖了岁月的脚印
阳光婆娑奸细的眼光
令人心颤的风
卷走了大雁的行程
已经临近一个人的傍晚
天空的悲喜，白云不该退去
辽阔的梦

2015年10月20日

在那东山顶上

每当听到《在那东山顶上》的歌曲
心中就想起我们民族的历史

好多年了
每当听到"在那东山顶上"
我的心，就犹如一股冰冷
被狠狠地砸在了山涧，清澈透明空灵
雪域高原，一个关注
灵魂的地方

"在那东山顶上，升起白白的月亮
年轻姑娘的面容，浮现在
我的心上"

却原来是一段爱情
眷恋的芳香

好多年了，这般美丽
一辈子，总想亲见一次
这世间，还有什么能让
我的心灵安放
布达拉宫上空的声音
这是唱给我的歌吗
雪域高原的梵音，最近的佛
在我心上

雪花，漂净了天空
风，顺着一条大道
我常问自己，从一个地方出发
匍匐前行
需要多少轮回的安详

"在那东山顶上"，是一个民族的魂牵
我们走过了春秋唐宋明清
感受那种不屈，苦难中
浴火涅槃，如同长江黄河的宣泄
走向千年万年的歌唱

诗，驾驭不了这般雄浑
风，在旷古高原上抒情
晚霞，片片残红

歌声，在喉咙里发痒

一、春秋时代

春秋
雪域高原上的贵族
大河的源头，缠绕着母亲的脐带
从这长大的孩子
血浓于水，奔向了前方

大河
踏着湿漉漉的雪花
静静地流淌在佛国的门槛
众溪汇入，尚武独立
勇敢、荣誉、承担
先秦遗风行走，不以阴谋狡诈
在辽阔天空之下
独立人格纵情，阳光四射
折射出盈盈的寒光

如同，长江黄河的浩荡
与之一路的同行
我崇尚上古，崇尚一种
信仰

屈原，《离骚》《天问》
风韵高亢

捧热血一腔　四溅
我的书页泛潮
至今，纸笺还散发着远古
阵阵的胆寒，飞鸟跌落了
翅膀

无须攀附，无须奴性
雪，一滴滴融尽
拔剑的侠客慷慨赴死
说自己想说，想
自己所想

花落
云天之外，生死相许祖国
那是怎样的民风
霞光映照祖国的山河
大江大河的恩爱无须
遮遮掩掩地流淌

在那东山顶上，还有
仓央嘉措的一首诗
这是一种追求，冰清玉冷
这是一段抒情的美丽
自由奔放

人之本来荣幸
尊严、优雅、信念

267

鸣鼓而战，不相诈
荣誉之心
超越最伟大的古希腊悲剧

而今
实在不愿意痛心
又给我心灵的启迪
荧屏上，那个漆黑的夜晚
《泰坦尼克号》的甲板
归于远去的场景
曲终弦尽，谢幕的悲伤

世界首富，把身孕五月的妻
送上小艇
站在甲板，一只小狗
一根雪茄
风中十分的宁静，没有彷徨

一对年迈的夫妇
蹒跚在，藤椅
等待生命最后的一刻
还有资深报人
工程师、炮兵
把生留给身无分文的妇女
那一夜，我摔碎了自己
在心里留下了创伤

后来
只有一人，男扮女装
爬上小艇回到日本
他在，忏悔耻辱十年后
死去

为保卫自己的人格而战
这是男人伟大的选择
男人，就应该优雅着
贵族般的荣誉
走向远方

黑夜中，乐队演奏诠释
有一种精神
死比活着更加永恒
初心不能埋葬

后来不知为什么，突然响起了那句
"让领导先走"，看来
这么多年了，我们的路
还在远方迷茫

二、唐宋时期

站在雪域高原，遥望大河之上
感受，高原般蓝天
辽阔的气象

大河

走进了中原，走进了唐宋

在广袤辽阔的原野

汹涌着泥沙

一种顽强，一个民族的

魂魄的前行力量

挺过寒冬与童年之后

江河在原野上纵横

一个民族的筋骨，一条纤绳

长江黄河的血液浸染着

中华的沃野

从未改变，天资超群

性格刚毅、杜鹃啼血

两岸呈现出最早的文明

无疑超越了世界的远方

大河

走进中原，走进北方

松软的泥土

两岸原野铺满的种子

悄然抽枝

叶儿，鼓着心开花

陶醉迎风飘香

翻开历史的书页，大河

一个巨大的弯转
途中唱起心中的歌
涟漪，四顾茫茫

"浔阳江头夜送客
座中泣下谁最多"
白居易续写了不甘世间的
沦落的哀伤

"安得广厦千万间
大庇天下寒士俱欢颜"
杜甫，宁愿贫困也要放逐的
真性真情的心肠

历史，来到命运的转角
漆黑的夜，江河不再现魏晋风流
在一个不知名的早晨
风浪，卷起冰雪飞扬

岁月丰乳肥臀，强敌乱华
掳掠民女宰杀生灵
徒步在历史长河中的我
像这首诗，古铜色的肌肤
横陈苍穹之下
忍受无期的折磨，流淌着
岁月的创伤

皇权可以独尊，但信仰

不能缺失

雍容文雅，饮酒啸歌

也要如执戈披甲的

骑士上场

今天

我站在这里，途中的跋涉

我遗失了什么

一生跋涉，不敢如屈原

宁为江河凛然

桃花源记，躲进深山

自由的心选择一个人的奔放

这一夜，我的心翻遍十万大山

不以革职久闲为念

只以佩戴上古刀剑

无论混浊阴谋，不换

人格之尊的愿望

苦难，从来都是大志者豪饮的乳汁

权力从来都是快极一时

诗人，就是塑造灵魂

而今苍天会有约定

雪域高原强劲的风

漫上山岗

三、明清的历史

大河，走进了明清
雪域高原在大河的下游
放慢了脚步
专制后的平静，天与地冰与雪
这个冬天，我埋首于一段
苦难历史的写作
吐露着真诚

塞外翻卷高原的寒风
铁骑踏断民族的脊梁
屋檐下的奴化，杀戮的血腥
不以立功疆场为尊，风霜傲骨的
血性丢失，江河赤身裸体地
流淌

层层的掠夺，截流
大河奄奄一息，从此苦难的母亲
在养育了她的孩子之后
去背负青天的寒风

王朝皇权去古不远
梅兰竹菊的吟唱
昏愦躏辱了母亲，春秋之后
那些先于我们的

273

"梦里挑灯看剑"，"至今思项羽

不肯过江东"，一个弱女子

书写一座丰碑的悲怆

时至今日，信仰之心

无法落笔

听一名导游讲述

雪域高原的藏民在去京城的旅途

伸出大山的手臂，酥油灯万盏

像在塔尔寺递上一张张钱币

在茫茫的人海中，帮助一个乞丐

而那人佯装乞丐，震耳

欲聋的良心

词语的沉默无法诵经

灵魂有否归宿，人心怎么扶起

想起老人跌倒，扶还是不扶

一个民族的纠结

还有平时喜欢怒吼的男人

面对几个暴徒，怎么"凄凄惨惨戚戚"

那片红高粱地，悲壮的歌

"九儿，送你去远方"

一个弱女子，留下冷雨

寒风的绝唱

夜的天空下，崇拜玉兔嫦娥的

虚无缥缈，大山里的石头

被捧成了柔软的美玉
唱着歌颂太阳的歌，却去后羿射日
难道祭台上供奉灵魂的
说谎

为什么肃静的教堂里
点燃的灯火不灭
居闹市之中，却可以忏悔
倒空心中满满罪孽的
泥泞

四、浩荡的江河

站在雪域高原，感受
一个民族的魂牵
几千年了，记忆无须交错
一段历史的懦弱
一段时间的撒谎
黄河奔腾不息，那个巨大的转弯
难道是给母亲
深深地鞠躬
长江带着万物丛生的疑问
追寻天高地远
大海，迎接江河回家的
风雨兼程

很多时候，一个人的思考

是在风雨浇铸之后
弃于荒野之上的顶天立地
血染鸿雁的大江大河
流淌着，我对祖国
心路的历程

2015年11月1日

这里云淡风轻

那天，天很凉云很轻
风很静，我驾车去了
伊犁河和河岸的
那边

从来，没有过的轻松
我去了，到了一望无际
森林般举起拳头
庄严的地方
远处，一片森林护卫着河堤
森林里，翻滚着
原始的纯净，这一刻把自己
交给了他们，站在这里
感受生命的年轮，一个心
很舒畅的地方，风纠缠

我的心

河岸上起风了，所有的树木
都伸出手鼓掌，让风通过
河水来到这里拉着的长纤
远处的大山像被
拽着的船前行

一路的颠簸，勾起共同的回忆
放下一段燃烧的红烛
站在伊犁河大桥，我给大河
一个鞠躬

山野里的森林弯腰迎雨
风雨把小草洗得
干干净净

来到寂静的森林
看到阳光的底色，如果
要早些时辰，能否成为我
毕生的盘缠

2015年10月24日

第四篇 感悟篇

277

我与佛，有缘

从童年的理想，到中年的信仰
一只小鸟的翅膀飞越了
万水千山的沟壑
终于抵达到秋
稻田里，蓄满了雨水
一颗定位的心，在秋色里
抽穗弯腰

可以说吗，这一定与佛有缘
实在是颗满足的心
时间雕塑了太阳的
印章

落叶下的脚印
无须去询问去了天南海北
说好了一路同行
可转眼，刚从阶梯走下
就找不着了
人生本来就有许多的渡口
心灵日出，只要不忘
初心的歌唱

放下，是一种缘分
沉淀了多年
不想说就别说，翻越一座大山
去找想念的朋友
撒一次谎，哪怕万物已秋
不该打扰的时候
就默默远离，每个人内心
都驻有秘密
匿藏

埋头，一场冬雪
把最后的一件作品装进心中
与孩子们去堆砌雪人
雪人融化
定格成心中的那一幅画
对妻说，搀扶着在旅游中
慢慢变老

2015年10月29日

信　仰

已是深秋，寒风追逐秋的脚印
又一年的冬雪就要来临

此刻我想起了重庆

渣滓洞、白公馆

一个用理想支撑起的山宇

满山遍野的宁静

泥土里的芬芳，百鸟不肯

放下的歌唱，感恩迟到

我的心，在路上晃悠了很久

内心遇到了困难

雨一直落到了天外

想起一个名字，在旷野上行走

背影中，谁丢掉了初心

这几年，春风浸透

被忘却的纪念，在秋的季节

谁能在一把骨灰里哀悼

第一代信仰，觉醒的年代

隔年的思念，寻找真理

陈独秀变卖了家产

彭湃分掉了土地

李大钊愿做第一人为真理而去

相约丰收金色的秋天

年轻人拥抱着爱情

临刑前，妈妈的乳汁

襁褓中的孩子仰视

怎样的信念雕塑

这一代领路人

毛泽东

第二代信仰，父辈们付出
新生活从远方走来
做一颗永不生锈的螺丝钉
料峭月枝头，西去列车的窗口
谈论着爱恋，南方的泥土
栽培着北方的季节
秋色的田野成熟了万物
生长在祖国的花朵，风儿轻轻地吹
这一代领路人，愿以一个
普通劳动者身份
报到

第三代信仰，上山下乡
苍山负雪的梦想，欧阳海拦下惊马
金训华洪水中不顾生命
风吹不动的雄心，击节而歌
上山下乡的壮举
这一代人英雄的梦想
想把山河改造

第四代信仰，跟着感觉走
抓住梦的手
脚步越来越轻，与童年
说声再见，把梦想
寻找

第四篇 感悟篇

281

如今没敢往下想去，鸿雁悲秋
我用嘶哑的喉咙呼唤
大海中，航标的灯捻
信仰，是种子落往大地
是天将破晓的红日
殷红色地平线，一片
如血的雄浑，我用一生
守候

2015年11月1日

杂　事

累了，就去找朋友聊聊
聊聊，心就静了
看那满山遍野的红花
你，就是那个懂我的人
一句话
泪流

你，就是那个懂我的人
一生只有母亲
可她，已经离我远去
从此世上我没了娘

282

一人守护在山坳

不愿吵醒，怕母亲听到
选择对亲兄弟
我也少提，只是心里
留守爱，你要懂我
多好

生命里的注定，阻挡着风
阻挡着雨，用信念去
雕塑，灵魂的救赎
老了，还牵挂在心窝

那一年
去往国企改革的路上
从此不能回头
一路的风雨湿透了身
十余载春秋的耕耘，一生都没能放下
如今，弯下的腰身
向谁去鞠躬
述说心中流淌着的
疼痛的波涛

不为超度，只为追寻
改革春风的脚步的前行
后来有人批在嘴上
现在我欲修身

那么多的工人下岗
我接受惩罚
检讨

那一月
西气东输的管道
正穿行在西天山的隧道
寒风卷起千堆雪
一个清晨，果子沟雪崩
抖落下几座高楼的坚硬
二十几位工人的生命
冻结在天山
飞雪覆盖了落日，临危受命的救援
寻找着什么
那时，女儿刚上大学
中央台新闻，滚动播出
我们正在援救的消息

那一天
走在太行山的路途
为捉拿几个贼人
被关进少林寺当作了人质
自古多少英雄豪杰，大街小巷
唱着"妹妹你坐船头"，多少年后
脚印成了回忆

那一夜

美丽的河谷突然闯进

一伙暴徒

一柄钢刀生插狼窝

横跨伊犁河大桥那样的场景

生命的选择

生命求索着的

美好

那一晨，没有止住脚步

一艘航母启航

金融划桨，在大海上破浪前行

天空的星辰点亮一盏灯火

照亮人们爱恋的夜晚

欣赏着丰乳肥臀的

舞蹈

属于自己的故事

那一天后，风吹过了林间

梳理着心情，想写些什么

风吹倒熟稔的麦浪

奔赴的路上

迟到了自己的路程

不能大哭号啕

从此，想骑着马儿唱起山歌

葡萄架下鸟语新歌

只是那一夜没有人告诉

一个交错的冬天
我把父母的生命定格在远山
不能报恩，自己的路也摇晃的
不能前行，刚退休下来
就蜗居在山坳

如今，开放的花蕾
爱过之后
蜜蜂，一个个在心上
扎针，留下芳香
缠绕

2015年11月17日

温暖的太阳

浓浓的云负载着太阳
在远处的天边奔跑，犹如我的亲人
推着婴儿的摇篮
一路向着前方

飞机，一只硕大的鸟
在天空中穿梭白云
一层层地跟着
飞翔

回家的路近了，在暮色的
天空中，走过了天山
走过了敦煌
前面就是青海湖了
亲人呵，我一路
祝福吉祥

坐上飞机，去向遥远的城市
寻找温暖
隔着草原，隔着天山
隔着无数的城市，远方都是
美丽的绽放

太阳，在远方的云上
顺从自然的召唤，无上智慧的人啊
学着鸟儿择巢，飞机带我们去向
大海边寻找温暖的家
天边殷红的晚霞，蝉翼般宁静
枫叶遍地，时间趋于停滞
我与太阳，仅一步之遥
不能牵手来往

太阳沿着回家的路，就要回家
我们一路同行，人生
有无数次的相遇，在那
遥远的彼岸，追寻

我们的初见，暖暖的
信仰

飞机在祥云之上，夜幕完全降临
守望阳光的日子
许过多少诺言
起伏不定的情抵达到
爱的心房

我从北方来，去往
温暖的三亚，一路忘却了烦恼
不是距离阻断路程，而是
那山那水太净

在北方总是缺氧

2015年11月18日

苍 天

秋高气爽的天空，是一片片白云
把它推向了高远
树叶，等待秋风的落座
天地间，在睡梦中
一片安静

依附在草叶之上的，那些无志向的风
在叶子黄倦了之后
留下抗争的伤
春天来了的时候，风拥抱着绿色
遍地的抚慰　感情被季节
裹挟

那些不明不白的事丢弃在
草绿春深的山坡之上
溪流浮动的浪花，跳进冰碴的河水
河床咬紧了牙关
在心底的爱恋浩浩荡荡

农夫的汗滴，去到田间的
拐弯处停脚
老了喜获丰收，在星空灿烂的夜晚
迎接恨我的我恨的
一轮残月接受了伊犁河水
带着浪涛向西，一路袒露着胸襟
去浇灌家乡田野的诗情

2016年5月6日

第四篇　感悟篇

289

把我抛进大山吧

把我抛进大山吧，选择一片安逸
我真的累了
一段岁月的沧桑
在一棵大树上落窝
不想归期

秋风将至，花瓣收敛了翅膀
草叶打湿的身子
已留不住绿色放牧的生命
北风正紧的时候
牧羊人转场，夕阳穿着
紫红色的长袍，在伊犁河畔
送别着日子

一颗不安的心居然选择了我
陪伴了一生
承受风悍苦难的卷跌
去与独狼凶残
而我，却那么地脆弱侠义

孤零零的雪山下，一条弯曲的河流

走出了山野的天空
黄昏的天空逐渐收敛了容颜
难道，这一生把自己
放错了位置
瀑布，挂在了山前
对谁诉说感激

带着一颗柔软的心，守住一句
温暖的话
路途上跋涉往深邃里走
满是钉子的伤痕

2015年12月1日

上　苍

上苍，给宇宙一个肺
大海潮涨潮落的呼吸，无法言说
北方高原，苍茫的土地
寒风呼啸得像一个强盗
翻卷着
大雪的伤口
一个人呼喊着雄浑
彰显阳刚的乐章

在远方，北风舞动着一片树叶
牵动着我的目光
叶脉灌注，攒够了一千年的雨水
遇见大海的时候
恋人就等在
沙滩上

上苍，给宇宙一颗心
太阳，安排着春夏秋冬的座次
万物相恋相生
自己一生，也是个提灯的人
夕阳，高挂在树梢
银色的月亮
发芽发光

给宇宙一双耳朵
这边是山，那边也是山
给风让出一个通道
草原之夜，听到了
辽远的歌唱

给宇宙一对眼睛
这边月亮那边太阳
观察人间上演的悲喜剧
飞来的燕子，捎来了
春天的阳光

天蓝海蓝海天相望
日照月清，交替轮换
山与山相连地与地接壤
天地间执着爱的
方向

2015年11月26日

伤　痕

往事筑起的大坝已经决口

一

我的心，一直写
风儿吹动的身子
热爱生活，总想做到极致
花开就要结果
我总是伤痕
沉埋在历史的河床

努力做事，爱却落在天边
到了告别的年龄
一起赶路的，在一个薄雾的晨早
爬上山顶安享

第四篇　感悟篇

二

一生羡慕，屈原敢做
《离骚》《天问》
从小笑话《桃花源记》
躲进了深山耕耘夕阳
如今，从阅读走进生活
我也自己身藏

一生不去预设什么
不禁止什么，更不妄断什么
平视着眼光，真的
需要勇气
担当

三

大海上巡航，哪里是命运的转角
前行的光芒怎能忽暗忽明
在赶路的途中迷惘

入秋的草原，山花被风
捻成灯草
事业的途中，一棵苍松
无论在谁的季节都一片翠绿
秋风送来寒冷

小溪跌跌撞撞冻结在半道
冬雪，一寸寸厚葬

无须找人倾诉，追求心灵之上
不怕悲结于一人
赊一碗老酒与你
同醉一场

风起了，捧出一颗心
在风中颤抖
下雨了，陪着苍天一起哭泣
打雷了，与雷一声怒吼
闪电了，心无旁骛
天空记载下历史
与天地久伴一种信念的
向往

2015年11月22日

楼　宇

背后的，那一片天空
还是那样瓦蓝瓦蓝色的
深秋的湖面倒映着一座楼宇
在闹市区的中央，一块砖

一块砖垒叠起高楼
从乡野挖来的泥土在炉膛煅烧
铸就了霞光中的
巍峨光芒

楼宇的上方，雕刻着两条金甲金鳞
一滴滴的雨水敲打在屋面
质地圣洁的墙体
遮掩着灯火阑珊处的匆忙

农民工，垂吊在一根绳索
停留在半空中清洗墙体
沂蒙山小路的揪心之美
被雨水冲洗着

楼梯口张着嘴像在询问
天空划过一道彩虹
我与太阳的距离，难道
仅一步之遥

悲喜何从而来，泥土下埋藏着
汉唐的筋骨，泥土上还
鲜活着鲜花与小草
芸芸众生

2016年6月8日

飞行的途中遭遇一颗铅弹

那只折了翅的小鸟
飞行的途中遭遇到一颗铅弹
从此，站在森林的窗外
一棵树枝上守望

不能蓝天上飞翔，不能
大海里歌唱，不能飞越山岗
不能驰骋沙场
一尊雕塑与一轮明月
送众鸟敛迹
这么多年了，谁还问起过
怎么一个人孤单

飘落的树叶去给树桩加衣
变幻的季节
从前，为什么只看见
彩云飞翔

一棵孤独的苍松，为谁钱行
撑起一把雨伞，与谁絮语
天空泼墨，满山的草绿

不怕雨水的囚禁
等待着阳光

2015年11月29日

脚，与心

妻子沐浴后，一头的
秀发散开
天就黑了，一枚月亮的发夹
扎起整个夜晚的彷徨

说不清楚，心走进了大山
躲藏了起来
我的脚迷失在夜色里
走进隧道，犹豫在红绿灯的
路旁

好在心没有跟着脚走
脚随意走着走着
脚印，留下了联系方式

不索取什么，不愿黑着日子
不愿意独门守望

直到凌晨，怎么也睡不着
脚，执意要去寻找

2015年11月27日

心冷了，天就凉了

心一冷天就凉了
收获的季节都彼此懂得
在秋，相互地放下

没有人可以追忆，红尘中的迟到
如今，半生的心事
跋涉过的一生
远山拾梦

星星的思恋，月亮守护着爱相依
太阳的温暖风去传递
雪花漂净了天空，雨滴落在秋里
世间万物都放下了
也就轻了

难道，还有未尽心的修行
哪里才能够安家，等我回来
我已走失了很远，不愿一人

常守孤灯

一钩弯月挂在树梢

天空变得沉重，当初不该

过早地收回路上的故事，过早地

倾诉衷肠

2015年10月22日

休　假

休假，天地间都静了下来

一摞厚书，几件薄衣

追逐晨曦，万里烟波处的起程

去往大山的那边

在夕阳的尽头

守望

历经多少次沐浴才走到秋的季节

风雨洗净了身子

好好地享用第一次的休假

往事放在床上休眠

抬头远望天空的方向

与朝霞暮晚的风毗邻

这些年，我的脚印

谁在收藏

突然背地里被人放箭，朋友告诉我
远山的云雾
有疑问也别去问
就当丢了几页写好的诗稿
去相约几个想念的朋友
还能叫出名字
激动的心书写一段长情
晚年安坐在书房让心抵达到故乡
那些风交换了季节

考试，不及格者可以做老板
作弊的，有的当领导
那只离巢的小鸟，寻找着
回家的飞翔

2015年11月26

燃　烧

太阳，就要去山的那边
给我失恋的黄昏
到了该分手的时候，闭上眼帘
眼前的那段回忆，还是殷红
殷红的血色

一片金黄色的麦浪
瞬间，被一枚弯月收割
我是天边凄凄枯萎的一把小草
燃烧正艳丽的时候，为什么把我
从炉火中抽出，丢进厚重的
层灰里

我是柴，烧开了天山雪峰的冰水
融化的小溪顺着山谷奔跑
炉火中，飘扬的旗帜烧成灰烬
我才倒下，为什么让黑暗
覆盖了我鲜红的血色

我是柴，山野中的一棵白杨
把冬定格在白茫茫的雪山
宁静中凝结着高贵典雅
为什么蓝天弯了
我没弯，蓝天无根我有根
除非刀斧手砍凿了我

我是柴，沙漠中胡杨留下的脊梁
守候思恋的黄昏
夕阳下，与游人一起欣赏
孤烟中怀孕的秋日

2015年12月

回　忆

到了可以打盹，坐歇林荫的年龄
突然一个灵魂叫我，回忆往事
我这人太真，总被一些事
感动心肠

山一程水一程，一次次的上路
万里他乡遇故知
在不该的年龄，那点破事被风
反复的清点疗伤

把浪花扔向了岸边，礁石不会挪身
海浪像一枚刀片雕塑着
天亮了，太阳的火焰
燃烧在沙滩上

拦不住海浪的脚步
心里埋葬了她洁白柔和的胴体
项链的坠子晃动在乳峰
没敢去抚摸的柔软
不可更改的诱惑抓牢了心
伤我心的再次被打扰

第四篇　感悟篇

一起走过的路
你还好吗，内心深处的鞠躬
仗酒天下的行程，怎么就我一人
醉酒不醒

多余的水流不能归海
溪流，在草原顺着山谷的方向
去该去的地方祭祀
不能碰到内心的柔软，关停
所有的频道，心中只有一首
诗行的位置，在大山裸露的地方
相守白云

草叶，升起风帆的时候
山花烂漫
我现在想骑在马背上纵览狂奔
不愿意的屈辱，鲜活到收秋
跌倒了不怕难堪，难道真是那一次
赤诚的心摔倒了，接好后的骨折
再次地前行

山　泉

我是醉卧在高山之巅
让众人朝拜的一眼山泉
交错的天象禁锢了
我的身子
黑重的大山压在心底
如今，我抽出思绪下山
丢下高高的位置
奔腾一路的自由
扬着风帆

熬过了严冬之后，去寻找一万年的
浩荡，洁白剔透的翅膀
飘舞在大山的林间
尽量压低了身子
约定好少年上路，不能说出去的
美好辞言

天山上的苍松与我做伴
骨头里藏针，试图刺向
寒冷的夜晚
夜，一寸寸地降下
温暖

山花向我涌来，小溪走出了大山
承接一段雨丝的缠身
心底夺眶而出的，没有哭的泪水
这是怎么了，情
何以堪

2015年12月

我有时

夏日里，山谷里雷声阵阵
那是憋屈的太久，天空按捺不住怒火
心中筑起的大坝轰然决堤
控制不了的情绪不顾一切地倾诉
白云，洒下慌乱的雨水
伊犁河，向着荒凉的
地域逃亡

一棵苍松独自伤神
电闪雷鸣的时候，穿着
秋日的长袍，躲着
灵魂之上的赋词
溪水，竟然走漏了风声
到山外流浪

无垠的天空，任凭山鸟展翅
生活在草原承接飞雪严寒
承接大西洋暖流
伊犁河谷的这片沃土
被春雨滋润

2015年12月

我还年轻

难怪二十年前，我没有女朋友
如今，人们都在夸我
说我不显老，二十年前就是
这个样子

我不显老，二十年前就是
这个苍老的样子
难怪那时，姑娘见我都在躲避
现在老了的样子
却遇到讨人喜欢的赞誉
让我不敢去打量镜子
心愿不老，岁月盘剥的额头
秋风囚禁的脸庞
躯体留下的憔悴灾难

姑娘啊，现在我还不老
我有些神魂颠倒的
样子

一束花的艳遇，绽放在六十岁花甲
二十年前，心老身不老
二十年后，身老
心不老
难怪在这个季节，我开始了
诗的写作，全在不该的
年龄段，放纵心情
追逐着长河落日
五洋捉鳖

已是秋天的季节，一块顽石
丢在了草丛，
小鸟飞翔时，躲过了暗箭的
追捕，已是奇卓
我还年轻时，秋风吹落了树叶
秋菊，端坐上了阳台
一座孤岛，在大海中
留滞

我还年轻，二十年前
就已苍老的样子
年轻的心历经了秋风秋水的纠缠
情感的禾苗稀疏的枯死

往事如烟的莺飞草长
走不动了，在草丛旁歇脚
不敢有梨花的念想
一只小鸟飞在天空
不敢归巢家里

我还年轻，苍老的老生
二十年前，被孤独的风撕咬下知觉
私下里灵魂反抗，生命里祭祀
信仰与信念阉割了我
二十年后，给疯长的年龄松绑
叶子落光了之后
才把梦想挂高
想去绿荫的山坡
只能花开一季

我还年轻，我还能有爱
蜜蜂采花酿蜜
哪怕一次撒谎，我愿意品尝
只要我还是年轻
俊俏的样子

敬祝苍天，感恩不老
我没有浪费时光
还有什么比这温暖，大海的力量
还能在胸中涌起

2015年12月

戏

大幕还没有拉开，急促的马蹄声
从幕后传来
今夜又要谁与之舞蹈
我猜想我的爱没走多远

陪伴着剧情，走过柳绿桃红的城野
一台戏两不相欠
秋叶失重，秋霜打湿了一对翅膀
情绪碰撞到酒杯子搁浅
惊心的日子摔碎一地
中箭的伤口还睁着眼睛
细微的哭声，不愿意成为
没有骨头的俘虏
被扫帚扫掉

为了一个台阶，双脚背负沉重
天山的乳峰饱满得快要胀裂
一定是谁多看了一眼
伊犁河水放纵的流淌
浪花流淌，念喊着谁的名字
伏在大地的胸腔

不无理取闹

我在果子沟口，在大山的
背篓里晃悠，曾经被历史放弃的
一片山野，不能总被凌辱
多少年的渴望，大雁自由地飞过天空
心中的那片红高粱，苍凉中
九儿送我奔向远方
迎接大海的浪涛

2015年12月15日

裸露的伤口

我对你的爱，是一片天宇下
白云裸露的伤口，云层里透露的阳光
一根根金针，一寸寸地缝合
疼痛也不鹦鹉学舌
学舌的歌唱，一辈子不会
这不是不忠，而是
灵魂使然

我对你的爱，是天空跌落的雨水
淹没在大地上最干渴的地方
是不能容忍溪水白白的附着

袒露着雪山的情

我对你的爱，一支笔被秋风削好
戳去他流脓的伤口
挤出骨血里的许多无耻
伤口开始愈合

我对你的爱，是风拥抱的滋味
执着的那一顺，没有收住感情
留下的遗憾　是一棵树
知秋的寒意
曾经挥洒过青春的岁月
那么不知爱怜自己的
容颜

2015年12月

戈壁滩的石子

经过亿万年的风吹日晒
一块石子，烙印下岁月守望的思念
疼痛的肉体丢失在戈壁滩
一个苦果选择
沉默和不幸

残存的爱恋从沉沦的河床起身
赤身裸体地走出大山
仿佛给我一人尴尬
伴着月光秋风

在三岔路口
选择与水泥搅拌，站上一座高楼
统揽天下的风景
走入一处墙角，一个逗号
夹在墙体，从此没了脚跟
像被遗弃的一个幼婴

选择去铺就一条道路的征程
什么样的缘分被泥土搂进怀里
车轮碾过伤口，感受到
一双脚力量的踏痕

留下的，做了河床的石子
冲刷到哪就在哪里安家
偏于一隅，哪怕磕磕绊绊
骨子里干干净净

在泥土里压抑太久，一声咳嗽
从大地的肺腑呛出了血
冷却的那一天，就筑就好了
血肉之躯的命

2015年12月15日

芦苇与秋

夕阳，缓缓地从地平面退去
旷野上，一根芦苇的站姿
追逐着秋风的方向
听凭秋的劝告
我也站在了倾听者的一方
在秋的季节，把头低下
向自己的身体道歉

在荒野里长大，天空的一把刀子
秋风留下伤痕的脚印
河岸上空的大雁，努力的
向南飞，芦苇默立着
送去平安

月亮，挂在一棵棵白杨的梢头
放逐内心的情感
风的一只手撕扯着思念
芦苇，摇摆着身子

田间的禾苗，陪伴着逝去的季节
弯下了腰，芦苇碰到
内心的柔软，芦苇刺破了手指的

伤痕，云彩静静地
流着浸泪的诗行，说着
分手

2015年12月17日

雪花在飘，一直在飘

雪花在飘，一直在飘
像是在天空鏖战后，一次大的撤退
纷纷扬扬地来到了人间
高处不胜寒，辽阔的草原迎接你
等到春风化雨的时节
一路还会有盛开的
山花护卫

本来就是大地的情人，去追寻
太阳耀眼的位置
与雷与雨相伴了一生
天空中变换着角色
化作了云的身子，为太阳遮羞

情感全部被季节盗用
夏日里变成了雨水冲洗疲劳
冬日里展现雪花的洁白

蝴蝶喜欢多情的春

在闺房的花苞，把你喊出

2015年12月27日

一颗石子

难道，非要放到天平上称

我是浸泡在水底的一颗石子

在冰雪的溪流中

洗净了身子，与巍峨的天山相伴

不用祷告，在地壳的下面燃烧

迸发的那一刻，一团火焰

想好了怎样打造坚硬

变成鹅卵石在他人脚下

支撑起平安

不会如你，戈壁滩上追风

磨平的性情与水泥搅拌

附体在砖墙在高处显耀

我深嵌墙里在体制内化作了骨骼

生命的钙质无须认错

不用到天平上，斤斤

计较

2015年12月15日

下 雨

这几天，心里面总在下雨
总觉得，伊犁老窖还欠
我一次的醉
风，扶不起我
青松，才有资格搀扶我
到老，也不会放弃

站在半山坡看草原的色泽
遭遇到天上飘落的一块黑云
伴着滴落下的雨水
回味着读书时的芳香
书读到半途，选择弃剑

斟满了一壶清水存放到秋天
那片芦苇站在湖边
被风吹弯了腰身，在接受
冰冷的审查
被收割的，拧成芦苇把
去护卫主人的房梁

等在湿地里与春一起解冻

迎接着早春飘忽不定的风

白云走到哪里　哪里

就聚集起雨水，说到伤心处

就开始泛潮，天总是悲伤

冬雪封锁，红花草绿的过境通道

戈壁滩上逃跑的人快如野狐

我不能丢下这片草原

隔着时空，不会迟到一次

手中秉持指南针，不会

错了方向

2015年12月19日

我把夕阳还给大山

夜深人静的时候，我把夕阳

还给了大山，在通往

远方的路上，还剩下

多少时光

寒风送来冰冷的情绪

伤口再一次中箭，冬的天空

飘下来雪花填不满不平的山野

隔着一江的冬水，对岸怎会

野渡无人
大雁努力地向南飞翔
与此相比
我的体重轻得已经
失去分量

一直找理由的托辞
沉重的舟船给海面施压
在寒冷之夜的航行，东山之顶
红艳艳的太阳，万道霞光
拧成的绳索，给我力量

读书的嗜好，灵魂在夜晚安放
点燃诚实之香，台灯下
手中的一把宝剑
替我歌唱

不愿去鹦鹉学舌，去呼应庸俗
真想有个电话救赎身心
去山野做千秋不悲的苍松
今夜在日记里不谈感伤

2015年12月25日

第四篇　感悟篇

琴之恋

我想带着你走，我的挚爱
舞台上，你拉着悠扬的小提琴
那么地文静

器乐合奏，犹如一棵棵
苍松的奔放
崇山峻岭走过了一丝丝的清风
风在草叶上滚动着韵律
随风起伏的身姿
我在这个夜晚消瘦了许多
心里下起了秋雨的情

在草原，又是一年的思念
总有太多的羁绊
只是岁在年庚调和的琴弦
在新年的音乐会上
有人等你，等在河边
清泉的一生

一点也不夸张，楚楚动人
谁把你放到了天边

我后悔了一生
那时干什么去了，想问
远方的星辰

风吹动一片麦浪，涌向万家灯火
我那时为什么没能走进
你的身旁
思念不能终结归程

不能大声哭泣，烛火燃烧了一生
风吹过时我能闻到体香
和她的风雨兼程

你在舞台的琴声
我能接到，把心交给所爱的人
我们背着琴，手牵手
在大海的早晨
相约圆梦
大海边，海浪多情

我的双眸，倚着琴弦
不能追寻得太远
怕曲终后又痛在心里
思绪走过长长的走廊
"下一个节目"的报幕声
告诉我，已经错过了
历程

第四篇　感悟篇

321

剧场外，飘起了雪花
思念把我的春带走
春天呵，你知否
还有一个遥远的我在风中等待
想起过去，想为你侍奉

2015年12月29日

放　下

终于放下了
登山时高度的快感
其实，登高未必真高处
天很蓝，云很白
一艘乌篷船经过了窗口
还有什么比这
幸福美好

掩卷罢笔，一盏小油灯下
捧钵厚土埋葬了诗的骸骨
去荒草覆盖的坟茔
把笔放到了墓上
朝霞满天，一片片的彩云
映照在已经落雪的

山坳

季节交换了位置，草绿秋黄的
争斗的呐喊
一斟独尊的老酒香飘
勾起生命里的诗句
藏有的话语说出来惹事
勾着我的乡愁

我的一种表达方式
欣赏秋天，寂静真的很好
月光能帮我睡到天明
想起家乡，门前的那棵老榆树
入秋了，藏不住身旁的月光
叶子落光了之后，少了
那么多牵挂缠绕

孩子们都长大了，秋风一天天地
加快了速度，被风吹回来的
时间，鸟在空中盘旋
寻找着家的落巢

十多年了，永生难忘的
母亲路边的那个转身
树枝干枯得，像母亲的手臂
送别的情景，带走了果实累累

323

我，总是忙碌着
装着微笑

2015年12月29日

有谁还在写诗

可能有人笑话，在这个
物欲横流的世界，有谁还在写诗
我的笔，埋葬了诗的骸骨
已整整四十个春秋
内心的情感还在天天地
燃烧

老了，想给过去的青春
深深地鞠躬，诗可以塑造灵魂
但我要忙碌生活　生活也要
我忙碌，在这片草原
守候到秋霜染白两鬓
心中还想悄悄栽种一棵果树
期盼喜获丰收
到了秋收，想来想去
祭祀我的诗行，赴
前世之邀

掩卷罢笔的选择，没有对错
去大山的脚下，点盏
酥油灯火，月亮藏在
一潭秋水中，对我含情
脉脉地微笑

2015年12月29日

论　证

为了论证一棵山楂树的果实
嫁接后是否酸，我们放下了争论
相约到秋后的日子，时光能
检验草绿秋黄的果实
暮色中，看天空的辽阔
一片白云飘去，碧空下的晚霞
空留恬静的港湾
山楂树，顺着风的方向
祭拜

风仗行天下，吹拂着树叶鼓掌
一个人骨子里的钙质
始终挺直了腰身
破茧放飞的梦想一直到秋
风一丝丝地，将万物慢慢掏空

陪谁喝一碗老酒

找一件合体的衣裳上身
见过江南女子腰里藏有
斩凡夫的利剑，十八姑娘体似酥
勾起人们明眸里的燃烧
秋蝉悲歌，一首诗在山坳
苦难的流浪

等待得太久，街巷曲折蜿蜒
果实属于季节的结晶
请原谅风雨在叶片上面的
喋喋不休
树叶冰凉的身子
在一个早春的时间
忍不住奔跑起来

追到了秋天，树叶完成了使命
召唤着秋风阵阵，秋雨绵绵
忘记了果实的论证

2015年12月30日

山，由于太高

山，由于太高

我已经绕山奔跑了一周
还是没有找到登山的路口
月黑风高
不能放弃寻找的脚步
被注定的情感相信自己的执着
吃下剩余的干粮
再奋力地闯过前面的
那座石桥

江，由于太宽
我已在江岸边等候了许久
还是不见一艘渡船
北风怒号
河水无情地一线死守
想坐上快舟，抵达彼岸
去往心上的日子
快快地落脚

路，由于太长
我已经被队伍落下了许多
我一直向前方努力
心在鼓励，坚持跑完最后一程
心怀感恩，叩首顿悟
学着父母亲的样子，情洒
边塞的山坳

天，由于太空

327

我拽着放飞风筝的理想
蓝天上的一颗纽扣
一根绳线牵挂着我的旅途
父母的恩情
无法丈量的年代，红旗飘飘

跟着父亲登山
跟着母亲过江
可如今，他们还是走了
旅途上还有多少未卜的事
瑞雪下，藏着春日
多情的风貌
信仰，不能在父母的坟前断碑
默默地努力，期待着
晨鸡报晓
山风，想和故乡拥抱

2016年1月5日

退休，把自己归零

退休了，把自己归零
像在节日来到的前夕
来次大扫除
把家擦得窗明几净

迎接夕阳归隐一个
悠然的梦

退休了，把钟摆归零
时针走到子夜，就应该
回到原点
风雨兼程的路程，把接力棒
交给新人领跑

退休了，把路程归零
追赶时间的脚步
开始收回
每天放行的安检口
留给旅行的人

退休了，把期盼归零
对着镜子的面庞
放下记载一生的日记
去在沙滩上，看瓦蓝色的天空
对云彩说点什么，看海水的
潮涨潮落

退休了，把一生清零
拿出珍藏的玉壶
斟满老酒，把自己灌醉
今后不再回忆

让孙女抱膝，叫声爷爷
自己快乐地赎身

2016年1月6日

相　约

请原谅，我们先前一致的沉默
心中藏有一块隐匿之地
斜风细雨敲打时，树木都会
弯腰，何况一株小草

心先相约，冬雪肆虐冻透了心
一生，喝了多少伊犁老窖
陪酒陪到天明，关键的词何时
也不能言说
多少年了，一只水袖抛洒千媚
念错了书稿，惊飞起
水面上的小鸟

河谷里，野苹果树花开了
他却还在荧屏上卖弄
几行蹩脚的诗，裹着的尿布
想湿润山野
云彩下，蝶群飞舞

风会带走季节，冬雪盗走了百花
你会落下寒冬的下场
空荡荡的山谷，小溪停止呼吸
草原之夜，空洒着月光
别拿草原说事

2015年12月17日

速　滑

在冰雪速滑的跑道上
与运动健儿们赛跑
在最后冲刺的关键时刻
我举手，选择了放弃
脚脖骨折后的隐痛，我只好
悄然退场

无论怎样的辩解，都没有走完
最后的一程
自己切换了路程的方向
我的心不愿意从众
接踵摩肩，那些赶集的日子
劝酒的人欢喜的，我
接受不了，有人会理解

我的心肠

依附他人真的不行
赶不完的饭局，被风撵来
撵去的，卑贱得像蚂蚁
在地下啃食
不想让夜色掏空阳光

身体里流淌的血液，有唐诗
宋词的顿挫，陪不陪远山
与我有什么关系
累了，就关起多事的门窗

老了后不想在屋檐下晒着秋阳
路边白杨纷纷落叶，我
深深地鞠躬，白杨的躯干
彰显出笔直的力量

2016年1月11日

在梦里的攀登

我在梦里的攀登，努力地去往
太阳的方向
脚下，一片大海风起云涌

云彩的浪花像一只只鸟

向我问好，风载着我

一程又一程

路途上，太阳四射的光芒

放下了金灿灿的云梯

像当年迎娶她的大花桥

绳索吊在半空晃悠

为思念而行

天空中飘下的雨水与我相拥

轻轻重重地敲打在身

少年的我不懂，以为云彩

落下了汗滴，不懂

雨水的心情

向天空，寻找心爱的姑娘

一起回乡，第一个驿站

放在了天山的险峰

太阳抛下光芒的缆绳

爱捆绑着情步步高升

走在天空的云梯上

我在画中央，脚下的大山

变成一座孤岛

我努力地划桨，马蹄碾碎一地光银

高高的山岗上，我扎寨

安营

给了高在云天的定位
不能确认身份
空中开放的云彩
那是一个色诱
我想调头俯冲下去
回到草原的春天
结果，被风脱掉了衣裳
裸着身

羞涩地回家，落在谁家的稻田
听取一片蛙鸣，天山的乳峰
我吸吮的乳汁
乳房饱满得好像有一种预感
小溪的流水好似诗情
绕过牧民的毡房，窗口飘出
冬不拉的琴声
草叶的心事想去看看
谁家来了新人，姑娘就站在
对面的山坡，一束红花风中摇曳
痛彻天空的清冷

2016年1月6日

我有现在，我很感激

我有现在，我很感激
如若，没有那个给我苦难的夜晚
山野里的一场狂风暴雨
我一辈子都不会忘记
一头面青的豹子呼啸着下山
一双邪恶的魔爪在我
身上的撕扯

风把小方盒似的屋子
恨不能抛向天空
树木在屋外惶恐，只有家中的
一盏灯火，证实大海航行
还有生命的灯塔
屋子很小，我赶紧用木条
把缝隙钉死

现在，我很感激
给我台风的那个夜晚
惊恐中得到历练，伤我的只梦呓
风雨过后，空气一丝丝的清凉
蝴蝶，飞过田野的时候

只是落叶的庄稼

有些欠收，对我的成长

没有什么大碍，只是

历经了风雨

我有现在，我很感激

如若，没有那个给我苦难的寒冬

飞雪包围在身上

至今都不会苏醒，那个夜晚

突然冷却到零

往后的事情，江河的喉咙哽咽

留下的诗行空对满月，浪费

一团内心的墨汁

现在，我很感激

那个落下飞雪的冬天

树枝上挂满霜花，骨头里生钙

寒风中不会一个人

形销骨立

我有现在，我很感激

如若，没有那个给我灵魂的夜晚

密集的子弹朝我射来

闪电纠缠着银蛇钻进屋子

一家子人会被当作可怜的俘虏

今后过上怎样的日子

现在，我很感邀
那个给我阻挡子弹的夜晚
只是让我皮肤留下伤痕
不然，历史的岁月中
手术室里会传出来
哭声的悼词

我有现在，我很感激
对生命的感受
就像一趟列车，晚点的时刻
到站，一路看到了
那么多的感动，流了那么多眼泪
从此不在风雨中哭泣
面对风雨，保持最初的浪漫
给站直的自己

2016年1月14日

钥　匙

飞机，在天空中穿梭
像一把银色的钥匙开启了蓝天
一座座季节的宫殿
放飞关在屋子里许久的
一只只鸽子

第四篇　感悟篇

白云，一朵朵的飞翔

放飞春天的白云，在林荫下听到
一只鸟，在桑榆中的欢歌
不是每片叶子都有资格
与你每天聊天，委托人想表达
怎样的心情
在伊犁草原溶入酒的文化
黎明时，可以享受
哈萨克牧民姑娘们的
万种风情的遐想

放飞冬天的白云，雪花不想把
过去的秘密，向他人告白
慢悠悠地飘落，信笺一封封的
成熟了后选择离开家乡
大雪纷飞的路上
我抬头望着天空的门窗

放飞天空四季的云彩
谁开启了身体里的爱情
老了，把钥匙挂在脖子上
藏着的秘密总是遗忘
太阳和月亮的相互照看
我理解钥匙扣的绳索
牵挂着的念想，需要解开
过去的歉意

这么多年了，只想把故乡的钥匙
种成一棵大树
不会落叶，赤裸地向上
成长身体

2016年1月16日

祝福你的男人

江河的信念，在大山的源头
雪山的融水走进了春天
欢乐开始饱满，千里之外的赴约
冰清玉洁的清泉
你还好吗
小草生长的像我的初心
把绿色铺满山野
原始森林静美的青松
像她的信仰，山花绽放的
红艳艳的一片

斑斓的云层，一层一层的
像包裹蓝天的衣衫
怎么这样的美丽
太阳和月亮用光芒染色

阴云想遮蔽我的眼睛
我已腾出心中的位置
拥抱山花感恩烂漫

祝福你的男人有我
多少年了，我的一把钥匙丢了
只在一盏路灯下寻找

也曾梦想过远山
为追寻一颗爱的心，飞越过
草原的辽阔
年少时认领了一个孤独为伴
半途中长成了青松
如你所说山前清冷，山后苍茫
痛苦并快乐在山涧

如今，你风华正茂的美丽
我已步入深秋，苍老的根系
接受泥土的厚爱
大山顶，积雪茫茫
大山的头颅翘望着阳光
一颗星星期盼童声
歌唱明天

向你致敬，山野里的小鸟
从此不会再孤单地飞
有点羞涩，这是我的第一次

表白誓言

西部天山，一粒冻僵的雪花
融化了，一条溪流解冻
冲出了孤寂的
大山

2016年1月20日

我的性情

我的性情，何时被铸造成了
一块坚硬的冷石
从半山坡滚落到水中
还保持着奔跑的
姿势

在湍急的水流中逆天的歌唱
浪花撞击着疼痛的肢体
寒冷的河床没有一丝的让步
孤傲的山石
在大山深处选择一处站位
做了水流中的风景，看守着
河流冲刷的大堤

第四篇 感悟篇

341

大自然的宠爱，选择的征途
不去考证，被谁推落到水中
不怪罪山体的滑坡，泥土的松动
心中只想证实大海里的
一块礁石
迎接着海浪扑面，那一次次
震撼的声音，绝不是为显赫自己
撞击的浪花，激发人们
我的斗志不怕摔碎
一次次地奋起

一块山石，做了过路人的垫脚石
自己的站位无论什么时候
都以坚硬的脊梁支撑着前行
不让浪花绊倒一个
男人的足迹

2016年1月16日

我的诗歌

当我深夜醒来，天空还在睡着
一个人的夜，只有一盏月亮
静静地照着黑色的天空
月光抛锚在我的窗前

没有一丝的杂念
我也是，一夜的梦想
在堤坝上装卸
等待着天亮的重新
启航

在天亮之前，把梦里的一点希望
尽快地挖掘出来
在巩乃斯河畔发芽
一滴露珠被风掩埋在草叶下
过去的很多梦
在伊犁河下游找到朋友
一路，与山风博弈
天空的一道伤口下
承接雨丝，绿满山坡
风，前后的努力
吹起河面的疤痕，彩云追月
悄悄地挪动位置
河面的浪花，吮吸了天山的乳峰
急匆匆地去向远方

河谷的风拂动着树木的枝叶
小草的根系纠结在泥土
被秋风按住了一生的理想
一粒米成熟的重量
难道要风中低头

不让一个季节悲悯一个男人

昨天的故事落霜

2016年1月16日

播　种

太阳，一粒播撒在天空的种子

风，拉着铁犁一遍遍地耕耘

白云翻卷着

阳光发芽，脚步从云层的缝隙

长出，光鲜亮丽的小腿

奔跑在大地，跨越河流山川

追逐到秋的田间

在云层之上的成长，多情的风

催促天空落雨，庄稼地

结出硕果

太阳啊，我还欠你的一把泥土

欠下的，秋天清还

你就在我疲惫的心田住下

傍晚时分再去西山头

休眠

古老的太阳，飘在天空之上

还像年少时那样
满山野都是追求你的女人
放飞的风筝
绳线拴在我的心田

夜色里，一棵树的手臂
高擎着一盏灯火
长大了，才知道月亮挂在树梢
等在每一个夜晚，风拔灯捻
月亮，瘦了相思的身子
在享受
秋日的详安

2016年1月22日

写　诗

写诗不是我的夙愿，等过了这冬
我就封笔，不然每天的情感
像奔腾的伊犁河水
还让天山的一棵苍松陪伴

满山满坡的苍松，手里都握着一支笔
迎风怒放的姿势，像一柄钢剑
梦里是否会砍砍杀杀

山坡上，秋已散落的花瓣
就是证明的语言

天空并没有下雪
可为什么，诗行里总裹起了寒衣
伊犁河水从高山飘逸而下
半途中怎么就被冻成
一把冰剑

有人赞美我的激情
像海浪一样，站直了摔下去
再一次奋起
身边的许多的事情
不是每一次转身
岸边的树木都能看清楚狂澜
这个年龄写诗　他人一定笑话
可苍天把苍凉摆渡秋日渲染
在秋的季节我有话要言

伊犁河水飘逸在追寻的路途
踩着夕阳的方向，有人赞美海浪
翻越栅栏，一浪高过一浪
尊贵，有一种姿势
我不窥视巷子里的夜晚
这与清高无关

这些年，我一直期待着

在一场赛诗会上
我在渡口处的那一段吟唱
内心深处的歌，还是想
朗月清风的夜晚

2016年1月16日

怎么，又下雪了

怎么又下雪了，田野间蔬菜大棚里
栽种的禾苗，能否按时生长
昨晚往炉子里添足了柴火
现在又怕大火突然燃烧得太旺
我陷入了纠结

在回家的路上，我把钥匙丢了
夜里，路灯下一个人寻找
家家户户都关闭了夜里的门窗
放弃了对天空的遥望

做了一个梦，一个影子尾随
结果半夜惊梦
骏马被松开了缰绳在草原上狂奔
我心跳得不行，像见到那个
爱恋的姑娘

第四篇 感悟篇

347

全怪遇上你了，我心乱了很久
鸟飞走了，留下天空的孤独
天空很深，没有杂质

2016年1月

落叶归家

夕阳，翻过了一座大山
厚重的墙体挡不住
到家了
西天山的侧卧，像个睡美人
让孩子吮吸的姿势
像当年一朵花的美丽

结束了一天的里程
赶路的人早已回到家中
一年的记忆还未来得及整理
成熟的韵味，就要飘落在
夜色里，自己化作
一只蝴蝶，在林间飞舞
寻找童年小时候的一些朋友
有的已经化蛹
葬入土地

我喜欢独处，只有夜色里
让月光，帮我把梦实现
早早写好的一封书信
选择到冬季寄出，不求什么了
天地一片银白，信笺的内容
片片写满了落叶归家的
信息

2016年1月23日

感　言

内心，忽然涌出去海天佛国的感应
长风掀起了日历，于心灵感恩
终于芒鞋踏冰，万里长空
我来到了大海边

这里，已春在枝头
心境的归来，潮起潮落
普陀之音不诉离殇
美丽的三亚，风光妙华天然
沙滩阳光大海，一望无际
内心清净澄明
大海的远处，滚滚而来的朵朵莲花

拂去了我心底多少年的
那些杂念

面向大海，心灵打开一扇窗
自驾一叶轻舟，在心灵的海飘荡
做一回主人，听听自己
慈悲的心音，
觉悟，从此开始萌生
花开春暖

迎着海岛清净的风
海边踱步，淡定了许多
朋友您听到了吗，一种
心跳的坦然

曾在自己的死坛里筑巢
聆听那些不在笼中的鸟鸣
错过了夏花的美丽
如今，走进秋季的丰硕
有些事想开难，放弃更难
放弃也是一种坚持
人生读懂了自己
方可读懂天下

痴泪不禁，窗外明月太痴
放飞的风筝断线
我便是风了，自由自在地

且翱且翔，飞翔着海的
浪漫

敞开自己心灵的门
进进出出，不小不大轻摇着思绪
长歌一曲，懂我
归来了，从此自己的幸福随风
海面上，涌着莲花朵朵的
初恋

2015年1月30日

上牙与下牙的磨砺

我对你的爱，是上牙与下牙的
合力的咬合，四十多年了
在约会的途中
坚硬的骨骼，越搓越短
留存在唇齿的爱恋
有些畸形

牙齿被硌伤之后，在镜子面前
开始纠结，护卫一个人的
成长的需要
两排洁白牙齿的站岗

我怎能随意更换我的
护卫御警

不去参加酒宴的调侃
陪衬醉酒的话语
大海航行，遇到暗礁
用牙齿撕咬冰冷的江堤
请相信忠诚，我也会恋爱
唇齿间，期盼着
深情的吻

2016年1月23日

这个冬天，我宽恕自己

这个冬天，我宽恕自己
让赛里木湖一腔的心事结冰
这个冬天，我宽恕自己
冰雪的情绪来场雪崩
把喜怒哀衰都暴露出来
藏在冰层的下面的流水
裸露的玉体，任凭他人至味清欢

把铁钉似的苍松连根拔起
从山坡上，奔跑下抒情的山歌

卷起前堆雪，雪花的身子骨
变得无比坚硬

这个冬天，我宽恕自己
牧羊人已经回到冬窝子取暖
小鸟，飞向了南方
山风留在山野呼啸，想一夜之间
把我撂倒在草原

这个冬天，我宽恕自己
心到大海边　把自己交给礁石
做一名哨兵，苦咸涩的海水
有许多漩涡的陷阱，这么多年
我懂得心眼

2016年1月23日

感　动

不知我的一生，能否如
那份家书感动
我的心，遇到一句温暖的话
眼睛就会湿润
雨点，敲打心灵的窗户
泪水模糊了

第四篇　感悟篇

天山洁白的积雪融化了
冲出了心房

清澈的溪流奔出大山
草原之夜穿起了银装
月下的牧羊人的小道夜晚蝉鸣
真真切切的简单
清澈的风绕着山岗走
那些粉色的花瓣站在草丛中
在人群的街巷中
被云甩下的小雨，淋漓着
湿透了身

小草喜欢雨中散步，雨水
浇灌的小溪，到了山边
挂在大山的前沿
瀑布，粉身碎骨的前行

去找一个安静的黄昏

等过了这秋，我就翻越
最后一道山梁
去与夕阳做伴，找个安静的地方
黄昏时分，还是去海边吧

好好与风聊聊心

不会在风中弯腰，哪怕一次短暂的
退让，也要落座成一个惊叹号
呼啸的北风撕裂了衣襟
风，扑向裸露的躯体
我理解自己深夜的
一次次呻吟

我赞美过花瓣，但现在却无力
埋葬她们，那年的秋天
一片叶子枯黄，飘落到了树下
小草手拉着手，秋霜无情
谁来挂念那片
绿叶的生命

雪花落定，看到她雪白的身体
那个晨早，我的心落下破碎
寒风，一次次的施暴
春天时，小草吐芽时的疼痛
风没有嗅觉
听懂诗的人不再吭声
一片云，选择了时段落雪

2016年1月24日

第四篇 感悟篇

白杨被山风拥抱

冬季里的一棵白杨，当被山风
拥抱之时，寒冷的冰雪
已肆无忌惮
正与天空热恋中的白杨啊
一夜之间被脱去了衣裳
伸出手的臂膀落满了白雪
刀痕箭镞的躯干，裸露着肌肤
镌刻着成长中的
磨难历经

雪花飘满了山岗
天空之下，白杨犹如骏马的站位
如有战事去山涧拉车
负重的绳索叩进弹痕
留下的伤痕
由里向外驱使的伤痛，哪怕鞭子
狠狠地抽打在身

被风掏空的身体卸下沉重
在秋的季节收回了成熟
干干净净的迎接白雪回家

面对天空燃烧的太阳，向自己
内心鞠躬，总是对人太诚
宽恕自己吧，如果人生
没有如果
滋润草原绿色的青春，丢在那里的
是我的心

以爱的名义
我看到天空划过了流星
看到山野里飞翔的蒲公英的约定
看到草原上吹来秋风
摇摆轻飘的叶片，绿色被秋风
提前榨干了

鸟　鸣

明晨，还要去林中散步
听一只鸟鸣
听她讲的话题洋洋洒洒
昏暗的灯光下，开始写诗
能写出点什么样的情

我们这一代人，历经的事走马灯似的
每天都在迎接最完美的一天

叶子落光了之后
干瘪的躯体站在田边，还在谈论
桑榆的事情，我们得
好好感恩

在远方的冰雪山下
家乡的溪流融化了冰水
小溪流淌着，都去了
什么地方
滋润草原的溪流，清澈的透明
那时候，常丢在清水里
是我的心

捞　月

太阳一直追逐月亮，试图解开她
内衣的纽扣，剥去轻幔的纱帐
独享一个失眠的夜晚

月亮被追得跑进了大山，一不小心
掉进水里，藏身于水中
风，触动了她敏感的神经
水面荡漾起乱了的波纹
水中捞月，溅起空空的涟漪

羞涩了一湖银光的清水
一块镜子的记忆，被搅和得
到处躲藏

快嘴的小鸟，躲在树林的叶片下
偷看了许久，惊吓得出了一身冷汗
太阳想把昨晚的事情遗忘
时隔多年，想起她雪白的肌肤
那晚抱住丰满的火焰
死过一场
白杨站在屋外把天上的
体温测量

不论发生了什么，拴马桩
都可以拴住故事养伤
那一点心事，这么多年了
我承认，心里可以匿藏
今晚太阳落定，就去一家咖啡店
在海边听夕阳约会弹唱

2016年1月25日

我的燃烧

灯捻，守候到天亮才熄灭

359

爱的竟如此痴狂，一团火焰
独自飞翔了一个夜晚
天亮时最后鞠躬的站姿
我的心，顿感找到了爱恋
一粒种子悄然无声地
发芽成长

把剩余的一段躯壳燃烧成灰烬
就结束了自己的一生
殿堂之外的风想吹灭灯火
蜡烛燃尽都没有挪动脚步
站直的身子化成夜空的香火
脱落了油脂一滴滴地死缠脚跟
护卫着根基，迎接着
曙光的安详

一根蜡烛浓缩一个男人的情怀
爱一个人，为她守护着黑夜
天亮时，就去她的梳妆台等候
追寻着思念，她一早
准会梳妆

2015年12月

悔

秋风撕碎了白云的伤口
雨水从天而降
委屈的事情就让他躲进
一堆草丛旁

在秋的季节反思，寸断肝肠
道路陷入雨后的泥泞
我在心里检讨
这么多年，大山为什么
不在白云里把脸匿藏

好多年了，我快乐地飞翔
湛蓝色的天空，
一幅山水画，把梦寐的心事
点墨成香

积雪接受阳光，融化自己
溪流的骨子挂在山前
青松把一颗钉子，一寸寸
钉进大山的胸膛

苍松，用自己的站位和山风较量
高过一场挣脱风雪的念想
在春夏的季节等待阳光

2016年1月27日

耕　耘

最后的一枚秋叶，在枝条上
念喊着谁的名字，站在
道路的两旁
在秋的季节交换了衣物
自己裸露的没有一丝遮羞
一首千年古诗，在大山的深处
静候白云飘来

苍松，覆盖上白雪之后
孤傲的样子，今夜我在山下
真想相拥而泣，山涧
流淌的溪水，已经
冻僵
万物，被厚盖着积雪
做着勇士的梦想

一场场冬雪的耕耘

草原翻卷着泥土的力量
种子深埋进泥土
等待着春天

2016年4月8日

我是一只受伤的大雁

在振翅北归的途中，一颗铅弹
让飞翔的天空换了季节
受伤的大雁跌落到
伊犁河畔

突如其来的事，握别蓝天
从此所有的故事
随风飘落
没有人留意到长鞭把夕阳
赶到了秋色，一个固执的男人
走在落日的天边

确立了自己，时隔多少年后
回想起小草，做了一件很浪漫的事
傻里傻气坚守自己的春天
皑皑白雪之下的收敛
春来时，伴着一条条溪水

又挺直了脊梁扬帆

大漠里的一颗颗沙粒远遁
胡杨的身姿，像她背过身的思念
心一直的方向，面对并不完美的自己
怎么激动得有些把握不安

2016年4月22日

天山雪

难怪洁白晶莹的天山积雪
一遇到温暖，就会流淌
清泉，泪水易出的人
是易被感动的人
就像雪山的心底
住着纯净

我的心也许太善，这就是
危险的开始
清晨照镜子，满眼都是迎春的花儿
在相对的视线里憧憬
相互的爱一起
拥挤

爱的心，常会溜达着出了心房
天色已晚，看见白杨
遇秋的美景
想去路途送她走上一程

秋的季节，野花一朵朵的无眠
被秋风揉成了碎片
真的，到了该分手的时候
落叶归根
让蜜蜂去寻找春天

2016年4月8日

一个人出去走走

实在太伤心了，就一个人出去走走
看看身边的花花草草
想想大自然孕育的岁月
顿觉晨风的梳理
那摇曳的芦花，温暖链接到心
搅动心底的海浪渐渐地平静

我迷恋过楼宇间的霞光
古人吟诗作画的浪漫
想一个人应该如大山般站立

第四篇 感悟篇

旷野之上安营，一棵青松
一杯浊酒，消瘦了心

大海边徘徊，海风吹断了灯捻
一声叹息，一座岛屿的
残片落地
海鸥的羽毛被冬雪裹挟
海浪跌下去，片片
白白净净的温馨

我曾孤独愤怒，欲望去掏掉
那个叫天的鸟窝
临行时发现聪明人都在顺应天时
而我却不能己和，木鱼声声
规劝我诵经
辛弃疾挑灯看剑，屈原的心肠
几何命运

2016年3月17日

我有一支笔

退休了，去到乡野的地方
报一声安好
寻找埋藏好的一行文字的墨迹

心底里默默

守卫的人，信念没变

与众人交谈

随时，点燃大山里的蒿草

进入状态没有难点

笔写春天，万物自傲的生长

水雨泼墨的季节

太阳，开凿山顶的锯齿

朝霞泄闸，流淌万丈光芒

绿色被检阅的心情

水雨泼墨的季节

草原上，滚动的波浪

被长鞭驱赶

笔写夏日，自恋的蜂蝶见证

久误了的青春蜕变

花蕾抽穗灌浆

成熟的女人

山峰，才是关键的部位

冰雪的融化，溪流裸露在夜晚

镇守边关的苍松见证

男人壮美的骨感

笔写秋日，阳光随大雁

退守到南方

秋风的子宫卸下孕育的诗句

把故事留下
瑞雪覆盖，看护好宝贝
月亮万里行舟，孤灯在
天空中燃烧着一夜的
思念

笔写冬日，一碗老酒敬给
退役的战士
孤芳的雪莲蹲守高山
以鹰的心情欣赏自己的
努力攀缘

笔写四季，收藏好温软如玉的心情
白云渴望春天去草原
看山花梳妆打扮

2016年1月14日

路边的一棵小草

我是路边的一棵小草
风知道我，是他要从我
身边走过
太阳知道我，是因为他
喜欢我选择的色泽

雨知道我，是因为他无处躲藏

除此之外，我静静

待着的地方，没有人

能够知道

我来过，顺从一辈子的心

我选择沉默

谦卑与恭敬把我们

联系在一起

沿着花香的路径，感谢你

每一次路过的回首

面对养育的土地

深情地弯腰

2016年5月10日

山　洪

昨夜一场狂风骤雨，山野里

所有沟口的情绪，骤然都激动了起来

泥沙一粒粒地拥挤着奔走

瞬间，草原上爆发了

一条昏天黑地的

河流的感情

而我，却怎么仍然坐如一块磐石
坚守着自己的天地
水流携带的沙粒追逐在脚下
大大小小的淤泥翻滚
欲掩埋了我的身

高山在上，流水在下
河面加宽，水流湍急
一腔的愤怒倒出
峡谷的歌挣断了绳索
冬雪覆盖后，又一个与春天
交割的晨早
溪水远离故土，去山坳外歌唱
追捕春天带来的感情

2016年4月28日

河　流

在两座大山的唇间
河水嘟囔着流淌，要不是秋风
吹皱了河面
还唤不起我这么多的思绪
沿着山谷的轨迹，河水晒着
懒洋洋的太阳

现在我才明白，冬雪摊开了账本
一条条丰满的溪流汇入
像在细微的议论
河面上的浪花跳跃，鱼儿遇到了
缉拿的网，渔夫收获了
沉甸甸的粮仓

躺在河床的怀里，水流不能直起腰
浪花想跳出水面的姿态
像两个女人的争吵
把体内的丰腴逼了出来
水底的泥沙顺着秘密的小道
离开了山体，顺流之
水面上荡着双桨

怀念清澈的河水，清澈的天空
儿时风儿吹滚动的麦浪
收回一粒谷子
夕阳下，舌头闻尽的
一粒米香

2015年5月6日

打水漂

一颗石子
被抛在了湖中的水面
倾斜着身子，跳跃了几个大步
想寻找新的开始，奔向了
岸边

起初在水面跳跃，还能快步的行走
往后，却是一点点的碎步
一圈圈的涟漪
别离着一座城市的天空
清风吹皱了水面
波纹，吸引着人们的
不落的希望，一次次地翻越
围堤的不安

积蓄的力量想要倾诉
不是石子没了力量，到了尽头
割舍不下的相守，一份
挚爱，石子穿透了湖心
在身体的最柔软的地方
撕裂了伤口

伤痛由里向外的一层层地扩散
沉入湖心
人心不可揣摩，谁能告诉我
中弹与下沉的消息
脚步放慢

站在岸边，尽量把自己压得低点
不曾想过水漂欢愉后的
几个大步，怎么就找不到从前
走过的一段路程
还是保持原有的形状多好
就像现在路远路近的
脚步下童年的那点事情
青春不断

秋日的下午，我打着水漂
和湖面纠缠不清，尘缘未了
劳累的一颗心透支完体力
一刹那间，已注定在岁末去
归还乡间

那些无人认领的波纹平静了
水面上折射着高远的天空
只是岸边离开了索取的人群
湖水又保持着那份原有的
平静的湖面

第四篇 感悟篇

2016年11月20日

大楼里一盏灯亮着

天亮时分，一座大楼的窗子里
一盏灯还在亮着，昨夜的辛苦
换来今晨的一处风景，我不知道
能否就这样去熄灭
一盏灯火
走得不白不明

早已厌倦了无休止的加班
太阳东升不是追逐你的方向
把躯壳晒成籽料，秋的山野有梦
森林里的阳光，撒网捕捉
潜逃在地下的黑影

阳光的大火焚烧了天边的云
风在山野捕捉季节的变换
花丛中全是碎片，花瓣撒落一地
小草被风踩踏的弯腰，一根桅杆
被风折断了身

不能让钥匙孔空守大门
你走后，就熄灯关门

月亮即使下山没有了踪影
哪怕风来过，不太正经
撩起衣物窥视，路灯也要
睁大眼睛，把你
送上一程

2016年11月2日

人的一生

人的情绪，就像天上的白云
总会有那么几天不舒服的日子
遇到雷电交加的缠绕
阴沉的脸，风吹不开
天上的云

如果不是那一趟远行的列车
去追寻远方和诗
我的站台不会潮涨潮落
也许在自己的房间里
喜爱着绘画，经络通畅的
我不会拄着拐杖
生活的空间，不会
摇摆轻飘

第四篇 感悟篇

路途中，追逐名利的

升官发财的

坚守着信仰的，多少年了

都在晴朗的天空下

各自

疯长

风撩起了衣物，触摸到心底

自己留下点遗憾也好

向日葵，享受成熟后妻儿的笑容

秋日里，一粒粒的饱满

夕阳下，慈祥的老人

挥动草帽

回家了，夕阳西下

安静的没有什么吵闹

2016年7月13日

月亮是夜晚的海岛

月亮是夜晚的海岛，在她的身旁

浮游的星辰

准备登岛，牛郎和织女也期待

那一天夜里，借桥去

拥抱温暖的家

夕阳下山，撞击了大山的身体
溅起了浪花，星辰洒满天空
太阳脚印的残痕，留下片片彩云
天空遮羞的面纱被晚霞映红
大山残留着沟壑的创伤

路边的树木都静了下来
烟花柳巷的山野有谁探出头来
像是看到了什么
几多许的思恋，天空的一池湖水乱了
太阳在山那边抛锚，草原的
一束鲜花被丢失在黑夜里
静静地睡了
也许这是治疗小草
心灵的偏方

总不能一人孤赏一轮圆月
挂一丝丝姣情，回想起
少儿的秘密，等待山谷里
秋过了，雨过了
春风会带来我等待已久的情感
在春天的草原飞翔

2016年8月6日

落　叶

提前过六十岁生日，感言。

秋天真豪气，把片片的落叶
铺在通往伊犁河的路上
好似天天有贵客，金黄色的地毯
时间的安排，我做了今天的贵宾
忙碌的身体已到了老年
临其境时，突然感到空荡荡的
少了那么多承载，那么多
人们赋予的希望
懒洋洋地，自由自在地
一个人晒着下午的
太阳

秋天真好，到了成熟的季节
叶片离开树枝，再也没有风的叮咛
自己去寻找些什么
风飘飘吹衣，回归到树根的身旁

秋天真好，月下留下的期盼
恨也好爱也好，都可以停了下来

一个人的天地不会在太阳下炙烤

耳朵听厌了的故事，全部让

风带走时光

秋天真好，一滴雨水落地

完成了奔走的路程　一片片草叶

秋打霜重

点燃了秋天的怀念

仍然炽烈年轻的心，如天边的朝霞

秋色里赋予初恋的蜜糖

秋天真好，秋风秋雨

收起了翅膀，冬雪飘落覆盖了脚印

提前过了六十岁生日

八十岁时，再去迎接神仙

给予的希望

2016年9月5日

夕阳西下

飘落的冬雪，瞬间填满了我的心房

漫天的雪花，让我的青春

飘到暮年的天空

我的诗作哪一首最有激情

相守了一夜的月亮赶紧隐身
一天里最心动的一刻
就在交换的时刻

窗台上，摆放好锯齿状的秋菊
那不可更改的时间被写就下来
源于秋色的丰韵，早已瞌睡的笔
赶紧记录下这样的夜晚
村姑的腹部有孕，桃花落红
在秋季里

秋风细雨的叮咛，像我一样操心
心紧贴湖面，被丢进一块石子
水面上挤出诱人的乳沟
一群健壮的老汉，蹲坐在湖边
这与我有什么关系
内心深处的秘密翻过几页日历
哺乳过的孩子已经长大
一个人的痴情，涟漪渐渐地
散开去

2016年9月26日

交　谈

在大山里迎接着天山雪飘
一片片的信件，写满群山放纵的性格
想起夏日的季节，草原换了
绿色的军衣　让我去陪伴客人
喝上一碗老酒
迎接你的到来，先把自己灌醉
酒水都是爱恨的伴娘
山外吹来一侧凉爽的风
回去告诉朋友
不喝醉，怎能说你来过夏日的
伊犁草原
和哈萨克牧羊人有次
敞开心扉的交谈

在江南，一滴滴的雨水
也会遇到落点的不同
洗透寺庙的钟声，揉碎孤独的守夜
小城温婉的青石板，女子的雨巷
旗袍裹紧消瘦的思念

酒水还在体内发酵

为掩饰脸红，从不同的角度

欣赏艺术，不看女人

心跳多次的转弯，从低处

爬上梯子的感觉

心里不安

来过边塞的草原，秋风纠缠着大雁

雪花会提前来到，大山上的积雪

让小溪流水在春天和我交谈

像我的心情，清澈透明

越来越喜欢的静，远方飘过来

牧民弹奏的一首相思曲

送走了季节，雪花覆盖了

草原

2016年9月28日

受伤的翅膀

秋天的疾风像一条鞭子

大山的身体已经僵卧

伤及的翅膀落下羽毛，雪花

千里飘飘

住进医院疗伤，护士的脚步

像春风走到草原的声音

清澈见底的一条小溪开始流淌

听诊器在我身上诊断

在什么时候迎接春天的到来

能像小草依偎山花的身旁

一棵苍松涂抹了一身的翠绿

站在远方，安静多么美好

回忆从前与山风的搏击

我感觉到了力量，她甜蜜的

温柔，我心里飞翔着

甜甜的笑

2016年9月23日

茶

一片茶叶，在杯中浸泡后

悄无声息地滑落

飘过眼前的样子，裙子慢慢地旋转

裸露的身体，等待停下的时刻

我一定与她有些什么

在杯底躲藏的一个姑娘

等待着轻吻

洗净了身子，一片茶叶独坐时空

不紧不慢地被一点点地认同
几片茶叶确立好自己的位置
茶园里的采摘，归期抵达到杯中
躺在杯底安顿

泡出沁肺的茶香，别无他事
一壶水打磨了一个下午的时光
我怕时间吹凉了那杯浓茶
和谁去讨价还价

一杯清水，跟茶叶有关的故事
都停留了下来，最初的旧梦
一杯子，生活会有
这么满吗

2016年9月26日

秋的一片落叶

秋风中的一片落叶，让我联想到
在风雨飘摇的季节
我的身体终将离开热爱的
这片森林

静静地，卸下了一身的沉重

那以前的日子，每天都被山风呼喊
不情愿的事都要伸手鼓掌
那时的青春一直赋予希望的情

终于，可以一个人
不再去借着高山登上一程
还想再高的一程
去向回家的路途想起少儿的事
路途上，遇上的冬雪白了头发的心

煮好一杯咖啡，品尝后才知道了远方
在大树旁睡下，相遇到天空的月亮
享受一份挚爱，想去接回太阳
现在应该是他们轮流的照看
我的身心

2017年3月7日

雨是来陪伴我的

陪伴着天空的一个午后，忽然下起
一阵小雨
雨是来陪伴我的
隔着窗棂，那些往事的烟云
一阵风，一阵风地走过

心里藏着的一颗种子
开始发芽

去年的这个时候，我还在大海边
伴着雨水奔走
雨无数次地冲刷我身上的泥沙
湿透了身子，想起衣柜里
一直等候的那件温暖的衣裳

雨一直下着，落满了山野
清晨出门，我不想再错过季节
去约上那个一直等雨的人
去听雨后的寂静

雨从那夜的风中归来　我从遥远的
地方来，脚步落下去的伤痕
一叶知秋
我们都满怀着春的希望

2017年3月11日

蜡　烛

我是一根蜡烛，既然点燃了
与风抗争也要燃烧，风吹落了泪

泪垂落到足底，这一夜发生了什么
我没有错，错就错在一生的站位
总是那样的笔直

我是一根蜡烛，既然点燃了
与黑暗对峙也要燃烧，赤身裸体
也要坚守到天明，给真相一个大白
我没有错，错就错在一生的洁白
却被消失在黑夜里

我是一根蜡烛，既然融化了身体
也要陪着灯捻走完生命的历程
我没有错，错就错在一生的站位
融化在脚跟处，还想扶起
从前的样子

2016年5月6日

树叶，在快乐的飞翔

树叶，高兴地飞翔在春夏的季节
到秋才收敛了翅膀
站在树枝上的欢歌收心
风中念叨着一个人
一叶知秋了

这与清高无关，与发烧的温度
有关　有着私情

秋霜伤身，一层又一层的伤痕
只是自己的抗争
春天丢失了，总是在梦里寻找
送走了春天的欢乐，就能感受到
秋季的寒冷

借问大雪何时飘来，等待
草原之夜的银装素裹
像是我洁白的爱恋
相见温暖的太阳，其实相见了
不如怀念，化作了相思的
清泉后，水渠中流去了感情

2016年5月2日

山，不能坍塌

好似肩膀有一座大山可依
快要坍塌了
真想靠着你的力量
能否陪我休息，小草今夜

为我站岗

阳光，不能憋死在山那边
朝霞，用尽全身的力气跳出大山
血色殷红了天空，山野里的松林
路边的白杨顷刻间染上了色泽
我撞见了这一幕，那时
花开的年轻，我的躯体充满了力量

年轻时，满山满坡的奔跑
透支的太多
满山遍野的翠绿，不知道秋风萧瑟
秋雨绵绵，秋天的味道
伤我的不仅是秋霜

回忆在草原寂静的夜晚
月亮高挂在天空
凉风睡在身边，小草俯下身子
和山花相守一辈子的幸福
雪莲，独立在山顶
伴着四季的冰雪
生长着孤独

第四篇 感悟篇

风一直站在耳边叮咛

风，一直站在耳边叮咛
我在快速地骑行
沿着伊犁河大堤的路
路的那头必定是秋，途中会有
坎坷不平，还会有突然间
从草丛窜出的狗，猝不及防
上一次，脚被摔成了
粉碎性骨折

无处安放的疼痛，还是保持着
向前的姿态
再往前骑行，冬雪就会飘落
埋葬了我的车印
青春活力督促我快走，谁让前面的
那个地方她在等我

2018年10月4日

秋

风，扛着一把扫帚
站在秋天的三岔
路口

一片枫叶飘落下来，点燃了满山的秋色
紫红色的彩云，弥漫在山坡
天空被打扫得干干净净
晴朗的天空下，秋风秋色玩耍的
至味清欢

把残余的水分挤在了山边
小溪的流水浮游着落叶
急匆匆地赶路
我像一块顽石坐落在半山坡上张望
满山赏花的人，被无数次的秋风
秋雨凿砍，倔强性子的人会一直到
冬雪飘落，天地一片洁白时
才把清净让给顽石

秋风迎面而来，那个枫叶树就像
站在大海里的礁石，海浪冲刷得

一尘不染
让我隐隐地担心，寒冷剥去了
枫叶树红色的衣裳，让我怎么去
迎接来年的春天

一支笔的陪伴

幸亏，有一支笔的陪伴
戳去他流脓的伤口
这个冬天，我埋首一行诗的写作
冷雨细风的文字遭遇到雪崩
回乡的路上覆盖着寒冷的故事

做过的事，脚印会留在雪地上
信仰融入骨骼，无法错过
换季时，风雪的呐喊
桃花最美丽的一朵
还是被风无情地带去，风雪中马蹄急促
那个苦恋的追求
宋词不收，就以我的
诗行纪念

2016年12月

迁 徙

我想举家，从一棵白杨的枝杈上
迁徙，沿着天山的方向
把自己抛进一座大山
没有信号，谁也找不到的地方
青山绿水的温暖无须问候
在那里重新塑造一个泥人煅烧
无人知晓，我的根系重新发芽
长出我的另一半

我不会说出以前的一半
一半风的姿态，大街上的流浪
圈养的心，云里雾里
卑微的心灵，一半过去的假意
宠物般讨人喜欢

走进大山，泽水安放鸟巢
在大山里叽叽喳喳
想飞了就飞，累了就睡上很久
谁也不认识我，站在树上
释放我的喉咙

如果一个陌生的地方可以拯救身体

我退出真情的另一半

2016年1月16日

站在高山之巅的山泉

站在高山之巅的一潭山泉

凝结了大山骨子里的钙质

清澈透明的心，俯瞰着山野

有一天，会纵身一跳

将储存了一生的挚爱

抛向田间

为了爱，上古的屈原

纵身跃入了江河，把自己变成

大河清澈的流水，身体里

流淌着一段不屈的血液

去给猥琐干涸的千疮百孔的

土地浇灌

为了爱，魏晋南北朝的陶渊明

去田野拥抱弥漫的清香

种下了翠绿，不愿意与低俗一起嘈杂

躲进深山，承接日月的纯净

骨子里的炽热，贵族般的优雅
锄禾日当午，采摘丰收后
田野里的碎片

为了爱，想起近代史的一人
没有冲破围堤
学一盆山花站在凉台上
太阳晒熟的骨质
风雨兼程的梦想，翻越过了
一座座大山

如泣如诉的感叹，像瀑布的碎骨
有一种精神，不知我们能否
感受信仰的坦然

2016年1月14日

相约到了一个早春的日子

伊犁河岸边，芦苇扬花吐絮的日子
秋风剥离了白杨礼赞的春天
从冬即将归来的雪花
绿色墨染天际的梦，风一阵阵地
拉动着长纤

我梦见我的诗，获了大奖
不是诗好，而是我在
诗行里的亮剑

诗是灵魂的塑造，正义之声舞动
像是海浪
可他的诗，一生都在念经
像处理打折的商品
最后三天

见过江南美丽的女子
柔弱的身子，藏着一把斩凡夫的利剑
十八姑娘体似酥，窗前的明目顾盼
招来春风徐徐
我去过东北森林，见过铁打的汉子
在姐妹的簇拥中，像太阳的温暖

星星眨巴着眼睛直到清晨
太阳满山遍野的放火
燃尽杂草，相约的日子
回到蓝天

城市，失落了梦想

上班的路上，遇上了鱼汛来临

各种车辆拥堵在一个方向
互不相让
薄雾中的黎明，路旁的楼房高低比肩
像大海上行驶的渔船升起风帆
浪花随波逐流，禁捕期解禁
渔船急匆匆地赶往
丰收的渔场
车辆抢到了绿灯，甩下
路边的风景

走走停停，僵尸一样的路上
车流的焦灼燃烧着心
到单位了，额头还冒着热气
在农场的每一个清晨，推开窗子
放飞了鸽子
沿着田间的林带融入蓝天
徐徐点点，不见踪影

一生飘过了多少地方，身不由己
走过了大街小巷，为了
抢收季节的丰收
奔跑在城市的道路上
和谁一起比赛
赛个输赢

自　嘲

我有时，还真是痛恨自己
恨不能被丢进大海，呛上一口苦涩的咸水
肺叶泡进海底，今生都别再浮起
看能否长点记性，让今后有些
谈资的爱恨

我没有错，错就错在
一生总是性情如箭
看不清他人布局的攻城略地
可悲白读了几年书
大雁布阵
那是努力向南的使命

我没有错，错就错在
只是在雨伞下等待着雨过天晴
守着天，不知道雨日里
要给他人撑伞
白瞎豁了一个好端端
大脑的事情

我没有错，错就错在

老了老了，还仍然咆哮愤青
春风浩荡，那是短暂的季节
借道的历程，还以为可以放荡琴弦
真是笨拙的聪明

我没有错，错就错在
大山里的苍松傲骨
我以为是众人的秉性
掏心掏肺的赞美
却原来小草在随风弯腰
站直的我，途中遭遇到
刀斧手凿砍

我没有错，错就错在
雪花飘落在肩头，与路人邂逅
我以为
我高兴地大声唱忠诚的歌
却原来万里雪飘是老天
送来的信笺

我没有错，错就错在
现在的走路才感觉
道路的不平，如今需要
搀扶着她的肩膀，怪我那时
走得太快

2015年11月29日

第四篇　感悟篇

站在诗行里等待

我站在诗行里等待，会有
那么一天与对手较量
现在就去鸣锣开道，会在
草原上失蹄，行走的步子
等到秋
一些话语，先用省略号隔开
片刻安歇的打盹，过了这个季节
在阳光和煦的日子
再跑步亮相

在一篇文章的山野里等待
字里行间全部标点
逗号、顿号，风行走在丛林
像草书
一条隐形的鞭子驱赶
天山的不化的冰雪
融化成墨汁，书写早就
盼望的消息
小溪脱去御寒的衣物，从积雪的
地方走出，一路太阳给了
融化的胆量

没有落叶藏身的潜伏

有着在蓝蓝的天空下，听到

布谷鸟领唱田野的万物

每一程执着，开始重新发芽

一棵小草的力量把青春

遍布在山野

躺在诗行的静默，没有句号

我要用季节的牙齿，矫正

雨雪风霜

藏匿在沟壕的战士

爬冰卧雪，等到那一声枪响

冲出战壕与敌手搏斗

佩剑的一生不能迎风欲罢

沉默之后，体内的钙铁

不染风霜

请原谅在一篇文章的

喋喋不休，对于那样的一些人

不能袖手旁观，一根钉子

即使从木头里拔出来也会留下伤痕

不要以为恢复了，就没有什么

记忆一万年

直到这根木头腐烂

也先从洞眼里长出真菌

仍然怒目盯着你

第四篇 感悟篇

2016年1月23日

生　命

走过来的一生，就像太阳
生活的一天
晨风中，开始一天的行程
翻山越岭，赶到西山退休落脚
只是眨眼的工夫
再不去关心桑榆丰收的事情
把天空交给月亮放牧
看护满天的星辰

清晨，太阳临盆分娩
殷红色的朝霞，浸透了
大山的骨盆
鲜血染红了母亲隆起的腹部
大山侧卧着身体，托举起一轮红日
风从树梢跑去给人间大地
传送喜讯

从此，天空有了响亮的名字
我的太阳，被四季争强
只与朵朵白云爱恋
在黑夜来临之前，太阳用热情

奉送着一天满满的
收成

早出晚归，辛苦在天涯海角
一天都做了什么
已不重要
太阳在西山头，做着最后的告别
检讨自己的一生
不该遗漏的时光，在大山边抛锚

太阳，勇于感悟的力量
哪怕羞红了脸
哪怕途中遭遇风暴之怒
电闪雷鸣的黑云压城
哪怕落下雪雨掩盖了真情
哪怕鸟儿去给他人歌唱，仍然
跋山涉水
走在年复一年的路途
没有幽怨叹气
挂念天上的星辰，想给孩子们
一个交代
所有的浪花，认得自己的行程
脚印挤在一起扎堆聊聊
不愿退去的真情

太阳，追寻的一天没有后悔
去到山的那边

第四篇 感悟篇

405

回忆着青春的季节
早春染绿的草原，晚秋落叶的树林
霞光铺满路途的诱惑
我一生所爱的独处，向往
追寻的温暖生活
内心强大的，不需要与他人拥挤
做着自己喜欢的事情

2016年1月26日

为你，燃烧了一生的情

一根灯捻，爱的竟如此痴狂
把躯壳燃烧尽了
才结束了自己爱恋的一生
像一只快活的小鸟
独自飞行了一个夜晚
天亮时，做最后一次的鞠躬

一颗种子，悄然无声地发芽
在殿堂之上，一夜未眠的风
一直躲在墙角，想把灯捻吹灭
让黑夜覆盖了爱恋的光芒
阻挡春天的歌唱

没有根须的风，把草原的山花
一次次的冬猎，山花
别无选择
从不出卖色相，迎着风的方向
弯下去的腰身倒空了身体
任凭一行大雁声阻断秋空
灯火的花瓣散落一地
把自己葬于山间，也从不悲伤

蜡烛的香火，燃烧完融化的液体
没有挪动脚步
站直的记忆流淌着种子
夜色里，脱落一层层的皮脂
一滴滴地放下痴情
脚下的泥土培育了一棵树根
厚实的心脏

一根蜡烛的燃烧融化了自己
一个男人的胸怀
为你燃烧了一生的情
天亮时，落座在阳光里
打扮梳妆

2015年12月

第四篇 感悟篇

领导的报告

心头涌起的感动之意
都是从前古战场驰骋的事情
御敌于千里之外
一身的武功
战斗在一线，像苍松一样
迎着风站立在山间

整整的一个下午，微睡在会议大厅
像犁铧躺在田野边休息
树荫下，听领导报告
今年一致的口号，跳起来摘桃子
那先前栽培的苹果树，听了
一个下午的报告，心里总是不安

父辈进疆时，就有一首老歌
"伊犁的苹果，哈密的瓜"
经典新唱，不能总是
生物库拥挤
谁借去了伊犁苹果
至今还不归还，大自然这么任性
羞红了我的脸

我出生在伊犁河谷，一直享受

草原上阳光的温暖

从小玩耍的地方是牧民

放牧的山野

长大了，不知道怎么被草原遗弃

熟稔于心的词语，喊着丰收的口号

牧马人的后代，穿着正装

西装的尊严

会议总算结束，太阳接来了月亮

一群群飞鸟歇息在树枝上

香魂梦断在田间

呼啦啦地飞向了天空

白杨树枝杈上，一根根枝条

抖动着不安

2015年12月

蚯 蚓

蚯蚓，深陷在地层的深处

辛勤耕耘的人，难道

都是这样

我过去一直感到蚯蚓的

骨子太软
可今天我却要以蚯蚓的身体
告诉你，能在隧道里穿行
体内一定有铁与钢

蚯蚓的站位总在泥土里
山坡上盛开着的山花
根须从土地的深处抽取了骨髓
泥土的下面，一对恋人
紧紧地缠绕在一起

辛勤耕耘的人，都是追梦的人
蚯蚓，决不在半路换了位置
万物成熟时低下了头颅
保持恭敬的姿态，对待闺蜜的
一株稻香，懂得了沉重
长成了思念的情意

2015年5月24日

下雨了

下雨了，我在雨中奔跑
云，对我是陌生的
雨中的人，对我是陌生的

只有雨中的风，对我是熟悉的
他没有把我捆绑

追寻的路上，雨水出具了证明
湿透了的身子映衬出了骨骼
没有什么可以隐藏
雨中奔跑，风在呼喊着名字
像夜色里点燃的一根灯捻
要把天地照亮

雨一丝丝的滴落
一粒种子撒落在土壤里
田埂之上，掐算着
脚印的落点，把心思搁浅
在水洼里的双脚朗读起诗行
没有人听懂倾诉的梦意
努力就行，雨水里浸泡干涸的心
正在发芽成长

2016年5月27日

我确信落地的雨水

我确信落地的雨水，是天上的云
在无风可借后，选择了羞愧

411

一个走错了路的人
正好被雨水打湿了心，等待的却是
悲伤

猜不透，白云在风中等候了多久
还是来了，像一首诗行的脚步
快步紧追，妹妹拽紧我的手
能说些什么，雨点已经
砸在我的身上

感知到了，错就错在一直的等待
天空很大，鸟儿的翅膀飞翔
在自己的一片天地间
那时候，也许飞错了地方
过早地给自己一个立命
现在悄悄填埋了揉碎的花瓣
鬓角已经花白沧桑

是哪一阵风，把所有绽放的花瓣
摔落在地上，一滴泪水
溅到那件喜欢的花裙子上
谁能采摘一朵鲜花，谁能够
帮助到我，心中大火熊熊
已经燃烧到心房

2016年6月12日

秋的思绪

一片落叶，选择好了归期
在风雨飘摇的那个夜晚
告别树枝条上的曾经，留下
美丽的倩影
留在风里雨里的记忆
带着太沉的心思，一个隐者
悄悄地
归去

喝醉了酒的这个秋天
最幸福的还是，一起陪醉的
那一片大山
黑黝黝的皮肤，涂着金黄色的色泽
夕阳，落在山野里打扮自己
任凭风雨醉打，大山都
感恩秋来
脱离了云的囚禁
雨水回到了家乡

无须再记忆春天，阅读深秋的秘密

413

心里的喜悦，千万不要
泪水太多

2016年6月28日

飞翔的翅膀

有人看到，我从蓝天上飞过
其实那天，我受伤的翅膀
失陷在高远的天空
疾风像一条鞭子抽碎了心
西去的落日就要到家
而我羽毛纷飞落地，像冬季里
雪花千里的飘落

万籁俱寂，山谷里冷却的
没有一丝的杂质
皑皑白雪停下了脚步
生命就这样休眠，大地融雪时
我体内还存有热浪
山花疗伤的心情，一首千年的古诗
清澈见底的一条小溪
回到情纯的年代
矫情得，就像医院里
美丽的护士看护

一条奔腾的小溪留下脚印
春天里，阳光绿染了大山
这个季节，草原有人出嫁

追思到老

2016年9月23日

我的蓝天

仰望蓝天，我的心随蓝天的云
飘向了远方，一次次地远离
悠悠寸草心，我与天地万丈之距
一次次的心底净化

长河的浪花在水面上
一波波的跳跃，认真努力地
向前奔跑，是谁把雨水
安放到这个季节，一个劲地落下
大地把她珍藏

广袤的山野，小草迎来了春风
阳光和煦，田间的白杨
枝条上每一片绿叶不再沉默
在风中喊着
沙沙

一片片的树叶，像小鱼游过
隔着田间的距离
农民工依附在浪尖判断
自己的秋实

我灵魂的一半走出世界
与现实拥抱
另一半用孤独去惩罚
良知

2016年1月12日

同学聚会

这么快，都毕业四十年了
看到流星划过天空的痛
我们也有给上苍结账的那天
不知道，那时得付
几个铜板

只是瞬间的工夫，我们也都老了
一起喝碗老酒
能一起聚会的，能否两不相欠
少年时比赛涂鸦诗文，闲暇中
背诵放荡的歌赋

毕业的那个晚上，一人面壁
朗诵那些纠缠不清的文字
而今为什么惆怅
不愿诉说还没有走完的那个
美好的春天

已是秋风，树影婆娑
一种心境，一生跑错了多少草原
这些天，灵感突然光顾
无处安放的思念，寄托在书页的角落
那时年轻，一匹骏马奔驰在天边

一粒沙子，在沙漠的上空飞旋
保持对绿色的尊敬
风的手再也无托扶之力
他人看来的灾难
我要力挺英雄打造大刀
项羽啊项羽，为什么不肯过江东
月光挂在刀沿，谁是汉王
独守着空夜，我的心无处还乡
落得伤感

2018年10月10日

第四篇　感悟篇

秋天这么美好

天空很静
山坡下，白杨树的站姿
躯干挺直坚硬，守候着幸福
树梢枝头捧着夕阳
在天空，飘风迎雨的时候
与山坡上的枫叶呼应
跳起骨子里的舞蹈

西伯利亚寒流的脚步
还停留在黄土高坡
蔚蓝色的天空，几朵淡淡的云
把残余的水分挤在了山外
落叶知秋

面对秋天，我的心很柔软脆弱
我想把山上的枫叶采摘
放在书页里
想到白杨树下，她的笑容
春天里的追风
都染上了金黄色
脱缰之马，没有收住脚步
老了，如果还有
如果

爬到了山顶，欣赏秋天的景色

白杨林中追思散步
今后守着静静的家，做个没有
户口的乡村娃多好

狂傲的风

午后，一阵阵狂傲的风走过
天空，开始降雨降寒
秋天的云还在路上盘旋，严冬
已整装待进

秋风走过了草原，走过了大山
一棵苍松，落座在远方
依山而眠的太阳也牵挂起
我的踪行

忘年的姐妹，年轻时月下的许愿
久久地矗立，清脆的笑声
如今让一片枫叶纠缠着风

不用彷徨，记忆里还是那时的日子
蓝天那么大，阳光下送别
风在草叶的耳朵旁叮咛
山花，对过去的事

第四篇　感悟篇

羞红了心

秋天已经来临，季节更换衣服
迎接我的心情，那时候不懂珍惜
春天里的风雨兼程
后悔的诗句，在青春之中
轻言了放弃
过去的身影再也不能回来
固执的
坚持了不该的坚持

真想和你长谈一次话

真想和你长谈一次话，竟然办不到
云彩告别了大地
以后只能以雨水和土地联系
风走过了村庄，哭喊着作别
在路边的树梢头留下脚印
大地的河水
是田间里流淌着的一段血液
为了一片片禾苗的成长
为了庄稼的谷粒饱满
在太阳的召唤下在一天最热的时候
去了天空的

方向

为了大地的绿色，即使一片沼泽
涵养河流的水分，去蓝天
与雷与电拼搏，还记得雨水的伤痕
人们不能只看到彩云
飘过了窗

非要用雨点说事，就这么短暂的
诗情画意，把天空冲刷得干净
夕阳即将冲出云层，又见家家户户
炊烟飘起，雨丝滴落的念想
落地时最大的善意，让小草奔向
山外的绿色，不被大山
阻挡

2020年12月12日

我在北方看雪，你在南方听雨

我来自北方上空的热血，遇到
南方上空的寒流，飘落起
孤独的雪花，来自北方的冬雪
冻结的思想，一片片的信件
洁白纯净的雪

第四篇　感悟篇

425

漫天飘逸

温暖的太阳，融化了身子
云彩，飘向南方静静的夜晚
下起小雨了，走在南国的街巷
漫步听雨，多愁善感的云
落在了身旁，陪伴心思
躺在荷叶的大床
想着秋天的丰收，蛙鸣藏在
禾叶下，静静地栖息

无法沟通，信件的文字
仍然纯净结晶
雪花漫天的飘落，心却冻在
冰层的下面
下雪了，不去陪她喝酒
还等什么时候喝
雨中，小酌一杯怡情养性
你在南方能和绵绵的细雨
交谈些什么
下雨了，你在南方漏着腰
我在北方穿着貂

杨柳嬉戏着追风，传来雨巷的歌声
草长秋黄的季节是留给
北方的来人
谁知道走在南方的路途

还有

什么样的雨水

飞翔的雪花伴着山风落下秘密

把盘旋的鸟儿赶进巢穴

品味北方棉花的温暖，回忆

南方春天的情韵，感悟

秋日的嘶鸣

接受并不完美的自己，我是田野里

秋种夏收的大片冬麦

睡在白雪的下面当回公主

春天，一片片树叶鼓掌的时候

雨水，把小秘密告诉我

一棵棵的小草悄悄地走出来

去绿色的草原，梦游南方

飘雨的季节

2020年11月

今天你随天山风雪

今天，你随着天山的风雪

要去检阅你曾经的田野

天空知道你的到来，七月的天

在心中，为什么会飘来

漫天的大雪，一群群鸽子
长满了羽毛

春天的伊犁河水牵挂着你的脚印
从察布查尔的乡野静静地走过
河水在心里暴涨，捂了
一冬的语言，要对你
说话

时光的眼睛追逐着边塞的太阳
为什么好人总是退守
一行大雁在天空中分割了你我
一堆泥土封锁了
你过境的消息

这一天，我的情追上了春风
冰封的河流开始解冻
人们迈步去向你运动的广场
尺子的脚步默默丈量完
人间的冷暖，一个好人的平安
怎么会这样绊倒
背上还有家庭一座山的重量
纤夫的绳索怎么呼号

我望着天空，泪水就要滂沱
那天你要来家，欲架一座金融的桥梁
然而我忙，却让你失去了一片云彩

为什么那天我们就没能一起聊聊
苍天总是就这么错过

今天是你的追悼会，我却只能
远方默默，年轻的身影
你还在眼前忙碌
天堂呵，怎么总把好人收去
人间太冷，是去往天上
享受幸福
我浑身没有力气，关键时不能远行
那时若放下一切，哪会
这么伤痛

我们的好书记，我很少这样
称呼官衔
人间为何这般无情，人间疾苦
或有恩怨，今夜我只是喝酒
不谈醉，雨水灌满了酒杯
一朵白云飘过一个人的
夜晚

2016年7月4日

第四篇 感悟篇

开　会

我一直在努力地倾听，贴近你的脸
贴近我的脸，淡淡的墨香
一张张的素描，一片片桃花色
追逐着领导的身影
未来的丰收回响在掌心

在凝望的视线里，一杯给你
一杯敬献给自己，捧着
虔诚的小酒
白云化雨，桃花开了又谢
露珠，从草叶上滚下
会议，与风雨合拍
长亭晚唱，一轮新的规划
沿着山脉的方向
笔尖渐行渐远，描绘出
一尊，众人唱着的
温暖歌谣

无法欲知秋天的模样
会议的间隙，握住相互冷暖的手
还有许多的话语

要在唇间融化，鸟儿衔着一首歌
像在天空落巢

旧曲新赋，给领导填词
还有拿什么奉献，上期的一壶小酒
已经放下，风在树枝上歇脚

我是一棵白杨

我是一棵白杨，与风雨相识在田野
迎接扑面的风，放开歌喉
用真情给众人歌唱
雨水打湿了身体，根深埋在地层
汲取大地深处的力量

站稳了位置喜迎宾客
仰望天空
看守好四季来往的风情
犹怕秋风秋雨来得太早，碎叶
洒满一地的焦黄

白杨的手臂，举着绿色的一面旗帜
在田野的路边报到
和风搏击　波涛翻滚在心上

好似在天地间诉说着我对白杨的亏欠

雨落在了田野，洗去了禾苗的浮尘
刚刚入秋，白杨就思量
如何对抗冬雪，而我
飞翔去了何方

牧　场

哈萨克牧羊人的夏牧场
在高高的半山坡上
风雨煽着细嫩的情，小草绿油油的
北疆的羊群肥嘟嘟的，趴窝在
草叶上午休
一口一口地嚼着回味的
有机蔬菜
哪能去想，也不知道
冬季羊群育肥的下场

山坡的背面，那边的羊群正在流浪
翻过一座座的山梁，顺着干涸的小溪
走了几个小时的寂寞
脚印留下的章印，盖在
戈壁滩上

被风反复耕耘着的山野
雨水的厚爱，选择的落点
无须多言
北疆的羊群醉酒般就餐
幸福的生活占据了天时
羊贩子，早早地就吃喝着
草原的秋阳

南疆的羊群，还在马背下飘
像天空放飞的风筝
游荡在路途，生活的裁判在
公平的续航

2016年1月23日

如　果

如果，没有当初
那般的投入
也就没有今天这般的
爱恋痴情
如果，没有当初
那样的选择
也就没有今天这般的

神魂颠倒

压根儿，那一次受挫
我就应该预防
秋风秋色
如若，没有那一段行程
何来今天这份
心中的遭罪
压根儿，那一次御寒
我就不该当真
如若，没有那一段的
真情实意
何来今天这份
梦里魂绕

如果，没有那次遇见
我也不会被
这般报复
如若，没有这般报复
我也不会被
毁在途中
如果，没有那次追寻
我也不会被
这样痴缠
如若，没有这样痴缠
我也不会被
天真到老

既然，追求了就必有痛苦
既然，相信了就
装作潇洒
既然，不干了就浪迹天涯
既然，承诺了就
不怕骄傲

编织罗网的人，一定是为了
钱财，捞取钱财的人
必成为炉里
青烟
不知，我的同事
以后能否记起我的付出
不知，我的付出
以后能否溶入
你身体里的
血脉

功德之上的打坐
拜佛诵经
灵魂在祥云之上惩戒良知
应该放弃梦的时候
就不该在夜里
追寻问考

既然对事业的爱恋

第四篇 感悟篇

谁也割舍不断

可思念的，不去诉说衷肠

既然对事业的喜欢

谁也不能替代

众人的面前，不去

悲愤伤脑

既然，想从此过好自己

就不去以心救赎

既然，世间一片浮躁

就不去与他人拥挤

既然，坐上高座的与凡人

没有两样，那就选择

自己钟爱的就好

2015年11月18日

梦

一双大步流星的脚在追我

前脚追上，后脚又丢下我

梦见就是一个人

失眠的夜晚，黑色像是他的替身

怪害怕的，接下来的事情

我大喊一声，把我惊醒
医生讲，血管堵塞了
流水的声音

灯光下，一双大眼睛
还想跟我攀谈
昨日追寻过的太阳在路上
一件事情，不能大声

最近总在心里，遭遇着风暴
想拾取什么，奉献了热血
现在干渴的血管需要
输血滋养生命

2015年1月22日

崇文门酒店

一群80后，在北京成立了绿洲基金
他们周末聚集。我心
蔚然，写诗以咏之

到北京就住崇文门贝尔特酒店
一群中国的80后
早餐选择汉堡奶油蔬菜沙拉

这里青春，紧随东交民巷
连接着五湖四海
在这里还住着一群老外

一群小小鸟，叽叽喳喳的
餐桌上忙碌的键盘，敲打着
昨晚的梦

孩子们来自新疆、上海、深圳
周末，在北京的上空飞翔
星辰万点，一个个耀眼的
玉树临风

狂诞不羁的性情
出生就一人孤单的滋味
今夜一轮满月
寻找到了另一半月色的美丽
月光如洗

好多年了，一直幽居一代人的心
孩子们做着家中的王
万水千山只等闲，忽然听到了
小树迎风长大的歌唱
人生无法选择
爱，可以加倍生产运输

天气预报，路途上有雪有冰

我担心摔倒了季节
一群中国的独子
海阔天空独自的驰骋
爱的心绿满山野，成熟在一个
不知名的早晨

到北京就住崇文门贝尔特酒店
我看见一座大楼忙碌着
儿女的事情
不是一个工程项目，一只股票
而是建筑孩子的未来
绿色的通道上干干净净

一群孩子，点击了鼠标
连接着未来，阳光明媚的护卫
照耀着他们，祝福孩子们
平安一生

我疯了

我疯了，六十岁开始写诗
什么样的情燃烧着我
坚挺信步的力量，从什么
地方开始

到过无数次的草原，怎么还
那样钟情
秋色呵，只有金色的秋天来临
一切都脱落的干净
与追寻的爱人一起回家
才会有这般的心情

感谢有你，充满微笑的信任
绿荫中的一片叶子，在风中的努力
就是守望到秋色秋景

那个风吹的季节，小草的叶片
翻滚着一波波的浪花
安静的露珠，躺在田野的花丛
叶片的下面，一个诗人把躯体葬进坟场
结束在家乡的门口
所以一直到冬，风剥落的白杨
只剩下光秃的躯壳
白雪覆盖，洁白的素裹一身
风雪中，练就一身武艺
拦住一场雪后
一棵棵白杨的手臂落满白雪
我痴狂迷恋的景色，我追寻的收获
太阳卸下火红的色泽
管他人怎么讲已秃了头顶

2016年1月23

小草喜欢阳光

山花，不断地更换衣裳
精心打扮着的公主
小草自愿变为绿色的地毯
让山花在河谷里漫步人生

红艳艳的，山花绽放着一种欣喜
相遇的瞬间
春雨淅淅沥沥地下着
雨水中，山花湿透了身子
还在等什么，我的愿望
就是能牵着手一直走下去
走到山的尽头，小草
弯腰寻问

为什么，许多人遇见风向改变
都能紧急刹车，而我却不能
还站在自己的位置
到晚年，才有赏花的心情
品味人生

在北国迎接冬雪的飘零，冰层的下面

第四篇 感悟篇

441

流淌着心的感恩，表情迟钝
还真情实感的倾诉
钟情

2016年1月23

跟着跑

一出生，就想跑
跌跌撞撞的，在母亲的手里
跟着风跑，总在追呵
一生，就那么三万多天
非要急切切地撕扯下
那生命里的日历

跟着风跑，飞机还没有停稳
后舱就推着前舱跑
似陀螺的旋转，被人加鞭
追赶着喘气

从小跟着父母跑，父母窝里
下了两个软蛋，自己
飞不起来
却让孩子飞，蛋碎一地

想去抢占邻居的座次

不能输在起跑线上

公路上，汽车喇叭催命

恨不能超低空飞行

互不相让声声

小学的课本里，剖析了

五个社会形态发展的深奥

没有人教红绿灯怎么

看管城市

机场取行李处跑，排队等候着跑

跑着最好是插队不插队就琢磨

别人为什么跑得快

孩子出生跟着学区房跑

景区拍照按下快门转身就跑

上车下车追着座位跑

刷新狂点，谁按下了中国人的

快进键盘的游戏

官员跑出政绩，商人跑着利益

风大步地跑，催促秋叶落地

到底是位置影响了行为

还是行为影响了位置

喜欢月亮里的嫦娥玉兔

月色浸染的山石

被捧成了手腕上的软玉

嘴里说喜欢天空的太阳，却夸父逐日
弯弓射雕的视为英雄模范
说不清楚秘籍里的东西

广场舞的喜庆，节日的锣鼓声
鞭炮声
好脏好乱好热闹，好山好水好寂寞
在大山外歇息

哪里才能歇脚，其实跑不出那个圈子
最后在追悼会上，哀乐声中
跑赢

2015年11月30日

我是那只折了翅的小鸟

这些年，一直在向远方憧憬
也一直是在触之即伤
看见树上落下一片黄叶
就想再过几月，我也要到
阡陌纵横的乡村，伴着失眠的月亮
树枝丧失了一些气力
树叶，离开已折弯的枝条
思考落日的黄昏会落在

哪一扇窗

从何时与命运开始揉搓
许多的伤口怎样预警
青春留下的遗物，与海天一色
与高山相望，融入蔚蓝色的天空
谁能知道，坚硬的牙齿硌伤
一棵包紧杏仁的苦树落座清水河畔
销魂的雨水醉打无人的街巷
湿润的花瓣卸下一对翅膀
丢弃在风雨中追逐的路程

这一刻，如期降临了夕阳
一颗苦胆浸泡的烈酒燃烧着温暖
谁指引我来到了大海边
海浪，高悬锋利的刀剑
不惧礁石的羁绊，海面上厮杀
怒吼赤条条的誓言
椰子树站在岸边，看到了许多的事情
苍天的喉咙，从云缝中泄下阳光
我被安插在这个年代
接受滔天的浊浪

万物越是高贵成熟的时间越晚
我愿意沿着时间的墙根
再让雨水浇灌，长出些藤蔓
一生最大的成就

总默念心中的诗句

今夜我站在伊犁河畔
时间之上，看河水
流淌着月光
难道我是那只折了翅的小鸟

2015年11月29日

第五篇

短诗篇

风

风把大山，凿砍得坑坑洼洼
这些年，你了解了一个
男人

大雁，不南去北来
你怎么知道思念，会隔着时段
反复发烧
秋的脚步怎么会督促
河流加快结冰

没有风，白杨不会触动天空的墨
天空怎么会落下雨来
让诗人写出好诗

邮　差

雨水，在回家的路途
失去了记忆

一滴滴的，落到水面上
戴着一顶小草帽，一晃就不见了

这天我忽然觉得风筝，可是
苍天与大地的邮差
大雁年年催促，河流
加快结冰

孤　独

苍松
山野中的一根体温表
验证一座孤岛
群鸟离去后，一个人的
孤单

乌云
天空化开的墨
白杨触之
独自一人在天空下
写诗

风不是刮给我的

风
不是刮给我的
不然掠过我的耳旁
怎么却呼喊着
她的名字

春天，在草原诞生了
一对龙凤胎，起名叫绿草与山花
河谷的风领着他们
长大

成　熟

草
太多情了
躺在风的怀里
总是半推半就的
不愿意丢开搂着腰的手

喝了多少烈酒，在一个
女人的怀里，一次次的
醒来，才成长为
一个男人

一片黄叶

一片黄叶，站在树枝头
让风牵着手走
还跟我招手
旅途中送客的风景，那份缠绵
怕失去了什么，在寻找什么

春天，换了一身绿装
夏日里，任凭暴雨洗尘
秋天了，霜染心事
繁华落幕。只待

冬雪留白

月　亮

月亮，性情中人
一到山间，便弯向我心
挂一丝丝的思念
柳色，肥来瘦去只待再旬
满意人们思念再圆

回想少儿的时代，月亮滑落了秘密
月亮看我，我正酣睡
耳朵没有听到她走路的声音
月光的亲吻，不会怪我
天空太静

做我的梦中情人，把钥匙都交给你
还有后院，秋霜还没有
打湿的花瓣

只有月光敢夜里翻过栅栏
睡在床上陪伴
一个人的晚上，静静的
美人也不过如此
这样的夜晚，就是
天亮得太快

一只飞鸟的高度

始终装着那一次的念想
内心，装满了奔腾的海浪
这些年，修堤筑坝
就是为了不让她
泄洪

一只飞鸟的高度
测量了，我与她的距离
脱离囚徒般生活，有人
树下散步追思，走到
冬雪飘飘

怀抱着温暖，一把老骨头
静静地想你，他们都在
哪儿啊

雪

不满意自己的作品，夜深了
大地洁白的考卷，风还在
涂涂改改
雪花飘飘，写作了
一个夜晚
今晨，太阳点亮灯火的时候
温暖润湿了诗行

风，偷着跑出了大山
在人生的考场，怎能随意
抹去我的脚印，今天的脚印
也许就是今后的
一段碑文

风的缺点

风的缺点，爱搂着花卉的腰
钻进她人的怀里

忘记了约会的时间
走在途中，路还很遥远

补偿对秋天许诺的情
风没有真情，爱纠缠花的身子
拈花惹草的本性，总是伤了
花瓣的心

冬雪飘来，山岗落满了洁白
雪花的恋爱是最纯洁的
带着天空的情

雪，白些再白一些

雪，覆盖了小山包似的丘陵
像她挺起的胸
雪白些再白些，像她的肌肤
只有太阳的光芒，才能
流淌出小溪

爬上山坡去享受春天
小草和山花吸吮着
流水
采花酿蜜的蜂蝶

飞到这里都会迷了路
找不到家乡

雪白的雪白的丘陵，覆盖在
我身上的温暖，雪下的我
静静地睡着，做着青春的
梦想

品读一遍遍的雪花，缠绕记忆的
是在人群中找寻着她
问遍山花，一朵一朵的
我们能在一起吗

我把痛苦告诉你了

那天在街上，那个人对我偶然一笑
至今我还是寻不到那个人
我的心，每天都转悠在街上

从此，我为她想了种种境地
是朵刚绽放在湖边的荷仙
是朵刚插进花瓶的牡丹
是回转头来等我的
眼光的沐浴，洗透了心

呵，想到此我懂了
那日之前，对她已经知心
那日之后，我恨相见的太晚
那日后的今日，也许期待着勇敢
只要敢去真诚的采摘

1982年12月22日

学校印象（组诗）

1.船长

我俨然像个船长
走向一艘航船的甲板
一声"起立"大海顿时涨了潮
何等的力量，激荡着我的胸怀
我向他深深地鞠躬

于是，我打开书页
拿起粉笔，在起锚的声里
沿着航海图的线路
宣布，起航
教室里顿起大海的涛声

巨轮带着孩子们
穿过迷雾，绕过暗礁
向着玫瑰色的黎明

海面的空气多么
清新，醉人……

2.伞

在孩子们的眼里
老师就是他们的天
他想，太阳就是老师的心脏
起伏的云彩就是胸膛

老师说：我是你们
头上的一把伞
我不会打雷，不会电闪
只怕骤雨淋湿了你们的衣裳

3.绿洲

毕业了，和孩子们留个影
摄影师把我们摆成了几行
蓦地，我想起在春天的原野
和孩子们植树
也是这样一棵棵地扶着
一株株地种着

在一块方阵里，捧起
 一个浓缩的春

毕业了，我和孩子们留个影
呵，一张照片
是我交给祖国的一片绿洲

4.海鸥

清晨，朝霞飞扑在群鸥身上
学生们追逐着飞进校园
像在一片淡蓝的海面
他们翻动的书页
像翻起一片洁白的浪花
学生们晨读，就像海鸥在啄着海贝
为了争食；他们慌慌地叫着

5.雪花

拍拍附在身上的粉笔灰
像蓝天飘下一片雪花
尖尖麦芽，接受了
一层层的厚爱

教师像雪花，给孩子的爱
是一层层的

第五篇　短诗篇

1984年

459

独　白

多么想，走出这片大山
径直地，走向我们的目的地
然而不，怎么还是一挂小溪
顺着幽深的河谷，曲曲折折地
走着别人的路

去哪里，我不知道
山谷怎么成行，我怎么走
也许我不该这么说
拖着长长的影子在大山里转
求生得有欲望，死亡也需勇气
像我这样的，大山你就
干脆吞噬了我，我心
不会慌恐

让我到山外重新组合
生命的元素，有一天
从大山的喉咙
咳出殷红殷红的血色

1986年

春天，窗外的一棵白杨

春天，站在窗外的一棵白杨
叶片，淡绿的娇嫩
柔风细雨的枝条给我招手
清晨我推开窗子，听她
想和我说些什么

在我的窗前就这样站着
借着风的力量，树梢接过清晨的太阳
大山裸露着身子分娩
一首首诗行，等待雨水的浇灌

大西北的风，吹的树叶哗哗作响
随波起伏的绿叶，像是姑娘
的大波浪，在我视线里

春天，一棵白杨站在我的窗前
夜晚我们说爱，不
你别摇头

1988年4月18日

第五篇　短诗篇

转　场

牧羊人，叠起了一只小船
春夏的季节放在大海上
缓缓地飘

漂着，渐渐地付出了风帆
一座座洁白的毡房，飘进
草原的港湾，涨潮了
哈萨克牧民转场

羊群在草丛间浮动，犹如浪花
从这个山坡滚到那个山坡
生命，在寻找满山遍野的绿色
天山红花盛开着情暖

把大山和季节赶在路上，太阳
等待着静寂的月亮
月光拽着梦的夜晚，草原上
留下的羊群马蹄的脚印

骑在马背上的转场，一个民族
骨肉里流淌的血液

在我诗行里垫底，牧民是守望
山野的主人

写好这封信了
毡房，犹如一枚邮票
贴在草原绿色的信封上
羊儿，年年的
送着

1988年4月21日

台　灯

一盆花卉，四季飘香
端上了我的书桌
夜夜守着我，像当年的姑娘
与我说情

她睁大眼睛，一直盯着看我
我的心，潮涨潮落
夜深了，就这样与姑娘叙旧
我站着求爱的笔
在我的日记里，满纸滴绿
喊着莎莎

1988年4月21日

今生为你而来

就这样站着，在一棵小树下
各自的一把伞下，我俩
站了很久
很久

我还是没有胆量，看她一眼
那一次，也是这样站着
那以后，我的心就一直站着
等着这一天

就这样站在一棵树下
一把伞，让我们站了很久
为什么，近处的人却不能言语
而在远方时有许多的话
思念暖暖的，难道我也是
人面难识

一株孤傲艳丽的山花
不愿意做果实让人采摘了去
那就等待着过了这秋

在下一个春天，大胆地收起伞

在雨中淋漓，心中捧起太阳

自从那天认识，她就一直

在我心房站着

1988年4月23日

发　辫

她扎着发辫，站立时

像一只静落在花丛中的蝴蝶

等待爱情的采摘

跑动时，像一首朗诵的诗

在竞赛场上蹦蹦跳跳

一个音符插队

多么可爱的一个小姑娘

丰满圆润

笑和怒都是一种情韵

风姿是一回眸，一秋波

诗眼，在心里默默地一辈子躲藏

真想让她站成一盆花

放在自家的阳台上

阳光下，静静地体味
沐浴柔情似水的香

1988年

爱

夜里想，可以走的路有千万条
可天亮了，一条也找不到
都被太阳收去了吗
想出去走走，满满沉重的心思
你，知否知否

算了吧，何必多情
说出来，今后怎么再与她
说说笑笑
天空落下了雨水，怎么办
然而，收回的那颗心
夜晚又要漂泊起来
我怕被风吹散了吹远了

鸟笼子里的鸟，别看她每天歌唱的欢乐
叫声妹妹，我想你

都不敢大声

不知妹妹，知否

知否

1988年6月11日

后 记

　　我生于 1957 年 9 月 1 日，出生的具体日期是不确定的，是父母后来估计的。出生地是确定的，位于伊宁市飞机场旁的农四师干校。与所有的 50 年代出生的人一样，共和国发生的大事情，我们这一代人都有所经历，我们与共和国一起成长。"干一行爱一行，一不怕苦，二不怕死！"是我们那个时代的口号。那时，师范毕业后都接受组织分配。我被分配到新源县第三学校中学部任教。没几年时间，一个书生意气的我被调配到了要求情商很高的地级行政部门工作，一干就是四十年，直到退休。进入行政部门后，我主要从事经济、金融方面的服务和协调工作，工作中要求情商很高，可我却只知道智商的重要性，努力学习经济金融知识，在工作中探索努力的方向，思考如何增加老百姓收入的渠道，思考西部地区如何适应资本借力发展。

　　这些诗，基本上是在临近退休的两年里写的，当时我换了岗位，工作之余有了点时间，于是就在日记里记录着自己的工作和感悟。退休后，我有一次和老同学交流，引用了日记中的语句，他说这是诗，能将自己思索的印痕传递，带给他人愉快的享受，建议编辑成集。我担心六十岁才写诗，会被人笑话。

　　写作《追寻》是我临近退休写诗的开始，当时工作中遇到一些烦心事，夜不能寐突发灵感，摸黑找到一本书，在书页的边角，把工作中的情感和心路历程，用诗的语言记录了下来，一蹴而就。有人对我说，早知道你会写诗，讲坛会多个学者，说我选错了行，我觉得有些道理。日记里有的诗有些冷，生活在这个伟大的时代带给我的幸福，我的诗有了温度。

我在《我的收藏》（收录于《中国爱情诗刊》）中写道："我收藏过，雨水泼墨的北方，在我的书卷里，那个季节是个童年，春风喝得烂醉，大山捂着一冬的梦想，找不到出口……"中国作协会员雍其新（《麦子花开了》等长篇小说的作者）在留言处写道："在中国爱情诗刊里看到，荣新已是冠以了'中国'头衔的诗人，不简单了，这让我想起了四十年前师范校园的那个傍晚，我坐在草地上看书，荣新趴在草地上写诗的样子……"我知道他这是友好的调侃，爬在草地上写诗的事，我早就不记得了，正如他说的："能够在年老的记忆里，珍藏一段年轻的景象，也是很珍贵很美好的！"我曾在《中爱诗人简介》写道："现已退休，选择自己的喜爱，夕阳下，沉浸在温暖的诗句里。"以前在工作中，偶尔产生一些对生活的感悟，都记录了下来。因为同学的鼓励，把几年前的诗句翻出来，得以让更多的人分享。

写诗不能违背自己的本心，诗是一个人的灵魂，诗言志。人生的每个阶段都需要做出选择，犹如一场不能回头的旅行，人生只能马不停蹄地向前，但真心无论何时都不能改变。蓝天上的白云飘飘，飞行的途中，天空会时常起风降雨，努力到秋日，雪地上的脚印，哪怕被风很快地掩埋，也要去认真地追寻每一天。构成我无法忘却的回忆。

我在晚年时，更加明白了，一个人成功的标准只有一个，就是快乐。人自由的时候是最有创造力的，选择比努力重要。人的一生中，在什么阶段选择什么很重要，人生要有目标而非目的，目标让人幸福，目的让人活得卑微。我想一个人应该有两次退休，一次是工作上的退休，一次是心理上的退休。退休

后
记

了写诗是心灵上的。可以留给儿女，让他们体会生活。

感谢《伊犁老故事》的编辑戈力，他推荐我在刊物上发表诗作。感谢同学辛平给予评论并编辑诗发在同学群里。感谢国外的盛玉萍女士评论："读完你的诗，强烈要求你一定出本诗集……复杂的独特感受，特定的思维很空旷……"感谢孙新宁、张远等同学对我的诗不吝美誉。感谢新疆朗诵协会的王振娟老师，她通过声情并茂的朗诵将我的诗带到了远方。小弟荣朝帮助分类编辑诗集，尤其感谢郭文涟先生作序。感谢家人，也谢谢自己，六十岁了，出本诗集，给曾经的爱好与过去的工作留下个脚印。

风竹
敲窗韵入书

感咏集

何应仿　著

光明日报出版社

图书在版编目（CIP）数据

感咏集 / 何应仿著. -- 北京 : 光明日报出版社，
2023.12

(风竹敲窗韵入书 / 林目清主编)

ISBN 978-7-5194-7645-8

Ⅰ.①感… Ⅱ.①何… Ⅲ.①诗集－中国－当代
Ⅳ.① I227

中国国家版本馆CIP数据核字(2023)第250093号

《感咏集》序

谭小仕

诗，志也。在心为志，发言为诗。坐大厦之下而诵，无奔走之劳矣；能引发人强烈之感情事物，韵美妙而富于生活情趣。或反映生活，抒发情感，施以才情高超、气韵飘逸，以节奏和韵律，为情释怀，赋诗歌颂。诗言志，歌永言，声依永，律和声。序定"感咏集"，借以百年诗、古体诗。随诗中之风景优美，诗情画意，吟来顿觉心旷神怡，清新婉约，朗朗上口，铸就时代的壮丽诗篇。

诗曰：

退休娱志进儒林，感悟人生欲点金。

纵口涂歌忘世事，雕章镂句壮诗心。

锦囊佳制犹难对，瑶枕雄文尚漫吟。

暮去朝来寻雅趣，管它古韵与今音。

时维壬寅年柳月于涪陵公园路建工厦涩笔

（谭小仕，涪陵《白鹤梁诗词》编辑、《涪陵诗词》编委副主编、涪陵白鹤梁诗社社员、诗书画研究会会员、涪陵作家协会会员、重庆诗词学会会员、中华诗词学会会员。）

诗无虚情　胸有正气（代序）
——读何应仿老师《感咏集》有感
谭　明

何应仿老师是我在涪陵十中念中学时的语文老师。那时，他就热爱文学并创作诗歌。

时隔40多年，捧读何老师的诗词集《感咏集》，其中浓浓的家国情怀、深深的亲友情感、悠悠的沧桑情愫，让我收获了无数的温暖、感动与怀想。

感谢何老师的诗歌，指引着我，去感悟生命的宏阔、命运的流向与精神的寄托。让我努力以善良的内心去亲近自然与社会，把那些被忽略了的美好和感受捡拾起来交还给心灵。用灵魂的闪电，照亮小到针尖的记忆和感慨；用血脉一样的根须，牢牢抓住生死相依的土地与源泉。每当读到有呼吸的文字、带脊梁的句子，便会带给我惊喜和会心的微笑，也让我的生命因此多了一些温润与色彩。

感谢何老师的诗歌，让文字贴近我，让我去领会如何认真、饱满且有尊严地活着！让我慢慢体会到了，无论一个人多么坚强，内心总有一块柔软的地方，不可触碰。让我不仅活在当下，也活在从前和未来，如同我热爱的乌江，知道泉眼和海洋的方向，知道出发的地方，知道天宽地阔，知道敬畏、感恩和坚守。

感谢何老师的诗歌，让我学会了给自己的心灵松绑。当我在诗歌中彻底放下浮华与嘈杂，便会感到能量在自动向体内汇聚，灵魂得到迅速的补充和调整，很多顽疾不治而愈。尤其让我渐渐懂得了，远处是风景，近处才是人生。心简单，世界就简单；心自由，生活就自由。在简单自由的生活中，幸福才会生长。生命只有走出来的精彩，没有等出来的辉煌。

感谢何老师的诗歌，让我渐渐明白，诗歌的价值，在于以真诚的态度对时代风云与生命历程温习、书写和保存。一部诗歌作品是否有生命力，一要看读者，二要看时间。任何时代，冒充深刻都没有用。

感谢何老师的诗歌，让我在文字中触摸到了您的脚印、情怀、泪水和体温。

最后，我要感谢何老师：仁心育桃李，妙笔写春秋。

（谭明，中国作家协会会员、涪陵作家协会原主席，重庆市作家协会副主席，国家一级作家。）

目 录

诗 篇

词　篇

祝贺篇

晚情诗友咏休怡山庄专辑

诗友亲友赠诗

诗

篇

迎晚情诗社嘉宾

聚云山上已春浓，旭日初升似火红。

和暖野花香袅袅，喜迎游客乐融融。

逢人带笑斟新酒，有幸投缘胜远朋。

相互抒发晚情意，莺声燕语绕青松。

2004 年 3 月 21 日

加入晚情诗社感怀

弹指挥间迈六旬，参加诗社尽欢欣。

潜研韵律修心智，吟咏夕阳颂晚情。

2004 年 7 月

赞晚情诗社

晚情诗社驰中外，广纳神州众俊才。

创办讴歌二十载，雅吟专著遍传开。

2004 年 7 月

休怡山庄广告牌

设置山庄广告牌，居峰据险上高台。

出行遍野春风送，迎候普天贵客来。

从此登临传笑语，如今吟咏叙情怀。

新朋旧友常相会，生意兴隆多进财。

2004 年 11 月

缅怀父亲

（一）

吾父出生麻柳沱，吃糠咽菜命蹉跎。

灾荒年里家贫困，过度操劳疾病多。

（二）

常年重活受煎磨，苦命人生难诉说。

一生勤劳福未享，时逢今日写悲歌。

2005 年

缅怀母亲

（一）

水秀山清出玉泉，幼年生长大磨湾。

饥寒交迫钱粮少，小户人家度日难。

（二）

迎来解放换新天，百姓当家掌政权。

出席川东妇联会，人民做主把身翻。

2005 年

缅怀岳母

（一）

自幼生来慈善人，老家酒井歇凉村。

何如女婿当儿子，提笔难书岳母恩。

（二）

通情达理善良人，一片诚心待四邻。

勤劳辛苦闲不住，大恩大德似娘亲。

2005 年

休怡山庄开业三周年

聚云山上彩旗艳，四海诗朋相见欢。
宾至如家逢五一，山庄开业有三年。
参差花木临溪水，璀璨园林绕柳烟。
发展创新真道理，搞活经济定翻番。

2005 年

老同事山庄相聚

教师同事张湘璧，脑海时常影不离。
退后蓉城去居住，十中共度数朝夕。
回涪今日探亲友，见到当时未聚齐。
约定山庄怀旧事，难分难舍且相依。

2005 年

看电视剧《任长霞》之感

公安局长任长霞，拥政爱民好警察。
赤胆忠心干事业，鞠躬尽瘁报国家。
秉公执法千秋赞，不徇私情众口夸。
为保和平人敬仰，英雄事迹传天涯。

2005 年

到东印

发愤图强近四旬，八三年底遇良辰。
调到东印干工作，只为全家农转城。

2005 年

垫江东印子弟校高八五级同学会

东印高中八五级，深情厚谊不分离。
相互面对无言语，万里心知铭往昔。
回首师生谈旧事，重逢学友没忘记。
依依惜别山庄外，待等时机再聚集。

2005 年

加入涪陵诗书画研究会

在岗卅载已退休，本想闲娱自遣忧。
有幸参加研究会，潜心创作诵春秋。

2005 年

清明祭父

今朝祭我父，悲切如刀割。

居住屡牵徙，无处可落脚。

糠菜充饥肠，常去帮月活。

下雪无鞋穿，寒冬衣单薄。

解放沐春风，衣食有着落。

荒年别尘寰，天灾人祸合。

不惑岁月短，坎坷难诉说。

英容常入梦，辗转思始末。

2005 年

庆三八国际妇女节

三月八日阳光灿，鲜花怒放春满园。

普天同庆妇女欢，国际歌声耳边旋。

芝加哥城大游行，争得自由和主权。

男人女人要平等，妇女能顶半边天。

2006 年

山庄之春

鸟儿林中尽欢唱，鱼儿水中任游狂。
枯木不由长新芽，百花自在吐芬芳。
山水园林生态美，万物复苏披盛装。
游客满至歌声欢，春色洒满休怡庄。

2006 年

山庄桃花源

聚云高峻入云天，峰顶有座桃花源。
改革建起农家乐，栽种桃树几大千。
桃花怒放红艳艳，果树成林一片片。
待等硕果山堆满，桃园景色迷神仙。

2006 年

咏长征

举世长征最苦艰，转战驰骋勇当先。
树皮草根充饥饿，雪山草地只等闲。
威武不屈驱虎豹，猛攻顽敌冲向前。
排除万难红旗卷，誓保江山千万年。

2006 年

护林防火

干旱定属丙戌年，全民奋起防火烟。
森林确保首重要，万马齐奔战犹酣。
不准闲游进林区，禁止野外引火源。
保护生态除隐患，烧山肇事惩办严。

2006 年

战旱魔

历润七月受天旱，百年难遇特大干。
大江大河水落浅，小溪小沟全枯完。
持续灾情三月久，人畜饮水皆困难。
众志成城齐奋斗，灭掉旱魔天地欢。

2006 年

赞何欢侄女考上北京大学

何欢芳龄仅十八，风华正茂一枝花。
勤学苦练出天才，高考状元入北大。
新妙乡亲人人赞，学校师生个个夸。
百尺竿头进一步，科技尖端任凭跨。

2006 年

垫江东印子弟校同学会

同窗东印子弟校，八六初中八九高。
科学顽垒攻关苦，少年意气壮志豪。
有幸廿年山庄会，叙情倾怀畅通宵。
展翅翱翔有作为，宏图万卷重担挑。

2007 年

观涪陵火车站

沙溪沟里老涂滩，建起涪陵火车站。
楼房林立拔地起，铁路延伸展眼前。
车进车出相拥挤，人来人往尽开颜。
一声鸣笛长空破，飞龙转眼天地间。

2007 年

重庆市直辖十周年

渝州大地红旗卷，重庆直辖十周年。
迈开步履求发展，改革卓绝变地天。
科技腾飞显奇迹，经贸兴隆写新篇。
创业神速突猛进，世界名城首当先。

2007 年

祝何瑞联爹九十大寿

开口学语就过房，伯父伯母喊爹娘。

时刻待我如亲生，父子亲情永难忘。

九旬高龄松不老，后代裔孙四同堂。

祝愿老人永康健，福星高照寿无疆。

2007 年

桥南防火工作组

桥南防火工作组，上岗荒山不说苦。

严防死守控隐患，林中周旋勿歇足。

悬崖陡壁全不顾，披荆斩棘把险除。

全力灭灾抓大事，争做人民好公仆。

2007 年

战洪灾

上天作怪不睁眼，丁亥重庆水旱年。

百年难遇灾情重，特大暴雨紧连绵。

庄稼冲毁收成减，路垮滑坡更危艰。

广大干群齐奋斗，战胜水魔定胜天。

2007 年

七夕所思

七夕夜深黑沉沉，牛郎渴望织女星。

银河缥缈难相见，喜鹊搭桥会情人。

砸烂腐朽旧枷锁，神仙百姓也钟情。

世间千古传佳话，憧憬自由享太平。

2007 年

教师节所感

一年一度教师节，感慨万千心头热。

教学生涯二十载，任教高中考大学。

改行廿年工种变，就把三尺讲台别。

昔年依旧感慨多，教育行列可选择。

2007 年

悼缪体源友所哀

八三年底东印会，相见恨晚紧相随。

子弟校里苦耕耘，种桃育李不觉累。

人生不测历坎坷，敢斗邪恶求是非。

未尽古稀身先卒，只怨老天不慈悲。

2007 年

长江所望

聚云山上望长江，逝水奔腾下海洋。
冬去春来不歇息，一年四季也通航。
看透宇宙红尘乱，饱经历史见沧桑。
尔才是公平使者，从古到今皆颂扬。

2007 年

李渡长江大桥通车

高歌猛进气势雄，洪州两岸跨彩虹。
以往南北隔水难，当今大桥把车通。
金桥飞架连广宇，财源滚滚如潮涌。
涪陵新貌添锦绣，丰碑一座傲苍穹。

2007 年

一日三省游

汽笛惊天一声鸣，渝怀火车奔涪陵。
子孙三代头回坐，国庆休闲湘西行。
晨曦离枳才上车，瞬时就达黔铜仁。
转车湖南古凤凰，日游三省胜天神。

2007 年

涪陵监狱退休职工春游山庄

四月春浓风光秀，离退职工喜春游。
休怡山庄相聚会，同事相见频点头。
垂钓爬山任玩耍，卡拉 OK 秧歌溜。
构建和谐齐称颂，老有所乐无忧愁。

2008 年

战雪灾

说起老天硬是怪，南方冰雪遍成灾。
半个世纪属罕见，严寒地冻成危害。
电信交通被阻断，天地房屋遭覆盖。
群情激奋苦战斗，定把灾魔抛天外。

2008 年

汶川抗震救灾五首

（一）特大地震

五月十二大地震，灾情涉及几个省。
震中汶川为八级，周边区县遭惨景。
房屋倒塌变废墟，交通阻断路难行。
遇到伤残无幸免，没家可归苦海深。

（二）中央号令

中央紧急发号令，众志成城抢险情。

亲临一线做指挥，争分夺秒快救人。

踏遍山乡与城镇，又做部署又慰问。

党中央和国务院，确比亲人还要亲。

（三）官兵抢险

抢险救灾下决心，分秒必争寻命根。

赶赴震区最前线，冲锋向前打头阵。

日夜奋战斗灾魔，哪里艰险哪里奔。

不怕疲劳连作战，无愧人民子弟兵。

（四）白衣天使

特大地震触目心，救死扶伤是责任。

白衣战士勇拼搏，定把病情全扫清。

医德高尚精医治，昼夜苦干忙不停。

治愈病人数千万，灾害无情人有情。

（五）八方支援

一处受灾有困难，五湖四海去支援。

抗震队伍志愿者，又赠物来又赠钱。

援助物资数亿吨，捐助资金数亿元。

但愿摆脱苦灾情，早日重建新家园。

2008 年

2008 年北京奥运会

火炬传递五洲行，百年梦想已成真。

巍峨鸟巢气势雄，红旗万卷迎嘉宾。

廿九奥运空前盛，举世夺金第一名。

体坛外交通四海，共建友谊与和平。

2008 年

北京残奥会

赞歌嘹亮久不息，残奥队员壮志立。

身残意志坚如钢，赛场冠军升国旗。

排除万难勇拼搏，获取金牌数第一。

奥运残运同精彩，北京残奥创奇迹。

2008 年

神七升空

神舟七号上天空，实现遨游太空梦。

留下中国人足迹，旅航三员当称雄。

宇宙行走里程碑，穿越浩瀚傲苍穹。

航天大国地位显，载人飞船获成功。

2008 年

涪陵监狱老年协会成立

离退职工神采奕，欢庆老协会成立。

市监狱局来祝贺，本狱领导同贺喜。

协会就是和谐家，老有所为新天地。

夕阳风光无限好，自娱自乐甜如蜜。

2008 年

参观南沱睦和新农村

南沱睦和新农村，示范建设日月新。

公路畅通连院落，楼房林立变街城。

生态旅游求发展，三峡库区都出名。

参观睦和游客多，移民搬迁树典型。

2008 年 10 月

祝唐志荣亲家七旬寿庆

吾之亲家唐志荣，交大毕业调涪陵。

曾经援外索马里，设计施工胜洋人。

长江大桥指挥长，交委多年把职任。

退休还把余热献，健康长寿永年轻。

2008 年．

致涪十中初八四级同学会

廿四年前涪十中，师生共度情意浓。
弋阳桥畔书声琅，蔚如遗址继传统。
苦读苦背斗学垒，勤学勤练把关攻。
校园桃李满天下，人才辈出盖世雄。

2008 年

祝王宗藩兄八十寿辰

耄耋寿庆皆喜乐，亲朋好友来祝贺。
立党为公是楷模，无私奉献业绩多。
文化艺术出精品，《心路集》系代表作。
淡泊名利和谐处，不老人生唱赞歌。

2008 年

涪陵农家乐协会成立

座座山庄挂彩旗，农家协会喜成立。
兴农建设风景线，生态旅游为第一。
时尚产物农家乐，百业兴旺创奇迹。
发展才是硬道理，搞活经济增效益。

2009 年

山庄春色

风吹杨柳哗啦啦，山雀飞舞叫喳喳。

漫山枇杷结硕果，遍地桃树盛开花。

游客众多心欢笑，春色满园景如画。

风光雅致人忘返，步入农庄就是家。

2009 年

垫江东印子弟校初中八九级同学会

八六小学八九初，东印学校念诗书。

同学少年风华茂，同窗刻苦显功夫。

悬梁锥刺破万卷，寒暑共度潜研读。

阔别廿年山庄会，相敬如宾互祝福。

注：1986 年小学毕业又读初中三年毕业。

2009 年

庆祝新中国成立六十周年

举国欢腾尽开颜，庆祝建国六十年。

歌颂党的好领导，人民当家掌政权。

不忘过去奴役苦，铭记今朝日子甜。

深化改革谋发展，和谐盛世乐空前。

2009 年

忆汶川大地震

汶川地震一年整，惨状悲凉脑海深。

天灾几省面积广，遇害伤亡数万人。

全民动员齐奋斗，争分夺秒抢险情。

战胜灾魔家园建，世代不忘感党恩。

2009 年

两汇场

梨香溪畔两汇场，亘古至今吾故乡。

座座大桥跨南北，条条公路通八方。

农村经济大发展，三峡蓄水供观光。

市场繁盛新景象，历史悠久名远扬。

注：历史老场的两汇乡于 2008 年与新妙镇合并。

2009 年

休怡山庄铁树开花

铁树一株粗又大，敢抗酷暑发枝丫。

平衡生态物有情，恰逢国庆喜开花。

观者不绝齐赞赏，千载难逢受人夸。

铁花怒放添异彩，山庄园林美如画。

2009 年

不忘生虎山

生虎山上玉泉村，入涪始祖何文鼎。

清初创业三百载，家家致富奔前程。

近住赵坝大屋基，远居涪枳渝州城。

展望环球有本姓，不忘归根故乡情。

2009 年

童家坡

堡子白鱼童家坡，毗邻生虎与映河。

悬崖陡壁路难走，过去艰辛无着落。

而今三农大变样，林园座座结硕果。

盘山公路绕山顶，脱贫致富众民乐。

2009 年

涪陵十中高七九级同学会三首

（一）

十中高中七九级，六班同学皆聚齐。

想起当初均年少，雄心勃勃壮志立。

尊敬师长有礼貌，和睦团结极亲密。

校风校纪空前好，共度寒窗同学习。

2009 年

（二）

教育谱写新篇章，先烈遗址举红旗。

弋阳歌声乾坤绕，皓月书声惊寰宇。

悬梁锥刺攻关苦，萤囊挑灯解难题。

桃李满园结硕果，人才辈出数第一。

（三）

大学中专考得多，后起之秀有出息。

当今时代擎天柱，栋梁担当创奇迹。

弹指阔别三十载，回首往事思友谊。

师生情深必铭记，再次相逢定有期。

2009 年

观国庆游行

六十国庆众欢腾，首都北京喜气盈。

盛大游行阅兵式，民族兴旺国繁荣。

斗志昂扬海陆空，飒爽英姿女民兵。

国防装备显威武，保卫神州永安宁。

2009 年

澳门回归十年

澳旗莲花展眼前，赤子归国满十年。
一国两制定国策，历经沧桑终团圆。
社会和谐今盛世，经济腾飞写新篇。
同胞回归一家亲，如今发达也领先。

2009 年

修两汇《何氏家谱》感慨歌

想起心潮逐浪波，今日谱写感慨歌。
根底缘由图个啥，究竟不明是什么。
寻源文鼎公入川，且听我来慢诉说。
高家湾会九八年，至今已有十载多。
相邻外族在修谱，眼看本族无着落。
只有找吾把谱写，文化最高已明确。
族贤宗亲望着我，企盼吾能点脑壳。
当年上班未退休，此事难办想推托。
转眼又过七八载，另外宗亲做工作。
撰修家谱非易事，决心未下苦思索。
待等此事退休后，众多族贤来找我。
再三考虑这差事，肩挑重担要领略。
组织班子共探讨，咋个安排靠自觉。
两汇何氏人丁旺，地广山遥路坎坷。
困难重重多得很，不负重担细琢磨。
资料缺乏四处找，摸清祖根联脉络。

闭门造车枉徒劳，访遍乡村把底摸。

经单簿里写不全，走村串户去了却。

只访生虎村不算，太平青羊有一坨。

大屋基来赵家坝，歇凉堡子童家坡。

风吹雨打都赶路，腹中饥饿又口渴。

山路坡坎跌跟斗，皮鞋磨烂打赤脚。

说来真是太奇怪，不慎手机被掉落。

乘车赶船满身累，重庆贵州都去过。

家家户户都走访，查清人口千多个。

白天只顾搜资料，夜里挑灯纸笔墨。

记载不清电话问，多聊话费难节约。

世人都说修谱难，我谱也修几年多。

缺少经费靠捐资，他说困难又恼火。

劝你要购书一本，有说不如打酒喝。

为啥清明要放假，摇头不知为什么。

个别宗亲不理解，耐心细致做工作。

广大宗亲通情理，解囊赞助都踊跃。

再说修谱不一般，要花时间来消磨。

每天每月都出差，酷暑寒冬也奔波。

查找祖根经几载，理清世系数年多。

编排打印细审校，熬更守夜睡不着。

执笔躬耕近两年，难关攻破出成果。

精装谱书几百本，捧在手中笑呵呵。

修谱成员有功劳，为了本族愿干活。

文化遗产金不换，留给子孙有交割。

千载难逢传瑰宝，何氏旺族永康乐。

2009 年

惊闻车祸

新妙玉泉岩子边，轰隆巨响震云天。
长安车翻几十米，三死一伤摆在前。
公安交警速侦破，特大案件惊世间。
肇事司机已归阴，后果不堪自遭冤。

注：此车祸发生于 2009 年 12 月 29 日。

2009 年

元旦抒怀

一年一度元旦节，新年伊始最闹热。
五洲四海佳节庆，掀开历史新一页。

2010 年

回乡拜年

乘车沿路上山坡，玉泉老家亲友多。
春节回乡去拜年，休任儿家把客做。
子孙热情忙接待，鸡鸭鱼肉摆满桌。
开怀畅饮说真话，天天都在把年过。

2010 年

悼何瑞联老人

己丑腊五铃声急，九二岁爹命归西。
顿觉伤神双目泪，愿在黄泉静安息。

2010 年

今日赵家坝

说起龙泉赵家坝，别看地处山旮旯。
饮的皆是清泉水，吃的都是鱼肉虾。
住的多是小洋楼，用的全是自动化。
三农建设见成效，山乡巨变新农家。

2010 年

儿媳学车

晓容聪慧好儿媳，与时俱进把车学。
白日操作练功夫，晚上苦读背秘诀。
定求发展无难事，手把方向任飞跃。
昔年只见男驾驶，当今遍是女豪杰。

2010 年

青海玉树大地震

房屋倒塌无宅住，公路毁坏车难行。
十万民众被受害，两千余人丧生命。
一方有难八方援，大爱无疆献真情。
全凭党的政策好，重建家园享安宁。

2010 年

上海世博会

几百余年奢望想，世博会开在中方。
难见奇观数群馆，历史总能创辉煌。
今修展馆最雄伟，胜过仙宫与天堂。
祝贺盛会开成功，大旗高举久飘扬。

2010 年

抗美援朝六十周年

一九五〇战歌响，志愿军跨鸭绿江。
反抗侵略保和平，中华儿女战沙场。
美国联军十六国，进攻朝鲜逞凶狂。
三年拼打全获胜，彻底消灭野心狼。

2010 年

涪陵抗美英雄潘昌义

涪陵新妙潘昌义，抗美战场猛杀敌。

退伍农村第一线，饱经风霜不图利。

朝鲜首相曾访华，问潘英雄在哪里？

战功不朽传中外，功臣榜样永树立。

2010 年

首次乘飞机

昼见银鹰平地起，梦里依稀漫天际。

子孙同去游北海，硬是头回坐飞机。

瞬间重庆才起飞，转瞬时刻到广西。

万里行空宇宙间，心想事成不足奇。

2010 年

游北海

广西北海满目新，天边大海紧相邻。

金滩银滩任畅游，海底世界更迷人。

冠头岭上观沧海，红树珍稀世闻名。

面临东盟广交易，西部开发排头兵。

2010 年

参加第十四届世界何氏恳亲大会

世何恳亲十四届，河南固始县召开。
参会代表八百余，五洲四海聚拢来。
寻根问祖回故地，庐江裔孙情满怀。
共谋发展创佳绩，爱族爱国倡和谐。

2010 年

贺长寿何氏宗亲会成立

长涪何氏一家亲，祖宗同根世代红。
巴乡谷聚宗亲会，研讨族事共繁荣。

2010 年

涪二中六〇级毕业五十周年同学会

想起当年涪二中，校园壮观气势雄。
书声琅琅惊寰宇，歌声阵阵漫苍穹。
立志成材奔前程，各行岗位显神通。
有幸同窗山庄会，难舍别离胜友朋。

2010 年

致涪十中高八〇级毕业三十周年同学会

高八〇级出校园，转瞬就是三十年。
勤奋好学攻顽垒，努力拼搏苦钻研。
升学高考人才济，成果辉煌展眼前。
师生友爱深似海，再次相会等时间。

2010 年

颂元末入川始祖何德明公

大厦万户何德明，湖北麻城孝感人。
青年时中科武举，元末入迁鹤游坪。
明授恢剿副总兵，蜀中屡乱皆息停。
驱黔贼侵遭殉难，建威将军久扬名。

2011 年

赞修涪陵区《何氏世谱》

续修世谱是信念，弹指挥间廿多年。
苦战寒冬斗酷暑，踏遍山川未休闲。
编委团结一班人，宗亲捐资献甘泉。
无价宝书传后代，何氏兴旺永向前。

2011 年

参加两汇生虎山何氏清明祭祖会

春满四月景如画，锣鼓声响震天涯。

彩旗招展迎宾客，宗亲欢聚乐开花。

法定假日祭祖会，尊老敬老众民夸。

与时俱进谋发展，和谐相处爱国家。

2011 年

庆祝建党九十周年

风雨兼程九十年，神州大地换新天。

国富民强惊寰宇，永固江山盖史前。

2011 年

何也余宗长回乡祭祖

也余宅居在重庆，清明回到玉泉村。

和蔼可亲紧握手，乡音未改诉衷情。

始祖墓前三叩首，还归随俗不忘根。

众亲齐赞好后裔，爱亲爱国尽责任。

2011 年

无私济困献爱心

玉泉村民何休军，未到不惑患重病。
医院切除要化疗，哪有巨款来救命。
时逢召开清明会，会长呼吁献爱心。
当场捐赠一笔款，无私解难济特困。

2011 年

去遵义

迎庆建党九十年，离退职工心里欢。
安坐豪巴奔高速，瞬时一巅又一川。
跨越渝州经綦江，飞迈桐梓进娄山。
直达红军长征路，名城遵义闪眼前。

2011 年

观遵义纪念馆

遵义会议纪念馆，历史辉煌金光闪。
雄伟会址眼前现，陈列馆内珍品展。
总政治部够敬仰，红军街头细观看。
红色经典瞧不尽，观者不绝赞声叹。

2011 年

游红军街

中国有条红军街，坐落遵义红花岗。
凤凰广场近咫尺，红军山头紧相望。
黔北民居影朴实，古式建筑照原状。
街道繁华品牌多，面临商海思开放。

2011 年

赞娄山关大捷

黔道天堑娄山关，一夫当关万开难。
敌军盘踞扎营寨，把守严密逞凶顽。
红军军委发命令，乘胜追击捷报传。
长征途中打胜仗，击溃贼兵战犹酣。

2011 年

瞻娄山关烈士纪念碑

烈士墓塔高云天，巍峨碑升旗锤镰。
英雄功勋铭墓志，永垂不朽万古传。
誓与敌兵拼死战，甘洒热血青春献。
墓前默哀三鞠躬，祈盼安息久长眠。

2011 年

吟长征

中央红军远征急，经赣瑞金新田去。
到达湖南冲衡阳，桂敌封锁全突袭。
迈向贵州过乌江，激战黔北驻遵义。
四渡赤水逼昆明，巧渡金沙蜀中驱。
飞夺泸定强大渡，爬越雪山过草地。
突破腊口翻六盘，到达陕北镇吴起。
艰苦卓绝整一年，纵横跨省有十一。
长驱直入二万五，战略转移取胜利。

2011 年

涪陵《何氏世谱》发行

辛卯清明好光景，《何氏世谱》终发行。
卅五支系布六县，百万言书逾五斤。
字里行间叙根脉，词精句佳述族情。
宗亲盛会颂谱牒，连城瑰宝妥珍存。

2011 年

贺寿星何为平九旬华诞

生日快乐歌声响，乡亲宾客聚满堂。
艰苦奋斗有作为，勤劳致富家业创。
九旬华诞古稀少，四代同堂鼎兴旺。
祝贺再增十秩寿，长生不老倍安康。

2011 年

斥责袁世凯

内阁领军野心胆，妄与党人做周旋。
威逼宣统帝退位，就任总统掌大权。
辛亥功绩建民国，窃国大盗把权篡。
复辟皇帝演登基，几日丑剧便归天。

2011 年

颂白鹤梁诗社秋季诗会致韩社长

秋季诗会义和开，会员欢聚乐开怀。
党委书记讲发展，世雄社长做安排。
花木果地走一趟，体验生活觅素材。
白鹤扶摇千万里，鸿篇巨制上台阶。

2011 年

观义和新农村

潮涌大江滚滚流，义和三农奔前头。
巴渝风情兴小镇，田园宜居竖高楼。
金科投建为载体，城乡并进全统筹。
立足起点新跨越，水绿山清景更优。

2011 年

赴粤感悟

火车奔驰昼夜间，去粤惠州逗几天。
参加世何文史会，姓氏源流共讨研。
深受感悟归一点，远眺南海也有边。
诸姓肇祖皆黄帝，古今一家数千年。

2011 年

为何氏茶楼所题

茶楼芳香热浪腾，宾朋满座笑开盈。
欢进欢出四海客，常来常往阖家亲。

2011 年

涪陵白鹤梁博物馆

枳城有座白鹤梁，静卧江心水中央。

石刻诗画名天外，寒冬干涸饱观光。

三峡蓄水全淹没，历史古迹藏汪洋。

修起水下博物馆，保护文物久珍藏。

2012 年

七旬述怀

春风送爽景象明，高阳伴吾跨七旬。

饱经风霜崎岖路，回首往事过烟云。

只管风吹当乐事，任凭浪打福祉临。

苦短人生随命运，岂怪老天不公平。

2012 年

七旬致友

七秩初度友光临，生日歌唱致欢迎。

问寒问暖紧相依，话言话语诉衷情。

多年不见相恨晚，朝夕相处成知音。

礼尚往来是古训，亲朋宾客情海深。

2012 年

咏李渡新城

大江东去浪不停，洪州建造大涪陵。
李渡扩展拓疆域，百万农工变居民。
园林山水景色美，高楼别墅结成群。
街繁商贸兴闹市，新城腾起天地惊。

2012 年

观李渡凯高玩具厂

李渡园区凯高厂，机声激越生产忙。
操作全盘电器化，玩具高档堆满仓。
声誉全球中国货，车运船装送远洋。
出口品牌通四海，广进财源达三江。

2012 年

庆五一劳动节

一八八六风雷起，美国工人顶天立。
直指盘剥资本家，芝加哥城显威力。
实行八时工作制，夺得自由获权益。
斗争激烈取胜利，国际欢腾庆五一。

2012 年

参加第三届两汇何氏清明祭祖会

彩云飞渡舞东风，百花盛开春意浓。

宗亲广聚大屋基，时逢清明祭祖宗。

六十载前烟云袅，今朝又见烛火熊。

万物苍生全凭根，尊祖爱祖继传统。

2012 年

学雷锋

全国掀起学雷锋，为党为民立功勋。

风雨兼程扶老幼，骄阳工地助农工。

关心战友将钱寄，奉献灾区济贫穷。

不锈螺钉名天外，红色日记贯长虹。

2012 年

第三十届奥运会

中国健儿斗志坚，伦敦拼搏勇争先。

夺得奖牌八十八，争居榜首迈向前。

2012 年

贺休怡山庄开业十周年

聚云葱茏彩旗扬，休怡山庄喜气洋。

开业十载生意隆，一年更比一年强。

客来客往满屋坐，车进车出打拥堂。

旅游休闲名胜地，璀璨明珠闪金光。

2012 年

湖北监利寻根

湖北监利一家亲，荆楚酒楼迎嘉宾。

首卷族谱弘发会，特邀代表必光临。

谱记祥公有九子，师鲁德明胞弟情。

时逢盛世回故地，溯源探究把根寻。

2012 年

参观安徽岳西县水畈村

幸到何氏发祥地，安徽岳西水畈村。

新农建设大发展，百姓生活小康奔。

古今传名报恩观，历考三百大学生。

人杰地灵创奇迹，科学发展道理真。

2012 年 6 月

去皖兴怀

安徽太湖景万千，历史壮观文博园。
二届文史研究会，世界何氏心相连。
韩姒改何两大支，文篇累牍论源泉。
姒改何姓有史鉴，贲偾公排座次前。

2012 年 6 月

致涪陵姒改何姓研究会召开

高山流水觅知音，宗亲代表千里行。
川渝黔鄂十区县，源流研究莅涪陵。
夏禹姒姓有史证，改姓始祖是贲偾。
一姓多元皆可认，尊祖敬祖颂升平。

2012 年 9 月

上北京

久远梦想事成真，今岁有幸去北京。
文物古迹瞧不完，务必首观天安门。
人民政府成立了，主席登楼发号令。
沉思良久心潮涌，翻身不忘党恩情。

2012 年 11 月

达州行寄李君

城里城外美如画，市容市貌锦上花。

热情周到待宾客，此地一游似归家。

2012 年 11 月

思念涪二中

——为母校七十年校庆所作

（一）

遥望江边涪二中，万千感慨绕心胸。

同窗共砚三春暖，携手并进情意浓。

忙读诗书苦艰辛，垦荒种地又勤工。

悠悠岁月转间逝，漫漫征途闯西东。

（二）

立下宏愿初创业，大鹏展翅跃长空。

天地广阔画图美，立马横刀常建功。

风雨兼程五十载，严师功德入梦中。

七旬大庆今朝会，恭贺母校硕果丰。

注：涪二中 70 周年校庆时间是 2012 年 12 月 15 日。

2013 年

红岩村

红岩圣地灯火红，普照乾坤亮太空。
唤起民众千百万，驱除腐恶缚苍龙。

2013 年

参加第十五届世界何氏恳亲会

何氏总会十五届，广东佛山市召开。
与会代表三千余，亲如一家乐满怀。
弘扬祖德联宗谊，承前启后往开来。
规模宏大恳亲会，弘扬文化倡和谐。

2013 年

垫江坪山祭祖

入川始祖何德明，元末定居鹤游坪。
任涪恢剿副总兵，明封建威大将军。
重庆何氏宗亲会，联络各支扫墓坟。
祭祀祖宗成传统，爱国爱家促安宁。

2013 年

外国何氏女婿参加两汇何氏清明会

今年祭祖传佳话，何莲女士回老家。

随同夫君菲利普，身居外国加拿大。

参加两汇清明会，解囊慷慨捐资拿。

语言不通赞 OK，外国女婿受人夸。

2013 年

致两汇初中七三级同学会

两汇初中七三级，四十载满山庄聚。

油江岸边书声琅，龙潭河岸展五七。

顽强拼搏苦钻研，挑灯夜读攻难题。

师生共庆难忘记，人才辈出创佳绩。

注：山庄，指本次同学会在涪陵休怡山庄召开。

2013 年

神舟十号飞船发射成功

航天三杰气势雄，神舟十号访太空。

敢上九天去揽月，飞船载人梦成功。

2013 年

参加第三届世界何氏源流研讨会

三届源流研讨会，安徽潜山县召开。
参加学者两百余，来自各地海内外。
韩改何氏多疑问，一姓多元有由来。
姒姓改何史做证，贲偾公坐最前排。

2013 年

游安徽天柱山

五 A 名胜天柱山，皖地潜山紧相连。
孔雀高飞发生地，东汉传闻想联翩。
三国二乔胭脂井，先贤故地摆眼前。
亘古禅寺三高亭，景观恢宏动地天。

2013 年

庐江访古

今赴安徽庐江县，确因何氏有渊源。
战国时期姒禹裔，后代七世居江边。
秦政庚辰贲偾公，定改何姓系当年。
探访古老发祥地，踏遍先踵似等闲。

2013 年

庐江冶父山寻碑

攀越庐江冶父山，重把宗庙古迹观。
何氏历代源流碑，敝公刻瘗后失传。
久经汉宋几百载，继杞建祠碑身翻。
五十六卷世谱续，文化遗址可供参。

2013 年

登武汉黄鹤楼

天下江山第一楼，坐落鄂汉蛇山头。
雄伟稳健拔地起，翘角凌空像鹤游。
奇绚多姿色彩丽，似比神宫景更优。
登上极顶观乾坤，看透红尘眼底收。

2013 年

观湖南岳阳楼

畅游经湘至岳阳，纵观斯楼细端详。
墨客骚人常聚此，历代名家有辞章。
洞庭湖水澜无惊，心旷神怡宠辱忘。
不以物喜不己悲，先忧后乐家国昌。

2013 年

涪高中六三级三班同学会

乌江群沱水淌流，学子不忘磨盘沟。
书声琅琅萦校园，歌音袅袅绕涪州。
寒窗共度情满怀，师生关爱铭心头。
五十年后重相聚，紧握双手话难休。

注：此次同学会在涪陵休怡山庄召开。

2013 年

中　秋

时值中秋不夜天，品尝粑饼赏月圆。
历史悠久传统节，天上人间庆丰年。

2013 年

义和金科园

金科现代生态园，巴渝风情美景添。
苗木花卉竞争艳，山光水色不见边。

2013 年

2014 年 3 月 30 日，两汇何姓文化研究会第五届清明祭祖会，邀请涪陵各支系领导参加，何金鹏、何国胜、何大成宗长参会，均写贺诗，吾亦写诗致谢！

依韵答何金鹏宗长

巍巍峨峨生虎山，巍峨虎山显奇观。
虎子虎孙踞乾坤，代代相传有高官。

附：何金鹏宗长原诗

生虎山
虎虎威威生虎山，虎子虎孙壮奇观。
彪彪虎虎满天下，世代名扬一品官。

谢何金鹏宗长书赠"虎"字及诗所题

金鹏老宗长，相见格外亲。
挥毫赠虎字，墨宝久传承。

附：何金鹏宗长原诗

赠何应仿宗长
应仿恳宗亲，家和万事兴。
今天亲所见，何氏一标兵。

依韵答何国胜会长清明贺诗

春光妩媚景象新，生虎山欢迎嘉宾。
法定假日祭先祖，睦族敦亲小康奔。

附：何国胜会长原诗

清明会感怀

阳春三月气象新，生虎山上来踏青。
何氏子孙同祭祖，团结一心向前奔。

依韵答何大成宗长清明贺诗

宗亲不忘祖深恩，相聚一起在清明。
孝老爱亲是传统，美梦成真天宇惊。

附：何大成宗长原诗

参加清明会有感

两汇宗亲祭祖恩，聚集族众在清明。
何氏大家牵手握，创建辉煌举世惊。

游泰国诗六首

（一）去泰国⁽¹⁾

辗转沉思睡不着，待等他日去出国。

而今心想事竟成，乘坐飞机静思索。

全靠改革国门开，过上天堂美生活。

腾空万里刹那间，展翅翱翔到暹罗⁽²⁾。

注：（1）及吾共四人乘飞机去泰国旅游。（2）暹罗，泰国的旧称。

（二）游大皇宫

曼谷首府大皇宫，巍峨矗立九霄中。

金碧辉煌耀大地，霞光万道破长空。

毗邻胜境玉佛寺，祈祷叩拜蔚成风。

第一国宝价连城，规模宏伟气势雄。

（三）三大奇观

芭提雅市三奇观，高崖特异佛为山。

黄金铸塑金光闪，陡峻万仞入云端。

九世皇庙君王建，未来行宫天地宽。

蜡像真人姿百态，大千世界壮奇观。

（四）观泰国水上市场

广阔无垠水中央，幢幢泰屋古色香。

久居人家千万户，设铺摆摊经销忙。

扁舟烹饪小吃鲜，商品俱全满琳琅。

笙歌悠扬翩跹舞，热闹繁华流返忘。

（五）金佛寺

眼观佛院一座座，泰国庙宇三万多。

首观金寺多面神，四头八臂一双脚。

（六）湄南河

澜沧支流入泰国，赖以生存母亲河。

两岸酒家商铺旺，游船艘艘逐浪波。

众乘东方公主号，丰盛饮品任意喝。

最美西施歌舞秀，同欢共度享安乐。

2014 年

纪念抗战七十七周年

卢桥事变七十七，日寇侵略动武力。

悍然炮轰宛平城，二十九军猛杀敌。

狼子野心吞华夏，民族危亡告火急。

秉持大义勿忘耻，驱逐东洋求统一。

2014 年

庆祝新中国成立六十五周年

五星红旗高高扬，展望历史创辉煌。

贫穷落后不复返，经贸腾飞谱新章。

深化改革谋发展，全民致富奔小康。

繁荣昌盛国兴旺，梦想复兴迎曙光。

2014 年

世界何氏总会文史部莅临涪陵

石堃部长四人行，千里迢迢莅涪陵。

不畏劳顿忙视察，交流座谈表衷情。

创办《世界何氏》报，弘扬祖德永继承。

挥毫劲书赠墨宝，"庐江雄风"赠宗亲。

2014 年

致涪十中高八四级同学来宅相会

阔别十中心相连，诸多往事脑海旋。

欣欢今朝来宅聚，卅年梦幻闪眼前。

注：2014 年 5 月，涪十中高 1984 级一班冉崇智、简元江等几位同学光临寒舍，吾深表致谢。

2014 年

赞英雄蒋卫红诗二首

（一）

东印高中八五级，人才济济有出息。

当年卫红风华茂，刻苦用功勤努力。

潜心钻研学知识，品学兼优数第一。

全面发展列前茅，师生友情最亲密。

（二）

公安警察志不移，立党为公创奇迹。

癸巳追捕贩毒犯，雄心壮胆抓顽敌。

誓与歹徒斗到底，甘洒热血献身躯。

不愧人民好警察，英名永传丰碑立。

2014 年

云南鲁甸地震

霹雳惊天风雷激，鲁甸地震如卷席。

交通中断房倒塌，受难群众上千余。

中央发出紧急令，抢险灭灾救命急。

一方有难八方援，重建家园玉宇居。

2014 年

武隆仙女山

仙山女石顶天立，林峰草雪四绝密。
自然风光伊甸园，名胜景区五 A 级。

2014 年

几位同学黔江相会

当年二中共同窗，往事诸多思念长。
五十载后黔州会，梦幻情深久难忘。

注：2014 年 9 月，涪二中六〇级三班徐顺菊、冉兴芳、陆贤碧、何应仿应邀去黔江王国会同学家中拜访，旅游，作此诗。

2014 年 9 月

黔江小南海

湖光峰秀罕见奇，碧水绿岛紧相依。
人间仙境称南海，深山明珠嵌黔区。

2014 年

酉阳桃花源

崇山峻岭紧连天，酉州城里桃花源。
溶洞宽深景致幽，旅游胜地可休闲。

2014 年

涪陵北山新城

沉睡北山亿万年，如今旧貌换新颜。
人生往事常回首，马路车流驶向前。
别墅群群连广宇，高楼幢幢耸云间。
临崖俯瞰美如画，心旷神怡似鹤仙。

2015 年

两汇何氏第六届清明祭祖会

锣鼓声声鞭炮鸣，清明不忘祭祖恩。
宗亲聚会赵家坝，共圆美梦世代兴。

2015 年

沧源 5.5 级地震

云南沧源大地震，受灾群众苦难深。
军民救援齐奋战，重建家园小康奔。

2015 年

农民养老金

千村万户传喜讯，农民享受养老金。

未来生活有保障，晚年越过越开心。

2015 年

去武隆

如今武隆走一遭，美景繁多任尔瞧。

难见千古纤夫道，乌江画廊更妖娆。

2015 年

四川阆中行

嘉陵江水涌大江，桓侯故里久传扬。

新街新市新风尚，古城古镇古色香。

特产众多名中外，经贸繁荣不寻常。

张飞牛肉阆中醋，亚洲品牌五百强。

2015 年

颂东北抗日联军

日寇称霸逞凶狂，辽吉黑省全遭殃。

善良人民被掳掠，残忍恶毒搞三光。

东北联军齐奋起，痛打顽敌无躲藏。

勇猛抗击追穷寇，定将鬼子全灭光。

2015 年

祝白鹤梁诗社成立三十周年

凯歌悠扬耳边旋，喜庆建社三十年。

诗卷构筑复兴梦，白鹤志远翱蓝天。

2015 年

北拱龙洞沟

龙洞沟水久长流，宾客熙攘不见休。

人文景观样板秀，发展经济有奔头。

2015 年

赞天津天士力集团董事长闫希军

医药专家闫希军，科研项目勇搏拼。
独创复方中药丸，战胜顽症心脑病。
新制精品几十种，东方神药品牌新。
国际行列已称强，为民健康树标兵。

2015 年

三次乘飞机

离别重庆去广西，子孙一行乘飞机。
座位平稳不颠簸，高空云海任川息。
饭食鲜美拌榨菜，辣妹遍天 (1) 不足奇。
天堂生活如梦幻，人间康乐更甜蜜。

注：（1）辣妹遍天，指涪陵国际特产辣妹子榨菜普天闻名。

2015 年

第二次去北海游六首

（一）北海银滩

海天相接连云霄，白沙布满竟妖娆。

水声咆哮震天响，飞船随波逐浪高。

人群观光蜂拥至，健儿畅游斗志豪。

普通天下第一滩，闲庭信步乐逍遥。

（二）北海金滩

海滨相连北海湾，黄沙布满系金滩。

游人熙攘任欢乐，渔船飞渡海中穿。

晚上夜市样品多，热闹繁华歌声欢。

红交桥畔瞧得远，百年老街更可观。

（三）海上红树林

珍稀红树游乐园，北海银滩一脉连。

森林卫士海中站，飘逸潇洒在其间。

百种鸥鸟栖息地，欣赏群鹭上青天。

海洋生态保护区，黄金景点世领先。

（四）赶海

五洲最大赶海园，定在金海湾之前。

清晨退潮滩涂现，人流市场上万千。

捕捉鱼虾挖沙虫，携回产品全海鲜。

民间劳作增实惠，渔家文化长保全。

（五）海底世界

北海名胜旅游区，海底花园古见稀。

大龟岛上风光美，鳄鱼池中探神秘。

人鲨大战担风险，水晶宫里更显奇。

十八景观够浏览，南国珍馆数第一。

（六）冠头岭

冠岭公园一座山，位于北海西尽端。

主峰顶高百来米，日出日落景斑斓。

渔火点点金光闪，万顷碧波巨浪翻。

临海陡岩姿态美，极顶远眺天地宽。

纪念抗日战争胜利七十周年

神州亿万铭不忘，倭寇是个野心狼。

入侵国土十四载，无数军民丧战场。

艰苦卓绝拼死活，东洋鬼子终投降。

抗战最终得胜利，铁血旌旗高飘扬。

2015 年

观抗战胜利七十周年阅兵式

鲜红大纛领三军，嘹亮歌乐久不停。
老兵不减当年勇，方队威严举世惊。
银鹰翱翔壮山河，武器装备扫敌魂。
抗战英雄功不朽，缅怀先烈保和平。

2015 年

致王宗藩兄赠《心路集》

耄耋之年苦为乐，呕心沥血忙奔波。
立党为公皆楷模，为民实事干得多。
潜心研讨著诗书，抗战文集创名作。
无价佳作赠予吾，共为盛世唱颂歌。

2015 年

去北京

十月春光分外明，决定去趟北京城。
国际交流大都市，此地一游了愿心。

2015 年

去天津

十月里来去天津，直辖都市远扬名。
景色优美风光好，游乐休闲尽开心。

2015 年

参加世总会第五届文史研究会

长江奔流泻东方，宗亲代表会镇江。
参加五届文史会，学者专家族事商。
源流研讨达共识，庐江潜山地发祥。
姒改何姓得认可，传统文化继发扬。

2015 年

步江苏黄桥镇

江苏黄桥最驰名，何氏宗祠传古今。
曾做抗战指挥部，消灭日寇捷报频。

注：江苏黄桥何氏宗祠是全国重点文物保护单位。

2015 年

游江苏扬州何园

镇江乘车去扬州，晚清何园任畅游。
文物保护名胜地，纵观奇景第一流。

2015 年

去北京四首

（一）观天安门

金秋兴致又去京，涪陵北站动车行。
飞速快捷数千里，十二小时即进城。
首都老城景点多，还是首观天安门。
雄伟壮观似天宫，目不转睛看入神。

（二）观毛主席纪念堂

阳光普照红旗扬，人流如织聚广场。
自觉排轮站长队，次第进入纪念堂。
情不自禁心潮涌，低头不语泪眼汪。
敬观遗容寄哀思，鲜花一束献灵旁。

（三）看升旗

畅游北京心旷怡，专看清晨升国旗。
通宵思念夜难寐，奔赴广场赶路急。
国歌高奏震寰宇，人海茫茫肃站立。
观看民众数千万，紧密相聚在一起。

（四）游北京八达岭长城

八达岭上烟云升，秦防外患筑长城。

两千余载功不朽，来往过客众多人。

今朝有幸走一遭，天时欠佳雨飞纷。

不到此地非好汉，漫步雄关往前行。

2016 年

致涪陵诗书画研究会 2015 年年会

涪州欢歌震天扬，诗书画友挤满堂。

一年一度年会开，一代更比一代强。

佳作巨著送五洲，翰墨精品吐芬芳。

展示时代正能量，开拓未来创辉煌。

2016 年

读何其容先生著《难忘岁月》感怀

难忘岁月一本经，往事陈年感慨深。

踏平崎岖艰险路，排除万难勇搏拼。

更有名篇姒改何[1]，传扬天际动人心。

诗书卷卷歌盛世，迎来复兴梦竟成。

注：（1）"姒改何"指曾将《中华禹后裔姒改何姓源流简史》专辑出版，印刷两千多册发放海内外各地，得到世界何氏宗亲总会认可。

2016 年

祝贺何其容老人八旬寿辰

少小立志满心胸，入伍报国立军功。
区乡任职创业绩，园丁耕耘硕果丰。
卅年潜心修谱牒，树牌烈坊⁽¹⁾祭祖宗。
无私奉献皆楷模，耄耋高寿不老松。

注：（1）"树牌烈坊"指何其容组织修建元末入涪始祖
何德明三代四将军"何氏忠烈坊"，被垫江县列为县级文物
保护单位。

2016 年

大足石刻

大足石刻惊九天，悬崖陡壁隐山间。
能工巧匠显身手，精雕佛像活神仙。

2016 年

大足龙水湖

大足境内一明珠，珍藏深居龙水湖。
当年建库农田灌，现建旅游增祉福。

2016 年

再行天津

昨年十月去天津，今秋八月再次行。

街市宽长人熙攘，车辆川流忙不停。

商场销售交易旺，品牌多样利经营。

从来海陆通五洲，历史文化古名城。

2016 年

观日本长崎

出游随团天士力，去日旅行津聚集。

五千佳友同船坐，渡海两昼到长崎。

一望无际城市大，矮小楼房紧相立。

车多路窄常拥堵，老者驾车不足奇。

2016 年

瞧日本平和公园

园里园外游客多，是非功过任评说。

一九四五举世惊，原子炸弹此地落。

瞧见当初原爆地，十七万人命被夺。

随记三年草不生，岂知天地讲平和。

2016 年

去韩国釜山

长崎乘船去釜山，定到韩国走一番。
飞渡又过一整天，到达港口旅客安。
乐鼓声声秧歌舞，欢迎光临任游玩。
高楼大厦连成片，景象繁荣实可观。

2016 年

观韩国海云台大浴场

韩国最大海浴场，得天独厚丽风光。
白沙布满滩宽广，紧临边远大海洋。
遮伞多记吉尼斯，人群云集畅游逛。
宾客慕名观胜地，情景交融留返忘。

2016 年

赞涪陵企业家何继忠

企业名家何继忠，钢材生意最兴隆。
为国增收做贡献，创新发展立新功。

2016 年

天津天士力医药集团所见

医药集团天士力，研究成果创奇迹。
帝泊洱茶见效果，怕油糖脂解难题。
三高患者今有方，未病先防不着急。
提倡全民大健康，保健精品进社区。

2016 年

鸡年吉祥

金猴辞旧除昨岁，雄鸡迎新兆吉祥。
太阳鸟叫歌盛世，国泰民安美日长。

2017 年

植树节

春风吹拂休怡庄，崇义职工植树忙。
今种桃李满山野，待时遍地花果香。

2017 年

踏 青

春意盎然万物新，感受自然郊外行。
情志畅达抛烦恼，养身健体宜踏春。

2017 年

武陵山大裂谷

乌江之畔武陵山，裂谷幽深显奇观。
枳巴文化名胜地，美景天成数高端。

2017 年

武陵山森林公园

原始氧吧广无边，生态景美大草原。
健身步道通天路，森林茂密漫周旋。

2017 年

大木花谷

大木花谷花正鲜，花山花海诱天仙。
荷花卉浪诗意浓，游乐欢歌绕云间。

2017 年

山庄桃花开

年复年来遇春逢，山庄桃花一片红。
涪城西山添美景，游人来往生意隆。

2017 年

贺王宗藩兄著《心弘集》出版

潜研文化有收获，数载探究创名作。

擅长摄影诗书著，专辑三卷成果多。

心声心路颂国盛，谱写时代新生活。

《心弘》一部已问世，不忘初心唱凯歌。

2017 年

庆涪陵何氏宗亲会三十周年

三十年庆尽开颜，何氏聚涪心相连。

寻根问祖非易事，历经数载苦调研。

名作佳篇颂传统，世谱家书动地天。

更建忠烈坊一座，文物古迹传万年。

2017 年

见涪高中代方华校长收存红军斗笠得句

竹编斗笠闪金光，文物珍品贵收藏。

当年红军头上戴，屡打胜仗灭敌亡。

注：斗笠上有颗红五星。

2017 年

一带一路

国际共赴千年约，同唱和谐赞凯歌。

丝路精神大弘扬，互利双赢搞合作。

2017 年

到遂宁

川中遂宁广无边，涪江河水相依连。

隧道公路穿河底，车流不停拥奔前。

城区繁华交易旺，花园街市景万千。

经济发展列前茅，观音故里居神仙。

2017 年

参加遂宁何氏文化研究会

参会代表至遂宁，同族联支血脉情。

居安射洪六区县，畅谈研讨倾内心。

蜀地何氏众多万，全是禹后一条根。

谋求共识续谱牒，宗亲文化要传承。

2017 年

涪陵全民大健康会召开

涪陵饭店迎嘉宾，志愿者到数百名。

佳友相逢开盛会，推进健康中国行。

2017 年

阅昨年某日《巴渝都市报》有感

七月十三巴报登，大健康在中国行。

专家医生做演讲，未病先防众关心。

产品体验多样化，全力保健进涪城。

人人健康梦境现，服务社区利庶民。

2017 年

创全国文明城区

创建全国文明城，雷厉风行涪陵人。

增添光彩树形象，面向世界势必行。

2017 年

铁树开花

高温酷暑如火辣，炎热三伏不惧怕。

生态平衡风雨顺，山庄铁树盛开花。

2017 年

山庄即景

涪邑西山紧连天，休怡山庄耸峰巅。
密林深处有人家，客来车往度休闲。

2017 年

喜迎十九大召开

群山起舞纵情歌，赤县神州尽欢乐。
喜迎十九大召开，实现小康美生活。

2017 年

香港回归二十年

紫荆花开万里香，港陆同胞情意长。
"一国两制"不变化，而今发达又富强。

2017 年

重庆直辖二十年

天府之国几千年，直辖廿载展新篇。
枳巴奋笔绘宏图，渝州腾飞世领先。

2017 年

大顺革命老区

六月风光景象明，退休员工大顺行。
定把南坪走一趟，老区发展举世惊。

2017 年

谒李蔚如烈士陵园

南坪风云惊地天，四镇乡里旗高悬。
驱除黑暗见光明，陵园千古矗人间。

注：李蔚如烈士陵园，是重庆市重点文物保护单位。

2017 年

惦张光垦烈士

地下党员张光垦，敢与敌恶做斗争。
曾同蔚如闹革命，为国捐躯丰碑存。

注：垦读 píng。

2017 年

天宝寺所见

天宝寺庙古名扬，只见废墟不见房。
昔日农运策源地，功绩不朽永辉煌。

2017 年

涪十中所思

国民师范星火红，七二年办涪十中。
吾幸任教十年整，人才辈出亦有功。

2017 年

牵　挂

修仪发展必远行，搭理山庄父经营。
万里佳音常问好，谨表女儿寸草心。

2017 年

咏四季之花赞（藏头诗）

徐现茶花春意浓，顺其盛夏紫薇红。
菊花怒放待秋时，赞咏蜡梅送隆冬。

2017 年

祝贺何平正大叔八旬华诞

五十年代老知青，艰苦奋斗步不停。
四代同堂家业旺，保重安康享高龄。

2017 年

贺何应鹏经本素兄嫂八旬双福寿

伉俪八旬祝双福，携手并肩迈旅途。
交运退休余热献，亲朋学习好楷模。

2017 年

贺何应祥兄八旬寿辰

不畏劳苦勇拼搏，公益事务干得多。
服务集体尽职责，不老人生度晚乐。

2017 年

读何玉高先生著《烛光》有感

烛光闪亮指路明，细读经典感慨深。
致韩耕耘人才出，众口齐夸赞园丁。
中学任职敢担当，成果辉煌世人惊。
更忙族事无私献，楷模功高久扬名。

2017 年

庆党的十九大召开

十月金秋盛会开，普天同庆喜心怀。

初心更有百年梦，华夏繁荣定到来。

2017 年

病床寿礼

徐菊重症卧病床，学友看望聚院房。

献糕点烛又许愿，生日歌唱祝安康。

2017 年

致东印子弟校初八七级三十周年同学会

彩旗飞舞歌欢唱，学友相聚休怡庄。

常忆当年书声琅，回眸昔日共同窗。

卅年岁月瞬息过，常念情深却难忘。

拼搏人生圆美梦，师生友谊永久长。

2017 年

改革开放四十年

改革开放四十年，新时代谱新章篇。

经济推动惠全球，一带一路迈向前。

2018 年

海棠依旧花盛开

海棠依旧花盛开，总理音容铭胸怀。
恩泽似海传万代，梦见生还阳间来。

2018 年

三八节随想

男尊女卑几千年，解放翻身平等权。
有志男子冲霄汉，妇女能顶天半边。

2018 年

重庆园博园

迈步畅游大半天，博大精深不见边。
青山云顶全揽尽，游人罕见大花园。

2018 年

龙兴古镇

途经渝州去龙兴，石板古道车马行。
老式建筑布全镇，名不虚传是古城。

2018 年

照母山

两江新区照母山，街市热闹不一般。

洋房别墅满目现，湖光霞影更可观。

2018 年

参加大顺何氏首届清明祭祖会

锣鼓声声彩旗扬，何氏满聚大顺场。

首届清明祭祖会，传统文化定弘扬。

2018 年

丰都庙会

丰都鬼城唯独特，惩恶扬善呈和谐。

民族风尚大彰显，庙会热闹胜过节。

2018 年

悼徐顺菊同学

传来噩耗倍伤心，同窗二中学友情。

历经往事难忘却，愿伊黄泉久安宁。

注：徐顺菊系涪陵惠民乡人，退休教师。生于 1941
年 11 月 2 日，2018 年 4 月 18 日病故，享年 77 岁。

2018 年

香港回归二十一周年

欢歌跳舞心花飞，龙腾虎跃庆回归。

经济发达港民富，世界居先显神威。

2018 年

香港游

银鹰展翅彩云间，转瞬港城闪眼前。

金色紫荆花鲜艳，风水宝地景万千。

太平山顶瞰港市，高楼林立不见边。

维多利亚誉乾坤，东方之珠耀云天。

2018 年

到澳门

香港乘船至澳门，刹那飞渡一时辰。

自古一家有亲情，歌舞升平喜相迎。

永利皇宫玄景妙，梦幻畅游迷人生。

白昼昊天繁星布，小龙腾达赛宫廷。

2018 年

致彭水何姓文化研究会成立大会

彭州山水美风光，阿依景区换新装。
何姓文化研究会，仁义酒店挤满堂。
摆手舞欢心潮涌，篝火熊熊亮八方。
炎黄后裔一家亲，庐江祖德传久长。

2018 年

贺重庆何氏首届文史研究会召开

垫江唐庄放异彩，文化研究会召开。
探讨源流发展史，正本清源上台阶。
叶茂根深一脉承，血浓于水不忘怀。
弘扬传统勇担当，修缮谱牒往开来。

2018 年

读何孝义先生著《长江三峡库区胜迹》感怀

游览经书携身边，大千世界脑海旋。
天南海北瞬息过，包罗万象瞧得全。
看透丽景心地宽，金山银山展眼前。
著述佳作功当代，德艺双馨胜达贤。

注：何孝义，重庆市涪陵区党史（方志）研究室原副主编，退休干部。涪陵何姓文化研究会顾问。

2018 年

观寺院坪

武隆和顺寺院坪，欲与天公高低拼。
风力发电轱辘转，寺庙菩萨守安身。

2018 年

打工仔

打起背包远离乡，谋求温饱打工忙。
资金积攒技能练，创业回乡奔小康。

2018 年

咏　菊

风雨交加天地寒，千枝万叶尽枯残。
独有秋菊何所惧，含苞待放顺自然。

2018 年

参加第七届世界何氏源流文化研究会

当今盛世举目新，福建福鼎迎嘉宾。
参加文化研讨会，何氏家族血脉情。
一姓多元是根本，源流研讨步不停。
弘扬先德传励志，溯源追踪寻祖根。

2018 年

观福建福鼎市

福建福鼎市景优，独具特色任畅游。
面临太姥奇观望，滨海十佳第一流。
古老街道古色香，高楼大厦新建修。
商场繁茂多花样，经济发展奔前头。

2018 年

游福建太姥山

福鼎花岗石林湾，路转峰回迈步难。
穿越隧道葫芦洞，惊心动魄胆战寒。
《隐婚男女》外景地，刘若英微博盛赞。
悬空栈道观沧海，太姥山景瞧不完。

2018 年

缅怀王喜远内兄

东印涪陵经多年，往事历历展眼帘。
立党为公好公仆，祈盼归阴久安眠。

2018 年

回母校

梧桐依旧参天立，川大昔日有足迹。
拜见恩师深情叙，再回母校会有期。

2018 年 12 月

难忘一九七八年

不忘一九七八年，发展经济铭心间。
改革开放新起点，解决温饱大困难。

2019 年

纪念西藏民主改革六十年

农奴昔日不见天，死亡线上苦熬煎。
全凭党的好领导，日子越过越香甜。

2019 年

2019 年两会召开

中国特色新时代，三月阳春两会开。
复兴梦想早实现，奋进小康奔未来。

2019 年

嫦娥四号升空

嫦娥四号升太空，科技创先立新功。
探索研究新纪元，定叫月宫福祉谋。

2019 年

一位村民的义举

勤劳致富解民忧，自把公路五里修。
甘掏腰包买大单，方便村民运菜头⁽¹⁾。

注：（1）菜头指榨菜，是涪陵特产。

2019 年

己亥清明祭祖

清明时节雨飞纷，不畏路遥乡村奔。
假日焚香祭祖去，茔前三叩谢祖恩。

2019 年

参加两汇初中七三级同学会

蔺市古镇洋人街，两汇同学会此开。
朝夕共度三春秋，勤攻苦读出人才。
回顾当年同窗砚，四十六载勿忘怀。
师生友谊常青在，难言话别等聚来。

2019 年

庆祝新中国成立七十周年

建国至今七十年，神州巨变换新天。
改革深化突猛进，经济腾飞世领先。
一带一路创双赢，崭新时代谱佳篇。
高擎特色社会旗，迈向复兴梦早圆。

2019 年

在山庄黄桷树下

树壮叶茂遮云天，避暑乘凉便休闲。
长乌两江东流去，观光涪州瞧得全。
山庄游客常来往，周边丽景大花园。
向前飞奔新时代，黄桷佐证千秋年。

2019 年

咏涪州

涪州千古名全球，城市文明第一流。

水下鹤梁赛龙宫，武陵裂谷环宇幽。

川江巨轮通四海，高铁动车奔五洲。

名特榨菜驰天下，五马机场正忙修。

2019 年

咏铁树

时逢盛夏发枝丫，赤日炎天正绽花。

敢与酷暑做抗争，千年铁树显奇葩。

2019 年

李家沱感怀

渝州巴南李家沱，历经多年有话说。

过房爹妈此地住，数年来往硬是多。

少时兄弟同路耍，长大谋生各奔波。

双老已故音容在，深情久传难忘却。

2019 年

祝弟媳邓妹六旬生日

李家沱镇迎嘉宾，亲朋好友乐欢欣。
祝贺年晋花甲寿，再经轮甲更年轻。

2019 年

渝州五公里得句

乘车快至刘君家，热情款待敬酒茶。
没完没了亲情话，待到后会把话拉。

2019 年

悼勾华淑君

离乡去疆子家居，突传噩耗感叹息。
干亲友情传代代，乞愿永别安归西。

2019 年 6 月

贺百胜何雪珲考上北京大学

风华正茂何雪珲，金榜题名有作为。
亲朋聚会齐恭贺，万里鹏程展翅飞。

2019 年 7 月

七夕传古

七夕银河波浪掀，牛郎织女候江边。
两情不老鹊桥上，天地姻缘万古传。

2019 年

见乔迁之感

村上干部领队前，相送五保新家园。
敬老院中飞笑语，老有所依日子甜。

2019 年

咏蜡梅

饱经风霜不低头，万花凋谢独风流。
彻骨寒天花开盛，无私奉献没奢求。

2019 年

台湾游组诗七首

（一）乘飞机

己亥初夏游佳期，渝州航空去登机。

穿云渡海宝岛去，转间桃园见神奇。

（二）见 101 大楼

摩天大楼一零一，欲与天公试比高。

电梯徐徐登极顶，台北风光眼中瞧。

（三）日月潭

日月潭水不见边，碧波荡漾紧连天。

游船艘艘跑得快，旅客多多歌声喧。

（四）阿里山

阿里山歌广流传，今到此地来参观。

多瞧姑娘美如水，少见小伙壮如山。

（五）垦丁公园

屏东县处最南端，垦丁公园显奇观。

龙盘断崖惊险境，巴士海峡波浪欢。

（六）北回归线

柱粗耸立像高塔，今有机会巧碰它。

北纬廿三点五度，端看归线一奇葩。

（七）游台感慨

游览台湾足八天，经历四周绕一圈。

海峡两岸一家亲，一脉同胞早团圆。

2019 年 7 月

缅怀儿媳程廷芳

十中就读好门生，过房儿媳更感亲。

勤俭贤良受称赞，惋惜归西别家人。

2019 年 10 月

观第二届中国·重庆涪陵
榨菜产业博览会

涪州欢歌绕九天，榨菜博览会空前。

体育场内办展馆，中外名产销售全。

人海茫茫争相购，服务热情忙周旋。

共推农商贸发展，搞活经济率领先。

2019 年 11 月

读何世昌宗弟著
《涪陵榨菜文化研究》有感

新华书店去购书，手把专著忙阅读。
区域经济有成果，潜心研究把书出。
榨菜特产迈国门，享誉全球造祉福。
拔尖人才学识广，为民担当好楷模。

注：何世昌，涪陵区社科联党组书记、主席。涪陵区拔尖人才，著作颇多。《涪陵榨菜文化研究》专著在全国各新华书店有售。

2019 年 11 月

白衣天使

一声令下整行装，舍生忘死上战场。
不惧战火与风浪，个个都把英雄当。

2020 年

志愿者

自愿参加斗新冠，累死累活也心甘。
大爱无疆是榜样，万众一心斗敌顽。

2020 年

救死扶伤

重患垂死气息奄，救死扶伤抢时间。
争分夺秒不懈怠，挽回生命数万千。

2020 年

2020 年清明哀思

庚子清明泪雨飞，国旗半下山河悲。
悼念烈士亡灵者，寄托哀思灭敌威。

2020 年

咏 5·12 护士节

百花争艳尔独尊，消除病魔慰心灵。
搏斗死神惜生命，妙手回春救庶民。

2020 年

赞何征奕孙女献蛋糕

提倡生日要简节，婆婆华诞不请客。
孙做蛋糕爱心献，祝福快乐感恩德。

2020 年

读黄仲慧会长著《秋耕余韵》有感

《秋耕余韵》摆眼前，字字句句动心弦。
名师赐教出高徒，精英群起布满天。
退休甘把余热献，诗书画影展新篇。
江夏文化传广远，劳苦功高尔当先。

2020 年

登北山坪

涪州对岸北山坪，悬崖陡壁路难行。
迈开步履登极顶，一派风光万物新。

2020 年

北山新城

自古北山挡涪陵，当年愚公未挖平。
金山银山是理念，梦幻宇宙星空城。

2020 年

贺赵家坝何佳佳荣升大学

立志求学苦寒窗，勤奋攻读本领强。
榜上题名上川大，山中飞出金凤凰。

2020 年

大木山间听程清禄兄奏二胡得句

突闻山间有乐声，原是程兄奏胡琴。

伉俪休闲避酷暑，自娱自乐觉开心。

2020 年

勿忘中元节

七月半节系中元，缅怀先祖祈平安。

家祭勿忘告乃翁，点烛上香烧纸钱。

2020 年

中秋佳节

一年一度过中秋，普通民众庆丰收。

糖果粑饼供赏月，户户团圆乐不休。

2020 年

读戴部长著《家琮诗选》有感

投身革命即挥鞭，不愧楷模老党员。

挥毫大作诗三卷，超度期颐度晚年。

2020 年

咏杨梅

冬去春来茂枝芽，红彤果实映彩霞。
堪比樱桃价值美，酿成梅酒醉万家。

2020 年

贵州湄潭何氏寻根

水有源来树有根，渝黔紧连情脉深。
路遥千里寻祖宗，湄潭何氏两汇人。

2020 年

涪陵八景记

黔水澄清咏乌江，松屏列翠怒芬芳。
铁柜樵歌绕涪空，白鹤时鸣展翅翔。
秋月桂楼凝九天，群猪夜吼勿张狂。
荔圃春风妃子笑，鉴湖渔笛歌声扬。

2020 年

庆新中国七十一岁华诞

喜庆华诞尽开颜，恰逢中秋乐无边。
大地飞歌花似锦，江山多娇彩色添。
繁荣富强神州旺，决胜小康世领先。
前景光明复兴梦，国泰民安万寿年。

2020 年

贺夏鼎树兄八旬华诞

东印交友卅年多，往事助余难忘却。
八秩华诞享高寿，迈步期颐度晚乐。

2020 年

咏夔州

夔门大开换新天，金山万座闪眼帘。
脱贫致富奔小康，白帝天堂踞人间。

2020 年

寄子孙

立志求学攻书山，寻职艰辛不畏难。
坚持奋斗家国旺，代代孝来辈辈传。

2020 年

偶　感

光阴荏苒竟如梭，昔年岁月未蹉跎。
回眸数载瞬息过，问心无愧任评说。

2020 年

咏夕阳

天地轮回转，虔心挽夕阳。
年轻立壮志，老来不悲伤。
手中有钱粮，心头就不慌。
为人要低调，勤劳保健康。

2020 年

劳动锻炼

想要除病害，健身有安排。
劳动是锻炼，老者尽开怀。

2020 年

秋 赋

春来忙农活，秋来有收获。
稻谷堆满仓，杂粮品种多。
蔬菜长得旺，薯芋堆屋角。
农家粮有余，庶民心里乐。

2020 年

秋 风

秋风吹猛烈，遍地扫落叶。
唯有常青树，不惧风雨雪。

2020 年

秋 雨

秋雨下得狂，气候变冷凉。
草木尽枯竭，虫鸟各处藏。

2020 年

重阳节

一年一度过重阳，敬老尊贤理应当。
久居异地惦亲人，怎不低头思故乡。

2020 年

小阳春

又逢十月小阳春，一派生机景怡人。

摄取风光时不待，前程路上梦成真。

2020 年

过老年公寓所见

老年公寓歌声鸣，游园皆是翁妪人。

纵情娱乐心欢畅，颐养增寿享天伦。

2020 年

遵守交通规则

路过公路莫乱行，斑马线上可走人。

横冲直撞惹大祸，稍有麻痹害自身。

2020 年

游蔺市君子古镇

君子古镇游人欢，洋人街美壮奇观。

梨香溪水漫大江，索道飞架南坪山。

2020 年

咏牛年

金牛来到喜迎春，家园长兴福满门。
千里江山添锦绣，河清海晏更宜人。

2021 年

乡村公路通农家

乡村公路通农家，村民心里乐开花。
山区产品换金银，招财进宝用车拉。

2021 年

观涪陵北山坪

北山险峻紧连天，壮美奇观展眼前。
打造星空天城建，修筑国际旅游园。

2021 年

咏　春

春风吹拂山水欢，生机盎然壮大川。
万物换新披盛装，繁花似海卉浪翻。

2021 年

游白鹤森林公园

天生仙境一座山，构建园林美景观。
百花绽放添锦绣，花香鸟语诱人欢。

2021 年

咏油菜花

油菜花开扑鼻香，旅游开发供观光。
籽粒虽小能减贫，加工油料销远方。

2021 年

蔷薇花开

微风细雨夜间来，待放含苞悄然开。
红花光耀映山川，惹人观赏喜心怀。

2021 年

致表妹刘增会老师

少有理想志不移，刻苦努力勤学习。
潜研任教出成果，桃李满天惊环宇。
含辛茹苦卌（1）余载，幸获荣誉称高级。
退休还把余热献，事业有成功勋立。

注：（1）卌，读 xì，四十。

2021 年

寄刘君老师

志向远大有抱负，桃园躬耕人才出。

经风见雨敢拼搏，劳苦功高乐晚福。

2021 年

缅怀姚应芳舅娘

舅父造船工人当，舅母持家心善良。

吃穿用住都资助，关心照顾如亲娘。

2021 年

缅怀何瑞才四叔

四叔帮家干农活，四婶善事做得多。

双老离世虽多载，惦念心底难忘却。

2021 年

白鹤梁

涪州古老经沧桑，江底石刻宇宙藏。

世上奇特水文站，民间瑰宝数鹤梁。

三峡电站平湖现，石鱼珍稀永久藏。

建造独特博物馆，龙宫海下供观光。

2021 年

庆中国共产党成立 100 周年

百年大庆乐无边，亿万神州喜心间。
扫除阴霾驱腐朽，迎来盛世艳阳天。
崭新时代创伟业，摆脱贫困史无前。
国富民强惊宇宙，伟大复兴梦早圆。

2021 年

悼何为平宗长

高寿百岁与世离，噩耗传来感惊异。
不负众望族人敬，步入黄泉远归西。

注：何为平宗长生于 1921 年 5 月，卒于 2021 年 1 月 18 日。

2021 年

悼程清禄兄

天寒地冻雨纷飞，惊闻耗传感伤悲。
相逢相知有数载，福圆寿满九泉归。

2021 年

春　种

春来农事忙，不负好时光。

种下一粒子，秋收堆满仓。

2021 年

种菜得句

老者虽年迈，挖土把菜栽。

稀少获得感，锻炼乐开怀。

2021 年

三八妇女节有感

从古熬煎火海蹲，渴求自由没有门。

霹雳惊天震九州，受尽折磨终翻身。

尊卑旧俗不平等，新风时尚做主人。

妇女能顶天半边，共同奋斗小康奔。

2021 年

读白鹤梁诗社老社长金家富赠《蒿莱集》有感

常置瑶编在眼前，精斟细酌创词篇。
蒿莱赠予晨昏练，字句推敲平仄研。
书山有路勤为径，学海无涯苦到边。
涉足吟坛经数载，愧少佳构报时贤。

2021 年

参加谭明主席著《闪电与根须》首发式暨作品研讨会感怀

图书馆内传佳音，枳州学者尽欢欣。
孔子学堂研讨会，专家教授详讲评。
雷鸣闪电惊天宇，叶茂根须动地坤。
名家经典歌盛世，众口齐夸赞诗人。

注：谭明，中国作家协会会员，重庆市作家协会副主席，涪陵作家协会原主席，国家一级诗人。

2021 年

点易洞

濒临大江浪涛奔，纵观北崖景宜人。

西京程颐谪涪州，凿洞注《易》撰经文。

讲学道通历数载，周易程氏传书成。

一代师宗推北宋，题刻甚多留古名。

2021 年

咏桂林山水

风光无限景万千，畅游此地乐无边。

桂林山水甲天下，美景天堂在人间。

2021 年

观大顺李家祠堂讲习所

李家祠堂文物房，四镇乡民聚一堂。

开办农运讲习所，蔚如故地名远扬。

2021 年

神舟十二号升空

神舟十二显神威，迈向历史里程碑。

创造奇迹开先河，载人飞船太空飞。

2021 年

武陵山大裂谷

武陵巨变动九天，古老裂谷闹神仙。
陡峻悬崖高数丈，石夹沟深晃眼前。
密林险处风欲止，溪水奔流卷浪掀。
满至宾客忘返回，游乐胜景在人间。

2021 年

风雨寄怀

时逢久旱祈甘霖，骤然迎来暴雨声。
且叫天公知节令，当年获得好收成。

2021 年

缅怀袁隆平院士

昔年歉收低产量，青黄不接缺食粮。
院士攻研杂交稻，鞠躬尽瘁田间忙。
亩产越过双千斤，谷丰累载堆满仓。
足食解困家国富，功勋不朽名远扬。

2021 年

读谭小仕诗友赠《北岩老道诗词》感怀

吟朋馈赠铭吾心，创写不停练笔耕。

苦研格调不释卷，潜修意境定入门。

词阕湛美超风雅，律绝精深竞诗魂。

老道墨客参赛多，京城领奖久留名。

2021 年

涪陵榨菜

长乌两江汇涪陵，文明城市万象新。

榨菜飘香传万里，经济腾升富亿民。

全球出口争相购，国际畅销换金银。

央视八台上广告，乌江品牌举世惊。

2021 年

观秋月台

绿地新里秋月台，楼房林立形成排。

街市繁华财源广，人群熙攘忙往来。

2021 年

赞环卫工

星辰上岗晚回归，手把撮箕扫地灰。
守候城区环境美，落叶岂敢满天飞。

2021 年

参加白鹤梁诗社秋季诗会感怀

昨年社员聚洪州，宏善热情忙应酬。
一年一度秋季会，越学越感热心头。
实地采访素材取，创写颂歌时代讴。
卷卷诗书传天外，白鹤展翅跃九州。

2021 年

悼内侄王清荣

疾魔患身仅几天，噩讯忽来寒心间。
世代亲情传数载，黄泉归去愿久安。

2021 年

致李志庭友

亲朋交往紧相连，越经艰辛越向前。
八一六厂勇拼搏，老有所为度晚年。

2021 年

种瓜得瓜

播谷等待盼收谷，种瓜到时应得瓜。
现代农耕机械化，连年喜获好庄稼。

2021 年

虎年大吉

壬寅至来大吉年，庶民迎新舞蹁跹。
七彩龙灯金光闪，虎猛生威鸿运添。

2022 年

致钟隆文诗友

传承星火至罗云，幸遇佳朋钟氏君。
伴吾参观详讲解，馈书留影胜亲人。

2022 年

谒罗云红军烈士陵园

罗云大坝星火原，驱散阴霾见青天。
为民捐躯传千古，先烈牌坊立万年。

2022 年

长 江

长江滚滚泻东方，古往今来饱沧桑。
险滩急流无阻挡，风吹雨打不停航。
巨轮货运瞬息过，游船载客昼夜忙。
服务人类谋福祉，历经宇宙时光长。

2022 年

爻里小镇一瞥

爻里小镇群楼阁，街市繁华惊山河。
易洞毗连名天下，纵观胜地游人多。

2022 年

贺任德书姐八旬华诞

金州酒店会友朋，八旬华诞喜气浓。
难忘南川社教聚，新妙任教久相逢。
涪枳耕耘有多载，英才辈出立功勋。
亲人齐夸园丁赞，敬祝期颐晚年红。

2022 年

吟 春

冰雪化解早迎春，遍野山川万物生。

姹紫嫣红风景秀，天南地北一派新。

2022 年

长 城

秦时塞外烟云升，防寇侵袭建长城。

伟业千秋丰碑塑，劳工亿万未留名。

曾年幸至去游览，天时欠佳雨飞纷。

不到此地非好汉，雄关漫道勇攀登。

2022 年

涪陵民俗摄影协会联谊会召开

涪州西山休怡庄，摄友欢欣聚一堂。

会长全面把话讲，多出佳品创辉煌。

交流研讨有获感，采风拍照兴致昂。

歌舞娱乐精神爽，合影留念久难忘。

2022 年

何为政吟长八旬寄意

一抹红霞百里红，晚年雅致赛诗雄。

黉园励志出成果，儒囿吟诗有硬功。

应对如流怀韵事，称心快意诉由衷。

超逾耄耋逢人敬，笑傲南山不老松。

2022 年

神舟十三号载人飞船返回成功

神舟载人太空飞，圆满成功喜返回。

举国强大感骄傲，航天英雄显神威。

注：2022 年 4 月 16 日，翟志刚、王亚平、叶光富三名航天员乘此飞船太空飞行 6 个月后成功返回。

2022 年

忆昨年重阳慰问何正安高龄老人

重阳相聚至乡村，老翁高龄超九旬。

解放投身干革命，鞠躬尽瘁为人民。

退休还把余热献，德高望重受尊敬。

颐养天年祝长寿，迈向期颐步不停。

2022 年

参加涪陵第五次作家协会

长乌交汇向东流，文人名家聚涪州。
紧握大笔绘锦绣，浓墨画彩时代讴。

2022 年

蔷 薇

沃土不争长山坡，叶茂枝繁影婆娑。
含苞绽放红蕊艳，馨香味感心地乐。

2022 年

刺 槐

绿地园边几棵槐，白卉银鲜满树开。
忽见枝丫长有刺，可望不即怎能挨。

2022 年

丁 香

路旁到处乐生长，不怕风霜雨寒凉。
阳春时节花怒放，顾名思义嗅芳香。

2022 年

悼张廷宣表兄

忽闻噩耗心头急，情不自禁忆往昔。

数载交情胜亲兄，西归黄泉永安居。

2022 年

神舟十四号升空

载人飞船奔苍穹，发射成功惊九重。

建造神奇空间站，航天三员⁽¹⁾堪称雄。

注：（1）三员，即陈冬、刘洋、蔡旭哲。

2022 年

涪陵大梁山灭火所见

壬寅特大干旱年，突现浓烟闪眼帘。

三伏酷热受熬煎，森林山火赤现天。

应急先锋打头阵，消防队员紧驰援。

休怡山庄人车满，整装待发打火战。

2022 年

读黄仲慧会长著《夕阳余晖》有感

夕阳余晖一片红，寓意深刻韵味浓。

学识文才高八斗，诗书专著成果丰。

潜心躬耕卅余载，知名教授创奇勋。

墨客作家屈指数，非尔莫属在其中。

2022 年

庆祝党的二十大召开

镰斧旌旗九天扬，亿万神州喜心狂。

庆祝廿大胜利开，新时代梦圆久长。

2022 年 10 月

词

篇

卜算子·赞奥运会

火炬传海空,彩云照高峰,奥运盛会史无前,必记史册中。   久盼一百载,申报获成功。和平友谊为宗旨,参与独称雄。

2008 年 10 月 2 日

浣溪沙·大屋基

文鼎三世万有裔,生虎山迁大屋基。世代创业不停息。   而今小康至富裕,公路畅通楼房立,科学发展创奇迹。

2009 年

清平乐·赞两汇何氏文化研究会

休怡山庄,宗亲聚满堂。召开文化研究会,尽情欢欣歌唱。   人间沧桑巨变,不忘炎黄开天。传承先祖伟业,迈步发展向前。

2009 年 12 月 5 日

浣溪沙·世博会

时光流逝思梦长，企盼神州定富强。谱写盛会新篇章。　华丽展馆胜天堂，世博大旗举东方。铸造历史创辉煌。

2010 年

浣溪沙·祝老年诗书画研究会成立二十年

研究会建二十年，欢欣庆贺乐无边，文友兴会更无前。　老有所学是甘愿，苦写苦练胜休闲，《诗词》卷卷誉满天。

2010 年 5 月 18 日

清平乐·祝贺涪陵诗书画研究会
庆祝建党九十周年

鼓乐惊天，会员喜心间。庆祝建党九十年，欢唱舞翩跹。　挥毫劲书华章，诗书画影增光。坚定紧跟党走，旌旗久远飘扬。

2011 年 7 月 20 日

清平乐·访何为平高龄老者

耄耋老者，九秩又七也。重阳老年公寓会，紧握双手迎接。　　身体健康无恙，头脑清醒明白。有子孙曾尽孝，喜迈期颐岁月。

2018 年

浣溪沙·大木避暑

时逢三伏热浪翻，定叫天公降温难。不与暑魔久纠缠。　　退居大木最高山，休闲健体心里安，待等秋日返回还。

2018 年

念奴娇·缅怀父亲诞辰一百年

想起吾父，泪心酸、历经苦海无边。吃糠咽菜，忍饥挨饿，谋生计当长年。脸朝黄土，背负上苍，从未休闲。流血流汗，手中无半文钱。　　勿忘解放翻身，见到光明，穷人尽开颜。分田分地分瓦房，好日子过得甜。独有灾荒，患重病难愈，归西黄泉。今缅深恩，乞愿地府安眠。

2018 年 9 月 23 日

鹧鸪天·湄潭寻根

渝黔相依情脉深，湄潭宗亲觅祖根。清末入黔何邦本，相传籍居两汇人。　　世代传、海捞针，今凭微信传佳音。几经研讨详考证，两地何氏一家人。

2019 年 12 月 10 日

沁园春·庆国庆中秋双节

庚子鼠年，两节相至，同系一天。看赤县神州，喜乐无边；欢庆双节，热闹空前。天地广阔，山河壮丽，情深意浓在人间。展眼望，月明照花香，家国共圆。　　祖国七秩一诞，庶民安居生活美甜。瞧脱贫致富，快马加鞭；尖端科技，世界领先。经济发展，成就显著，振兴全球做贡献。盼未来，复兴中华，增添锦篇。

2020 年 9 月

满江红·弘扬伟大抗疫精神

疾病流传，不见硝烟弥九天。战疫敌，刻不容缓，奋勇当先。天使猛攻保卫战，匹夫有责众驰援，不遗余力冲锋陷阵，全灭歼。　　首都城，凯歌旋，表彰会，聚团圆。英雄模范，喜开颜。经历大考操胜券，梦幻复兴添佳篇。弘扬伟大抗疫精神，迈向前。

2020 年 9 月 27 日

清平乐·祝夏鼎树兄八旬华诞

晚霞璀璨，星照桂溪岸，乡镇任职调东印，肩挑监管重担。　　为党为民立功，大有作为在胸。古今鹤发童颜，应是不老寿松。

2020 年 10 月 5 日

西江月·回乡感怀

春暖无限风光，有幸回到故乡。亲友相逢叙旧忙，握手倾诉衷肠。　　家家购买轿车，户户新建楼房。甩开贫帽心里乐，迈步奔向小康。

2021 年 3 月

鹧鸪天·游宁夏

幸至宁夏乐不休，古老遗迹历史悠。长城脚下见内蒙，贺兰山麓瞧洞沟。　　青铜峡、沙坡头，九曲黄河水东流。塞上风光如画图，大漠胜地任畅游。

2021 年 9 月 13 日

满江红·庆建国七十二华诞

建国难忘，天安门楼旌旗扬。大广场，人海如潮，欢呼激荡。中国人民站起来，获得解放见阳光。永不忘记那大救星，共产党。　　忆往昔，铭心房，看今朝，喜若狂。庆七二华诞，颂歌高唱。脱贫致富家国旺，与时俱进奔小康。为实现伟大复兴梦，创辉煌。

2021 年 9 月 19 日

卜算子·一支笔

唐钧留学归，亲情记心底。万里返家把礼赠，相逢皆欢喜。　　老祖爱学习，外孙送金笔。恰是文房一件宝，传承抒胸臆。

2022 年 4 月 25 日

渔歌子·放大镜

王杰外孙赠宝镜，祖看诗书全瞧清。馈珍品，表感恩，尊老家风宜传承。

2022 年 9 月 7 日

诉衷情·咏老有所学

枳州墨客盛世吟，久有口碑声。喜能酌句高龄，儒雅欲读耕。　　咏百感，案前灯，持有恒。诗词潜研，勤学有成，唱颂当今。

2022 年 9 月 8 日

祝
贺
篇

晚情诗友咏休怡山庄专辑

　　2004年3月21日，涪陵晚情诗社诗友22人应邀赴休怡山庄春游，受到热情欢迎和盛情款待。在董事长何修仪以及总经理何应仿亲自带领下，参观了山庄的花果园林之后，诗友们兴致盎然，不能自已，雅兴大发，纷纷即席吟诗作对，何应仿也唱和作诗迎宾。即得诗、词、联30余首（副），并当场书成条幅，联作品20余幅赠予山庄，主客皆大欢喜！现将其诗、词、联刊载如下：

戴家琮　诗四首

游休怡山庄

（一）

游览休怡好客庄，登临绝顶入苍茫。

长风送爽来天外，浪涌群山去远方。

（二）

登临绝顶入苍茫，云走山移浩海航。

荡涤烦愁心宇静，诗情意趣任飞扬。

（三）

春到休怡喜扮装，苍松翠柏竟芬芳。

妪翁吟咏农家乐，锦绣山庄日月长。

（四）

独立休怡瞰大江，平湖千里世人忙。

身居高处得宁静，忘却是非名利场。

2004 年 3 月 21 日

谭 干 词一首

鹧鸪天·赴约休怡山庄

相约休怡不负期，清风阵阵酒家旗。绿雍碧野烟含岑，红抹邓林霞绕枝。　东道主、最相知，倾壶劝饮恐欢迟。当年紫竹群贤聚，一醉疏狂何问时。

王世军 诗二首

访休怡山庄

（一）

哪管休来平命薄，红尘可染素民谁？

春风明月情无价，绿水青山梦千回。

（二）

为解缠绵相思苦，难辞漫醉屡添杯。

苍天不废六神足，独唱欢歌满天飞。

秦继尧 诗二首

（一）游休怡山庄（藏头诗）

休闲僻处野荒陡，怡志鱼竿乐钓溪。

山路崎岖云出岫，庄头碧绿柳迎曦。

长桥天堑摸巴岭，寿是平湖峙峡堤。

仙翁归龙护法雨，踪游古迹显灵奇。

（二）休怡山庄

苍茫云海跃五龙，锦绣乾坤骋杰雄。

志气昂扬小康道，宏图大展借东风。

王宗藩　诗一首

游休怡山庄得句

聚云高峰有鲜花，休怡山庄令人夸。

春夏秋冬宜去处，闲情益智乐万家。

汤九河　对联二副

（一）

上联：诸君爱慕山庄雅；

下联：拙句难酬休怡情。

（二）

横批：普天同庆

上联：东看插旗，西把缙云，南拥亭塔，

　　　北抱山坪，三关一览收眼底；

下联：春赏桃花，夏撷朱华，秋听松涛，

　　　冬品奇珍，四美俱全可心中。

李忠永　诗三首

（一）赠休怡山庄董事长何修仪女士

巾帼英雄秀山川，云山绝顶勇登攀。
两肩迎风挑日月，双手托起半边天。

（二）游休怡山庄

喜见满山布桃花，笑迎松柏吐芳华。
露珠润叶千辛泪，汗水浇洗百道沙。
投资三百二十万，面积三千平方大。
苦心创业鲲鹏志，利民富国起新家。

（三）怀休怡山庄

山庄景优雅，绿树掩风沙。
观双江雄势，看大桥横跨。
瞰涪城全景，喜怒放心花。
怀美食佳宴，香鲜惹人夸。

刘德胜　诗二首

（一）题赠何修仪女士（藏头诗）

何惧云深春意浓，修篁十里共桃红。

仪容风韵人间少，美景不言此处中。

（二）春游休怡山庄

三月阳春绿满山，碧峰翠岭乐休闲。

百花报喜东风醉，群鸭同欢白浪翻。

随意挥毫抒雅兴，登高联句步鸣泉。

平生阅尽人间美，郊外山庄别有天。

梁明炎　诗一首

咏休怡山庄

群山耸翠大江东，灼灼桃花耀眼红。

休怡山庄情意重，晚情社友展诗风。

谭淑桂　诗一首

游休怡山庄

花艳聚云峰，香飘遍野红。
何方来远客，叠翠沐清风。

孟齐书　诗一首

题休怡山庄

青山绿水缀贵庄，春暖花开彩蝶翔。
迎来众友欢相聚，纵酒放歌俗怨忘。

蒲国荣　诗一首

致休怡山庄

夜雨洗涤聚云岗，花红岭翠雍春光。
天公先醉骚人意，东风巧裁休怡装。

陶代仁　诗六首

偕晚情诗社社友游休怡山庄

（一）

马龙车水市声消，车行山道步步高。
乘客有幸望山外，碧海苍山涌松涛。

（二）

聚云顶峰好风光，花团锦簇蝶蜂忙。
鱼翔浅底玩碧透，游人入画乐忧忘。

（三）

休怡岭上满山红，疑似彩云降碧空。
漫步入园神志醒，原来桃花迎春风。

（四）

休怡山庄静雅幽，晚情诗友应邀游。
静心涤尘精神爽，联句挥毫意不休。

（五）春游涪陵聚云山休怡山庄

休怡山庄春意浓，桃花竞开引群蜂。
来往游客心情爽，美景无限醉我胸。

（六）游休怡山庄

甘霜夜酒聚云岗，岭翠花红春讯长。

谁解骚人游客意，东风裁出碧玉装。

冯泽鉴　诗四首

（一）春游休怡山庄

春风送暖千枝秀，闲眺归龙枕激流。

松翠桃红蜂蝶舞，山庄景致处处幽。

挥毫泼墨诗吟颂，笑语风生荡琼楼。

喜鹊闹林天近晚，寺钟袅袅友谊留。

（二）游休怡山庄得句

山庄雅室聚诗人，凤舞龙飞翰墨呈。

志气昂扬皆白首，春风满面笑盈盈。

（三）踏青聚云山

踏青赏景休怡庄，曲径登高望八方。

南瞰涪城新大厦，东瞻鹅颈客车场。

西欣天子金銮殿，北峙长虹跨大江。

异景奇山心怒放，春华秋实四时香。

（四）游休怡山庄

休怡山庄沐东风，人面桃花一色红。
两岸群山舒翠秀，高楼耸立彩云中。

刘汉奎　诗一首

题休怡山庄

休怡山庄景色幽，俯视两江水东流。
杏花未落桃花放，绿荫深藏小楼阁。
墨客骚人常聚会，工商经贸游客稠。
涪州景点添锦绣，旅游胜地占鳌头。

郭占奇　诗一首

题休怡山庄

城里如翁城外童，休怡入夏尚春风。
千峰松色缀花色，四面霞空接雨空。
柳发长垂池上绿，桃颜初见嘴边红。
人生逸趣君当觅，一敞襟怀便不同。

袁普义　诗二首

春游休怡山庄得句

（一）

览胜休怡款步行，望中秀色妙横生。

绿波翠浪连天宇，暖日和风戏落英。

粉蝶狂蜂相竞舞，初莺新燕共争鸣。

操琴弄曲吟今古，万语千言不了情。

（二）

桃李争艳风抚琴，高山流水动歌吟。

纤云巧雾姗姗意，不尽千秋弦外音。

谭小仕　诗一首

春游聚云山休怡山庄

大地春回今又逢，平身徒步上高峰。

踏青总是添欢语，赏景时常展笑容。

花竞人游山有色，兽远鸟迹影无踪。

东君不识和风暖，鼻孔先知香味浓。

王忠友　诗一首

游休怡山庄

春游崇岭静幽幽，一片桃花迎露稠。
草木报春嫩叶抖，啼春百鸟唤春游。
丛林谈笑多风趣，涪邑两江眼底收。
这批车来那批走，弯弯山路进山头。

诗友亲友赠诗

何正华 诗一首

贺应仿兄七旬寿辰

明星谁说属青春，兄长七旬贵后昆。

提笔山河添锦绣，经商山庄变金银。

2012 年 12 月 12 日

吴 欢 诗二首

山庄避暑

巴蜀盆地变酷暑，休怡山庄听蝉声。

狗吠羊咩不绝耳，凉风扶体沁心神。

2018 年 8 月 15 日

祝外祖父七十七寿诞

休怡山庄绿杉茂，亲朋好友聚一堂。

外祖今朝近喜寿，福荫遍泽子孙旺。

孙媳未至多羞愧，万里祝寿作诗忙。

福如东海长流水，长寿百岁久安康。

2020 年 1 月 9 日

何休体　诗一首

去江苏扬州

西湖胜景悦心头，税务学院学识优。

五湖四海广结缘，美不胜收数扬州。

2021 年 3 月

附：读休体《去江苏扬州》有感

李白送友孟浩然，武汉乘舟逾千年。

吾曾参开世何会，专至此地观何园。

尔参税会到扬州，名胜境地去参观。

从古至今逢盛世，人间美景留诗篇。

何应仿

2021 年 3 月

王宗藩　诗一首

贺何应仿亲友大作

细读感咏诗词集，文采风流创奇迹。
功夫不负有心人，聚云山峰高树帜。

2022 年 6 月

黄仲慧　诗一首

《感咏集》诗词读后

学海无边苦探索，文山诗海自奋强。
珍惜光阴与时进，书中雅趣品芬芳。
教育子弟栋梁材，人兴财旺事业忙。
经典诗词《感咏集》，手捧新书读者扬。

2022 年 8 月 25 日

何其容 诗一首

读《感咏集》诗词集

何为珍宝留佳音，应是研读堪珍品。
仿古论今学圣贤，诗文并茂颂党恩。
字里行间表由衷，感咏诗词岁月峥。
佳作一部宜留存，传经送宝赠亲人。

2022 年 8 月 26 日

幸良君 诗一首

无 题

何君古稀夕阳照，应当大任笔端锋。
彷徨路漫诗书著，不畏劳苦创功勋。

2022 年 9 月 8 日

何国胜　诗二首

读《感咏集》赞何应仿宗长

（一）

生虎山出一少年，学成志报故土恩。

两汇新妙育桃李，万紫千红几十春。

（二）

退休不忘宗亲情，宗谱文史万里行。

呕心沥血族人献，涪陵重庆留芳名。

写于 2022 年中秋节

何多义　诗二首

祝贺《感咏集》付梓

（一）

少小读书特勤奋，后为园丁育新人。

含辛耕耘有廿载，大学中专升多名。

尽力培养栋梁材，各自岗位显才能。

退休本应养天年，发挥余热干事情。

（二）

热心讴歌报党恩，采编撰写忙不停。

参入诗社有多家，著述颇丰必所成。

笔耕不辍勤用脑，数种刊物见发行。

为国为民献余生，学习榜样好精神。

2022 年 10 月 15 日

附

浅谈学习传统诗词之体会

　　吾从退休之后，加入了涪陵晚情诗社（白鹤梁诗社）、涪陵诗书画研究会、重庆诗词协会、涪陵作家协会。主要学习研究传统诗词写作。多年来一方面经过了有关诗社领导、学者们的指导培训，一方面也看了有关诗词写作的一些书籍，在诗词写作上颇有提高，也创作了多首诗词在有关刊物发表。这里我根据多年学习体会，浅谈一下有关诗词创作的一些基本知识，但还得从传统诗词的沿革发展说起。

　　中华诗词就是传统诗词，即旧体诗，古诗词，格律诗词。中华传统诗词总体是诗、词、曲三种形式。诗词是怎样传承？其沿革发展是上古诗谣、诗经、楚辞、汉赋、乐府、五言七言古风、唐诗、宋词、元曲、当代中华诗词。历经几千年，至五四新文化运动，一些人采用外国诗形式，用白话写诗，不要韵律限制，爱怎么写就怎么写，非常自由，当时称这种诗为白话诗、自由诗，后标新立异称为新诗，而固有传统诗词则被称为旧诗、古诗。改革开放之后文艺大解放，百花盛开，各类报刊公开登载革命家名人诗词作品。20世纪80年代各地省市纷纷成立诗词学会，专门出版格律诗词及名家编选巨著,《五四以来诗词选》《当代中华诗词选》等相继问世。这些诗词对歌颂祖国、歌颂改革开放、歌颂振兴中华发挥了重大作用。

关于传统诗词写作,从以上中华传统诗词的发展可见,历经几千年,古人今人都不断在钻研,却没有发展壮大。据个人多年学习实践体会,其一是历史文化原因,其二主要是中华诗词具有严谨的格律形式的束缚,诗深无底,难学难写,甚至一些时期还变得低落。这也是不易普及的原因。比如押韵、平仄、对仗等几方面的知识,确实难以学懂弄通。

第一谈押韵。押韵是诗词重要组成部分,作诗填词谱曲都讲究押韵,无韵不成诗已成定论。要懂怎么押韵,必懂得汉字注音的声母韵母。用韵有韵书或《诗词韵律表》,至今通常用的《平水韵》是从元明清流传下来的,为研究继承格律诗词提供了方便。格律诗词一般用《平水韵》,但韵目苛细,分上平十五、下平十五辙韵,作诗词的韵脚字不是很多,或影响诗的生机或可能以韵害意。诗韵经改革,近人以北京音为基础编成《中华新韵》,韵部分为“一麻二波三皆四开”等十四辙韵。《中华新韵》比《平水韵》字较多,用韵较宽一些,大大解除了旧诗韵束缚。但总的讲用韵是复杂的,用韵与律诗的平仄格调也有相互关系。在写诗词时首先必考虑用什么韵,如选《平水韵》中的“东”韵,在这首诗中如突换成另一种“歌”韵,或换任何韵后,此诗就不押韵,不押韵就不叫格律诗。诗意虽好但韵脚相杂,那就叫新诗自由诗不叫格律诗,格律诗之所以不合格律往往是用韵失误。

第二谈平仄。这是创写格律诗最大的难题。什么是平仄？古汉语有平上去入四种声调，也有阴阳上去入五种说法。现代汉语分为阴平、阳平、上声、去声四种声调，由此分为平仄两类。阴平、阳平为平声，上声、去声为仄声。这里必须牢记，要把准四声的范例：即是"妈麻马骂"，"妈麻"是平声，"马骂"是仄声，推理"家、甲、假、架"等，照理就可判断出任何一个汉字是平声还是仄声。掌握准平仄是格律诗核心。押韵是在格律之内，平仄乱用就谈不上格律诗。中华传统诗词中的五绝、五律平仄格调各有四种，七绝、七律平仄格调也是各有四种。从古流传下来的"平平仄仄平平仄"的平仄格调是约定俗成，变换也是较复杂的。比如经常写的七律诗，分为首句平起平收、首句平起仄收等就有四种格调。但必须记得这四种平仄格调才能用得准确，才能灵活使用。当然平仄格调也不是绝对不能突破，古人曾用变通办法或拯救办法平仄互换。也有些词语如"共产党"，三个字是仄声，如"乡村振兴"四个字中有三个字是平声，一个"振"是仄声，很难按平仄规则写诗。因此，写诗要讲平仄，也不拘泥于平仄。对对句从严，对出句从宽。七律中二、四、六、七字从严，一、三、五字从宽。在一首律诗中可容许一、二处变格，什么避孤平、避三连仄、避三平调等也可打掉，"拗救"句例也可扩大些。对平仄要多写多练才易掌握。

　　第三谈对仗。什么是对仗？就是对偶，是最重要的一种修辞手法。律诗要求对仗，绝句古诗不一定要求对仗。绝句由四句组成，律诗由八句组成。超过八句叫排律或长律，排律不管多长，首联、尾联除外，也要求用对仗。对仗有严对、宽对，同义对、反义对，流水对等方式，古人忌同义相对，称之为合掌，内容单薄乏味。如"欲穷千里目，更上一层楼"称流水对，流水对宜用于尾联，能余味无穷。古人重视词性、词组相对，即联合词组与联合词组相对，偏正词组与偏正词组相对等，所用词应属同一类型，这样可避歧义。律诗对仗不像要求平仄那样严格，不必过分追求工对工稳，避免以词害义。若五言有三字，七言有四字对工整就不差。律诗中一至四联全对或不全对，应据内容是否需要，一般来讲，七律当中有两联必须对仗。

创写格律诗必须掌握押韵、平仄、对仗，这是最基本的知识。除此，还有选材立意、诗词意境、形象思维、修辞手法、名言典故等，必须勤写勤练才能提高。在学习过程中，我也创作了多首诗词，在省地有关刊物发表，但是难找出多首好诗。这篇学习写作传统诗词的文章，仅是我多年作为诗词写作爱好者的点滴体会。如有所误，请领导或读者修改指正。

何应仿

2022 年 2 月 17 日

后 记

　　这本《感咏集》，是吾在退休后，先后参加涪陵晚情诗社（白鹤梁诗社）、涪陵诗书画研究会、重庆诗词学会，学习诗词写作过程中创作的，在有关领导的关心支持下，终于得到付梓。

　　在参加有关诗词研究会近二十年的时间里，我通过努力，从学习诗词基础知识至写作入门，提高了自身的写作水平，而且取得了一定收获。多年来创作出诗词400多首，全都经过刊登发表，有的在《涪陵诗词》《白鹤梁诗词》上刊登，有的诗词还在省市级地方刊物或国家刊物发表。

　　这本诗词集出版，感谢谭小仕诗友作序。感谢中国作家协会会员、重庆市作家协会副主席、涪陵区作家协会原主席、一级作家谭明亲自撰写读《感咏集》感慨文章，并对书名题字。感谢诗书画研究会领导王宗藩、黄仲慧、刘治明以及白鹤梁诗社领导金家富、韩世雄社长的关心指导！涪陵何氏宗亲会何其容、何国胜等宗长以及诗友们也写诗祝贺，更有子女何休仪、何休合、何休俐、何休体等人支持赞助，使本书顺利出版，在此深表谢意！

何应仿

2022 年 10 月 16 日